백석

# 백성

4

## 제1부 | 강산에 들렀더라

김동민 대하소설

문이당

## 차례

### 제1부 | 강산에 들렀더라

# 권력의 적

안핵사 배수규, 선무사 양진 그리고 지역 현령 전무원은 읍에서 약간 떨어져 있는 운곡마을을 찾았다. 그때는 농민군에 대한 진상 조사와 어떤 조치를 취할 것인가에 대한 일까지 거의 마무리된 후였다.

여러 날 동안 농민군 주동자급에 대한 처리 문제로 골머리를 앓아온 머리도 조금 식힐 겸, 또 이순신과 얽힌 사연이 아직까지 남아 있는 곳을 한번 찾아도 볼 겸, 오랜만에 홀가분한 마음으로 떠난 길이었다. 마침 날씨도 사람 기분을 따라주듯 쾌청했다. 그렇지만 날씨가 돌변하는 것처럼 사람의 기분도 바뀌는 게 문제인 것이다.

"아, 그래, 바로 이집이 이순신 장군께서 백의종군하다가, 충청, 전라, 경상 삼도 수군을 통솔하는 수군의 최고 벼슬인 통제사로 재임명을 받은 그곳이란 말이오?"

수규는 정원수가 많고 터가 넓은 저택을 둘러보면서 감개무량한 낯빛을 지었다. 예사롭지 않은 역사가 서린 곳이라는 선입견 때문인지는 모르나 그 고택古宅은 예스러우면서 숱한 이야기를 담고 있는 듯했다. 예로부터 집도 오래되면 생명이 있는 것처럼 스스로 무슨 소리를 낸다고 하지 않던가? 그건 신기하기도 하지만 한편으로는 무서운 말이기도 했다.

"집안 자랑 겉지만도……."

"아니지요. 자랑하지 아니 하면 오히려……."

그들은 매끈하게 잘 손질된 잔디가 깔린 널찍한 뜰에 모여 서서 집주인 손 씨가 들려주는 이야기를 귀담아들었다. 그것은 얼핏 서당의 역사 시간을 방불케 했다.

"저희 한참 윗대 조부께서, 당시 아모 배실이나 지위도 없이 군대를 따라 싸움터로 나선 그분을……."

지금 하늘가에 드문드문 떠 있는 흰 구름이 벼슬이나 지위 없이 싸움터로 나선 군인의 백의白衣를 닮은 듯했다. 하지만 그것이 흔적도 없이 스러질 것을 생각하면 마음이 너무나 서글프고 안타까울 노릇이었다.

"근 닷새 동안 여게 이집에 뫼시놓고 정성껏 대접했다쿠는 이야이……."

손 씨는 큰 기상의 표상인 양 높직하게 뻗어나간 기와지붕을 느꺼움이 전해지는 눈빛으로 올려다보았다.

"저희 가문 대대로 전해 내리오고 있사옵니더."

바람 끝에 묻어나는 풀냄새가 짙었다. 싱싱한 생명력이 온 누리에 퍼지고 있는 듯한 대기는 청명했다.

"정녕 부러운 가문이군요."

그러고 나서 양진은 감회 가득한 표정으로 말을 이어갔다.

"그 당시 장군은 백의종군하는 신분이면서도, 이 지역 목사며 현령 같은 지방 수령들과 더불어 왜군을 물리칠 일을 논의하고, 특히 저 '진뱀이'에서 피나는 군사훈련을 시켰다고 했지요."

얼마 전 안핵사 집무실에서 관기 해랑을 매몰차게 몰아내던 그 인물이라고는 믿을 수가 없을 만큼 얼굴 가득 넉넉하고 온후한 웃음을 띠었다.

"주인장 조상께서는 어떻게 해서 그들에게 그런 큰 도움을 주실 생각을 하셨다지요?"

잔디밭 한가운데 놓인 커다란 정원석 위에 올라앉은 까치 한 쌍이 꼬리를 까딱까딱하며 사람들 이야기에 귀를 기울이고 있는 것 같았다.

"아, 예. 그 말씀을 드리자모 이렇심니더."

한눈에도 더없이 후덕해 보이는 손 씨는 햇빛에 반짝이는 정원수 이파리들이 바람에 살랑거리는 듯한 소리로 대답했다.

"제 조부는 문무 갬비한 선비로서, 그분이 예사로븐 인물이 아이라쿠는 거를 진즉부텀 알아보싯다꼬……."

무원이 큰 키만큼이나 긴 고개를 끄덕이며 입을 열었다.

"여게 밀양 손 씨 문중은 근동에서 알아주는 집안인데……."

아마도 대궐이 있는 곳을 바라보는지 북쪽 하늘 저 멀리로 눈길을 보냈다.

"사실 선조 임금의 미움을 사갖고 관직에서 쫓기 난 자를 그만치 대해줄 사람이 오데 또 있었것심니꺼?"

그 지역 말이 입에 익어 있는 무원은 손 씨와는 꽤 교분을 나눠온 사이인 것으로 보였다. 그는 현縣의 으뜸 벼슬에 있는 사람답게 강한 신념과 의지가 크게 느껴지는 이런 말도 덧붙였다.

"만일 이 손 씨 집안 아이었으모, 우짜모 조선 수군水軍 최고 수장首長도 우리 역사에 없을지도 모립니더. 그리 생각들 안 되심니꺼?"

양진이 좌우를 둘러보며 고개를 주억거렸다.

"아, 예. 그렇지요."

그런데 다음 순간이다. 가만히 듣고 있던 안핵사 배수규의 입을 통해

실로 엉뚱하고도 무서운 소리가 흘러나온 것이다. 그러자 세상 어떤 것도 받아들여줄 포용력을 지닌 것 같은 그 고택에, 살갗에 살짝 닿기만 해도 큰 상처를 입힐 날카로운 무기가 갑자기 날아드는 듯한 아찔함이 일었다.

"내가 한 가지 물어보겠소."

그 첫마디부터가 다분히 공격적이고 무슨 큰 담판을 지으려고 하는 의도까지 엿보였다. 게다가 물어보겠다는 그 내용이라니? 그것도 다른 장소도 아닌 그 저택에서였다.

"그분을 진정 우리 조선국 최고로 가는 성웅聖雄이라고 믿고들 있소이까?"

그건 거기 있는 어느 누구도, 아니 조선 땅에 살고 있는 사람은 들어보지 못한 소리였다. 그것은 해를 보고 저걸 해라고 하느냐, 달을 보고 저걸 달이라고 하느냐, 하는 것과 진배없는 거였다. 당연히 모두의 입에서 소스라치게 놀라는 말들이 튀어나왔다.

"아, 안핵사 나리! 웬 말씀이시온지요?"

"그기 무신 뜻이옵니꺼?"

"우찌 그런?"

그런데 정작 그 말을 한 수규는 그게 무슨 놀랄 소리냐고 되묻는 표정이었다. 더욱이 그는 더 간담 서늘할 소리를 꺼냈다.

"내가 이 지역 농민 반란군에 대해 진상 조사를 하고, 여러 관련자들을 문초하는 과정을 통해, 지금까지 미처 깨닫지 못한 사실을 알게 됐다는 것이외다."

"……."

임술민란에 관한 이야기는 너무나 위험천만한 것이어서 어쩌면 꼭 금기시되어야 할 때가 올지도 모른다는 소리까지 나돌고 있는 그즈음이었다.

"어쩌면, 어쩌면 말이오."

"……."

"조정에서 크게 잘못하고 있을 수도 있다는……."

"……."

누구도 입을 옴짝달싹하지 못했다. 그곳 정원 나뭇잎처럼 파랗게 질린 얼굴들로 서로를 바라보는 게 고작이었다. 그 자리에서 급히 빠져나가고 싶어 하는 빛마저 보였다.

'어찌 저런?'

참으로 두렵고 불순하고 경악스러운 언사가 아닐 수 없었다. 수군의 별이 진정 조선국 성웅이라고 믿느냐고 묻고, 농민 반란군에 대한 조정의 처사가 잘못되었을 수도 있다니? 그것도 다른 사람도 아닌, 지존인 임금으로부터 반역자 농민군을 엄단하라는 최고 책임자 자리를 하사 받고 현지에 파견된 안핵사가 아닌가.

도대체 농민군에 대해 조사를 벌이던 중 세상 사람들이 깨닫지 못하고 있는 어떤 점을 발견하였기에 그런 것인가? 감히 민란을 일으킨 주모자들에게서 되레 무슨 영향을 받기라도 했다는 것인가?

"……."

그러나 주변의 분위기를 위험하고 기묘하게 이끈 수규 당사자도 나머지 사람들도 더 이상 그 일에 관해서는 언급하지 않았다. 수규 스스로도 방금 그가 한 말이 얼마나 무서운 말인가를 충분히 깨닫고도 남음이 있을 것이다. 하지만 그는 분명 남모를, 어쩌면 그 자신조차도 명확하게 헤아리지 못할 어떤 심경의 변화를 일으키고 있는 듯했다. 그리고 만약 그게 다른 사람들에게로 옮아가게 되면 그 여파는 상상만으로도 몸서리쳐질 일이었다.

틀림없었다. 차마 자기 소신대로 하지는 못하고 조정에서 시키는 대로 일을 진행시키고 있기는 하지만, 뭔가 가슴속에 꼭꼭 맺힌 응어리가 남아 갈등하고 괴로워하는 빛까지는 감추지 못했다. 그는 겉보기보다 고지식하고 단순한 아니, 어쩌면 굉장히 복잡한 성품의 소유자인지도 몰랐다.

'저, 저…….'

그런 안핵사 모습에 가장 아연실색한 사람은 선무사 양진이었다. 그의 눈앞에 안핵사와 감히 독대하고 있던 그 관기 모습이 떠올랐다. 기명妓名이 해랑이라고 했던가? 조선 땅에도 그런 경국지색이 있을 줄은 몰랐다.

"본관의 말뜻은……."

그런데 수규는 곧 터질 것만 같은 제 감정의 물살을 내쏟을 출구는 오직 그것뿐인 듯, 이제 그만했으면 좋으련만 작심이라도 했는지 다시 이야기를 시작했다. 더구나 이야기 대상이 한 사람만으로는 부족했는지 또 다른 인물까지도 거론했다. 더군다나 그 인물의 이름을 들었을 때 모두는 또 한 번 귀를 의심하지 않을 수 없었다.

"솔직히 이 사람, 저 원균 장군에게도 관심이 높다오. 허허."

그 말을 듣자마자 현령 전무원이 사뭇 흔들리는 목소리로 물었다.

"원균, 원균 장군이라 하셨사옵니까?"

그렇게 묻고 나서도 거의 반쯤 넋 나간 얼굴로 수규를 응시하는 그였다. 그러자 선무사 양진도 다급한 불길부터 잡으려는 것같이 허둥거렸다.

"주인장, 어디 앉아서 천천히 이야기 나눌 자리를……."

그런데 손 씨보다 수규가 먼저 입을 열었다.

"아니요. 우리 그냥 여기 이대로 서서 얘기합시다."

얼핏 사람보다 나무와 더 대화를 나누고 싶다는 빛이었다.

"나무 그늘이 참 좋지 않소이까?"

그렇게 변죽을 울리는 수규 얼굴을 순간적으로 스치고 지나가는 그늘을 모두는 놓치지 않았다. 대체 그의 얼굴에 저 그늘을 드리우게 하는 정체는 뭐란 말인가?

"저로서는 암만캐도 좀……."

무척 어질고 덕이 많아 보이는 손 씨가 자못 궁금하다는 기색을 드러내었다. 솔직히 그도 사람이기에 내색은 하지 않아도 기분이 썩 유쾌하지는 못할 것이다. 양진과 무원의 반응, 그 또한 지금까지의 분위기를 바꾸어놓기에 모자람이 없었다.

"쪼꼼 더 상세한 말씀을 들리주실 수 있것사옵니꺼?"

손 씨가 비록 부탁조이기는 하나 그대로 물러설 수는 없다는 빛이 서린 얼굴로 하는 말에 수규는 짐짓 아무것도 아니라는 표정을 지어 보였다.

"아, 너무 그렇게 심각하게 받아들일 일은 아니오이다."

그러나 그건 때리고 나서 아프냐고 묻는 것과 다를 바 없는 소리였다. 손 씨가 여전히 굳은 표정을 풀지 못하자 수규는 이번에도 그다지 대수롭지 않다는 투로 말했다.

"이건 어디까지나 이 사람 혼자만 예전부터 품어온 생각이니까요. 그러니까, 사견, 사견 말이오."

바람에 흔들리는 나무 이파리들이 자기 의견을 내놓듯 각기 그 수효만큼의 다른 소리를 내는 분위기였다.

"사갠이라 하싯는데……."

무원이 더욱 의아한 얼굴로 조심스럽게 입을 열었다.

"무신 연고로 그에게도 관심이 있사온지?"

그런데 수규는 그 물음에는 즉답을 하지 않고 모두를 바라보면서 또 다시 한층 생뚱맞은 소리를 던졌다.

"혹여 선조수정실록에 관해 어떤 의문을 가져본 적 있으시오들?"

그러자 저마다 멀뚱한 표정이 되었다.

"예에?"

갈수록 더 해괴한 소리만 늘어놓는 그였다. 동에 번쩍, 서에 번쩍, 홍길동이 나타났는가? 실록? 갑자기 웬 실록? 그건 실록이 하늘에서 툭 떨어지거나 땅에서 쑥 솟아나오는 것을 보는 듯한 충격을 주었다.

"없으신가 보구려."

"……."

그런 가운데 양진은 무언가 짚이는 구석이 있었다. 사실 여기 내려와서 농민 반란군 사건을 조사하고 유춘계나 서준하 같은 주동자들을 취조하면서, 뭔가 꺼림칙하다고 할까 양진 자신도 알 수 없는 묘한 부분이 적지는 않았다. 단지 의식적으로 자칫 자해할 수도 있는 그 위험하고도 기이한 칼끝을 다른 방향으로 돌려놓고 있었을 뿐이다. 그는 스스로에게 물었다.

'양진 너는 양심의 거울에 비추어 부끄러움이 없다고 떳떳하게 말할 수 있느냐?'

이곳과는 무려 천 리나 떨어진 한양에서 지방관이 올린 장계狀啓를 통해 들었던 것과, 실제 사건이 발생한 현지에 내려와서 민란 주모자들을 대하면서 느낀 것, 그 두 가지는 확실히 크게 달랐다. 그 실체와 그림자가 일치하지 않고 어긋나는 듯한.

어쩌면, 어쩌면…… 이번 농민군 사건은 단순히 민란이라고만 몰아붙이기엔 어딘가 다소 억지스럽고 구린 데가 있었다. 파헤치면 파헤칠수록 더 그러했다. 껍질을 벗기고 벗겨도 또 껍질만 나오는 양파, 그 양

파의 매운 맛과 특이한 향기 같은 것이었다.

소위 국록國祿을 먹는 관리 신분으로 어디까지나 나라와 조정에 충성을 다하고, 국가 기강을 크게 흔들리게 하는 역당逆黨 농민 반란군을 가차 없이 처단하는 것이 지극히 당연한 일이거늘, 그러함에도 불구하고 마음 한쪽 귀퉁이에서는 농민군에 대한 한 가닥 연민이랄까, 하여튼 선뜻 입 밖으로 내기에는 크게 꺼려지는 무언가가 분명히 자리하고 있었던 것이다. 입 밖으로 나오는 순간 그 독소가 누구를 겨냥할지 상상만으로도 전신이 마비돼버리는 듯한 그 무엇이었다.

그런 복잡한 사려 끝에 양진은 수규를 몰래 훔쳐보면서 더한층 강렬한 의문이 밀려들기 시작했다. 아니, 그건 의문이라기보다 일종의 근엄하고 살벌한 경고에 가까운 것이었다.

'혹시 안핵사는 해랑이란 그 관기 때문에 지금 마음이 흔들리고 있는 건 아닐까?'

바람은 여러 정원수 잎사귀마다에서 일고 있었다. 바람도 그냥 한 줄기 바람이 아니라 수십 수백 개 줄기들이 합쳐져 이루어내는 바람이었다.

'그게 사실이라면…….'

양진은 홀연 걷잡을 수 없는 강한 두려움에 휩싸였다. 그것은 자신의 모든 것을 담보로 한 굳은 결의까지 동반한 것이었다.

'만에 하나, 막중한 임무를 띠고 온 안핵사가 한갓 기녀 따위에게 혼을 빼앗긴 나머지, 혹여 이번 민란 처리에 바늘구멍만 한 허점이라도 보인다면 그것은 참으로 예사 일이 아닐 것이다.'

화살이 날아가 파르르 꽂힌 과녁에는 누구 얼굴이 그려져 있는가?

'나, 바로 나. 안핵사뿐만 아니라 선무사로 파견된 이 양진의 신상도 매우 위태롭게 될 것이다.'

그의 눈에는 그곳 고택의 도리 위에 걸쳐 지른 서까래와 그 위에 얹힌 산자까지도 와르르 내려앉는 광경이 비치는 것 같았다.

'아니다. 당하고 있을 수만은 없지. 어쨌든 농민군 주동자들을 엄하게 다스리도록 내가 옆에서 단단히 지켜볼 것이야. 완벽한 수습을 위해서라도…….'

그의 머릿속에 또다시 그날 잠깐 보았던 관기가 떠올랐다. 단 한 번, 그것도 극히 짧은 순간에만 본 관기였지만, 너무나도 또렷이 가슴에 찍혀 있었다. 그건 자신이 오늘날까지 살아오면서 결코 흔했던 일이 아니었다.

'해랑이란 그 기녀, 아무리 짚어 봐도 요물임에 틀림없다. 누구든 혼미하게 만들 여자다. 아니, 사람이 아니야. 인간이 그렇게 아름다울 수가 없어. 궁녀들 중에서도 그런 미모는 보기 드물 것이야.'

그러자 뒷골이 찌르르 하고 전신에 소름이 쫙 돋았다. 조금 전 까치가 앉아 있던 그 큰 정원석이 굴러 와서 그를 덮치는 아찔한 기분이었다.

'정신 바짝 차리지 않으면 큰일 날 수도 있다.'

그렇게 다짐해가며 뇌리에서 몰아내 버리려고 무척 애를 써봤지만 그의 눈앞에서 그 관기의 자태는 쉬 사라지지 않았다.

'뭇 사내를 잡아먹을 백여우야.'

그랬다. 그런 소리를 꼭 잡귀 쫓는 주문같이 마음속으로 외면서도, 양진 역시 해랑이란 기녀의 꽃다운 모습에서 결코 자유롭지 못한 채 깊은 늪에 빠진 사람처럼 허우적거렸다. 심지어 나중에는 이런 의문과 우려까지 들었다.

'설마 농민군에게 포섭된 관기는 아니겠지?'

얼마나 그런 순간이 흘러갔을까? 양진이 억지로 정신을 차려보니 수규는 그 자신이 저 선조실록에서 읽었다는 내용을 이야기하기에 열심이었다. 양진은 그런 수규가 더더욱 이해하기 어려웠지만 가만히 들으니 다른 면에서의 호기심과 의아함이 생기기도 했다.

"당시 시정 기록인 선조실록과 국가적 군공적軍功的 평가에서 제출된 녹훈봉작교서를 보면, 원 장군은 이순신, 권율 등과 더불어 당대 명장으로 나란히 기록되어 있소."

양진은 무너진 서까래와 산자의 잔해에 깔려버리기라도 한 듯 숨도 쉬기 힘들었다.

"아, 단지 그뿐만이 아니오. 원 장군은 선무宣武 일등공신으로 책록되기도 했소이다. 원 장군은……."

하는 말끝마다 원 장군, 원 장군, 하는 그가 다른 사람들 눈에는 더없이 위험하고도 몰지각하게 비쳤다. 일순, 양진 뇌리에 이런 생각이 불쑥 솟았다.

'안핵사는 반란군인 농민군을 다른 눈으로 보고 있다! 민란을 일으킨 역적이 아닌 다른 무엇으로…….'

양진은 태양이 까맣게 보이면서 온몸에 경련이 일었다. 그렇다. 안핵사는 그저 해랑이란 관기 하나 때문에 마음이 흔들리는 건 아니다. 그보다 더 큰 또 다른 이유도 있다. 그가 직접 만나본 농민군 주모자들에 의해 심경의 변화를 일으키고 있는지도 모른다.

"무릇, 역사라고 하는 것은……."

양진의 그런 의구심을 한층 크고 깊게 하는 소리가 수규 입에서 계속 쏟아졌다. 그것은 차가운 얼음장이거나 뜨거운 소나기와도 같았다.

"그때 권력을 잡은 이들 손에 의해 만들어지는 것 아니겠소이까."

고택이 무슨 소리를 내는 것 같았다. 대대로 이집에 살았던 이들의 혼백이 몰려와서 막 수런거리고 있는 걸까? 수규의 음성 또한 귀신의 그것처럼 느껴졌다.

"아까 이 사람이 말한 선조수정실록이란 그 책 말인데, 난 확실히 믿어요."

무당을 데리고 와서 음식을 차려놓고 잡귀를 풀어먹이는 푸닥거리라도 해야만 할 것 같은 공기가 흘렀다.

"그건 이미 실록으로서의 가치와 진실을 잃어버렸다고……."

수규의 뒷말은 때마침 불어오는 바람을 타고 허공으로 부서져 가는 게 보이는 성싶었다. 그러나 민들레 꽃씨가 날아가 떨어진 자리마다에서 그 싹을 틔우듯, 수규의 입을 통해 나온 그 말씨들은 어느 곳에서 새로운 생명으로 되살아날지 아무도 알 수 없었다.

"……."

양진은 물론이고 모든 이들 얼굴은 사색이 되어갔다. 확실히 안핵사는 변했다. 대체 지금 이곳이 어딘가. 지난날 여기에서 무슨 일이 있었던가.

저 임진년에 간악한 왜구들을 물리친 최고의 공신이 닷새 동안 머물렀던 곳, 임금에게 하장賀狀을 올린다거나 임금이 궤장几杖을 내릴 때 그 전문電文을 읽는 벼슬아치인 선전관 양호가, 선조의 교서教書와 유서諭書를 들고 말을 달려온 곳이다.

난중일기를 보면, 그날 날씨가 맑았다.

그 맑은 날 이른 아침, 삼도수군통제사 임명장을 받고 상감이 계신 궁궐을 향해 숙배를 한 곳. 그 역사 깊은 손 씨 고택에서, 그것도 왕명을 받들고 온 관리의 입을 통해, 이순신이 아니라 원균에 관한 이야기가 끝도 없이 흘러나오고 있다니, 이 어인 영문이란 말인고? 수규는 무엇에 둘러 쓰이기라도 했다는 것인가? 아니면 몽니를 부리고 있는 것인가?

그뿐만 아니라 안핵사 수규의 입을 통해 나오는 그는 그때까지 자기들이 알고 있던 그가 아니었다. 수규 입을 빌려 죽은 그는 새로운 모습으로 태어나고 있었다.

"선무 일등공신이며 당대 명장으로 기록된 원 장군, 후대의 우리는 왜 그를 형편없는 악장惡將, 겁장怯將으로 알고 있는가? 내 말은 그런 뜻이외다. 허허허."

그의 웃음은 허허로웠고 운곡마을 손 씨 고택은 덩그렇게 보였다.

'그는 악장, 겁장이 아니다…….'

급기야 양진은 아슬아슬한 끝이 보였다. 이제 안핵사 저의는 또렷하게 밝혀졌다. 그는 농민군에 대한 조정과 백성들의 평가를 그릇된 것으로 보고 있다.

원균이 악한 장수나 겁쟁이 장수가 아니듯이, 봉기 농민군 또한 반란군이 아니며, 초군들이 일으킨 그것은 민란이 아니라는 것이다.

'아, 정녕 두렵고 무서운 일이로다. 어찌 이런…….'

밤마다 안핵사가 쉬 잠자리에 들지 못하고 꼭 몽유병자처럼 우병영 마당을 홀로 거닐며 뭔가 깊은 상념에 잠기곤 한다는, 휘하 장졸들의 보고가 비로소 이해되는 양진이었다.

'내가 이렇게 미련퉁이일 수가 있나?'

양진은 밤의 어둠보다도 캄캄한 심정으로 생각했다.

'이제야 깨닫다니.'

수규는 분명히 사람이 달라졌다. 아니, 달라진 그 정도가 아니라 미쳤다. 적어도 양진의 눈에는 그랬다. 역당 농민군과 요물 해랑이라는 관기 때문에 완전 얼이 나갔다. 그렇지 않고서야 어떻게 이런 소리까지 입에 올리겠는가 말이다.

"선조실록은 맞소이다. 하나, 선조수정실록은 엉터리요."

"……."

땅에서 솟아나는 바람과 하늘에서 내려오는 바람이 자리다툼을 하느라 온 세상이 자욱한 흙먼지로 뒤덮이는 환영이 보이는 양진이었다.

"인조반정을 일으킨 자들이 실로 불경스럽게 왕을 협박하여, 사관들이 기록한 사초史草 한 장 없이 당시 집권자들 문집이나 비문 등에서 자료를 그러모아……."

"나리! 안핵사 나리!"

양진의 귀에 들려오고 있었다. 농민군들이 진군하면서 부르는 저 '언가', 이 걸이 저 걸이 갓 걸이 진주 망건 또 망건…….

"억지로 자기합리화 시킨 거짓 역사서가 선조수정실록이란 말이오. 수정, 수정이라. 한 번 기록된 것을 수정하려면 처음 기록할 때보다도 훨씬 더 세세한 고증과 숱한 노력과 크나큰 책임이 수반되어야만 마땅할 일이거늘……."

"……."

그때쯤 무원과 손 씨도 수규 속내를 약간 알아챈 모양이었다. 농민군 진상을 누구보다도 잘 알고 있는 그가 아니겠는가? 지금 그의 마음속은 오직 농민군에 대한 상념들로 가득 차 있을 것이다.

그리고 사실 모두가 직접 발설을 하고 있지는 않지만 마음 한 모서리에 남아 있는 양심이란 거울에 소상히 비춰볼 때, 이번 농민반란은 역적질이 아닐 수도 있다는 생각도 완전히 떨치지 못했다. 솔직히 농민들은 더 이상은 도저히 참고 살 수 없는 막다른 벼랑 끝까지 내몰린 현실이 아닌가? 만약 왕족이나 양반들도 똑같은 상황 속에 내던져졌다면 마찬가지가 아니었을까? 더했으면 더했지 결코 덜하지는 않을 것이다.

그러나 아무리 그렇다 하더라도, 지금 저 말은 안핵사로서 할 소리가 절대 아닌 것이다. 그럴까? 아니다. 그는 작금의 현실을 똑바로 털어놓지 못하고 임진전쟁 당시 이야기를 꺼냄으로써, 지금 자신의 양심적이지 못하고 올바른 판단까지 상실해버린 답답하고 못난 심정을 조금이나

마 풀어내려는 것이다.

"아아, 너무 그렇게들 딱딱한 얼굴들은 하지 마시구려."

그렇게 말하는 수규의 얼굴이 거기 정원석보다도 굳어 있었다.

"통제사 재임용지인 유서 깊은 이곳에서 숙적宿敵 이야기를 해보는 것도 좀 재미있지 않소이까? 하하."

수규의 그 말을 듣고 서로를 바라보는 그들 얼굴에는 하나같이 이런 반발심이 서려 있었다.

'그걸 어떻게 재미라고 할 수 있는가?'

더구나 수규는 만취하여 술주정 부리는 사람같이 이제 잔뜩 혀 꼬부라진 소리를 내었다. 그 스스로도 자신이 하는 이야기가 얼마나 민감하고 위험한 것인가를 익히 알고 있다는 증거였다. 그리고 그런 것까지 인지하고 있으면서 굳이 입 밖으로 발설한다는 그 자체가 더 섬뜩할 노릇이었다. 이해가 되고 안 되고는 나중 문제였다.

"오늘날 세상 사람들은 이러한 사실에 대해 인색하리만치 잘 모르고 있어 그게 참으로 답답, 또 답답하오이다."

그러면서 주먹으로 자기 가슴이라도 찧고 싶은 표정을 짓고 있는 수규에게, 무원이 내심 짚이는 것을 좀 더 분명히 확인하려는지 넌지시 입을 열었다.

"그렇다모 안핵사께서는 대단히 잘 알고 계신다는 그런 뜻이온대, 소관도 이번 기회에 알고 싶사옵니더."

그러자 더욱 놀랍게도 수규는 조금도 주저하지 않고 자신 있게 단언했다.

"장군은 훌륭하오. 내 이야기를 들어보면 다들 이해가 될 것이오.

양진 귀에는 그 소리가, 농민군은 훌륭하오, 하는 뜻으로 들려 또다시 강한 철퇴를 맞은 듯 아찔해지면서 전율해야만 했다.

"원 장군의 가계와 경력은 대단했소."

이야기는 자꾸만 샛길로 빠지고 있었다. 어쨌거나 이제 수규는 원균 문중 사람이거나 충실한 집사執事, 그게 좀 지나친 비약이라면 그 가문의 대변인 정도는 돼 보였다.

"고려 충신 원극유의 후손인데, 중종 임금 당시에 영의정을 지낸 원준량의 아들이외다."

정원수 이파리들이 수런거리는 소리가 이상하게 신경을 곤두세우게 했다. 더 알 필요가 있을까 여겨지는 말들이 줄줄이 나왔다. 더욱이 그때 그곳에서는 금기시 되어야만 할 것 같은 말들이었다.

"선조 초에 무과에 급제했지요."

집채 뒤쪽 어디에선가 정체가 분명치 않은 무슨 소리가 들려왔다. 혹시 손 씨 가문 조상들이 진노하여 내지르는 고함소리는 아닐까? 하고 양진은 생각했다.

"그래서 우찌 되었사옵니꺼?"

누군가가 물었다. 어쩌면 두 사람이 한꺼번에 그러지 않았나 싶기도 했다. 다른 사람들이 보기에 수규는 그것에 관해 꿰차고 있었다. 하지만 설혹 그렇다 할지라도 이렇게까지 소상한 이야기를 꺼낼 어떤 가치나 목적이 있었을까?

"함경도에서 만호로 있던 중, 여진 토벌의 공을 세워 특진도 했소. 오랑캐 토벌 중에 왕명을 받고 경상우수사로 전보되었지요."

원균 혼백이 수규 몸속에 들어가 있는 것인가? 수규가 아니라 원균이 자기 자신에 대해 얘기하고 있다는 착각마저 들었다. 아니다. 농민군이 안핵사 입을 빌려 말을 하고 있는 것이다. 우리가 들고일어난 여기 경상도 땅, 그곳 경상우수사를 보라.

"그러니까 경상우수사로 자리를 옮길 그 당시가 임진년 3월 중순이었으니…….”

지난번 농민군 반란은 임술년 몇 월이었지? 갑자기 아무것도 기억이 나지를 않는 바람에 양진은 고함이라도 마구 내지르고 싶은 심정이었다.

“저 섬나라 오랑캐 놈들이 쳐들어오기 한 달쯤 전이었소. 한데, 한데 말이오…….”

“…….”

안핵사 배수규, 아니 원균 장군, 아니 농민군 목소리가 별안간 이상하게 바뀌었다.

“우습지 않소이까? 북쪽에 있던 육군 장수를 갑자기 남쪽 바다의 수군 장수로 임명했단 말이오.”

그 순간, 그 자리에 모여 있는 모든 이들이 저마다 고개를 갸웃했다. 이상하다. 북쪽 육군 장수를 남쪽 수군 장수로…….

“육전에서는 상당한 갱험이 있었지만도 수전에는 갱험이 없었을 그가, 우떻게 저 왜구를 맞아 싸왔을꼬 궁금하옵니더.”

그때쯤 손 씨도 관심을 드러내기 시작했다. 그동안 조선 성웅의 통제사 재임용지인 그 저택의 주인이란 사실에 크나큰 자긍심을 품으며 살아왔고, 또 후손들도 영원히 그렇게 살아갈 가문이라는 것에는 하등의 의심이나 회의가 없었다.

원균은 겁 많고 옹졸한 장수로만 치부해왔는데 꼭 그런 것만도 아니라는 의혹도 일었다. 아니, 보다 더 상세하게 알고 싶었다고나 할까? 서로 반대편에 서 있는 인물이라고 하니 더더욱 그랬다.

‘씨~잉.’

지금 바람은 바깥으로 빠져나가지 못하고 마당 안에서만 계속 맴돌고 있는 것으로 보였다. 어쩌면 저 임진년이나 그 이듬해인 계사년에 불었던 바로 그 바람인지도 모른다.

"원 장군이 당장 아주 크게 패하고 말았을 거다, 이 사람에게는 그런 의미로 들리는데, 맞소이까?"

"그, 그거는……."

수규의 단도직입적인 그 물음에 손 씨는 그렇지 않다고 부정하지 못했다. 관직에 몸담고 있지 않은 손 씨로서는 그런 역사적 사실에 어두울 수 있었다. 성웅에 관한 것이라면 그 누구보다 밝았지만.

"정말 그러했는지 아닌지는 더 들어보시구려."

그 말을 알아들었을까? 저도 귀를 기울이는지 거짓말처럼 바람기가 멎었다. 수규 입을 통해 예상치 못한 소리가 또 이어졌다.

"그는 제 한 몸 죽기를 각오한 채 부하 제장들을 거느리고 저 판옥선을 앞세워 적진으로 돌격하였소."

졸지에 그 고택은 해전海戰이 벌어지고 있는 바다로 변해가고 있었다. 만약 농민군이 육지에서가 아니라 강이나 바다에서 관군을 상대했다면 그 결과는 달라졌을까? 그것은 누구도 모르는 일이었다.

"판옥선, 알지요?"

양진의 눈앞에 나타나 보였다. 갑판 위에 한 층을 더 올려 널빤지로 지붕을 덮은 집배. 그는 심한 뱃멀미를 일으키고 있는 것처럼 어지럽고 속이 울컥거리는 바람에 그곳 뜰에 털썩 주저앉을 뻔했다.

"한데 기적, 기적이 일어난 것이오."

"예?"

모두의 눈이 똑같이 휘둥그레졌다. 기적이라니? 비정규군인 농민군에게 정규군인 관군이 어이없이 무너진 것 같은 그러한 일이 또 있었는가? 관리들이 무지렁이에게 덜미를 틀어 잡힌 그런 사태가 또 있었는가?

"아군의 판옥선에 왜선이 부딪히기만 하면, 왜선은 그 즉시 동강이 나고 파괴돼버렸단 말이오."

수규 어깨에 힘이 들어가 보였다. 무엇이든 그 어깨에 부딪히면 성해 나지 못할 듯했다.

'아, 농민군 어깨!'

급기야 양진도 미쳐가는 것인가? 안핵사의 어깨에서 농민군의 어깨를 연상하다니!

"우찌 그런 일이 생길 수가?"

누군가가 깊은 신음소리를 내었다. 숨을 죽였던 바람이 숨길을 틔우 듯 살랑 불었다.

"허, 기적이라 하지 않았소?"

그러나 수규는 곧 그 까닭을 들려주었다.

"우리 판옥선은 소나무 재료로 만들어졌고, 섬나라 오랑캐들의 배는 스기나무(삼나무)로 만들었소. 그렇다면 어떤 차이가 있느냐?"

"……."

"소나무는 바닷물을 머금으면 잘 부러지지 않고 더욱 육중해지는데, 스기나무는 오히려 잘 부러지는 성질이 있소."

"……."

그곳 고택의 검은 기와지붕이며 재질 좋은 나무기둥은 오랜 세월에 시달려왔으면서도 그 어떤 비바람에도 쉽사리 무너질 것 같지가 않았다. 앞으로 천 년도 더 그 형체를 그대로 유지할 수 있으리라.

"그러니 그 돌격전법을 왜구가 어찌 감당해낼 수 있었겠소? 냅다 덤벼 치니 무슨 수로 말이오. 하하핫!"

수규의 호탕한 웃음소리가 담장을 넘어 세상 밖으로 퍼져나가고 있었다. 양진은 눈앞에 그려지는 어떤 망상에 머리를 흔들었다.

농민군 돌격전법 그리고 패퇴하는 관군.

양진은 너무나 마음이 씁쓸했다. 소태를 씹은 것만큼이나 입맛이 썼다. 안핵사 배수규는 농민군과 원균을 억지로 꿰맞추려는 심사가 아닌가 여겨졌다. 그게 비록 어불성설이라고 할지라도 그로서는 그렇게라도 해야 장차 여생을 살아갈 수 있을 거라고 맹신하고 있는지도 모른다.

그러나 모든 건 끝났다. 그것도 그냥 대충이 아니라 숙고하여 이미 다 결정 난 일이었다. 농민반란 주동자급 1백여 명에 대한 명단과 죄상을 낱낱이 적어 비변사에 보고했다. 유춘계를 비롯한 핵심 몰락 양반 출신들, 서준하를 비롯한 핵심 농민 대표들, 그들은 이제 얼마 안 있어 수많은 백성들이 지켜보는 가운데 효수형을 당해야 할 아프고 슬픈 운명 앞에 놓여 있었다.

"그에게는 원사웅이란 외동아들이 있었지요."

이제는 아들까지? 안핵사도 외동아들일까? 양진은 자포자기하는 심정으로 그런 생각들을 굴렸다.

"그는 겨우 열여덟 살 나이로 1차 해전에 참가했다가 그만 전사하였소."

그렇게 전하면서 수규는 길고 깊은 한숨을 후우 내뿜었다. 그리고 그 한숨 끝에 드디어 이런 말이 벼랑 끝에 매달린 나무만큼이나 위험하게 터져 나왔다.

"농민반란을 주도한 유춘계가 형옥에서 내게 이런 소리를 했소."

양진은 홀연 그 고택이 형옥으로 돌변하는 환각에 속으로 울부짖었다.

'나를 가두려들지 마시오!'

수규는 가슴 저 밑바닥으로부터 끌어 올리는 음성이었다.

"모든 것은 오직 역사가 말하는 것이라고."

'흐, 역사…….'

마냥에서 건물채로 연결된 그다지 가파르지도 않은 돌계단 몇 개가 어쩐지 오르기에 숨 가빠 보이는 양진이었다. 그리고 그 자연석 밑에 보이는 것은 너무나도 작고 초라하여 자세히 보지 않으면 눈에 잘 띄지 않을 잡초 두어 포기였다.

"처음에 나는 그자를 꾸짖고 비웃었소."

"……."

수규의 파리한 입가에 잔뜩 일그러진 웃음기가 번져나고 있었다. 그 바람에 그의 얼굴은 서투른 석수장이가 잘못 빚은 얼굴 석상을 떠올리게 했다.

"한없이 어리석은 대역 죄인이라고."

정원의 매끈하게 손질된 잔디밭은 깔끔한 집주인 성품을 그대로 드러내 보이는 것 같았다. 그 잔디 위를 수규의 말이 구멍 숭숭 뚫린 칙칙한 낙엽인 양 휘날리고 있었다.

"한데, 한데 말이오. 시간이 흐를수록 나는 자신이 없소."

"……."

조용한 가운데 누군가 마른침 삼키는 소리를 냈다. 수규는 높은 공중에서 아슬아슬하게 외줄타기를 하는 광대였다.

"먼 훗날, 세상 사람들은 이번 민란에 대해 어떤 평가를 내릴지, 그 생각을 하면 참으로 두렵단 말이오."

그의 목소리는 갈수록 자신감을 잃고 있다. 말도 자주 끊기었다. 가만 듣고 있는 이들이 지독한 상실감에 젖을 지경이었다.

"어쩌면…… 이 배수규는…… 선량한 농민을 처단한 나쁜 관리로서, 우리 역사에 비겁하고 더러운 이름으로 기록될지도 모르오."

그가 한 그 소리들은 무작한 사람들 발에 밟혀 산산조각 난 낙엽의 잔해처럼 고택 안을 이리저리 굴러다니는 것 같았다.

"안핵사 나리!"

마침내 양진이 수규를 불렀다. 모두가 몸을 크게 움찔할 만큼 높고 날카로운 목소리였다. 수규는 더없이 침통한 낯빛으로 말했다.

"하지만 이제는 어쩔 도리가 없소."

"……."

"나는 악역을 맡을 수밖에 없는 안핵사 신분으로 이곳에 온 것이오."

그의 목소리는 이승이 아닌 다른 세계로부터 흘러나오고 있는 느낌을 자아냈다.

"앞으로 원혼이 될 그들……."

"……."

"아아, 무섭고 또 무서운 일……."

언제 청명한 날씨였느냐는 듯 그곳 마당을 미처 빠져나가지 못하는 바람이 끝내 하늘로 흙먼지를 날려 보내고 있었다.

읍내 국월관 밀실에서 잠시 기녀들을 기방 밖으로 내보내고 밀담을 나누던 배봉과 긍복.

"더 할 이약은?"

"없심니더."

그런 결론은 쉽게도 난다.

"그라모 요것들을 불러야제."

"예, 예."

배봉이 그곳에 오면 늘 그러하듯이 이번에도 천하를 손아귀에 거머쥔 사람처럼 호기롭게 외쳤다.

"오데 있노?"

그러자 방문에 바짝 귀를 갖다 대고 있기라도 한 것일까? 배봉 말이 떨어지기 바쁘게 기녀들은 다투듯 다시 들어왔다. 그러자 황량한 겨울 들판이던 방이 따뜻한 봄 동산으로 바뀌었다. 그것은 묘한 요술이었다.

"흠……."

궁복은 배봉과 줄다리기를 하던 긴장감이 스르르 풀리면서 비로소 기녀들 모습이 제대로 시야에 들었다. 화려한 치맛자락 밑에 아주 감질나게 살짝 감춰진 알록달록한 꽃버선도 보이고, 머리에 올린 아름다운 가체加髢며, 가느다란 허리춤에 찬 산호가지로 만든 대삼작大三作 노리개도 눈에 잘 들어온다.

"어휴, 술자리 분위기가 어찌 이리도 싸늘할꼬? 냉방이다, 냉방!"

난희는 무늬가 고운 장판지가 깔린 방바닥을 연방 희고 작은 손으로 쓸었다.

"나 같으면 벌써 얼어 죽었을 거예요."

그러고는 춥다고 몸까지 떨어대며 수작을 부리기 시작했다.

"나리, 풍악부터 잡힐까요?"

요춘이 가야금을 무릎에 올려놓는데 그 자태가 곱다 못해 요염하기까지 하다. 궁복 눈에 그 악기가 사내같이 비쳤다. 궁복은 그만 경계심이 풀리면서 점점 이성을 잃어가고 있었다.

"음……."

궁복은 전신에 불끈 힘이 솟았다. 그에게서는 몰락 양반의 체통조차도 더 이상 발견해낼 수 없었다. 갈 때까지 가버린 자들의 진구렁이다.

"어얼씨구나, 조오타! 저얼씨구나, 조오타!"

"헤, 헤헤……."

요춘의 가야금 가락과 난희의 노랫소리가 방안 가득 울려 퍼지면서, 독사처럼 독기 오른 사내들 얼굴에는 여유가 생기고 음란한 웃음이 번져난다.

"요, 요것들! 운제 봐도……."

배봉은 기녀들과 장단 맞춰가며 덩실 더덩실 어깨춤을 춰댄다. 궁복 눈에는 그런 배봉이 어둡고 험한 길에서 질벅거리는 사람 같다. 아무튼 놀라운 변신이 아닐 수 없었다. 대체 나와 둘만 있을 때의 그 임배봉이 맞나 눈을 의심하지 않을 수 없었다. 그는 내심 크게 결심했다.

'그렇다모 내도 달라져야제.'

요춘이 미모는 좀 더 뛰어나지만 목청은 난희가 한 수 위다. 공복이 들으니 그 노랫말도 아름답다.

촉석루 밝은 달은
논낭자의 넋이런가.
나라 위한 일편단심
영구토록 빛나느니,
아마도 여자 충의는
그뿐인가 하노라.

배봉의 손은 어느새 요춘의 허리에 찔려져 있다. 저 뭉툭하게 못생긴 손가락 끝에서 세상은 얼마나 바닥으로 놀아날 것인가를 생각하니 공복은 진저리가 쳐졌다.

'내라꼬 오데…….'

그도 난희에게 접근하고 싶다. 그렇지만 억지로 눌러 참는다. 마음이야 들킬 리 없지만 실제 행동까지 눈치코치 없이 배봉과 동급으로 놀다가는 언제 어느 순간에 배봉의 그 놀부 심술에 큰 낭패를 당할지 모른다.

"아이, 어서 술 드시와요."

"흠."

"읍내장터 나온 촌닭같이 눈만 두리번두리번. 어쩜 이리도 순진하시긴."

"흐음."

난희 말에 긍복은 오히려 더 점잔을 뺄 도리밖에 없다. 막 동하기 시작하던 음심이 그 소리에 도로 스러지고 만다.

"기방 출입은 첨이신가 봐. 아니, 지난번에도 뵈신 기억이 있는데……."

방벽에 붙여 세워져 있는 병풍 속의 꽃나비를 보면서 이야기하듯 했다.

"나비가 날아들어야 꽃도 열매 맺지. 호호호."

요춘은 배봉과 붙어 앉아 있으면서도 긍복을 향해 쉴 새 없이 눈웃음을 보낸다. 사팔뜨기 같다. 배봉의 장난질은 신기神技에 가까울 정도다. 저렇게 하다 보면 나중에는…….

'에잉, 에나 기분 나뿌다. 상눔이 내 겉은 양반보담도 더 잘 노네?'

배봉의 노련한 솜씨와 자기를 꼭 촌닭 취급하는 기녀의 말은 긍복의 사내 자존심을 크게 건드렸다. 의기소침해 있던 그는 이것만은 배봉이 따라오지 못하리라 짐작하고 서툰 한양말까지 섞어가며 자신 있게 입을 열었다.

"취흥을 돋우기 위해 이 사람도 옛 이약 하나 하것소이다."

그러자 요춘보다 난희가 더 호들갑을 떤다.

"어머? 어머? 역시 선비다우셔라. 얼른 해보시와요, 호홋."

긍복은 고개를 들어 상 저쪽에 앉은 배봉을 바라보았다가 자신도 모르게 외면했다.

'저 눈깔 좀 봐라.'

배봉의 못마땅해 하는 눈빛이 마음에 걸렸던 것이다. 하지만 무시해 버리기로 하고 점잖게 운을 떼었다. 앞으로는 이런 자리에 좀 더 대범하고 익숙해질 필요가 있다.

"방금 촉석루 노래를 들은께 생각나는 기 있어갖고……."

그가 깔고 앉은 꽃방석이 한쪽으로 눌리면서 자꾸 그의 엉덩이를 벗어나려 하고 있었다. 이것도 날 무시해? 그냥 콱 집어 들어 뜯어버리고 싶은 충동을 억누르고 있는 그의 표정이 볼 만 했다.

"뭐가 생각나시는데요?"

요춘의 말에 이어 난희도 묻는다.

"옛사랑이 떠오르시는가요?"

난희는 긍복도 어서 배봉처럼 놀아나주기를 은근히 바라는 기색이 또렷했다. 그래야 운우지락도 즐기고 또 돈도 벌고 할 수 있을 것이다. 하지만 긍복 입에서는 전혀 다른 이야기가 흘러나왔다.

"그런께네, 에, 2백 년도 한참 더 오래 전에, 갱상우도초유사로 이 고장에 온 학봉 김성일이 말입니더."

그 순간, 배봉이 눈꼬리를 위로 확 사납게 치켜 올리고는 꼭 무뢰배가 시비 거는 것처럼 했다. 경상우도초유사는 뭐 말라비틀어진 것이냔 투였다.

"김성일이가 우쨌는데?"

"아, 그기……."

긍복 가슴이 그만 철렁 소리 나게 내려앉았다. 자고로 야윈 말이 삐침 잘 탄다 하였던가? 기름통에 흠뻑 빠졌다가 금방 나온 듯 유들유들한 배봉은 어지간한 소리들은 그냥 귀 밖으로 흘리는데, 양반사회에 떠도는 이야기에는 지독한 과민반응을 보였다. 병도 그런 병이 없었다.

긍복은 잘 알고 있었다. 배봉의 그런 심리 내면에는 김호한이 있다는 것을. 물론 더 위로 거슬러 올라가면 김생강이 존재하지만. 배봉이 겉으로야 떡 양반 행세를 할 수 있을는지 몰라도 자기 마음의 거울을 끄집어내어 비추어 보면, 그것은 영원히 도달할 수 없는 한갓 환상에 불과할 것이다.

'그러이 내라도…….'

그러자 긍복은 이야기를 멈추고 싶었다. 바야흐로 달아오르려고 하는 분위기에 찬물을 끼얹는 어리석은 짓을 왜 자초하겠는가? 하지만 난희 재촉에 어쩔 수 없다. 요춘도 어서 계속해 보라고 야단이다.

"그, 기, 김성일이, 이로, 조종도와 더불어, 초, 촉석루에 올라, 시 한 수를, 으, 읊었던 깁니더."

긍복의 말마디가 자꾸만 끊기면서 목소리는 안으로 기어들었다. 그러나 두 기녀는 크게 신바람이 붙어 합창하듯 했다.

"옴마, 옴마, 멋져라!"

"선비 세 분이 촉석루에서 시 한 수를 읊었다고요? 정말 낭만적이에요!"

배봉이 끄응, 하고 몹시 심기 불편한 빛으로 자리를 고쳐 앉는다. 여우가 호랑이 위세를 빌려 호기 부린다, 그런 눈치다. 어쩌면 오늘 술값은 모두 네가 내어라 할 것 같기도 하다.

'니기미! 내라모 내지 머. 까짓 거 몬 낼 끼 오데 있노?'

긍복은 내심으로는 호기를 부리면서도 눈은 배봉 쪽을 억지로 외면한 채 한껏 멋 부리는 소리로 그 시를 읊조리기 시작했다. 참으로 오랜만에 선비로 되돌아간 모습이다.

촉석루 가운데서 세 장사들은, 한 잔 술 즐기며 남강을 가리키도다.
강물은 도도히 흘러가나니, 물이 마르지 않을 손 혼도 죽지 않으리라.

그러나 기녀들의 찬탄과 박수가 나오기 전에 먼저 튀어나온 게 노기 잔뜩 서린 배봉의 고함소리다.

"고만두지 몬하겄소?"

"예? 예……."

"개도 벌로 짖는 개는 그냥 안 두고 당장……."

"……."

긍복은 난감해 어쩔 줄 몰라 한다. 야단법석이던 기녀들은 천박스러울 만큼 짙게 화장한 눈을 내리깔고 가만히 있다. 배봉은 속에서 열불이 확 치밀어 오르는지 목청을 있는 대로 돋우었다.

"시방 이 나라를 요 모냥 요 꼬라지로 맨든 기 누요?"

"그, 그거는……."

그러나 배봉은 긍복 말을 끝까지 들을 인내심을 놓아버린 지 오래였다.

"그기 모도 다 지 잘난 체 해쌌는 양반 선비들 아인가베?"

막 대놓고 긍복을 힐난하고 있다.

"백성들 살릴 정치는 잘할 생각도 안 하고, 그리 쥐뿔도 없는 풍류나 즐기왔으이, 흐응, 나라가 망하는 기라, 나라가. 알것소, 으잉?"

"……."

급기야 배봉은 거칠게 술잔을 들어 큰 상이 부서져라 꽝 내리쳤다. 술이 그뿐만 아니라 다른 사람들 옷으로까지 튀었다.

"아, 나리!"

"차, 참으시와요, 예에?"

기녀들이 파랗게 질려 허둥거렸다. 긍복은 침착한 얼굴로 가장하고 말했다.

"고정하시이소. 양반은 참으시는 깁니더."

그러는 긍복도 숨이 멎는 듯했지만 마음 한쪽 귀퉁이에서는 가증스러운 웃음기가 삐어져 나왔다. 혼자 나라를 위하는 척하는 저 위선적인 꼬락서니라니. 돈 냄새에 팍 중독되어 돌아도 한참 돌았어. 악마도 제 하는 짓이 나쁜 줄 모른다더니, 인간이란 것들은 참으로 이중적인 동물이구나 싶었다. 그러자 순간적이지만 그는 귀신이 되어 모든 인간들, 거기 배봉뿐만 아니라 기녀들마저 모조리 죽여 버리고 싶은 충동에 휩싸였다.

그런 궁복의 머릿속에 슬그머니 자리 잡는 떠돌이 귀신, 객귀客鬼. 집 밖에서 죽거나, 횡사橫死한 사람의 혼령은 떠돌아다니면서 여러 재앙을 가져온다던가.

'그기 하매 운제고? 내한테 객구들릿다꼬 온 집안 어른들이 야단 난리를 부릿던 기.'

그것은 그가 채 열 살도 되지 않았을 적의 일이었다. 까닭 없이 신열이 나고 선하품이 나왔다. 그러자 어른들이 그에게 날콩 몇 알을 주면서 말했다.

"이거 묵고 비린내가 나는가 안 나는가 함 이약해 봐라."

그것을 먹어본 그가 말했다.

"잘 모리것는데예."

어른들이 기겁을 했다.

"머라꼬? 잘 모리것다꼬?"

"암만캐도 일 났소, 일 나. 야가 틀림없이 딱 걸리고 만 기라요."

"우짤꼬오! 구신이 눈이 멀었제, 아즉도 에린 아를……."

그런 가운데 집안 최고 연장자답게 할아버지가 이렇게 말했다.

"모도 와 이리쌌노, 엉? 고따우 방충맞은 소리는 벌로 해쌌지 말고 한 분만 더 시험해 보자."

그러더니 종지와 좁쌀과 백지를 준비하라고 일렀다. 궁복의 어머니와 친척 아주머니들이 그것을 가져오자 할아버지는 그 종지에 좁쌀을 넣어 백지로 덮어서 쌌다. 그것을 보고 있는 가족들 입에서 마른침 삼키는 소리가 어린 궁복의 귀에 유난히 크게 들렸다.

"니 여 함 누우 봐라."

"예."

할아버지의 명에 따라 궁복은 방바닥에 드러누웠다. 할아버지가 백지로 덮어 싼 종지를 손자의 가슴에 얹어 문질러보기 시작했다. 궁복은 좀 간지럽기도 하고 아프기도 했지만 억지로 참아내고 있었다.

얼마 동안이나 그랬을까? 이윽고 할아버지는 백지를 벗겨내고 종지에 들어 있는 좁쌀을 꺼내더니 이리저리 살펴보기 시작했다. 다시 일어나 앉은 궁복은 영문도 모른 채 그저 할아버지가 하고 있는 동작만 멀거니 바라보고 있었다.

"너거들 이거 좀 봐라, 이거."

잠시 후 식구들에게 그러는 할아버지 음성은 밝고 기운이 넘쳤다.

"귀티이가 폭 패여 있는 좁쌀은 하나도 없제? 안 비이제?"

궁복 아버지가 모두를 대표하여 대답했다.

"예, 안 비입니더."

궁복 할아버지가 안도의 한숨을 내쉬며 말했다.

"객구들린 거는 아인 기라."

궁복 귀에 아직도 그 할아버지 목소리가 선했다. 만약 그날 좁쌀 한 귀퉁이가 폭 패 있었으면 어쩔 뻔했나 하고 새삼스레 가슴을 쓸어내리는 궁복이었다.

'그 당시 객구들리서 죽어삣다모 내가 배봉이 저놈을 만낼 일도 없었것제.'

한탄 섞인 그런 생각과 함께 궁복은 다시 현재로 돌아왔다. 그런데 기방 안은 살기마저 크게 감돌고 있었다. 그리고 그 아슬아슬한 순간을 무마시킬 사람은 아무래도 사내들 술자리 경험이 많은 기녀 요춘이었다.

"호호호, 호호호호……."

요춘은 그야말로 간드러진 웃음과 함께 배봉 품속으로 몸을 던졌다.

"역시! 역시! 우리 배봉 나으리야말로 장부 중 장부요, 호걸 중 호걸이셔어!"

앙증맞게 생긴 두 주먹으로 배봉 가슴을 찧어댔다.

'저, 저…….'

그의 목전에 저 농민군의 주먹이 어른거려 긍복은 눈이 자꾸 감기려 했다.

"어지간한 사내들 공세에는 눈썹 하나 까딱 않는 이 콧대 센 요춘이가요."

자칭 세다는 콧대를 찡끗해 보였다.

"배봉 나리의 이런 큰 배포와 퍼런 서슬에는 거미줄에 딱 걸려버린 나비처럼 꼼짝달싹 못 한다니까요? 호호호."

그래도 눈에 비수를 꽂은 배봉을 본 긍복은 온몸에 거미줄이 친친 감겨드는 느낌이었다. 그가 지금까지 만난 사람들 중에 배봉만큼 두려운 존재는 없었다. 어쨌든 요춘의 기지에 힘입어 겁먹고 있던 난희도 용기를 얻었는지 배봉의 비위를 살살 맞췄다.

"그래요. 솔직히 양반입네 선비네 하면서, 기방에 와서는 온갖 추잡한 짓거리는 다 하는 게 그들이지요."

그 억양으로 미뤄보아 본디 전라도 출신이 아닐까 싶은 요춘이 말씨까지 여기 지역말로 바꾸었다.

"하모, 하모. 우리 배봉 나리매이로 고상하거로 노시는 분이 온 시상천지에 또 오데 있것노? 있으모 함 나와 봐라 캐라."

드디어 기녀들 말발이 제대로 먹혀들어가기 시작했다. 배봉은 여전히 돌멩이처럼 딱딱한 낯빛이지만 그 약효를 받아 입가에는 차츰 엷은 미소가 감돌았다. 그렇지만 그의 입에서 나오는 말투는 여전히 감사납다.

"양반? 선비? 에라이! 똥통에 모돌띠리 빠져 죽어삐라!"

그는 기녀들을 번갈아 바라보면서 입을 놀렸다.

"그렇제? 이 배봉이 말이 지당한 기제?"

어리광부리듯 하는 그 품이 긍복 눈에 참말로 혼자 두고 보기 아깝다. 그런데 난희는 더 가관이다. 어찌 들으면 삼족을 멸할 소리를 했다.

"지당하고 또 지당하신 말씀이시옵니다, 상감마마!"

"머? 사, 상감마마? 으하하핫!"

배봉은 용안을 일그러뜨리며 파안대소했다. 꽃무늬 현란한 방석이 들썩거렸다. 졸지에 배봉은 왕이 되고 기녀들은 궁녀가 되었다. 긍복은 어이가 없는 중에도 궁리해보았다.

'시상 다 됐다. 말세다, 말세. 그라모 내는 머시 되노? 사내구실도 몬하는 내시가 되는 깃가?'

그 사이에 요춘은 누가 잡고 조금만 힘을 주어도 분질러질 것같이 가느다란 두 팔을 뻗어 올려 돼지처럼 굵은 배봉의 목을 끌어안았다.

"호호. 그렇고 말고예. 누 안전이라꼬 감히 거짓을 고하까예?"

그런데 그 광경을 지켜보는 순간 긍복은 온몸이 오싹했다.

'헉!'

요춘의 팔이 호한의 여식인 비화의 팔처럼 보인 것이다. 또한 배봉의 목도 긍복 자신의 목으로 변했다. 비화가 자기 목을 조르고 있다…….

'흐…….'

긍복은 눈을 질끈 감았다가 도로 떴다. 그는 식은땀을 흘리면서도 '후우' 안도의 한숨을 몰아쉬었다. 배봉이 자기 목을 휘감은 요춘의 팔을 천천히 풀고 있다. 그러고는 뭉툭한 엄지를 머리 위로 높이 치켜들어 보이면서 말했다.

"안전이고 바깥전이고, 내사 돈전이 최고 조오타!"

"돈전?"

난희가 고개를 갸우뚱하며 말했다.

"돈전이 머시지예? 머가 돈전인데예?"

그러자 긍복이 잘됐다 싶은 표정으로 배봉 대신 얼른 대답했다.

"돈 전錢, 돈 전."

"예?"

요춘이 역시 난희보다는 앞선다.

"하이고! 우리 배봉 나리 말씀에 그리 높고 깊으신 뜻이……."

요춘은 연신 배봉의 비위를 맞추기에 열중이다. 참 너 팔자도 더럽다. 요춘의 얼굴을 향해 침이라도 내뱉고는 그 자리에서 일어나버리고 싶은 긍복이었다.

"나리는 참 유식도 하셔라."

한참 동안 배봉에게 달라붙던 요춘이 이번에는 배봉 몰래 긍복을 향해 한쪽 눈을 찡긋해 보였다.

"운제 글을 그리키나 짜다라 읽으셨어요? 존경스러워요. 인자 모도 잊아삐시고 이몸이 따라 올리는 술이나 즐기시와요."

긍복은 한양 말과 지역 말을 뒤섞어가며 사내를 다루는 요춘이 그만 무서워지기까지 했다. 도대체 배봉에 대한 요춘의 감정 결을 짚을 길이 없었다. 배봉에게 완전히 빠진 것같이 하면서도, 또 한편으로는 긍복 자기에게 빈틈을 내보이는 것이다. 긍복은 불현듯 이런 생각이 들었다.

'운산녀도 그런 여자임에 확실타.'

그와 동시에 또 떠오르는 사람이 호한의 아내 윤 씨였다. 기녀들이나 운산녀와는 철저히 다른 여인. 남편의 죽마고우인 그를 대하는 태도는 결례를 범하지 않으면서도 한 치의 소홀함이 없었다. 정말 시샘이 날 정도로 부러운 친구 아내였다. 어쨌든 배봉은 금세 딴 사람이 되었다.

"그래, 그래. 아암, 그래야제."

그의 눈이 긍복에게 돌려졌다. 그러자 흰자위가 더 도드라져 보였다. 검은 동자가 다 사라진 그의 눈은 인간의 눈이 아니라 괴물의 눈을 연상시켰다.

"그라고 긍복 나리! 마, 이 임배봉이가 성깔이 쪼매 그렇다 카이. 그런께네 우리 요춘이 말매이로……."

그러고 있는 배봉의 눈앞으로 노염에 마구 치를 떠는 운산녀 얼굴이 나타났다. 마치 그의 뒤를 미행해 와서 한쪽에 숨어 있다가 불쑥 모습을 드러낸 듯하다. 그는 고개를 세차게 흔들어 아내의 환영을 떨쳐버리려고 무진 애썼다.

'와 해필이모 이런 자리에서 고 에핀네 상판때기가 떠오리는 기고? 안 그래도 입맛 밥맛 모돌띠리 떨어지는 낯바대기 아인가베.'

그런 생각 끝에 언뜻 바라본 긍복은 난희에게 혼이 빠져나가 있다. 눈과 혀가 정상이 아니다. 양반연하는 것들의 진짜 모습이 거기 있다. 저게 양반의 실체인 것이다.

그런데 또 다음 순간이다. 배봉은 일시에 술기운이 확 달아나는 기분에 휩싸였다. 절간 사천왕상처럼 튀어나온 눈알과 입 밖으로 쑤욱 빠져나온 징그러운 혓바닥. 긍복의 지금 저 모습. 그렇다. 그가 악몽 속에서 내내 시달리는 것들이다.

배봉 눈앞에서 기녀들과 음식상이 사라진다. 화려한 병풍이 상갓집에서 사용하는 검은 병풍으로 탈바꿈한다. 그리고 기방이 없어지고 대신 그 고을 읍내장터가 선연히 펼쳐진다. 그 장시場市에서 몇 해 전 보았던 죄인의 공개 처형 장면이 떠오른다.

5일장이 서는 그날, 장터는 그야말로 북적대는 난장판이다. 객주와 거

간꾼, 보부상, 되거리장사꾼은 말할 것도 없고, 장 구경 나온 아낙과 아이들, 한량과 함께 나온 기생들, 여하튼 밤하늘의 별만큼이나 온갖 사람들이 왕왕 들끓었다. 바로 그런 날 그 장소에서 행해지는 처형식이었다.

"감옥서 쥑이모 되지, 와 장에 와갖고 저리하는 기고?"

"그거도 모리나? 시상 헛살았네?"

"시상 헛살아? 그라모 시상 안 헛산 니가 함 말해 봐라. 와 그라는고?"

"죄인의 비참한 말로가 우떤가 비이갖고, 백성이 나라에 죄 짓지 말라꼬, 본보기로 삼아 저리쌌는 기다."

거기 시장바닥에 구름떼같이 몰려든 인파는 호기심과 두려움이 뒤섞인 얼굴로 수군대거나 떠들어댔다. 눈 위에 서리 덮인다고, 날이 갈수록 세상은 참으로 흉흉했다. 사람들 입에 말세末世라는 소리가 늘 붙어 있을 만했다.

'내 심(숨)이 다 멕힌다.'

배봉도 다른 사람들과 마찬가지로 살벌한 분위기를 풍기면서 늘어선 무장 군인들을 가슴 졸여가면서 지켜봤다. 경상우도병사가 거느리는 군대였다. 그런 가운데 쑥덕거리는 온갖 소리들은 도무지 그 끝을 보이지 않았다.

"요분에는 우찌 처행할랑고?"

"내는 능지처참하지 말고, 모가지 베는 효수행 하모 좋것다."

"니만 그렇나, 내도 그렇다."

"우리 모도 그렇것제. 사지를 쫙 찢어갖고 쥑이는 거는, 생각만 해도 사지가 다 떨린다 아이가."

"저 죄인은 무신 죄를 짓을꼬. 안됐다. 잡범은 아이것제?"

"하모, 반역을 꾀한 죄인인께 이리 공개처행 안 하까이."

"머가 반역이고 누가 죄인인데?"

"쉿! 나라에서 들으모 바로 니다, 니!"

그렇게 소란스럽던 군중이 어느 한순간 찬물을 뒤집어쓴 듯이 조용해졌다. 드디어 우병사 명령을 좇아 덩치가 어마어마한 망나니가 보기에도 끔찍하고 괴기스러운 도살 춤을 추기 시작한 것이다.

그 죄인은 그나마 능지처참하지 않고 목을 벨 모양이었다. 길게 웃자란 머리칼이 쑥대밭 같은 쉰 살가량의 그 죄인은, 이제 모든 것을 포기한 때문인지 아무런 표정이 없어 보였다. 얼굴에 고무를 둘러쓴 것 같았다. 어쩌면 너무나 지독한 공포와 두려움에 싸여 이미 혼이 빠져나갔거나 반쯤 죽어 있는 것인지도 몰랐다.

'휙! 휘~익!'

머리를 마구 풀어헤친 망나니의 칼춤은 점점 절정을 향해 치닫고 있었다. 배봉 입에서는 신음소리가 흘러나왔다. 전신에 경련이 일었다.

"배봉 나리!"

"아, 나으리! 시방 무신?"

배봉은 번쩍 정신이 났다. 긍복과 두 기녀의 놀란 여섯 개 눈이 자기 얼굴에 박혀 있다. 배봉은 자신도 모르게 두 손으로 번갈아가며 이마의 땀을 닦았다.

"아, 아모것도 아인 기라."

말은 그렇게 하면서도 배봉은 어지러운지 손바닥으로 이마를 받쳤다. 그것을 지켜본 요춘이 걱정이 뚝뚝 묻어나는 목소리로 물었다.

"나리, 혹시 어디 불편하신 데라도 있으신지요?"

긍복은 또다시 헷갈렸다. 요춘의 그 말속에는 배봉을 염려해주는 진정성이 담겨 있는 것 같았다. 금전의 힘은 진실한 애정까지도 만들어낼 수 있는 것일까? 조강지처도 그만 저리로 가라 할 지경이었다.

'하모, 그렇제. 여자를 조심해야제, 여자를. 호래이한테 잡아묵히모 뼈가지라도 남지만도, 여자한테 그리 되모 머도 우짠다 안 쿠더나?'

궁복은 하마터면 큰일 날 뻔했다고 가슴을 쓸어내렸다.

'요춘이가 배봉이보담도 내한테 더 관심이 많은 줄로 알고, 담번에 혼자 와갖고 우찌해 볼라캤다 아이가?'

그런 요춘을 보니까 궁복 자신이 한 모든 짓을 배봉에게 시시콜콜 일러바칠 기녀 같아 보였던 것이다. 역시 여자란 알 수 없는 요물이라고, 특히나 몸을 파는 기녀는 더더욱 조심하지 않으면 안 된다고, 궁복은 제 딴에는 여자에게 통달한 것처럼 해가면서 단단히 자신을 타일렀다.

"아, 아이라쿤께? 아이야, 그기 아이야!"

그런 소리에 약간 정신이 들어 바라보니 억지웃음을 짓고 있는 배봉 얼굴이 보였다. 그 시선이 궁복 자신을 응시하고 있다. 궁복의 알 수 없어 하는 눈빛이 배봉 마음에 걸렸던 것이다. 절대 놈에게 자신의 나약한 면을 보여선 안 되었다.

'마린(마른) 땅에 물이 고인다 캤다. 돌다리도 우째야 된다 캤고. 우짜든지 만사 조심 우에 조심밖에 없는 기라.'

궁복이 비록 형편없이 소심하고 쥐뿔도 없는 몰락 양반이지만, 그래도 어쩌다 한 번씩 배봉 간담을 서늘케 할 때가 있었다. 물론 그런 궁복을 내 손아귀에 집어넣고 마음대로 조종한다는 생각을 하면 더 가슴 뿌듯하기도 했지만.

'어차피 인생이라쿠는 거는 돈 놓고 돈 묵는 그런 투전판 아인가베? 그 투전판도 여자 투전판이 젤이고. 흐흐흐.'

인생을 아는 데는 여자가 최고라고 맹신했다. 여자만 알면 세상은 저절로 알게 돼 있다. 따라서 여자만 내 손 안에 쥘 수 있다면 세상도 그렇게 할 수 있다. 여자는 마지막 최고 권력이다. 그런 결론까지 내리는 배봉이었다.

그런 맥락에서 재볼 때 기방만큼 훌륭한 곳도 없었다. 더욱이 세상 여자들 중에서 가장 남자들을 많이 접하기도 하는 게 기녀들이니, 그녀들에게 돈을 뿌리고 다니는 건 아까운 짓이 아니라고 보았다. 인생을 배우는 것이다.

그러나 그러기 전에 경쟁자인 같은 사내들부터 우선 철저히 경계하지 않으면 안 되었다. 언젠가 산에 갔을 때였다. 동물들 중에서 무척 순하다고 알려져 있는 노루들까지도, 한 마리 암컷을 놓고 수컷 여러 마리가 뼈 부러지고 피 쏟는 투쟁을 벌이고 있던 광경이, 배봉 눈에는 예사로 보이지를 않았다.

'까딱 머가 잘몬되기라도 하모, 이 배봉이가 시방꺼지 그리키나 공들이갖고 쌓아온 모든 기, 장마철 흙담 내리앉듯기 무너져삐릴 수도 있는 기라.'

그러니까 지금 내 앞에 있는 수컷은 저놈이라고 치부하면서 배봉은 긍복을 곁눈질했다. 그리고 긍복을 앞에 놓고 보면 항상 그런 허상에 쫓기듯, 지금도 호한이란 놈이 긍복 옆에 그림자처럼 붙어 있었다. 실상은 어떻든 말로는 둘이 죽마고우라고 했다.

'내 밑구녕을 젤 잘 알고 있는 인간이 저눔 아인가베. 우짜든지 조심해야제. 내가 너모 많은 거를 내비인 기라. 그라모 안 되는데.'

그러나 훨씬 더 상대하기 버거운 건 그 누가 뭐래도 긍복이 아니었다. 비록 지금은 배봉 자신에게 하릴없이 당하고 있지만 절대 방심해서는 안 될 인물이 있는 것이다.

'저눔도 문제지만도, 더 문제되는 인간은 머라 캐도 호한이 고눔인 기라. 생긴 거나 하는 짓이나 지 애비 생강을 쏙 빼박은 고눔.'

그때 요춘이 혼자 이를 가느라 그 자리에 어울리지 않는 표정을 짓고 있는 배봉의 몸을 슬쩍 치며 말했다.

"퍼뜩 그잔 비우시고, 이몸에게도 한잔 주시와요."

어느 방에선가 거문고 타는 소리와 노랫소리가 아슴푸레 들려오고 있었다.

"아, 아, 그, 그래야제."

배봉은 얼른 술잔을 집어 들었다.

"아, 술에 목마르고 사랑에 목말라하는 이년 설움을 누가 알꼬?"

요춘의 그 넋두리에 난희도 덩달아 신세타령으로 나왔다. 이건 숫제 그녀들이 손님이고 배봉과 긍복은 시중꾼 같다.

"여자는 높이 놀고 낮이 논다, 그런 속담도 있지 않아요?"

"……."

긍복이 적잖게 놀란 듯 옆의 난희를 바라보았다. 이왕이면 재색을 갖춘 여자가 더 좋은 법이다. 난희는 그런 긍복의 시선을 모르는 체 딴전을 피운다.

"우리가 비록 웃음 팔아 살아가는 신세지만도, 좋은 서방님 만내서 시집만 잘 가모 귀한 신분도 될 수 있지예."

요춘은 더욱 한 서린 목소리로 변해갔다.

"여자는 제 고장 장날을 몰라야 팔자가 좋다고 하던데……."

난희가 긍복을 향해 뜻깊은 웃음기를 살살 뿌리며 새가 조잘거리듯 나불댔다.

"그래예. 여자는 바깥시상 일은 알 것 없이, 집안에서 살림이나 알뜰히 하는 것보담 더 큰 행복이 있으까예?"

긍복이 슬그머니 난희에게로 손을 뻗으려다가 제풀에 놀라 다급하게 도로 거두어들였다. 난희는 그 동작도 놓치지 않았다.

"아아, 이 난희 머리 올려주실 임은 그 운제나 와 주실랑고?"

난희는 제 머리에 올린 가체를 만지작거리며 추위 타는 새처럼 더없이 처량한 목소리를 내었다.

"임? 그래, 임, 우리 임."

요춘도 청승맞은 얼굴로 같은 말을 섞는다.

"오데 난희 니만 그런 기가? 그라모 내도 여염집 아낙맹커로 오즉 그 서방님 한 사람만 생각함시롱 일평생 살아갈 긴데……."

긍복으로선 좀체 이해가 닿질 않는 기녀들의 변모였다. 그렇게 생각 없이 제멋대로 구는 성싶은 모습들이더니만, 또 어느 순간부터인가 금방 풀이 팍 죽어 시들시들한 꽃잎 같다. 단물 다 빠지고 쭈그러진 홍시와 다르지 않다.

'각중애 안 좋아지거마.'

그러자 긍복은 어쩐지 그네들에 대한 흥미 자체가 떨어지는 느낌을 받았다. 기녀들이란 게 집안에 틀어박혀 있는 여편네와 별 차이가 없는 것 같아 신선한 맛이 없어지는 것이다. 무릇 사내들이란 돈 몇 푼 뿌리는 술집에서만은 구차스럽게 집구석 살림 걱정하지 않고 왕처럼 군림하고 싶어 하는 존재들인지도 모른다. 그렇다면 초라하고 불쌍한 존재가 이 긍복과 저 배봉이 같은 세상 남자들인지도 알 수 없다.

"에잉, 시끄럽다 고마!"

아무튼 잠시 혼자 생각에 잠긴 채 듣고 있던 배봉도 긍복과 비슷한 감정이었는지 버럭 고함을 내질렀다.

"술맛 똑똑 떨어지는 그런 궁상시런 소리 다 때리치우고, 후딱 풍악이나 잽히라 안 쿠나, 으잉?"

그의 뒤에 세워져 있는 병풍이 와락 쓰러지면서 사람을 덮칠 것 같았다.

"옴마야!"

서로 신세타령들을 다투듯 늘어놓던 기녀들이 소스라치게 놀라더니 허겁지겁 가야금을 뜯고 노래를 부르기 시작했다. 순전히 억지춘향이다.

'해어화? 꽃은 무신 꽃?'

궁복 마음이 좀 짠해졌다. 사람이 즐거워야 악기도 켜고 노래도 부르고 할 터인데, 기녀 신분이고 보니 슬프고 괴로워도 마음과는 달리 그렇게 해야만 하니, 참 세상은 살기 힘이 드는 곳이구나, 싶어진 것이다.

그런가 하면, 배봉은 배봉대로 또 무엇이 자기 뜻하는 대로 되지 않는지 연거푸 술잔만 비워댔다. 허기와 갈증을 이기지 못해 안달 나 하는 사람 같았다.

'조 인간 겉잖은 인간이 와 저라지?'

궁복은 내심 고개를 갸웃했지만 배봉이 왜 그러는지 알 수 없었다. 동냥아치 쪽박 깨진 셈이라더니, 지금 배봉이 꼭 그렇게 낭패당한 꼬락서니다. 저런 식으로 폭주를 해대다간 아무래도 무슨 사고를 저지르지 싶었다. 그리고 그 불똥이 겨냥할 대상은 궁복 자신임은 불문가지였다.

배봉이 쫓기고 있는 환영은 죄인의 머리였다.

장대에 매달린 죄인의 잘린 머리. 눈알이 튀어나오고 혓바닥을 쑥 내민 그 무서운 얼굴. 목 없는 시신은 그냥 백사장에 아무렇게나 버려질 것이다.

배봉 스스로도 알아낼 재간이 없었다. 간담이 덕석보다 크다고 자부하는 그가 왜 그따위 환영에 시달리는지. 배봉은 끝내 술잔을 방바닥에 내동댕이치고 말았다. 기녀들이 놀라 내지르는 어떤 소리도 더 이상 그의 귀에 들어오지 않았다.

"나, 나리! 배, 배봉 나리!"

"지기미! 내가 머 우째서?"

"천천히 드시와요!"

"놔라, 놔! 이거 몬 놓것나?"

"놓으면 또 어쩌시려고요?"

시종일관 그런 식이었다. 술판 분위기가 더할 나위 없이 살벌해지자 기녀들은 물론이고 긍복도 안색이 막 패기 시작하는 보리 싹처럼 파랗게 질려버렸다. 언제 서로 등을 돌려 원수지간이 될지는 모르지만, 지금으로서는 같은 배를 탄 처지였고 더군다나 샷대를 쥔 쪽은 배봉이다. 호한을 중간에 넣으면 더욱 그러하다.

"나리, 나리……."

이번에도 가까스로 위기를 넘기게 한 사람은 요춘이다. 그녀는 배봉의 손에서 장난치듯 술잔을 살짝 빼앗으며 간드러진 목소리로 물었다.

"해나 승이교勝二喬라는 기녀에 대해 들어보싯는지예?"

"머라? 성이고라꼬?"

배봉이 크게 잘못 박은 못만큼이나 잔뜩 혀 꼬부라진 소리로 물었다. 하지만 요춘은 그 지역 말을 흉내 내면서 더 나긋나긋하게 굴었다.

"예, 나리. 들어보시소. 중국의 이름난 미인들보담도 몇 배나 더 뛰어난 미모를 가짓다고 하는 기녀지예."

졸지에 배봉의 목소리가 달라졌다. 일인이역을 맡은 광대패 같았다.

"중국 미인들?"

요춘의 지역 말솜씨는 그곳 출신인 긍복조차도 감탄할 정도였다.

"중국은 에나 사람도 마이 살고 땅도 겁나거로 넓은 대국인께네 이쁜 여자들이 올매나 쌔삣것어예?"

그러자 배봉은 사이비 종교 광신자가 울부짖듯 했다.

"중국! 여자!"

배봉은 평소 중국에 대한 이야기를 좋아했고, 요춘은 그런 배봉의 심리를 때맞춰 잘도 이용한 것이다. 요춘은 자기가 빼앗았던 배봉의 잔을 철철 넘치게 채운 다음 배봉 입에 가까이 대주며 말했다.

"우리 고을 출신 기녀 가운데 최고로 시를 잘 짓는 기녀로 알고 있는데예, 기녀가 되기 전의 승이교 이름이 억춘이라예, 억춘이."

"억춘?"

그렇게 되뇌던 난희가 방정맞을 만큼 큰소리로 깔깔거렸다.

"억춘? 요춘? 아, 알것다, 알것어!"

둘 다 물결 따라 바람 따라 돌아다니다가 그 고을에 흘러 들어와서 지역 말을 꽤나 익혀둔 모양이었다. 모르긴 해도 다른 고장에 있을 때도 그랬을 것이다.

"요춘 언니가 와 승이교, 아니 억춘을 그리 들먹거리쌌는고. 호호호."

난희가 가녀린 몸을 외로 비틀어가며 웃자 허리에 찬 산호가지로 만든 대삼작大三作 노리개가 흔들거렸다. 배봉이 주워들은 풍월을 써먹었다.

"그란께 둘 다 춘, 봄 춘 자를 쓴다, 그 말이제?"

배봉은 제 딴에 유식한 척할 기회가 주어져서 흡족하다는 표정을 지었다. 긍복 머릿속에 무관이면서도 선비 못잖게 서책을 가까이하는 호한이 떠올랐다. 그의 벗들 가운데 최고 뛰어난 사람을 꼽으라면 단연 호한이었다.

그러자 과거시험마다 줄줄이 낙방했던 자신의 못난 몰골에 생각이 미쳤다. 차라리 천한 신분이었다면 땅을 파거나 장사치로 나설 수도 있었을 것이다. 그렇지만 지금 그는 그 어느 것도 할 수 없는 막다른 지점까지 와버렸다. 결국 믿고 기댈 사람은 하나밖에 없다. 임배봉, 저것은 인간도 아닌 인간이다. 그렇다면 나 긍복은 인간인 인간? 우습다. 이것저것 모조리 요 술잔에 둥둥 띄워 마셔버려라.

긍복은 어떻게든 배봉의 마음을 붕 뜨게 만들어 줄 짓을 하지 않으면 안 된다고 자신을 다독거렸다. 개털 같은 양반 체통부터 과감하게 벗어

던져야 한다. 그래야만 산다. 살려면 무슨 짓을 못 해. 그는 배봉이 좋아할 소리를 내비췄다.

"중국의 이름난 미인들이라모 눌로?"

궁복 말이 채 끝나기도 전에 요춘이 입을 열었다.

"지도 사흘 전에 우리 국월관을 찾은 한량들이 나누는 이야기를 곁에서 듣고 알거로 된 것이온대……."

그러다가 요춘은 배봉의 눈치를 살피며 황급히 말끝을 말아버렸다. 질투심 많은 배봉이 그것들과 놀아난 게 아니냐고 닦달할 게 뻔해서였다. 하지만 술기운이 잔뜩 오른 배봉은 미인이란 소리에만 귀가 솔깃해 요춘의 그 말은 자세히 듣지 못한 모양이었다.

"그 미인들이 눈고 쌔이 이약해 봐라."

하면서 보기 우스울 정도로 잔뜩 귀를 기울이는 시늉을 했다. 그들이 거기 국월관에 올 때는 전혀 생각지도 않은 엉뚱한 화제들만이 계속 흘러나오고 있었다. 그야말로 모든 게 엉망진창이라 해야 할지. 미쳐가는 건 기녀들도 마찬가지였다.

"중국 삼국시대 강동에 두 영웅이 있었지예."

배봉이 두 눈을 게슴츠레 떴다.

"영웅?"

요춘과 난희가 합창하듯 했다.

"영웅 임배봉 나리!"

어쨌든 궁복이 보기에 요춘은 미색일 뿐만 아니라 글재주와 기예도 제법 갖춘 기녀였다. 보통 때 말을 많이 하는 사람들에게서 때로 느낄 수 있듯이, 음성 또한 맑은 새소리같이 카랑하고 고운 축에 들었다. 변신에도 탁월하여 중국 여자가 된 성싶었다.

"손책과 주유가 그들인데, 그 당시 상구 뛰어난 미인인 대교大喬와 소교小喬를 각각 부인으로 맞이했답니더."

영웅과 미인. 그 누구나 금방 혹해질 인물들이었다. 하물며 배봉임에야. 그가 또 학식과 견문을 갖춘 양 입을 나불거렸다.

"그런께네 대고, 소고, 이리 두 미인을 합치갖고 '이고'라꼬 하는 거 아이가?"

요춘과 난희가 동시에 환호를 내지르며 박수를 짝짝 쳤다. 치맛자락 밑에 감질나게 살짝 감춰진 알록달록한 꽃버선을 번쩍번쩍 치켜들기까지 했다.

"……."

그러나 긍복은 거짓 담긴 찬탄에 앞서 크고 차가운 칼날이 가슴 한복판을 예리하게 긋고 지나가는 섬뜩한 기분이었다. 또다시 배봉이 그로서는 결코 넘을 수 없는 태산준령처럼 다가왔다.

'역시 벌로 봐서는 안 될 무서븐 눔인 기라. 만약 조 인간이 공자매이로 책 가죽 끈이 세 분이나 끊어질 만치 주역을 즐기 읽었으모 우짤 뻔했노. 에나 나라 팔아묵을 위인이 됐을 끼다.'

애교를 술안주처럼 섞은 요춘의 말이 이어졌다. 긍복은 뜬금없이 튀어나온 그 이야기가 그다지 듣고 싶지 않았지만 만류할 위치가 아니었다.

"대교와 소교를 합친 이교二喬를 승勝, 그러니까 이겼다고 할 그런 정도였으이, 그 승이교라쿠는 기녀가 올매나 뛰어난 기녀인지 알 수 있지예."

배봉이 더없이 친근한 척 긍복 술잔에 자기 술잔을 부딪치며 술주정 부리듯 했다.

"성이고, 성이고라. 내가 사업한다꼬 암만 바빠도 운제 꼭 시간 내서 한분 만내봐야제. 이 배봉이하고 딱 어울리것거마는."

그 소리를 들은 난희가 젓가락을 들고서 앞에 놓인 음식을 이것저것

닥치는 대로 집어 입에 넣으면서 천박하게 굴었다.

“아이고, 진짜 질투 나네.”

취중임에도 불구하고 그 소리가 배봉과 궁복 귀에 똑같이 어떤 여자 목소리로 바뀌어 들렸다. 운산녀였다.

# 빛이 죽어갈 때

5월 하순의 끝자락이었다.

성의 남문 밖 넓은 공터에는 도열한 무장 군대의 무기가 뿜어내는 빛으로 인해 더없이 살벌한 분위기가 감돌았다.

일반적인 경우는 우병사가 비변사 명령을 좇아 사형을 집행한다. 하지만 지금은 박신낙 우병사가 민란 책임을 지고 감금된 상태여서 안핵사 배수규가 대신 지휘하고 있다.

수많은 눈들이 지켜보고 있는 가운데 꽁꽁 결박당한 농민군 주모자들이 속속 끌려나왔다. 유춘계, 김민준, 이기개, 박임석 등의 몰락한 양반들과 서준하, 방석보, 천필구, 한화주 등의 농민 대표들이었다.

곧 처형될 죄인들이 모습을 드러내자 초상집 분위기 속에서도 시끌벅적하던 군중은 홀연 찬물을 끼얹은 듯 조용해졌다. 모든 게 정지해버린 것 같은 세상에 들리는 것은 오로지 코훌쩍이는 소리, 오열하는 소리, 신음하는 소리, 마른침 삼키는 소리뿐이었다.

군중들 시선은 사형수들 맨 가운데 서 있는 유춘계에게 일제히 쏠렸다. 그는 자신이 지은 '언가'와 함께 당시 세상에서 가장 주목받는 인물이 아닐 수 없었다. 그 노랫말은 아직도 여전히 백성들 사이에서 은밀하게 불리어지고 있었고, 나라에서도 그런 사실을 모르지 않았다.

'이 걸이 저 걸이 갓 걸이 진주 망건 또 망건…….'

춘계는 한마디로 사람 형상이라고 할 수 없었다. 제멋대로 자라난 머리칼에 가려진 두 눈에는 초점이 없었다. 지난 3월 중순께 열네 명의 주동자와 함께 체포돼 형옥에 갇힌 그였다. 불과 두 달 보름 남짓 되는 투옥 기간 동안 인간이 이승에서 겪을 수 있는 모든 고초를 겪은 그는 흡사 시체를 바로 세워놓은 모습 같았다. 그 고을 공동묘지가 있는 저 선학산의 무덤 속에서 파냈다고 해도 믿을 정도였다.

"……."

춘계는 가만히 눈을 감는다. 안핵사 지휘를 받은 관졸들에게 체포되던 그날을 결코 잊을 수 없다. 그를 지켜주기 위해 자기들 목숨을 내놓고 관졸들에게 저항하는 농민군들을 제지하고 붉고 굵은 오랏줄을 받으면서, 그는 오로지 홀로 된 모친만을 떠올리고 있었다. 자식이 그를 낳아준 부모보다 먼저 죽는다는 것만큼 큰 불효도 없다는 것을 누구보다도 잘 알고 있는 그였다.

약혼녀 원아가 자기 대신 관아에 붙들려갔다는 소식을 들은 화주는 영락없이 미친 야수 같았다. 당장 그녀가 갇힌 곳으로 가야겠다고 길길이 날뛰었다. 극구 그를 말린 이가 필구였다. 저놈들이 파놓은 함정에 스스로 걸려드는 그런 어리석은 짓을 어찌 하려 하느냐고 야단이었다. 우리는 이미 한 개인의 신분이 아니라는 것을 잊었냐고 나무랐다. 조선 백성을 대표하는 얼굴이라고 했다.

그때 필구 손을 들어준 춘계였다. 춘계뿐만 아니라 모두가 화주를 제지했다. 우리들은 죽어도 같이 죽고 살아도 같이 살아야 한다고 서로 부둥켜안고서 눈이 퉁퉁 부을 정도로 울었다. 그런데 살아도 같이 살아야 한다는 결의는 공염불이 돼버렸다. 아니, 애당초부터 그건 그들의 미래에 기록되어 있지 않았을지도 모른다.

'흐…….'

그 회상을 하는 춘계 눈에 맑은 눈물이 고였다. 춘계는 눈을 떴다. 눈을 감으니 눈물이 더 솟아나는 듯했다. 마지막으로 눈물 대신 눈에 담아두어야 할 사람들이 참으로 많았다. 죽어 저승에 가서라도 꼭 기억하고 싶은, 정녕 고맙고 정든 사람들이었다. 그가 진실로 사람으로 받아들이고 싶은 사람들이었다.

'아아, 저들…….'

춘계는 너무나 불편한 목을 돌려 천천히 동지들을 둘러보았다. 눈을 질끈 감은 사람도 있고, 허공 어딘가를 향해 눈동자가 멎어버린 사람도 있고, 절간 사천왕상처럼 무섭게 눈을 부릅뜬 사람도 있다. 그렇지만 춘계에게는 그들 모두가 하나로 비쳤다. 모든 것을 포기한 그들 얼굴에 더 이상 어떤 공포심이나 고통의 빛은 남아 있지 않았다. 무無, 그 자체였다.

'그나마 팔다리를 찢어 쥑이는 능지처참 행벌이 아이라서 다행인 기라.'

춘계 자신이야 어떤 방법으로 처형을 당하든 상관없었다. 사지에 말을 매달아 각기 다른 방향으로 달리게 하여 쫙쫙 찢어 죽여도 좋고, 벌겋게 달아오른 인두로 눈알을 쑤시고 못 빼는 연장으로 혀를 뽑고 가위로 귀를 잘라도 좋다.

그러나 오로지 그 자신 하나만을 구세주로 신봉하고 따라준 이들만큼은 조금이라도 덜 고통스럽고 편안한 죽음을 맞았으면 했다. 안락사를 시킨다면 그보다 더 반갑고 바랄 게 다시없겠지만 그건 꿈같은 일이다. 잘린 농민군 머리를 장대 끝에 매달아 사람들이 많이 다니는 장소에 높직이 걸어놓을 수도 있겠지만 이미 숨이 끊어진 다음이니 그런들 무슨 대수겠는가.

'그때쯤은 하매 하늘 우 저 시상에서 모도 다시 만내갖고 이승에서의 일을 이약하고 있을 끼라.'

이날따라 수십 년 동안 보아오던 하늘이 더욱 하늘다워 보였다. 아니, 하늘 속에 하늘이 있고 그 하늘 속에 또 하늘이 있는 것 같았다. 마지막으로 본다는 생각 때문에 그러한지 알 수는 없었다.

'그냥 보람되고 으미 있었다 싶은 하나의 추억으로서만 말이제.'

그러나 무엇보다 더 큰 문제는, 오늘 효수형당하는 농민군 유족이었다. 아버지나 아들, 형제의 목이 잘려나가는 광경을 차마 지켜볼 수 없어 현장에 나오지 않은 가족도 많겠지만, 그래도 혈연으로 맺어진 내 육친이 마지막 가는 길을 전송해야 한다고 거기 나온 식솔도 적지 않을 것이다. 결국 피해갈 수 없는 비극인 것을 어찌해야 할 것인가.

춘계는 그의 어머니는 그곳에 나오지 않을 거라는 것을 알았다. 어렵사리 자기를 면회한 친척에게 절대 이런 사실을 노모에게 알리지 말아 달라고 신신당부했었다. 노모가 이런 사실을 알았을 때는 그는 벌써 이승 사람이 아닐 것이다. 저승에서 이승을 내려다보면서 늙은 어머니를 기다리는 아들이 되어 있으리라.

'오래전에 하늘로 가신 아부지하고 만내서 어머이 이약도 함시로…….'

그렇지만 다른 동지들 일가친척은 꽤 나왔을 것으로 생각하고 있는 춘계도 예상치 못했다. 그 장소에 그 두 여인이 나오리라는 사실은 몰랐다.

송원아와 우정댁. 그렇게 연약한 두 여인이 처형식 현장에 나타날 줄이야.

원아 몸은 덜덜 떨렸으며, 우정댁 오른손에는 외동아들 얼이의 왼손이 꼭 쥐여져 있었다. 원아는 몰랐다. 지금 옆에 서 있는 우정 댁이 그렇게도 모질고 독한 사람일 줄은. 아니다. 우정 댁은 사람이 아니었다. 사람이 그럴 수는 없었다.

우정 댁은 아까부터 얼이에게만 들릴 작은 소리로 계속해서 얘기하고 있었다. 원아가 이 세상에 태어나서 들은 말들 가운데 가장 무서운 말을. 사람이 할 수 없는 말을 하고 있었다.

"얼이야이, 니 두 눈 똑바로 뜨고 니 아부지가 우찌 죽는고 지키봐라이. 얼이야이, 그 강갱을 니 가슴팍에 꼭꼭 파묻어놨다가 운젠가는 꼭 복수해야 하는 기라. 이 에미 이약 알아묵것나? 얼아, 얼이야이……."

원아는 세상 무엇과도 바꿀 수 없는 연인 화주가 효수형을 당하는, 지옥이 따로 없는 그 미칠 듯 경황없는 자리에서도 우정 댁의 그 말을 듣고는 정신이 번쩍 들었다.

'저랄 수가?'

우정 댁이 이제 곧 죄인들 목을 베기 위해 끔찍하고 괴기스러운 도살춤을 추기 시작할 망나니들보다 훨씬 무서웠다. 아직도 어린 아이에게 제 아비 죽는 모습을 지켜보게 하여 복수의 칼을 갈도록 시키다니. 어찌 그럴 수가? 특히 '얼이야이' 하는 그 소리는 영원히 소멸하지 않을 메아리와도 같았다. 소리를 지르면 잠시 후에 되울려 나는 그 소리, 얼이야이, 얼이야이…….

'얼이는 우짜모 난주 자라서 지 아부지보담도 더 시상을 크기 흔들 농민항쟁을 할랑가도 모리것다.'

하늘이 노랗고 땅이 꺼지는 것보다도 훨씬 더 절망적인 그 순간에도 원아 머릿속에 깊게 자리 잡는 사념이었다. 그러나 솔직히 얼이에 대한 그러한 생각은 지극히 짧은 찰나에 지나지 않았다. 지금 그곳은 그녀 목숨보다 더 소중한 연인 한화주가 처형당할 장소였다. 원아는 심장이 갈

가리 찢겨 나가고 머리는 도끼로 찍어 내리듯 빠개지는 것만 같았다. 그녀가 아직 죽지 아니하고 거기에 나와 있는 게 기적이었다.

"이 독한 것아! 그 자리가 우떤 자린데 니가 거게 나가볼 끼라 그 말이고? 아모리 그 사람을 마즈막 보내는 길이라 캐도 그렇제!"

원아 어머니 모천 댁은 잡아끄는 대로 맥없이 끌리는 원아 몸을 마구 흔들어대면서 피를 토하듯 절규하였다.

"하이고, 이 모질고 독새 겉은 년! 니년이 내 배에서 나왔다쿠는 기 안 믿긴다. 자다가 일나서 헤아리 봐도 마찬가질 끼다."

그녀는 딸을 흡사 뿔 달린 도깨비나 귀신 보듯 하며 치를 떨었다. 바닥을 쳐가며 통곡을 멈추지 못했다. 그런데 아버지 송 씨는 달랐다.

"정 니 멤이 그렇다모 가 봐라. 내 안 말린다. 하기사 화주가 죽는 거를 니 눈으로 직접 봐야, 니 멤 속에서 화주를 지워삐릴 수 안 있겄나."

"아부지……."

원아는 누구에게 하소연하거나 몸부림칠 힘마저 남아 있지 못했다. 사실 원아 자신보다 그 현장에 가기 싫은 사람이 어디에 또 있겠는가? 세상 어떤 여자가 내 목숨과도 바꿀 사람의 목이 뎅겅 잘려나가는 광경을 두 눈 빤히 뜨고 지켜보기 위해 그 처형 장소에 나간단 말인가? 백치나 광녀가 아니고서야 어떻게…….

그런데 사람 마음이란 참으로 알 수 없는 거였다. 내가 어떤 슬픔과 아픔을 겪더라도 꼭 가야겠다는 생각이 더 앞서는 것이다. 이승에서의 마지막 이별을 할 수 있는 시간이고 공간이 아닌가? 지금 너무 힘들고 어렵다고 가지 않았다간 나중에 살아가면서 두고두고 후회를 하고 죄스러워할 것만 같았다. 하지만 내 어찌 화주 씨 목이 달아나는 그 원억하고 저주스럽고 무서운 곳으로 갈 수 있는가? 내 목이 잘리는 것보다 더 고통스러운 그 현장을.

가야 한다, 갈 수 없다. 그 두 가지 팽팽한 갈등에 줄곧 시달리고 있던 원아에게 결정을 내리게 한 사람이 바로 우정 댁이었다.

"내는 가볼 끼다. 내 아들도 데꼬 갈 끼다."

"……."

복수의 화신이었다.

"가갖고 내 이 두 눈으로 똑똑히 볼란다. 우리 얼이도 똑똑히 보거로 할 끼다. 그래갖고 웬수를 갚아야 하는 기라, 웬수를."

"……."

은신처를 급습한 관졸들에게 남편 천필구가 체포된 후로 거의 잠을 자지 못해 부울 대로 퉁퉁 부은 두 눈에 보기에도 차마 섬뜩한 핏발을 세운 우정 댁은, 울며불며 자기 집으로 찾아온 원아에게 단호하게 말했다.

"눈 뺄 내기를 해봐라."

"……."

손바닥으로 콧구멍만 한 방바닥에 깔린 너덜너덜한 노란 장판지를 그마저도 닳아 쓰지 못하게 할 정도로 끝없이 문질렀다.

"절대로 요분 일로만 끝 안 난다. 절대로, 절대로."

"……."

생때같은 지아비 목숨을 앗아가는 자들에 대한 한 여인네의 분노와 증오는 쇠라도 녹일 만하였다. 놀부가 제비의 다리를 분지르듯 자기 손가락을 부러뜨릴 정도로 꺾었다.

"요분은 첨이라 놔서 그리 맥없거로 무너지고 말았지만도 요 담분에는 안 그랄 끼다. 내 요 손가락에 장을 지진다."

그러잖아도 가슴이 막힐 대로 막혀 있는 원아는 시종 아무 말도 하지 못했다. 말 그대로 닭똥 같은 눈물만 뚝뚝 흘렸다. 우정 댁은 원아가 공감하지 않으면 그냥 두지 않겠다고 을러대는 말투였다.

“시상은 반다시 농민들이 차지할 날이 올 끼다, 그 말이제.”

우정 댁은 미쳤다. 돌아버렸다. 말도 되지 않는 소리만 해댔다.

“그때가 되모, 우리 얼이 데불고 아 아부지 무덤 앞에 가갖고 두 손 치키들고 만세 부릴 끼다. 농민 시상 만세라꼬.”

그러고 나더니 실제로 두 팔을 어깨 위로 들어 올리며 외쳤다.

“농민 만세! 농민 시상 만만세!”

“서, 성님…….”

원아는 그땐 알지 못했다. 한갓 무지렁이 촌 아낙 입에서 그런 놀라운 소리가 나오게 한 사람들. 그들은 바로 천주학 신자인 전창무와 우씨 부부라는 사실을.

성의 남문 밖 공개 처형 장소인 거기 넓은 빈터에는 그 안토니오 전창무와 우 씨도 와 있었다. 그들 부부가 그곳에 온 것은 지극히 당연했다. 천길 땅속 구천에 떠돌지도 모를 원혼들을 주님 계신 하늘나라로 인도하는 게 그들의 존재 이유이자 임무였다.

독실한 천주학 집안의 우 씨에게 장가들기 이전에는 조선 통치 이념인 저 유교를 최고로 완전하고 훌륭한 것으로 알고 있었던 창무였다. 그런데 나라에서 아무 죄 없고 힘없는 농민들을 이렇게 처형하려는 것을 보는 그는, 더한층 천주학에 의지하고 신봉할 마음이 생겼다.

‘주님, 우리 주님…….’

누가 뭐래도 이건 아니었다. 효수형에 처해질 대상들은 무고한 농민들이 아니라 오히려 농민군을 학살하려는 조정 관리들이었다. 창무는 순박하고 무지한 농투성이들을 모은 집회에서, 천주학 선교 활동과 함께 지금 조선이 처해 있는 어두운 시대 상황의 모순과 거기서 비롯된 이 지역 농민항쟁의 당위성을 역설하였다.

"조선 후기에 들와갖고, 갱재생활의 급객한 변화가 일어났심니더."

천주학 신자들 중에는 돈 있고 지체 높은 이들보다 힘없고 가난한 하층민들이 훨씬 더 많이 보였다. 특히 그 당시 평민층은 농민들이 가장 높은 비율을 이루는 실정이었기에, 신자들에게 농민항쟁에 대한 이야기야말로 하느님 말씀만큼이나 귀 솔깃한 것이었다. 지금 그들에게 그 이야기보다 중요하고 절실한 것은 있을 수가 없었다.

"그래 농민 개청이 얼음장 갈라지듯기 갈라져삐고, 또 양반 몰락으로 인해서 신분 채재가 나눠진 기지예."

어찌 들으면 좀 알 것도 같고, 또 달리 들을라치면 통 이해가 안 가기도 했을 터였지만, 모두 창무가 하는 말을 단 한마디도 빠뜨리지 않고 들었다. 그들의 표정은 너무나도 진지하고 엄숙한 나머지 살벌하고 위험해 보이기까지 했다.

"말하자모, 우리 전통사회의 기본 질서가 무너져삔 깁니더. 수백 수천 년에 걸쳐 내리온 그 좋은……."

말을 하면서 창무 스스로도 감정을 억누르기 힘들었고 가슴은 더할 수 없이 크게 떨렸다. 그래, 무언가 기둥부터 무너지고 있다. 뿌리부터 썩어 있다. 누구든지 그런 실감을 할 수 있는 게 작금의 현실이었다.

"그라다 본께 천심이라쿠는 민심이 나라로부텀 고마 한거석 멀어져삐고 말입니더. 그래 시방 우리 농민들이……."

창무는 내친김에 농민군을 옹호하는 말도 서슴지 않았다. 그건 하느님에게도 제일 하고 싶은 소리였다. 설혹 사탄이 와서 그런 소리 계속하면 죽이겠다고 으름장을 놓는다 해도 절대 멈출 수 없었다. 아니, 누가 막고 못 하게 할수록 더 그렇게 할 것이다.

"외척의 세도정치로 말미암아 관리들이 썩어빠지기 돼삐고, 갤국 삼정三政이 문란해져갖고, 농민들 삶이 더는 지탱할 수 없는 행핀에 이르고 만 깁니더."

마침내 풀어헤친 머리를 두건으로 고정한 망나니들의 보기에도 섬뜩한 괴기스러운 도살 춤이 막 시작되고 있다. 우 씨는 누가 보든 말든 손으로 연방 성호를 그으며 입 안으로 하느님, 하느님 소리를 계속해서 외고 있었다. 바로 신들린 모습이었다. 초인간적인 영적 존재가 둘러 쓰인 사람의 전형과도 같았다.

"우리 주님의 이름으로……."

창무 입에서도 저절로 성모 마리아님을 찾는 소리가 흘러나왔다. 그때 그의 몸속에는 단 하나의 영靈밖에 없었다.

"주 예수 그리스도의……."

그러나 그 시기는 아직도 개신교인 기독교가 그 지역에 들어오기 전이었다. 그런데다가 당시 박해받고 금기시되는 천주학쟁이 두 사람이 내는 그깟 기도소리는, 이날 거기 모인 대다수 사람들에게 어떤 영향과 감화도 줄 수 없었다. 군중 속 어디에 섞여 있는지는 알 수 없지만, 효수형당할 이들 가족들은 저마다 자기 아버지, 아들, 형제를 보면서 함부로 울부짖고 가슴치고 혼절하고 미쳐나고 있을 것이다.

"나무아미타불……."

천주교인의 기도소리를 듣지 못하는 사람들은 한 스님의 염불소리도 역시 듣지 못했다. 비어사 주지 진무 스님도 와 있었다. 창무 부부가 온 것처럼 진무 스님이 온 것은 너무나 당연한 일이었다. 형장의 이슬로 스러지는 원혼들을 부처님 계신 곳으로 인도하는 게 그의 임무였다.

'대자대비하신 부처님! 저들의 불쌍한 죽음은 결코 헛된 것이 아니옵니다. 단지 여기서 그치지를 아니하고 장차 새로운 싹을 틔우고 더 찬연한 꽃을 피우게 될 것이옵니다. 그러기 위해서는 부처님의 가호와 은덕이……'

마음의 손바닥이 닳도록 지극정성으로 기원하였다.

'저들을 극락왕생하도록 이끌어주시옵소서. 극락왕생 원왕생, 극락왕생 원왕생…….'

진무 스님은 비어사를 찾아온 한양의 어떤 고위 관리에게서 들었다. 몇 년 만에 그곳에 있는 처갓집을 찾았다가 잠시 사찰에 들렀다는 그는, 마치 천기를 누설하는 사람처럼 아주 조심스럽게 털어놓았다.

"스님께는 아무 숨김없이 모두 말씀드리겠습니다. 이번에 진압된 여기 농민군 반란은 그 불씨가 살아 있습니다. 결코 죽지 않았어요."

"……."

"두고 보십시오. 이제 전국 방방곡곡에 걸쳐 필시 새로운 농민 봉기가 일어날 것입니다. 그것도 지난번 것보다도 훨씬 더 크고 무서운……."

그러고 나서, 그는 법당 바닥 밑으로 깔릴 만큼 한층 목소리를 낮췄다.

"조정에서도 그 점을 가장 우려하면서 경계하고 있습니다."

골짜기를 훑어 내리는 산바람소리가 농민군이 내지르는 소리를 떠올리게 했다. 산바람이 그치지 않는 한 그 소리도 지속될 것이다.

"그래서 민란을 막아보려고 얼마 전에는 국왕의 특명에 따라 삼정이정청을 설치했다고 합니다."

진무 스님은 그 관리의 반짝이는 눈빛을 쏘아보듯 했다.

"삼정이정청이라면?"

청아한 풍경소리가 산사의 공기 속을 마치 물고기가 이루어내는 파문처럼 퍼져나가고 있었다.

"농민들에게 가장 큰 피해를 주었던 환곡을 없애고, 대신 토지에 세금을 매기기로 하는 건데……."

관리는 그것에 관해 소상하게 들려주고 나서 향불 냄새를 맡으려는 것처럼 좀 크고 긴 코를 벌름거렸다. 그는 귀도 크고 길어 부처님의 모든 것을 닮고 싶어 하는 게 아닐까 싶었다.

"어쨌든 나라가 조용해야 할 터인데……."

관리는 그렇게 말끝을 흐리는 진무 스님의 음성이 산사의 분위기와 썩 잘 어울린다는 생각을 했다.

"예, 그렇습니다. 그리고……."

절집의 사람들은 세속의 시간과 공간으로부터 언제나 자유롭다.

"소승이 보는 바로는……."

그러나 진무 스님 기억은 거기서 더 나아가지 못했다. 피를 원하는 망나니들 도살 춤이 절정을 향해 치닫고 있었던 것이다.

하늘이 보이지 않고, 땅이 보이지 않고, 그리고 그 어떤 것도 보이지 않고……. 그러고는 어느 순간 끝, 끝이었다.

망나니들의 커다란 칼이 번쩍! 허공을 가른다. 핏물이 강한 물줄기처럼 쫘악! 튀어 오른다. 굴러 내리는 목, 목, 목…….

누구도 그 광경을 제대로 보지 못했다. 어느 누구도 숙인 고개를 다시 들지 못했다. 그 누구도, 어느 누구도…….

그렇게 악으로 다짐하던 우정 댁도 그랬다. 원아도 연인의 마지막 가는 순간을 바로 보지 못했다. 어느 누가 그럴 수 있겠는가? 사람이라면 그게 가능하겠는가? 아니, 신이라고 한들…….

"하느님 아버지……."

"나무관세음보살……."

천지가 그 문을 닫았다. 세상이 죽어버렸다. 천주교인의 기도소리와 스님의 염불소리만 살아 그 정적을 덮고 있다.

지난 2월 초순 인근 단성마을을 시작으로 이곳 목牧에서 본격적인 걸음을 내디딘 그 농민들의 봉기. 그해 말까지 잇따라 경상도, 충청도, 전라도, 황해도, 함경도와 경기도 광주廣州로 번지면서 전부 37차에 걸쳐서 일어날 임술민란. 그 시초가 된 이곳 농민항쟁은 그렇게 일단락되고 있었다. 아니, 태동하고 있었다.

누구도 움직일 줄 몰랐다. 누구도 말할 줄 몰랐다. 세상은 영원히 그렇게 멈춰버릴 것 같았다. 역사 속으로 사라져버렸다는 말만으로 용납될 수 있을는지…….

하늘도 없고 땅도 없고 사람도 없다. 깜깜한 혼돈의 세계. 태초에 말씀이 있었나니. 그래, 말이 있다.

"여보게, 언직이. 내를 좀 도와주게."

목소리의 주인공은 바로 김호한이다.

"……."

그제야 눈을 뜨고 귀를 연 사람들은 보고 들었다. 비록 중년의 나이지만 기골이 장대한 한 사내의 늠름하고 믿음직스러운 모습을 보았다.

"그의 시신을 옮기야 안 하나."

그 소리에는 태산도 옮길 것 같은 힘이 실려 있었다. 아니다. 태산을 옮기는 것보다 더 어렵고 힘들고 위험한 일인지도 몰랐다. 그러나 해야 한다.

"마동이다."

마동이 어디인가? 그 원혼이 영원히 쉴 그 마동…….

"마동 야산에 묻어줄 끼거마."

야산에서 피 맺히게 우는 멧새 울음소리 같은 목소리.

"그라이 언직이 이 친구야."

"……."

"그리 넋 빼놓고 가마이 서 있지만 말고 쌔이 낼로 도와 달라 안 쿠는

가베? 내 말이 안 들리는가? 흐…….”

부는 듯 그치는 바람, 그치는 듯 부는 바람.

“그, 그래. 호한이…….”

언직이 비로소 깊은 잠에서 막 깨어난 사람처럼 호한이 시키는 대로 피 묻은 시신의 하반신 쪽을 잡았다. 그러고는 상반신 쪽을 든 호한과 같이 호흡을 맞추어 아주 조심스럽게 시신을 들어올렸다. 땅에서 하늘로.

농민군 최고 지도자 유춘계 시신이었다.

그게 신호였다. 강한 독기에 쐬어 온몸이 마비된 것처럼 꼼짝달싹하지 못하고 있던 여러 유족들이 일제히 자기 피붙이에게로 달려들었다. 이승에서는 두 번 다시 만져보지 못할 몸이었다. 마지막, 마지막…….

급기야 죽음의 처형장 가득가득 터져 나오는 통곡소리, 오열하는 소리, 가슴 치는 소리, 발광하는 소리, 저주하는 소리, 소리…….

“언직이 이 친구, 이 호한이 말 알아듣것제?”

“그, 그래. 친구야…….”

다시 한 번 말했다.

“마동 야산이다.”

다시 한 번 따라 했다.

“마동 야산…….”

한풀이하듯 나오는 말.

“비석도 몬 세우고 상석도 몬 앉힌 아조 작고 초라한 봉분이 되것지만도…….”

“…….”

“그래도 햇살 따스하거로 내리비치는 야산 양지 바린 기슭에…….”

“…….”

영원한 것은 없다, 이 세상에서는. 모두가 영원하다, 저 세상에서는.

"그를 영원히 잠들거로 해줄 끼다."

"……."

"몬 알아묵겄나?"

"……."

무엇이 사람의 입을 열게 하는가? 또 무엇이 사람의 입을 닫게 하는가?

"와 암 말이 없노, 언직이 이 친구야!"

"……."

아무 말이 없는 게 어디 사람뿐일까? 발악하듯 그런 소리를 내지르고 싶은 호한.

"흑……."

언직이 흐느꼈다, 말을 하는 대신에. 어깨가 파도처럼 들썩거렸다.

"하모, 하모. 알았다 아이가, 호한이."

언직의 그 말에 온 세상이 알았다고 고개를 끄덕이는 것 같았다.

"알았은께 인자 고마 이약해라꼬. 내 자네 부탁 들어주모 안 되나."

언직은 호한이 시키는 대로 하면서도 이렇게 계속 말했다.

"아이거마는. 이거는 내가 부탁하고 싶은 일 아인가베. 아이제. 그거도 아이거마는."

부정하고 부정하다가 충혈된 눈으로 주위를 둘러보았다.

"마, 이거는 여게 있는 사람들이 모도 부탁하고 싶은 일일 끼거마는."

호한은 정수리 위에 틀어 감아 맨 머리털이 풀어져 흘러내릴 정도로 머리를 있는 대로 흔들었다.

"그래, 친구야. 흐……."

언직은 운구 행렬에 많이 끼여 본 상여꾼같이 했다.

"가자꼬, 마동 야산에 묻으로."

"내는 믿거마는. 흐흑."

끝내 호한도 울음을 터뜨렸다.

"유춘계 이 양반, 시방은 비록 민란을 주도한 역적으로 낙인 찍히갖고 이리 비참하거로 효수행을 당했지만도, 세월 한거석 흘러 먼 훗날 그 운젠가는……."

너무나 목이 멘 나머지 말을 끊었다가 다시 했다.

"봉건적인 수탈구조에 안 굴하고 당당하거로 딱 맞서갖고 싸우다가 으롭거로 죽어간 농민핵맹가로 재팽가 받을 끼라꼬."

"기다, 기다."

언직도 봉분 위에 흙을 뿌리듯 호한과 같이 굵고 진한 눈물을 뿌리며 말했다.

"그리 안 되까이. 아인 기라, 그리 되거로 해야겄제."

"그리 되거로 맨들어야 할 사람들이 살아남은 우리들인 기라."

호한의 두 눈이 어둠속의 호랑이 눈같이 노랗게 빛을 발산하고 있다. 창공을 맴도는 독수리눈처럼 날카롭게 번득이고 있다.

"그의 무덤 앞에는 상석이 새로 맹글어지고, 그의 생가 터에는 그의 높은 업적을 기리는 표지목이 세워질 끼라."

"……."

"언직이 이 친구, 내 말 틀린 기가?"

언직이 시신 위로 눈물을 펑펑 내쏟았다.

"우째서 틀리는 기고? 맞다, 그대로 똑 맞다."

마침내 대성통곡하기 시작했다.

성 남문 밖, 지금은 낮이 아닌 밤의 공터였다.

달빛이 쌀가루처럼 뽀얗게 쏟아져 내린다. 하늘에 높다랗게 떠 있는 달은 대사지 쪽에서 서장대 밑을 감돌고 있는 나불천 쪽으로 걸음을 옮기고 있다. 언제나 물이 마르지 않고 흐르는 도랑이라고 하여 그 고을 사람들이 '만물도랑'이라고 부르는 곳이다.

"바로 여 빈터에서 춘계 아자씨가 목 베이서 돌아가싯다 말이제? 춘계 아자씨를 따르던 다린 농민군들도……."

심한 추위를 타는 사람같이 턱을 덜덜덜 떨면서 하는 비화 물음에, 옥진이 지푸라기로 만든 인형처럼 맥없이 고개를 끄덕이며 대답했다.

"그리 들었다, 언가."

"……."

옥진은 이지러지는 달 같은 얼굴을 했다.

"내도 너모 겁이 나갖고 몬 나와 봤다 아이가."

"아모리 시상이 그렇다 캐도……."

총기 넘쳐 보이는 비화 두 눈 가득 눈물이 그렁그렁 고였다.

"생각해보모, 사람 한팽생이라쿠는 기 에나 허무하고 무정타."

옥진의 복사꽃 빛깔 뺨 위로도 눈물방울이 또르르 굴러 내렸다.

"맞다, 언가야. 산다쿠는 기 허무하고 무정타."

어둠보다 더 캄캄한 목소리로 말했다.

"내도 홍 목사 귀양 가고 나서, 그런 생각 짜다라 해쌌는다 아이가."

별똥별 하나가 섭천 쪽 하늘가에 보이는가 했더니 눈 깜짝할 사이에 사라졌다.

"그래, 운제쯤 귀양살이 풀린다 쿠데?"

비화가 소원 빌듯 물었다.

"희망 없다."

옥진이 모든 것을 버리는 사람처럼 대답했다. 비화 입에서 탄식이 흘러나왔다.

"그런 기가?"

"……."

"우짤꼬오!"

"……."

또다시 깊은 침묵이 이어졌다. 성내 창렬사와 호국사 그 어름에서 밤새 울음소리가 종소리처럼 들려온다. 거기 모셔놓은, 저 임진전쟁 당시 왜적과 싸우다가 장렬하게 전사한 호국 영령들이 내는 소리 같기도 하다.

"옥진아이."

잠시 후 비화가 다시 입을 열었다.

"니 시방부텀 내가 하는 이약 잘 듣고 안 있나……."

"으 응."

방금 별 하나가 사라졌음에도 하늘은 그만큼 텅텅 비어버린 듯싶다. 다른 무수한 별들이 총총 박혀 있는데도.

"내가 잘몬 생각하는 긴가 아인가 그거 함 답해 봐라."

"머 말고, 언가?"

달빛에 젖고 눈물에 젖은 갸름한 옥진 얼굴이 꼭 한 떨기 해당화 같다는 생각을 했다. 그렇지만 가시 많은 그 꽃만큼이나 한과 슬픔과 분노의 가시가 가슴에 많이 돋쳐 있을 때찔레가 옥진이다.

"우리 다리 아푼데 아모 데나 좀 앉으모 우떻것노?"

다리가 아프다기보다도 갑자기 서 있을 힘조차 없어지는 비화였다. 하긴 춘계 아저씨의 처형 소식을 접한 그 순간부터 탈진할 대로 탈진해버린 몸뚱어리는 남의 그것처럼 그녀 의지와는 너무나 거리가 멀어졌다.

"언가 니 할 이약이 쌔삣는갑네. 그라지 머."

옥진도 여전히 기운 없는 목소리로 말하면서 주위를 둘러봤다. 마치 탈출구를 찾으려는 사람처럼 보였다.

"퍼뜩 안 들가봐도 되는 기가?"

관기들의 교방 생활에 대해서는 아무것도 모르는 비화가 물었다.

"시방은 괘안타."

옥진의 말이 바람을 타고 성벽 쪽으로 날아가는 듯했다. 여느 성과는 다르게 거의 평지 가까운 땅 위에 세워진 성이지만 견고하고 우뚝해 보이는 성이었다.

"괘안아?"

"하모, 오늘 낮에 교방 행사 억수로 마이 했다. 요 며칠 동안 참 증신 없이 바빴제."

"그랬디가?"

"그래 관기들 모도 쉰다."

그러고 나서 비화를 안심시키려는 듯 옥진은 이렇게 덧붙였다.

"내맹캐 살짜기 밖으로 빠지나온 사람도 있을 끼다."

하지만 비화는 안심은커녕 사뭇 염려스러운 목소리였다.

"들키모 우짤라꼬?"

옥진이 심드렁한 어투로 말했다.

"우짜기는? 내사 겁 하나도 안 난다. 후차낼라모 후차내라 쿠지 머."

비화는 그게 아니라고 고개를 내저었다.

"큰 벌을 줄라 쿨 낀데?"

옥진이 콧방귀를 뀌었다.

"큰 벌? 머 죽기밖에 더 하까이?"

비화는 그런 옥진을 물끄러미 바라보고 있다가 말했다.

"저리로 가자, 우리."

"응."

둘은 거기서 좀 떨어진 강가 쪽을 향해 걸어갔다. 잠시 후 그날따라 거대한 몸통을 가진 검은 괴물을 연상시키는 강이 내려다보이는 언덕바지 바위에 나란히 걸터앉았다. 냉기 머금은 바위인지라 엉덩이가 시렸지만 조금도 개의치 않을 두 사람이었다.

"할 이약이 머꼬?"

옥진이 궁금하다는 듯 눈을 반짝였다. 달빛이 유독 옥진의 얼굴에만 많이 내리고 있는 것 같았다.

"내가 말이다……."

비화 표정이 아까보다 더욱 단호하다.

"요분 농민군 사건을 보고 안 있나, 에나 크거로 느낀 기 있다."

옥진은 호기심과 함께 약간 질린 모습을 보였다.

"그기 머시고?"

비화 입에서 딱 한마디가 나왔다.

"땅!"

옥진이 반문했다.

"땅?"

둘이 한 그 소리는 '땅, 땅, 땅.' 하면서 어두운 세상 너머로 퍼지는 것 같았다.

"그래, 땅."

재차 확인시켜주는 비화더러 옥진이 멍한 얼굴로 물었다.

"내사 무신 소린고 하나도 모리것다. 각중애 땅 이약은 와 나오는 기고?"

비화가 침통하면서도 신중한 목소리로 말했다.

"내가 한 가지 먼첨 물어보자."

"물어봐라, 열 가지도 괘안타."

다른 보통 강과는 달리 서쪽에서 동쪽으로 흐르는 남강이 그 순간에는 흐름을 딱 멈추고 두 사람 이야기에 귀를 기울이는 것 같았다.

"니는 요분에 농민군들이 와 죽었다꼬 생각하노?"

"농민군들이 와……."

비화의 말을 곱씹으며 옥진이 잠시 궁리한 후 대답했다.

"몬 살아서 살것다꼬 해쌌다가 죽은 거 아이가?"

또 금세 울먹울먹한다.

"몬 살아서 살것다꼬……."

비장감마저 맴도는 얼굴로 옥진 말을 되뇌던 비화가 아버지 호한처럼 강단이 느껴지는 입술을 꾹 깨물며 말했다.

"맞다. 니 바로 봤다. 그기다."

"……."

강은 다시 걸음을 옮겨놓는 성싶었고, 그 모습보다도 소리로 다가오는 밤의 강은 어쩐지 사람으로 하여금 방향감각을 놓치게 하는 위험한 마력이 감춰져 있는 듯하다.

"그란데 에나 우습도 안 하나."

"우습다꼬?"

생뚱맞은 비화 말에 이해가 안 된다는 옥진의 반문이다. 비화는 강줄기를 돌려놓을 수도 있을 만큼 강한 어조로 말했다.

"살라꼬 그리했는데 도로 더 일쯕 죽고 말았은께……."

그러는 말끝에도 눈물이 이슬방울같이 달렸다. 아니, 그녀 몸이 하나의 커다란 이슬방울 그 자체로 느껴졌다.

"인자 그런 소리 고마해라, 언가야. 흐……."

추위를 타는 작은 새처럼 온몸을 옹송그리는 옥진에게 비화가 말했다.

"그래 하는 소린데, 땅 말이다."

"……."

옥진은 잠자코 비화의 다음 말을 기다렸다.

"내는 멤을 딱 정했다."

저 강물은 달빛을 싣고 어디로 쉼 없이 흘러가고 있는 걸까? 달빛이 강물을 싣고 자꾸만 어디로 가자는 것 같기도 하다. 옥진의 마음은 그 '어디로'를 향하기 시작했다.

행여나 홍 목사가 귀양을 가 있는 그 섬에 가 닿지는 않을는지. 저 강물에 몸을 실으면 나도 그이에게 갈 수가 있게 된다면. 아, 가다가 큰 물고기 밥이 되어도 좋고 물에 빠져 죽어도 상관없으니 그렇게나 해 볼거나.

그런 안타깝고 서글픈 상상을 해보는 옥진 귀에 들리는 비화 말이었다.

"인자부텀 내 인생 최고 목표는 오즉 땅이라꼬. 땅 말고는 내한테 아모것도 없다."

옥진은 문득 큰 부담감을 느끼는 눈치였다.

"인생 최고 목표……."

갑자기 강물소리가 부쩍 커진 것 같았다. 계속 그 모습은 잘 보이지 않고 소리만 들리는 탓인지, 언제나 친근하게만 다가오는 남강이 그 순간에는 한 번 빠지면 다시는 헤어날 수 없는 공포의 늪처럼 느껴졌다.

"물론 그전에도 그리 생각해갖고 땅 몇 두락 샀지만도, 에나 내는 앞으로 땅 사 모우는 데 내 인생을 걸라칸다."

그런 비화가 옥진에게는 깜깜한 강보다 알 수 없게 비쳤다. 옥진이 눈동자를 고정시키며 물었다.

"와 그런 생각했노, 언가야."

비화는 팔다리는 말할 것도 없고 눈동자도 움직이지 않았다. 그렇게 요동도 하지 않는 자세로 비화가 말했다.

"우리 농민들한테 농사 지이묵을 땅만 있었다모, 그라고 수확보담도 더 짜다라 매기쌌는 그눔의 세금만 아이라모, 요분매이로 나라를 상대로 덤비들었것나?"

옥진 얼굴에 아련한 빛이 피어올랐다.

"언가 니 옛날 우리 한참 에릴 적에, 땅따묵기 놀이도 에나 잘하더이……."

그러나 비화는 추억에만 빠져 있을 한가한 틈이 없다는 빛이었다.

"진이 니 말마따나 모도 지내간 옛날 이약 아이가."

목소리에는 칼날이 서려 있어 자못 비장하고 섬뜩하기까지 했다.

"중요한 거는 옛날이 아이제."

비화는 눈길을 남강 건너편 망진산 아래 섭천 쪽으로 두었다. 그러고는 거기 백정 마을 송아지가 어미 소 부르듯 했다.

"땅, 땅인 기라."

신들린 사람같이 계속 땅이란 말만 되풀이했다.

"아!"

옥진 입에서 짧은 외마디가 튀어나왔다. 옥진 눈에는 강도 땅처럼 비춰들었던 것이다. 그리고 그 땅속 깊은 곳으로 끝도 없이 추락하고 있는 여자 하나가 있었다. 해랑이라는 관기였다.

## 반가운 불청객

농민군에 의해 불탔던 그 자리에 임배봉의 대저택이 다시 지어지고 있다.

규모가 예전보다 갑절은 더 넘는다. 매일같이 공사 현장에 나와 인부들을 다그치는 배봉 위세는 가히 황제에 버금갈 정도다.

'집 나와라, 뚝딱.'

그렇게 주문만 외면 하룻밤 사이에 새집을 딱 지어놓는 도깨비방망이라도 가지고 있는 것같이 참 눈꼴시게 굴었다. 인부들은 배봉 모르게 입을 삐쭉거리거나 아주 낮은 소리로 욕을 했지만 그의 앞에서는 허리가 끊어질 정도로 굽실거렸다. 어쩌면 거들먹거리며 그것을 보는 재미 또한 배봉을 그곳에 들락거리게 하는 또 다른 이유인지도 알 수는 없다.

'내사 재미 한 개도 없다 고마.'

그에 비해 운산녀는 어쩌다 한 번씩 좀 잊힐 만하면 그 모습을 드러내곤 하였다. 사실을 놓고 볼 때 운산녀는 새로 짓는 집 따위에는 일절 관심이 없었다. 어차피 배봉 명의로 올라갈 테니까. 그래도 배봉 눈밖에 너무 나면 안 되니까 그저 와서 잠깐 형식적으로 얼굴만 비추고 돌아갈

뿐이다. 실체는 다른 곳에 쏙 빼놓고 그림자만 오갔다고나 할까?

운산녀 마음은 콩밭에 가 있다. 소긍복과 자신이 동업하는 콩밭. 금과 은이 나오는 콩밭. 오색구름이 피어오르는 콩밭. 아니, 콩밭이 아니라 뽕밭이란 말이 더 옳겠다. 임도 보고 뽕도 따고. 온갖 잡새가 집을 짓는 나무는 부정을 탄다는 말이 있거니와, 대저 저 뽕나무란 나무는 작은 꽃이 이삭 모양으로 피는데 꽃잎은 없는 법이다.

이윤이 제 손 안에 떨어지는 정도에 따라서 긍복의 애씀은 언제나 그 급수가 달라진다. 운산녀는 귀신도 부릴 수 있다는 돈, 개도 멍첨지로 만드는 돈을 긍복 손에 쥐여 준다. 그녀를 끌어올리려다가 긍복이 높은 구름 위에서 추락하여 병신이 돼버릴 만큼 심하게 다쳐도 치료할 수 있을 정도의 거금이다.

하지만 긍복은 조금 달랐다. 밤낮으로 불안했다. 언제 운산녀에게서 버림받는 찬밥덩이 신세가 될지 모른다. 사실 운산녀 정도 되는 부잣집 마님이면 긍복 자신보다 훨씬 젊고 잘생긴 상대도 번갈아가며 고를 수 있지 않겠는가? 기껏 떠올리고 굴린다는 생각들이 그 정도로 치졸하고 한심스럽기 이를 데 없었다. 경제적으로 밑바닥을 빡빡 기며 살아가는 긍복은 몸도 마음도 점점 양반에서 멀어져 가고 있다. 그래도 처음에는 호한에게 죄를 짓고 있다는 일말의 양심은 가지고 있었으나 이제 그런 감정 따윈 천만 리 밖으로 날려버린 지 오래였다.

긍복이 전전긍긍해하는 까닭은 또 있다. 지난번 농민군이 세상을 장악했을 때 그의 집에 숨어 지내던 배봉을 너무 심하게 푸대접했었다. 같은 사내로서 그전까지 졸부 배봉에게 당해왔던 수모와 분노 때문에 놈의 속을 있는 대로 확 뒤집어놓는 짓을 했던 게 크게 후회스러웠다. 그냥 좋은 게 좋다고, 대충 넘어가는 게 상수인데, 그러지 못했다.

농민군이 행진하면서 부르던 그 '언가' 소리가 사라지고 모든 게 다시 예전처럼 돌아온 지금, 배봉은 긍복을 보면 보일락 말락 야릇한 웃음부터 띠었다. 정말 그렇게 기분 나쁜 웃음은 여태 본 적이 없었다. 긍복은 마치 온몸이 불기 쬔 오징어처럼 쪼그라들곤 했다. 쪼그라들다가 나중에는 없어져버릴 것만 같았다. 금방 독기가 확 뿜어져 나올 듯한 배봉 눈알은 긍복에게는 공포 그 자체였다. 갑자기 달려들어 콱 무는 독사이거나 언제 터질지 모르는 폭탄이었다. 살아도 사는 게 아니었다.

농민군이 진압되고 얼마 지나지 않은 어느 날이었다. 배봉이 사람을 시켜 평소 그가 잘 다니는 단골 기생집으로 와 보라는 전갈을 보내왔다. 그러잖아도 언제 또 독한 발톱을 드러낼까 노심초사하고 있던 긍복은 도축장 끌려가는 소의 심정으로 그곳에 갔다.

속이 메슥거릴 정도로 심한 화장 냄새를 폭폭 풍기는 기녀 둘이 양쪽에서 푸둥푸둥 살이 찐 배봉의 팔다리를 쥐라도 난 듯 주무르고 있었다. 얼핏 커다란 고목에 작은 매미 두 마리가 딱 붙어 있는 형용이었다.

"아, 요것들 좀 봐라? 히히히."

"요것들이 우짜는데예? 호호호."

기녀들과 노닥거리던 배봉은 긍복이 기방에 들어서는 것을 보고는 눈을 딱 감아버렸다. 눈에 모를 세우는 것만 못했다.

"……."

긍복은 자리에 앉지도 돌아 나오지도 못한 채 장승처럼 한참을 우두커니 서 있어야 했다. 암만 궁리해 봐도 딱히 건넬 말이라곤 없었다. 진정한 마음이 아니라 야비한 계산으로 사귄 상대와는 그렇게 되는 모양이었다. 그 순간이 긍복에게는 '천년의 감옥'에 들어가 있는 듯한 느낌을 갖다 안겼다.

"나으리!"

그러자 보다보다 못 한 기녀 하나가 앙증맞은 주먹으로 배봉 가슴을 살짝 한 대 때리며 장난인 듯 진심인 듯 꺼내는 말이 사람 시궁창에 처박는 소리였다.

"저분 저라다가 고마 돌사람이 돼삐겄네예. 하찮은 짐승도 제 집에 기어들모 푸대접 안 한다 캤는데……."

졸지에 돌사람이 되려다가 짐승이 돼버린 긍복. 그래도 여전히 배봉은 아무 반응이 없다. 그가 돌사람이 된 성싶다.

"인자 고마 눈 좀 뜨시고 머라꼬 말씀 좀 해보시소오, 예에?"

기녀가 도리어 긍복 눈치를 살피며 안달 나 한다.

"안 그래예? 짐승도 제 집에 기어들모 그 집 쥔이……."

'흐…….'

드디어 긍복은 짐승만도 못한 신세로 전락해버렸다. 사람이 형편없는 진구렁에 거꾸로 처박히는 건 그다지 어려운 일이 아닌 성싶었다. 때로 어떤 것은 그 자신의 무슨 의지나 신념과는 동떨어지게 아주 순식간에 결정이 나버리는 것이었다.

어쨌거나 기녀가 그렇게 하는데도 눈을 뜨기는 고사하고 손가락 끝도 꿈쩍 않고 화려한 비단 방석에 떡하니 앉아 있는 배봉이었다. 그때 또 다른 기녀가 길고 가느다란 손가락 끝으로 그의 허벅지 부위를 슬쩍 건드렸다.

"아이, 배봉 나리! 무신 상 무신 상 해싸도 시상 최고 상이라쿠는 술상이 들어올 때가 됐사와요. 술맛 떨어지거로 하실 끼라예?"

짐짓 앙탈을 부리자, 그 작자, 그제야 못 이기는 척 감질 날 정도로 아주 천천히 눈을 뜨고서는 또 한다는 소리가 복장 터지는 소리였다.

"어, 이기 누신고오? 소긍복 나으리 아이심니꺼? 아, 운제 오싯지예? 아이고, 요리키나 귀하신 행차를……."

고을 원님이 관기들에게 명하듯 했다.

"야들아, 퍼뜩 방석 안 내놓고 머하노?"

그렇지만 사시斜視처럼 하는 얼굴에는 전혀 사람을 맞이하는 기미가 없었다.

'지기미!'

긍복은 당장이라도 거기 기방 문짝을 박차며 뛰쳐나가고 싶은 충동을 가까스로 억누르며, 기녀가 내미는 꽃방석을 저만큼 홱 밀쳐버리고 그냥 맨바닥에 철버덕 주저앉았다. 그런 긍복의 일거수일투족을 말없이 바라보는 배봉의 가느다랗게 뜬 두 눈에 조소와 함께 살기가 번득였다. 시작부터 분위기가 여간 심상치 않았다.

'예전보담도 몇 배 더 안 좋은 인간이 돼삐릿거마.'

그것은 비단 긍복 혼자뿐만 아니라 모든 다른 사람들이 보기에도 그렇게 비칠 것이었다. 농민군에게 크게 당한 후로 배봉은 한층 독이 오를 대로 올라버렸고, 돈과 권력을 향한 욕망은 도무지 그 끝 간 데를 모르는 위인이 돼가고 있었다. 내 두 번 다시는 그런 일을 당하지 않으리라 하늘도 땅도 아닌 그 자신에게 맹세를 한 인간이었다.

'후우.'

긍복은 사흘 전에 겪은 그 일만 떠올리면 저절로 한숨이 나오고 온몸이 빳빳이 굳어졌다. 누가 굵은 쇠사슬로 막 옥죄는 듯했다. 심장을 바늘로 쿡쿡 찌르는 것 같았으며, 핏물로 멱을 감는 느낌이었다.

운산녀와 동업하는 시장통 상회에 들렀다가 어디 근사한 방석 술집이나 기어들어가 볼까 하고 이리저리 두리번거릴 때였다. 으리으리한 어떤 가마 행차와 정면으로 딱 마주쳤다. 하마터면 가마꾼과 부딪힐 뻔했다.

'헉!'

깜짝 놀라 고개를 치켜들고 올려다보니 배봉이 잔뜩 거드름 피우며 자신을 내려다보고 있었다. 말 그대로 유아독존, 안하무인의 태도였다. 그런데 다짜고짜 위에서 아래를 향해 포졸들이 죄인을 포박하는 오라처럼 던지는 소리가 이랬다.

"궁복 나리! 온 고을이 쩌렁쩌렁 울릴 만치 쌍방울 소리 요란하거로 대체 오데를 그리 쏘댕기요? 앞다리 뒷다리 기운 올리갖고 오데 쓸라쿠는 기요?"

그 말을 들으며 궁복을 바라보는 가마꾼들 얼굴에 서리는 빛이 야릇했다. 앞다리 뒷다리? 그렇다면 저 자는 서서 다니지 않고 기어 다니는 동물…….

"그, 그냥 가, 갈 데가 조, 좀 있어갖고……."

도둑 제 발 저리는 법이라고, 궁복이 하도 당황한 나머지 우물쭈물하고 있는데, 연이어 나오는 말이 그야말로 사람 숨통을 여지없이 끊어놓는 것이었다.

"궁복 나리 마나님은 요새 우떻소? 우리 에핀네 고것은 갈수록 얼골이 꽃매이로 활짝 안 피나는가베?"

그러고는 사람 얼굴에 독침 놓듯이 궁복을 매섭게 쏘아보면서 주둥이를 계속 나불거렸다. 그 자리에는 궁복만 있는 게 아니라 가마꾼들도 있으니 하늘 보고 침을 뱉는 격인데도 철판 깐 낯판은 대책이 없었다.

"오데 서방 모리거로 딱 숨기논 정부情夫라도 있는갑소. 나리는 그런 생각이 안 드요? 흐흐흐."

궁복은 억센 손에 멱살을 틀어 잡힌 사람처럼 가쁜 숨을 거칠게 몰아쉬었다.

"아, 무신 말씀입니꺼? 노, 농담이라도 그, 그런 말씀은 하시모 안 되지예. 마, 마님겉이 정숙하신 분이 오, 오데 또 있다꼬……."

말더듬이처럼 크게 더듬거렸다.

"하하핫!"

배봉은 크고 화려한 사인교四人轎가 폭삭 내려앉을 만큼 큰소리로 웃어 제쳤다.

"에이, 이보쇼. 빽따구 있는 가문 출신이라쿠는 나리가 훤한 백주에, 애호박에 손톱도 안 들갈 그런……."

궁복이 받아들이기에는, 손톱 미용에 유난히 관심을 보이는 운산녀를 화제로 끌어내려는 심산인 듯한 배봉이었다. 그런데 또 소문에 듣기로는, 배봉 얼굴에 나 있는 상처가 바로 그 손톱이 할퀸 흔적이라는 얘기도 있었는데 그 진위는 당사자들만 알 것이었다.

"아, 아이지예. 틀린 말 아이지……."

그러나 궁복의 그 말이 완전히 떨어지기도 전에 배봉의 행차는 벌써 등을 돌리고 있었다. 앞뒤에서 둘씩 가마를 메고 있는 가마꾼 넷도 하나같이 궁복을 얕잡아보는 눈치였다. 다른 곳에서 또 마주치면 앞뒤로 다리가 있는 동물 취급할지도 모르겠다.

궁복은 아주 천천히 사라져 가는 가마를 보면서 온몸에 식은땀을 줄줄 흘렸다. 가마에 건 멜빵이 죄수의 목을 옭아매는 밧줄을 떠올리게 했다.

'우짜모 배봉이 눔이 눈치채고 있는지도 모리것다. 단순히 그냥 한분 쿡 찔러보는 거는 아인 기라. 아, 우짜모 좋노?'

그때 저 멀리로 높직한 비봉산을 등지고 민치목과 몽녀가 걸어오고 있는 게 그의 눈에 띄었다. 궁복은 오물을 밟은 듯 속으로 구시렁거렸다. 오늘이 무슨 염병할 날인가? 왜 천금을 갖다 줘도 달갑잖을 족속들을 자꾸…….

'농민군 눔들이 완전 미친개매이로 상구 설치댈 적에, 운산녀가 저 민치목이 집구석에 숨어 있었다제, 아마.'

궁복이 뭔가 잡힐 듯 잡힐 듯한 이상야릇한 감정을 품으면서 그런 생각을 굴리고 있는 사이에, 그들 부부는 궁복의 바로 코앞에까지 당도했다.

“이거 에나 오랜만이네예, 궁복 나리.”

치목이 보기만 해도 질리는 그 큰 덩치를 약간 구부려 보이며 친근한 척 말을 붙여왔다. 하지만 궁복 마음에는 시비를 걸어오는 것 같아 불안하기부터 했다. 왜 그런지는 알 수 없어도 그와의 만남은 늘 그런 식이었다.

“그런 거 겉심니더. 우찌 지냅니꺼?”

그러면서 궁복은 거대한 바윗덩이와 마주친 느낌이었다. 그동안 못 보던 사이에 몽녀는 무척 폭삭 늙어버린 몰골이었다. 그에 반해 아직까지도 창창소년 같은 치목이고 보니, 상대적으로 몽녀는 치목 처가 아니라 손위누이나 고모, 이모 같았다.

‘가마이 있거라.’

그 몽녀 몸 위에 운산녀 몸이 겹쳐 보이면서, 운산녀가 치목 집에 은신해 있을 때 혹시 치목과 무슨 일이 없었을까 하는 좀 더 강한 의혹이 궁복 뇌리를 휙 스쳐갔다. 치목과 먼 친척이라고 할지라도 어떤 짓을 저질렀을지 알 수 없다. 근친상간이라는 천하에 몹쓸 말도 떠올랐다. 한 번 음심이 동하면 물이고 불이고 가리지 않는 여자가 운산녀다. 그걸 알기에 조금 전 배봉의 입에서도 그따위 소리가 나왔을 것이다.

‘해나 일이 그렇다모…….’

그러자 궁복 마음에 두 가지 빛깔의 감정이 엇갈렸다. 질투심과 동지애. 나는 양반 출신, 그는 중인 출신? 에라이, 엿하고나 바꿔 먹어라. 엿물을 짜고 난 밥찌끼에 코를 처박고 허겁지겁 핥아라.

그래, 여차하면 저 치목의 힘을 빌리도록 하자. 치목은 멀든 가깝든 운산녀 친척이니, 팔은 안으로 굽는다고, 무슨 일이 생기면 배봉보나 운산녀 쪽에 설 게 아닌가 말이다. 천군만마를 얻었다는 말은 바로 이런 경우를 두고 이르는 것일 게다.

'헤…….'

그 생각을 하니 긍복의 얼굴에는 당장 아부 섞인 웃음기가 피어오르고 입에서는 저절로 간사스러움이 섞인 부드러운 말씨가 흘러나왔다.

"두 분 다 여전하시다 아입니꺼. 치목 어른은 신수가 훤언하시고, 부인께선 꼭 나이를 꺼꿀로 잡수시는 거 겉네예. 허허. 맹쭐이도 잘 있지예?"

맹쭐도 내 편으로 끌어들일 검은 속셈을 가지고 그렇게 늘어놓다가 긍복은 내심 고개를 흔들었다. 그건 아니었던 것이다. 맹쭐은 배봉 자식 점박이 형제와 노상 그림자같이 붙어 다닌다는 것을 안다. 잠시도 경계를 늦춰서는 안 될 위험한 놈이 아닐 수 없다.

"하이고! 지들 자슥 눔꺼정 걱정을 다해주시고……."

그렇게 응하며 몽녀는 다른 사내 앞에서 굵은 허리통에 걸린 치마를 연방 위로 잡아끌어 올리기 바쁘다. 이름처럼 몽롱한 눈빛은 여전하다. 그런데 초점 없는 그 눈도 어찌 보면 그런 대로 괜찮다. 뭔가를 갈망하는 기운이 서린 것 같기도 하다. 긍복은 자신도 모르게 손등으로 눈을 비볐다.

'내 눈이 미친 것가? 거미줄이 쳐졌나?'

그때 치목 말이 긍복 정신을 되돌려놓았다.

"해나 지난번 초군 그눔들 땜에 입은 피해는 없으십니꺼?"

지금 옆에 있으면 치도곤이라도 안길 태세였다.

"하도 무작하기 짝이 없는 몬된 것들이라 놔서……."

긍복은 어정쩡하게 응했다.

"예? 아, 예."

운산녀 입을 통해, 긍복이 배봉의 하수인이 되어 둘이서 호한 집안 가산을 어떤 식으로 요리하여 말아먹고 있는가를 대강 듣고 있는 치목이었다.

"머, 이 긍복이맹캐 돈도 없고 세도도 없는 사람이사……."

그런 대화법으로 얼버무리면서 긍복은 새삼스럽게 깨달았다. 언제부터인가 고을에서 〈이 걸이 저 걸이 갓 걸이〉 노래가 사라져버렸다는 것을. 혹시라도 숨어서 몰래 부르는지는 모르겠지만 그냥 겉보기로는 그랬다.

'어라? 저거는 또…….'

긍복이 예상치 않았던 새로운 인물을 또 발견한 것은 바로 그때다. 참말로 오늘이 무슨 날인가 어디 돈푼이나 놓고 물어볼 일이다. 한꺼번에 이렇게 많이 부닥치다니.

"……."

무심코 긍복의 시선을 따라간 치목과 몽녀도 얼굴에 약간 놀라는 빛이 서리었다. 일순, 긍복도 치목도 거듭 깨달았다. 그들은 서로가 어떤 방식으로든지 배봉가家와 모종의 관계를 맺고 있다는 사실이었다.

저만큼 떨어져서 길 위를 지나가고 있는 젊은 여인이 있다. 채소가 담긴 광주리를 이고 팔꿈치 부위까지 저고리 소매를 걷어 올린 채 오른팔을 높이 들어 머리 위에 얹힌 광주리를 잡고 걸어가는 한 여인. 저고리 옷고름은 허리를 동여맨 치마까지 드리워지고 두 발에는 짚신을 신었다.

"아, 저, 저거는 비, 비화 아입니꺼?"

"조, 조용해라 카이!"

"헉!"

몽녀 입을 치목이 솥뚜껑 같은 손바닥으로 얼른 틀어막았다. 거구인에도 불구하고 번개 같은 그 동작에 궁복은 내심 혀를 내둘렀다. 어쩌면 예상하고 있는 것보다도 훨씬 더 상대하기 버거운 무서운 자인지도 모른다.

어쨌거나 그들로선 퍽 다행스럽게도 비화는 그 소리를 전혀 듣지 못한 채 그냥 지나가고 있다. 얼핏 혼은 빠져나가고 육신만 남아 움직이는 것 같은 인상을 풍기기도 했다. 대나 싸리, 버들 등으로 엮어 만드는 저 둥근 광주리만 허공에 둥둥 떠가는 듯한 느낌마저 들 지경이었다.

"우찌 이런 일이? 김호한이 딸이, 시집간 그 딸이, 우짜다가 저리키나 몰라보거로 싸악 배뀌삔 깁니꺼?"

이쪽을 발견하지 못한 비화가 그들 옆을 그대로 지나 한참 멀어져 갔을 때 치목이 놀란 목소리로 궁복에게 말했다.

"내는 궁복 나리가 안 바라보싯다모 몰라볼 삔했심니더. 눈도 에나 밝으심니더."

"……."

궁복은 치목이 추켜세우는 그 말에는 아무런 대꾸도 없이 그새 조그맣게 보이는 비화 뒷모습만 뚫어지게 바라보았다. 그 눈빛이 복잡하기 그지없었다.

어찌 잊을 수 있겠는가? 하나 있는 김호한의 여식을. 그의 꿈속에도 수많이 나타나는 저 비화를. 참으로 독하고 무서운 계집이었다. 고것이 칼을 겨누고 덤비는 악몽이었다. 네놈 때문에 우리 집안이 망했다며, 두 눈에 시퍼렇게 쌍심지를 켜고 죽이려고 했다.

'그라모 우리 집이 망한 거는 그 구렁이가 밖으로 나가삐서…….'

악몽에 시달리다가 한밤중에 잠에서 깨어 혼자 일어나 앉은 궁복은, 더 이상 눈을 붙이지 못한 채 온갖 잡념에 시달리기도 했다.

'업신? 업신…….'

그리고 그럴 때 그의 뇌리에서 떠나지 않는 게 바로 저 '업신'이었다. 그것은 집안의 어떤 곳에 보이지 않게 들어 있는 신으로, 대개는 광에 있다고 생각하지만, 어쨌거나 저 뱀이나 두꺼비, 족제비 등이 업신이라고 했다.

"니 할배 이약 잘 듣고……."

"인자 고만예……."

그의 할아버지는 손자가 징그러운 동물 이야기에 상을 찡그리든 말든 계속해서 업신에 관해 들려주었다.

"업신은 안 있나, 재물의 운수를 관장하는 신으로 여겨서 말이제, 부자가 될라모 우쨌든 잘 뫼시야 하는 기다."

"……."

"집안에 부정한 일이 있으모 고마 집을 나가삔다 안 쿠나. 업신이 나가모 집안이 망하는 거는 뻐언하고……."

그러던 할아버지는 이번에는 구렁이를 찍어 입에 올렸다. 집 근처 담이나 돌무덤 같은 곳에 잘 출몰하는 그놈도 긍복에게는 공포의 대상이었다.

"아, 참. 내가 더 중요한 구렁이 이약을 빠뜨릿구마."

손자 얼굴을 힐끗 보았다.

"듣고 있는 기가? 만약시 구렁이가 집에 나타나모 우짜든지 밖에 몬 나가거로 각별히 주이를 해서……."

"와예, 할아부지?"

그가 마지못해 관심을 나타내는 듯하자 할아버지는 조금 전 손자보다도 더 인상을 팍 썼다.

"니 아즉도 모리것나? 그리 되모 집안이 잘몬된다, 그 소린 기라."

그런데 나중에 곰곰 헤아려보니 그때 할아버지는 벌써 내다보고 있었던 게 아닌가 싶은 긍복이었다.

"헉! 구, 구렁이가……."

공교롭게도 조손간에 그런 이야기가 오간 며칠 후에 그의 집안에 정말 큰 구렁이 한 마리가 기어들었는데, 그놈이 밖으로 나가지 못하도록 막기는커녕 오히려 물릴까 봐 막 피하기만 했고, 한바탕 난리가 벌어진 다음 구렁이는 다행히 집 밖으로 나가버렸던 것이다.

'그 구렁이를 집 안에 그대로 놔 놨으모 우리 집이 안 망했으까?'

긍복은 영원히 풀 수 없는 신의 과제와도 같은 그 사건을 두고 지금까지도 치를 떨면서 업신의 사슬에서 벗어나지 못하고 있는 것이다.

"시상에!"

긍복이 잠시 그런 기억에 사로잡혀 있을 때 몽녀의 혼잣말이 들렸다.

"에나 사람 팔자 시간문제라더이, 암만 그래도 그렇제, 그리키나 씽씽 잘나가던 김호한 장군의 귀한 여식이, 저리 상걸베이 꼬라지를 해갖고 채소를 팔라꼬 댕긴다이, 직접 내 눈으로 봐도 참말로 몬 믿것네."

그러자 치목이 긍복 얼굴을 슬그머니 훔쳐보았다.

"공동묘지 가보모 이유 없이 죽은 사람 하나도 없다 안 쿠더나. 무신 소린고 알것제? 저리 되거로 맨든 사람들이 있은께 저리 됐것지 머."

그러는 품이 무언가 알고 있다는 것을 은근히 내비치는 기색이었다.

"아, 시방 우리가 머하고 있는 기고?"

치목은 자기의 그 말을 듣자 꼬부랑한 눈으로 그들을 노려보는 긍복을 짐짓 모르는 체하고 몽녀에게 다른 소리를 했다.

"비싼 밥 묵고 그런 데 신갱 쓸 끼 아이고……."

"야?"

치목의 눈빛은 더 강렬해지고 몽녀 눈빛은 더 흐릿해졌다.

"우리가 더 신갱 쓸 일이 따로 안 있나."

"야아? 그거는 또 무신 이바구요?"

몽녀는 멀뚱한 표정을 지었다. 그러나 긍복은 이미 치목의 그 말뜻을 모조리 알아차렸다. 치목이 이번에는 노골적으로 긍복의 얼굴 표정을 슬슬 보며 말했다.

"긍복 나리도 들어 자알 알고 계시것지만도, 농민군 눔들 일 절대 모도 끝난 기 아이지 않심니꺼?"

긍복은 모르는 소리 한다는 듯 치목 얼굴을 빤히 올려다보았다.

"아, 와 안 끝났어예? 그눔들을 모돌띠리 처행꺼지 시킷는데……."

그런데 키가 긍복보다 머리통 하나는 더 높은 치목은 그게 아니라고 했다.

"다행시럽거로 우리 고장은 싹 다 끝이 났지만도, 시방 충청도하고 전라도 그라고 멀리 황해도꺼지 그 불길이 번지가고 있다 쿱니더."

명색 양반이란 사람이 그것도 모르냐는 경멸과 조소의 빛을 띠었다.

그때쯤 비화 모습은 그들 시야에서 완전히 사라지고 없었다. 긍복은 새로운 사실에 몸을 떨며 치목 말을 받았다.

"그렇네예. 아즉 안심할 때는 아인 거 겉십니더."

그 대화를 끝으로 두 사내는 잠시 서로를 탐색하듯이 말들이 없었다. 그러다가 지나가는 행인들을 물끄러미 바라보고 있던 긍복이 홀연 무엇에 쫓기는 사람처럼 조급한 목소리로 다시 입을 열었다.

"아이지예. 우짜모 시방부텀 더 큰일입니더."

치목은 말이 땅에 떨어질까 느릿느릿한 어조로 대꾸했다.

"사람 사는 이치를 보모, 다 그렇지예 머."

중인 출신인 그가 양반 출신인 긍복에게 한 수 가르쳐준다는 식이었다.

"지내간 과거는 한 개도 필요 없고, 아슥 오도 안 한 미래도 우떤 누가 알 낍니꺼? 그냥 시방 이 순간, 핸재가 최고지예."

궁복은 두 번 다시는 기억도 하기 싫다는 얼굴이었다.

"잡초는 아모리 짤라삐고 뽑아내도 또 금방 도로 살아나서 쫙 번진다 쿠지만도, 생각을 해보모 올매나 독종들이었십니꺼?"

치목은 왈패처럼 어깨를 건들거렸다.

"독종들인께 그런 짓을 하지예. 웬만한 독종들 아이모……."

궁복은 속으로는, '사둔 넘 이약한다. 치목이 니도 에나 독종맹캐 생깄는데?' 하고 무슨 저주 퍼붓듯 비웃으면서도, 입은 한참 다른 데로 놀았다.

"시방도 그놈들이 들고 댕기던 죽창하고 몽디이를 생각하모……."

치목이 드잡이 하는 자세를 취했다.

"그거도 그렇지만도 쇠스랑하고 곰방메 겉은 농기구가 그리키나 큰 무기가 될 줄 누가 상상이나 했것십니꺼?"

서너 개의 발을 만들고 자루를 박은 갈퀴 모양의 쇠스랑, 흙덩이를 깨뜨리거나 씨를 묻는 데 쓰는 자루 달린 나무 토막인 곰방메, 그 농기구들이 관졸들의 삼지창이라든지 칼이나 화살보다도 더 위력적일 줄이야.

"하모, 하모예."

그때까지 그 특유의 몽롱한 눈빛으로 듣고 있던 몽녀도 그렇다는 듯 고개를 끄덕거리며 사내들 대화에 끼어들었다.

"지는 군인 안 가봐서 잘 모리지만도, 농민군들이 들고 댕기던 대나모창 겉은 무기들은 천하무적 맞아예."

궁복의 입가에 웃음이 번졌다.

"맞기는 개가 몽디이를 맞아?"

치목이 외간남자 말에 장단을 맞추는 아내를 몹시 못마땅하다는 얼굴로 째려보며 그렇게 쏘아붙였다. 그러자 몽녀는 아차! 싶었는지 얼른 비화가 걸어간 쪽으로 고개를 돌리며 딴전을 피웠다.

"비화 고것 말입니더. 우리 자슥 맹쭐이하고 동갑이지만도, 에나 보통이 아이지예. 고런 가시나는……."

혀라도 내두를 품이다.

"예, 지도 그런 생각……."

치목이 긍복의 그 말을 중도에서 가로챘다.

"또 압니꺼?"

그는 점점 흥분하면서도 걱정하는 빛으로 주절거렸다.

"유춘계 그눔하고 친척뻘 된다 쿤께네, 다린 지역에서 들고일어나는 농민 눔들이 비화나 호한이한테 가갖고, 우떤 정보도 얻고 도움도 청할라 쿨지……."

"잘 보싯심니더. 그랄 가능성도 짜다라 있것네예."

긍복이 맞장구를 쳤다. 치목은 모반자처럼 눈을 번득이며 말을 이어갔다.

"우쨌든 간에, 배봉 나리하고 우리하고의 관계를 보나, 농민군과의 관계를 보나, 우리가 끝꺼지 갱개를 늦추모 안 될 집구석입니더."

그러자 긍복도 비화가 사라진 쪽을 한 번 더 바라보면서 독기와 두려움이 뒤섞인 얼굴로 말했다.

"함양 산천 물레방아매이로 돌고 도는 기 인간 시상이라 안 쿠던가예?"

그러고 나서 치목뿐만 아니라 자신에게도 각인시키듯 했다.

"농민반란은 끝난 기 아입니더."

치목이 그 말을 받아 입 안으로 잘강잘강 씹었다.

"농민반란은 끝난 기 아이라, 끝난 기……."

그들의 말을 낚아채가기라도 하려는지 바람이 불어 닥치기 시작했다. 뽀얀 흙먼지가 반란의 신호인 양 허공으로 피어올랐다. 가로수가 몸을 비트는 것처럼 보였다.

배봉의 하수인인 긍복과 운산녀의 손발인 치목, 그런 간악하기 그지없는 인간들이 자기 집안을 겨냥하여 그렇게 잔뜩 벼르고 있다는 사실을 전혀 알 리 없는 비화는, 참으로 오랜만에 발걸음이 솜털같이 가벼웠다.

채소도 다 팔았고 부모님께 드릴 선물꾸러미도 샀다. 하지만 막상 성밖 친정집이 있는 동네가 보이기 시작했을 때 초롱초롱한 비화의 두 눈에서는 저절로 눈물이 흘러나왔다. 요즘은 그렇게 걸핏하면 눈물이었다. '울보' 왕눈이도 저리 가라 할 판이었다. 무엇보다도 진무 스님이 알면 호통을 칠 것이다.

'아부지, 어머이.'

속으로나마 얼마 만에 불러보는 이름인가?

'이런 몬난 모습을 하고 찾아뵙거로 돼서 죄송합니더.'

아버지에게서 지난날 군사 주둔지였던 인근의 연꽃 못이 있는 마을에, 남편 박재영이 나타났었다는 놀라운 말을 전해 들은 이후로, 꼭 다시 들르고 싶은 친정이었다. 비록 남이지만 흉허물이 없을 때, '친정 일가 같다'고 하는데, 그렇다면 '시집 일가 같다'라고 하는 말도 생길 수가 있는 걸까? 아니, 그런 말이 있는 세상은 지금보다도 더 살기 힘든 곳이 될 것이다.

'내 모리는 바는 아이지만도…….'

물론 남편에 대한 새로운 정보가 있다면 아버지가 벌써 연락해주었을 테지만 아직까지 없었고, 그래서 남편에 관해서 더 들을 것이 없는 줄 잘 알면서도 친정나들이를 하고픈 심정을 누를 길이 없었다.

'내가 겨울나모매이로 너모 외로움을 타고 있는 긴가?'

그런데 아직도 이곳저곳에 그녀의 손때가 묻어 있는 것 같은 집 안에 들어설 때까지도 비화는 전혀 예상치 못했다. 그런 사람들이 친정집에 와 있을 줄은 몰랐다.

"……."

그건 호한과 윤 씨도 마찬가지인 듯 어리둥절한 표정들이었다. 아버지가 조심스러운 목소리로 그들을 소개했을 때, 비화는 눈과 귀를 의심하지 않을 수 없었다.

"유춘계 그분하고 함께 항쟁하다가 잽히서 목심을 잃어삔 분들의 유족들이신 기라. 퍼뜩 인사드리라."

"예?"

비화는 깜짝 놀라면서도 가슴이 무너져 내리는 것 같았다. 마음 저 깊은 곳에서 이런 소리가 흐느낌과 함께 흘러나왔다.

'아, 춘계 아자씨.'

비화는 가까스로 아프고 슬픈 심경을 추스르며 그들이 하는 말을 들었다.

"내는 천필구라쿠는 사람 첩니더. 넘들은 우정 댁이라 부리고예."

두 여인 중 좀 더 나이 든 아낙은 그녀 옆에 바짝 붙어 앉아 있는 사내애를 눈짓으로 가리켰다.

"우리 아들 얼이지예."

곧장 이렇게 시켰다.

"얼아, 인사드리라."

그러자 얼이란 사내애가 벌떡 일어나더니 꾸벅 절을 하면서 말했다.

"천얼이라 캐예."

비화도 앉은 자리에서 맞절하듯이 고개를 조금 숙이면서 알려주었다.

"내는 김비화."

단단하게 익은 씨앗이나 대추나무 방망이처럼 퍽 야물어 보인다는 게 비화 눈에 비친 그 애의 첫인상이었다.

"내는……."

이번에는 다른 젊은 여인이 자신을 소개했다.

"한화주라쿠는 사람하고 약혼했던 송원아라고 합니더."

"아, 예. 두 분이 그런……."

비화는 예사롭지 않은 그들 신분도 더할 수 없이 놀랍거니와, 그보다도 그들이 어떻게 우리 친정집까지 찾아오게 되었는지 그게 더 궁금했다.

그러나 두 여인은 차마 더 이상 입을 열지 못하겠는 기색이었다. 똑같이 아주 핏기 없는 얼굴로 서로 눈치만 살폈다. 그것을 보고 있던 호한이 안 되겠다 싶었는지 나섰다.

"내가 이약할 꺼마."

그러면서 딸의 의문을 대신 풀어주기 시작했다.

"참말로 다시는 생각도 하기 싫은 그날 안 있나."

그 말에 그곳 사랑방 안에 앉아 있는 사람들 모두가 얼굴 가득 한층 무겁고 어두운 빛을 띠었다.

"유춘계 그분이 그리 억울하거로 처행당했을 때……."

사랑방 방문이 혼자 덜컹거렸다. 어쩌면 원혼이 드나들고 있는 걸까?

"이 애비가 젤 먼침 앞으로 나아가갖고, 내 친구 언직이하고 둘이서 같이 시신을 거뒀던 기라."

호한은 한숨 섞인 목소리였다.

"애비가 그라는 거를 보고, 다린 유족들도 모도 시신을 거두었제."

비화도 나중에 들어 알고 있는 이야기였다. 그리고 그 일로 인하여 온 고을 사람들이 아버지 호한을 다시 보게 되었다는 것이다. 물론 그것 때문에 얼마 동안 관아의 감시 대상이 되기도 했었다.

"여게 이 여자 분들이 그때 내를 보고, 아조 에렵거로 수소문해서 오늘 이리 찾아오싯다쿠는 기라."

그러자 두 여인이 거의 동시에 호한을 향해서 감사하다는 표시로 고개를 깊숙이 숙여 보였다. 그것은 백 마디 말보다도 더 짙은 진실이 담겨 있는 모습으로 비쳤다.

"아, 예. 그런……."

비화는 여전히 목이 콱 메어 좀처럼 입을 열 수가 없었다. 마음 같아서는 무슨 위로의 말이라도 해주고 싶지만 혀가 굳어버린 느낌이었다. 모든 시간과 공간이 그날 그곳에서 정지해버린 것처럼 보였다.

"이 말 몬 할 고마움을 우찌……."

우정 댁이란 여인이 말했다.

"그날 김 장군님이 아이었으모, 우리는 시신을 거둘 엄두도 몬 냈을 낀데……."

윤 씨가 먼지 한 점 묻어 있지 않은 정갈한 방바닥을 내려다보며 낮지만 힘이 담겨 있는 목소리로 얘기했다.

"모도 가리방상한 처지들 아이었것십니꺼. 그라고 남은 사람들이 인자부텀 우떻게 해서 살아갈 낀고, 그기 더 중요한 일 아입니꺼."

"예……."

"흑……."

윤 씨 그 말에 두 여인이 한꺼번에 눈물을 보였다. 눈물이 골짝 난다는 말이 떠오르는 순간이었다.

'아!'

비화도 마치 그들에게 감염된 것처럼 덩날아 눈물이 솟았다. 사랑방의 모든 사물들이 불투명한 옷을 입은 듯 뿌옇게 흐려 보였다. 수건으로 눈을 가리고 노는 '봉사놀이'를 할 때도 이러진 않았다.

"흠! 흠!"

호한의 입에서는 연방 헛기침이 나왔다. 흘러나오는 눈물처럼 비화는 그 생각도 났다. 여러 해 전 대사지에서 유춘계 아저씨와 같이 가고 있던 농민들을 본 일이 있었다. 또한 김신망 장사 이야기가 얽힌 호랑이나무가 있는 김해 김 씨 선산에서도 보았던 그들이었다.

그래, 그때 그중 체구가 남달리 우람하고 건장해 보이던 두 남자가 천필구와 한화주라는 사람들이었구나. 지금 앞에 앉아 있는 여자들의 남편과 약혼자였다.

하지만 그 당시나 지금이나 세상은 거의 달라진 게 없다는 생각에 비화는 명치끝이 못 견디게 쓰려왔다. 아니다. 완전히 바뀌었다. 비화 마음 한쪽이 다시 말했다. 그렇다. 춘계 아저씨도 천필구와 한화주라는 농민도 이제는 이 세상에 없는 것이다. 그런 안타깝고 슬픈 마음을 보듬고 비화는 신의 무슨 계시를 접한 듯 속으로 굳게 다짐했다.

'내 앞으로 이 한 많고 불쌍한 여인들하고, 넘들보담 깊은 관계를 맺고 살아갈란다. 춘계 아자씨도 그라기를 바래실 끼고.'

우정 댁이란 여인이 또 놀라운 소리를 꺼내기 시작한 것은 다음 순간이다.

"우리 얼이가 말입니더. 우리 얼이……."

호한이 그 특유의 신뢰감을 주는 굵직한 목소리로 말했다.

"말씀을 해보이소."

그러나 우정 댁은 얼른 입을 열지 못하고 비화네 가족을 번갈아 보며 한참 동안이나 그냥 머뭇거리기만 했다. 부기가 가시지 않은 눈시울이

보기 서럽도록 붉었다. 그녀에게서는 스스로의 감정을 추스르지 못하는 빛이 역력했다.

"……."

영리한 비화는 직감적으로 깨달을 수 있었다. 효수형을 당한 천필구와 그의 외동아들 얼이에 관련된 심상치 않은 일이란 것이며, 이제는 유명幽明을 달리하고 있는 그들 부자 이야기라는 것이다.

"무신 일인데 그라십니꺼?"

윤 씨가 무척 조심스럽게 물었다. 그곳 사랑채 벽면에 써 붙인 붓글씨가 귀를 곤두세우는 듯했다. 그처럼 비화 눈에는 글씨가 생명을 가진 것같이 보일 때가 많았다. 그래 배우는 자만이 정말 살아 있는 삶을 사는 거라고 혼자 가늠해보기도 했다.

그런데 더없이 황당한 일이 벌어졌다. 우정 댁이란 여자가, 남의 집이란 사실도 잊은 듯 느닷없이 못난 오리처럼 목을 길게 빼고 꺼이꺼이 울기 시작한 것이다.

"……."

홀연 비화 친정집은 초상을 당한 집처럼 돼버렸다. 물론 비화네 가족들이 그렇게 할 리는 없었지만, 받아들이기에 따라서는 상당히 께름칙하고 기분 상할 노릇이었다.

"성님! 성님!"

그러자 우정 댁을 그렇게 부르면서 무척이나 당황해하던 원아가 안 되겠다는 듯 자초지종 털어놓기 시작했다.

"지가 말씀드리께예."

"……."

창가에 서 있는 오래된 무화과나무가 더 잘 듣기 위해 발돋움을 하는 것 같았다. 다른 집에서 심어 놓은 무화과나무들은 열매가 익기 무섭게 새들이 와서 쪼아 먹는다고 하는데, 그 무화과나무는 열매가 달려도 새들이 입을 대지 않아 모두가 신기해하곤 했다.

"우리 성님이 그날 성 남문 밖 공터 처행장에서 말입니더."

"……."

처형장 말이 나오는 순간, 사랑방 공기는 대번에 확 달라졌다.

"저 얼이한테예, 얼이한테……."

"……."

"이라시는 거를, 이라시는 거를…… 지가 들었어예."

사랑채 지붕 위에서 '꾸룩, 꾸루룩' 하는 비둘기 울음소리가 들려오고 있었다. 먹어도 또 먹어도 늘 허기를 느끼는 새가 저 새가 아닌가 하는 생각을 할 때도 있는 비화였다.

"지가, 지가 들었는데……."

거기서 원아도 크게 울먹이며 더 이상 말을 잇지 못했다. 아마 가슴이 막혀 얼른 입이 떨어지지 않는 모양이었다.

"쉬엄쉬엄 말씀하시이소."

비화가 말했다. 그렇지만 그 소리에 원아는 오히려 빨리 말할 수 있는 용기와 힘을 얻은 듯 숨을 몰아쉬고 나서 들려주기 시작했다.

"성님 말씀이, 얼이 니 두 눈 똑바로 뜨고 니 아부지가 죽는 강갱(광경)을 가슴에 꼭꼭 파묻어 놨다가 복수해야 한다, 그런……."

"아, 그, 그리 무서븐……."

윤 씨가 부르르 진저리를 쳤다. 비화 심장 한복판에서 뭔가 '뚝' 하는 소리가 크게 났다. 어지간한 일에는 흔들리지 않는 호한도 가슴이 서늘한 모양이었다.

"그, 그런 말을……."

도저히 믿을 수 없다는 얼굴로 물었다.

"저 아한테 그런 소리를 하싯다는 깁니꺼?"

그러자 우정 댁이 울음을 뚝 그치더니 까칠한 입술을 질끈 깨물며 대답했다.

"원아 저 동상 말 그대롭니더."

"우, 우찌……."

이번에도 심약한 윤 씨가 또 제일 먼저 신음 같은 소리를 내었다. 마음이 싹 잎처럼 여린 그녀였다.

"지가 그리 시킷십니더."

"……."

그들이 앉아 있는 사랑방이 물밑처럼 고요했다.

"그리하라 캤십니더."

우정댁 목소리는 잘 드는 칼로 무 베듯 했다.

"지 아부지 웬수를 갚아라꼬예."

비화 가족 입에서 똑같이 경악하는 소리가 나왔다.

"아부지 웬수를?"

우정 댁은 아주 순박해 보이는 겉모습과는 달리 보통 독한 여인이 아닌 성싶었다. 그녀 입에서는 이런 소리도 흘러나왔다.

"지도 그 강갱을 이 가슴에 새기둘라 캤고예."

"……."

이번에는 놀라는 소리마저 나오지 못했다. 비화는 마치 누가 입을 봉해버린 느낌이었다. 호한과 윤 씨도 말을 잃고 서로 얼굴만 마주 볼 뿐이었다.

"하지만도 내는 사행이 집행되는 그 순간에, 고마 자신도 모리거로 두 눈 모도 딱 감고 말았십니더."

아직도 너무나 억울하고 아쉽다는 말투의 우정댁 이야기가 이어지고 있었다.

"우리 원아 동상도 그랬다데예."

"……."

눈을 감으며 우정 댁이 말했다.

"지 연인의 마즈막을 몬 봤다데예."

비화 귀에 문득 발인제를 마치고 떠날 때 부르는 상여소리 하나가 크게 들려오는 것 같았다. '높은 산정 고목나무 움 나거든 오실란가 움이 난들 싹이 난들 온다 소리 할 수 있나…….'

"그랬을 낍니더. 이해가 됩니더."

호한이 동감한다는 듯 깊은 한숨을 내쉬며 말했다.

"그날 그곳에서 그리 안 한 사람이 오데 있것십니꺼? 남녀노소가 모도 똑겉었지예. 내도 그랬십니더."

"그란데 말입니더, 그란데……."

다시 눈을 뜬 우정 댁이 저고리고름 끝을 들어 눈두덩을 찍어내며 실로 무서운 소리를 했다.

"우리 얼이 저놈이 그 강갱을 똑똑히 지키봤다 안 쿱니꺼?"

비화 가족 입에서 비명을 방불케 하는 소리가 터져 나왔다.

"예에?"

"저 아아가 그, 그거를 봐, 봤다고예?"

"아, 시상에? 우찌 그런……."

호한이 폐부 깊은 곳에서 우러나오는 신음소리를 냈다. 그 소리 끝에는 핏발과도 같은 기운이 서려 있었다.

"으, 무서븐 일이다. 저 에린 아아가 그 끔찍시런 강갱을……."

그때였다. 지금까지 시원하게 생긴 눈만 깜빡이며 아무 말이 없던 그 사내애가 불쑥 입을 열었다. 아니었다. 악마가 그 아이의 입을 빌려 애기하고 있었다.

“울 아부지 목이 큰 칼에 베이는 거를 똑똑히 봤어예. 지는예, 울 어머이가 시키는 대로 했어예.”

비둘기 울음소리가 위험 신호처럼 갑자기 높아지고 있었다. 어쩌면 솔개나 독수리 같은 맹금猛禽이 나타났는지도 모를 일이었다.

“아, 얘, 얘야! 그, 그…….”

“니가, 니가?”

비화와 윤 씨는 말끝을 맺지 못했다. 호한은 눈 하나 깜짝하지 않고 바위처럼 앉아 그 아이를 바라보았다. 그 아이가 제 어머니 쪽을 보면서 말을 계속했다.

“그라고예, 지는 무신 수를 써도 반다시 복수할 끼라예. 울 아부지를 쥑인 사람들한테 꼭 복수할 끼라예.”

“…….”

“함 두고 보이소, 내가 거짓말을 했는고예.”

“…….”

“얼이는 안 그랍니더, 얼인께네예.”

“…….”

모두가 그 아이 얼굴만 망연히 바라보았다. 도저히 어린 아이의 말이라고는 믿을 수 없었다. 비화는 금방이라도 터지려는 가슴을 억누르며 마치 실토하듯 이런 말을 하고 있었다.

“얼이라 캤제? 얼이야, 내가 니만 할 적에 저 대사지에서 니 아부지를 본 적이 있었제. 내가 시방 니 나이 정도 묵었을 때…….”

그 소리에 우정 댁과 얼이 모자가 금방이라도 와락 울음을 터뜨릴 것 같은 얼굴을 했다. 원아도 손가락으로 눈가를 닦았다.

얼이는 아버지를 많이 닮았다. 비화는 지난날 대사지에서 만난 사람들 가운데 누가 천필구였는가를 어렵잖게 기억해낼 수 있었다. 일행 가운데서 가장 우람한 덩치에 눈이 부리부리하고 정의감 넘쳐 보이던 사내였다.

"얼아. 얼이야……."

원아가 쓰러지듯 얼이 몸을 껴안고 흐느꼈다. 그러나 얼이는 당돌해 보일 만큼 두 눈을 치뜨며 큰소리로 말했다.

"지는 울 아부지가 죽던 모습을 절대 안 잊아삐고 복수할 끼라예!"

끝내 우정 댁이 통곡했다.

"아이고! 아이고!"

피를 토하듯 울부짖었다. 그 소리는 천장과 벽면에 부딪쳐 방바닥에 떨어져 내리는 것 같았다. 비화 귀에 또다시 상여소리가 들렸다.

"얼이 아부지요! 우짜다가, 우짜다가 당신이 그리……."

"흑……."

우정 댁이 말하고 원아는 울었다.

"부전자전이다."

호한이 지그시 눈을 감고 혼잣말로 중얼거렸다.

"범 새끼는 자라 범이 되고, 토까이는 암만캐도 토까이밖에 안 되는 벱이다."

호한은 스스로의 감정을 다스리지 못하는 빛이었다.

"난주 자라모 저 아아는 지 아부지보담도 더 대단한 일을 할 끼라. 그래갖고 온 시상을 흔드는 대장부로 우뚝 서는 날이……."

그 소리에 비화 가슴이 철렁 했다. 나중에 저 아이가 자라면…….

비화는 세상을 꿰뚫는 아버지의 직관直觀이 얼마나 정확하고 무서운지 누구보다도 잘 안다. 지금까지 살아오면서 아버지가 하는 말씀이라면 거의 틀리는 경우가 없었다. 아, 그렇다면? 그렇다면 얼이라는 저 사내애의 운명은…….

망나니 칼에 뎅겅 잘려나가는 아버지 목을 제 눈으로 똑똑히 지켜봤다는 저 섬뜩한 아이. 그날 그 장면은 저 아이 마음 깊은 곳에 원귀의 한과 저주로 영원히 살아남아 장차 저 아이를 어디로 어떻게 몰아갈지 그 누구도 모른다. 아아, 저 사내아이의 인생은 어떻게 펼쳐질 것인가? 저런 아이에게 그 어떠한 삶이라도 주어지기는 주어질 것인가? 차라리, 차라리…….

"……."

그때 누군가 그곳 사랑방 안을 몰래 엿보는 것 같아 비화는 하마터면 크게 비명을 지를 뻔했다. 창가에 비친 무화과나무 그림자였다.

# 돌무더기 서낭당

그로부터 여러 날이 흐른 후였다.

비화는 옥진과 함께 낯선 곳을 찾아가고 있었다. 초행길이었다. 그렇지만 옥진과 동행하는 길이어서 비화는 마냥 좋았다.

수백 년 묵은 아름드리 고목이며 그 안이 보이지 않을 정도로 빽빽하게 자란 대밭. 그런 수목들이 졸졸졸 맑게 흘러가는 개울가를 따라 끝없이 늘어서 있다. 하늘에는 하얀 구름 몇 장이 천장에 발라놓은 화선지나 한지처럼 붙어 있었다.

“어휴, 동굴 아이가, 동굴.”

해맑은 옥진 음성이 흡사 동굴 속에서처럼 ‘웅웅’ 울렸다. 비화도 신기한 마음에 고개를 길게 빼고 사방을 이리저리 둘러보았다.

“그래, 니 말 맞다.”

“맞제?”

“영판 나모동굴이다.”

“언가 니 말도 멋지거마.”

양쪽으로 호위하듯이 쭉 우거진 나무들이 깊고 긴 동굴 형상을 묘하게 이뤄내고 있다. 지금 그들은 가슴을 파고드는 슬픔과 고통의 물살을 자르기 위해 아주 호들갑스러운 처녀들처럼 굴고 있다. 그것은 둘이 함께하고 있기에 가능한 일인지도 모른다.

"히힛."

"니 각중애 웃음소리가 와 그렇노?"

"언가야, 우리가 똑 미친 여자들 겉다, 그자?"

"미친 여자들?"

"하모."

"하기사 여꺼지 이리 달리온 거 보모……."

남쪽 변방 고을에서부터 맨 처음 지펴진 농민 봉기의 불길이 가져온 후유증은 엄청 컸다. 조정에서는 천지로 사방팔방 계속해서 번지는 민란을 근본적으로 막아내기 위해 임금 특명으로 '삼정이정청'이란 것을 만들었고, '삼정이정절목' 여러 조목을 제정하여 반포, 시행한다고 난리였다. 오랑캐가 쳐들어오는 것만 난리가 아니었다.

그러나 일반 백성들이 실제 피부로 느끼는 것은 팔에 난 작은 솜털 하나 살짝 스치고 지나는 바람보다도 미미했다. 베풀어준다는 쪽과 그 베풂을 받는 쪽과는 늘 그처럼 큰 감정 격차가 생기는 법인지도 알 수 없었다.

어쩌면 비정상적인 정치 형태인 세도정치가 너무 판을 치는 시국에, 국왕의 권력으로는 세도가의 이익에 손을 대는 그런 일은 애당초 불가능한 성질의 것인지도 모른다. 도리어 농민군에게 당한 복수를 한답시고 토호세력과 졸부들이 원한의 칼을 갈아대고 있는 게 작금의 현실이었다.

"진아, 아즉꺼지 멀은 기가?"

비화가 숨찬 목소리로 물었다.

"아이다. 인자 다 왔다. 저게 숲 끝에 가모 있다, 언가야. 와 다리 아푸나?"

옥진도 헐떡거리며 대답했다.

"다리는 하나도 안 아푸다. 퍼뜩 가보고 싶어갖고."

옥진은 그렇게 말하는 비화 얼굴을 힐끗 보고 나서 약간 화난 투로 내뱉었다.

"그라고 본께 언가 니 얼골도 반쪼가리다, 반쪼가리."

"가시나도……."

비화 말에 옥진이 말했다.

"가시나든 오시나든……."

비화는 얼굴을 모로 돌렸다.

"내하고 가리방상하다."

돌아보지 않아도 눈동자가 딱 멎었을 것이다.

"그 뒤로 홍 목사 소식은 들었나?"

비화는 자제하지 못하고 또다시 묻고 말았다. 옥진의 아픈 상처를 헤집는 짓은 절대로 삼가야 한다고 다짐하면서도 어쩔 수 없다. 옥진의 일은 내 일 같기에 더욱 그랬다.

"모리나? 아나?"

"……."

나무동굴 어디쯤에선가 귀에 선 새소리가 났다.

"모리는가베?"

"……."

옥진은 아무런 대답이 없다. 그 대신 걸으면서 수행修行하는 사람처럼 묵묵히 고개를 숙인 채 몇 걸음 내딛다가 약간 다른 소릴 했다.

"그 일로 농민 측에서는 효수 열 맹, 귀양 시물 맹의 행을 받았다 쿠데.”

바람이 그들의 귀밑머리를 사뭇 날리게 했다. 그 바람 끝에 효수형당한 열 명, 귀양 간 스무 명, 그 농민들의 피맺힌 통곡소리가 묻어나는 듯했다.

“관리 측에서는 우떤 처벌을 받았노?”

“…….”

“하기사 니가 우찌 다…….”

나뭇가지에 달려 있어야 할 아직 푸른 잎이 드문드문 돌멩이 박힌 길바닥 위에 떨어져 있는 게 보였다.

“내 알기로는…….”

옥진은 손가락을 꼽아 보이는 동작을 했다.

“귀양 여덟 맹, 파직 네 맹, 그라고 곤장 다섯 맹, 그리 들었다.”

“그런 식으로…….”

무슨 처벌이 몇 명, 또 무슨 처벌이 몇 명, 그렇게 숫자까지 정확하게 이야기해 보이는 옥진을 보며, 비화는 옥진이 참 많이 변했다는 생각을 했다. 나는 누구보다 저애를 가장 잘 안다고 믿었는데 어쩌면 그게 아닐 수도 있겠다는 느낌도 들었다. 그리고 그건 좋은 쪽보다도 나쁜 쪽으로 더 기울어질 것 같다는 불길한 감정도 동반했다.

“…….”

그 대화를 끝으로 또다시 긴 침묵이 이어졌다. 둘은 발을 떼놓는 것도 힘에 겨워 이제 가까스로 한 걸음 한 걸음 옮겨놓고 있다. 너무나 무거운 짐, 하지만 내려놓을 수 없는 짐, 그런 짐을 등에 짊어지고 비치적거리며 걸어가는 나귀들과 다르지 않다.

세상 사람들은 말했다. 〈이 걸이 저 걸이 갓 걸이〉 노래가 사라진 지금, 농민반란 사건은 완전히 역사의 뒷길로 사라졌다고. 시퍼렇게 힘줄

선 이마에 흰 수건 동여매고 손에 죽창이며 몽둥이, 농기구를 든 초군 모습은 하나의 전설로만 남을 것이라고.

그러나 사려 깊은 이들은 말했다. 아니라고, 아니라고. 이제부터가 시작이라고. 또 다른 역사가 쓰이게 될 것이라고. 그 힘은 백성에게서 나온다고.

비화는 속으로 말했다. 그 사건은 끝도 시작도 없는 거라고. 그건 시위 당사자들과 그들 식솔들 가슴마다에 옹이로 박혀 영원토록 빼버릴 수가 없는 거라고. 나무의 몸에 박힌 가지의 그루터기처럼 그들 마음에 그루터기가 되어 있노라고.

옥진 얼굴에서 저 짙은 그늘을, 번민의 흔적을 무슨 수로 지울 수 있을까? 내 가슴에서 이 쓰라린 상처를, 애환의 자국을 어떻게 아물도록 할 수 있을까? 우리 모두의 마음이 그늘과 상처로부터 달아날 수 있는 탈출구는 어디에 있다는 것인가?

우정 댁이 데리고 왔던 천필구의 외동아들 얼이가 떠올랐다. 얼이 같은 후손이 살아 있는 한 농민군 사건은 세상이 다하는 그날까지 끊임없이 되풀이될 것이다. 무수한 세월들이 흐르고 또 흘러 세상이 지금과는 엄청나게 달라진다 해도, 인간들이 사는 곳은 언제나 약자가 당하게 돼 있는 것이다. 그리고 약자의 저항은 정당했다.

'또 자꾸 이런 생각 해쌌고 있네? 내가 이상한 여자가 안 돼 가나.'

비화는 남편 박재영이 집을 나간 후 연약한 여자 혼자 몸으로 살아가면서, 자신도 깜짝 놀랄 정도로 세상 이런저런 것까지를 나름대로 깨쳐 가고 있다는 사실이, 기쁘고 대견스럽다기보다 도리어 슬프고 한스러울 따름이었다. 솔직히 주체 못 하고 가늠할 수 없는 자신의 변화에 스스로도 더럭 겁이 났다.

'이라다가 내가 희자 어머이매이로 무당이 돼삐릴라.'

그때 쓸데없는 그깟 망상은 버리란 듯 옥진 목소리가 들렸다.

"인자 다 왔다, 언가야."

"아, 다 온 기라?"

그런데 옥진 말에 퍼뜩 제정신을 차린 비화 눈에 맨 먼저 보이는 게 웬 여인네들 모습이었다. 예닐곱 명은 족히 돼 보였다.

"언가야……."

옥진이 작은 소리로 속삭였다.

"여게가 신통한 곳이기는 한갑다. 저리 여자들이 한거석 와 있는 거 본께……."

비화 역시 낮은 소리로 말했다.

"우리 여자들 한이 많은 탓 아이것나."

옥진이 고개를 끄덕이려고 하다가 내저었다.

"남자들도 한은 있다, 언가야."

돌무더기 서낭당. 그것은 지금까지 그들이 걸어온 그 나무동굴이 막 끝나는 수풀 뒤편 길섶에 있었다.

"언가, 저 새끼줄 좀 봐라."

"대나모도 짜다라 꽂히 있네?"

두 사람 기분이 야릇했다. 어쩌면 몽환적이랄까, 다른 세상에 온 기분이었다.

"분위기가 쪼매 특별한 거 겉다."

"그렇제?"

"첨 와보는 데라서 그런가……."

"그 땜은 아일 기다."

누운 돌이 아니라 세워져 있는 돌들이었다. 그 선돌을 이리저리로 묶은 새끼줄과 선돌 주변에 꽂혀 있는 대나무가 처음 보는 그 순간부터 매우 엄숙하고 신성한 느낌을 주었다. 어떻게 보면 약간은 괴기스러운 곳 같기도 했다.

'시방 머하는 기고?'

비화가 더욱 그런 괴이한 기분에 젖어든 것은 거기 먼저 와 있던 여인들이 하는 행동 때문이었다. 저마다 돌무더기 앞에 늘어서서 허리를 크게 굽히고 두 손을 싹싹 비벼가며 지극정성 치성을 드리는 여인들의 모습 때문이었다.

그 여인네들이 어쩐지 이승 사람들이 아닌 성싶었다. 꼭 한낮에 나온 무슨 혼령들로 비쳤다. 어딘지 모르게 신비스럽고 약간은 두렵게까지 느껴지는…….

"우리는 쪼매 기다리야 되겄다."

별다른 소리도 아니고 극히 일상적이고 평범한 그런 말을 하는 옥진 음성에도 왠지 무슨 주술呪術 비슷한 게 매달려 있다. 마지막 심판을 받기 위해서 여인들이 저렇게 줄지어 기다리고 있는 것이 아닌가 싶기도 했다.

"가는 날이 장날이라꼬, 오늘 이 마을 여자들이 우 같이 몰리온 모냥 아이가."

옥진이 그런 소리와 함께 턱짓으로 근처 큰 바위를 가리켰다.

"저가 좋것제, 언가?"

키 낮은 잡초들을 약간 깔아뭉개듯이 하고 있는 넓고 펀펀한 반석이었다.

"하모, 앉으모 팬안하겄다."

비화는 자신도 모르게 사실대로 말했다.

"다리도 아푼데."

옥진이 꼬투리 잡는 못된 습성이 생긴 것처럼 이랬다.

"아까 전에는 안 아푸다 쿠더마는. 사람이 한입에 두말 하모……."

비화는 하얗게 눈을 흘겼다.

"문디 가시나 아이가?"

"히히히."

옥진이 아까처럼 또 요상한 웃음소리를 냈다. 옥진이 어릴 적에도 저렇게 웃었던가? 그 기억을 더듬는 비화에게 옥진이 말했다.

"내도 아푸기는 아푸다."

비화도 똑같이 흉내 내어 웃었다.

"히히히."

둘은 그 반석으로 가서 나란히 앉았다. 편안하다는 느낌이 발끝에서부터 머리까지 전해졌다. 거기서도 여인들이 비는 소리가 바로 옆에서처럼 자세히 들렸다.

"서낭님, 서낭님. 지발하고 지한테 아들 하나만 점지해주이소. 시집 온 지 다섯 해가 다 돼 가는데도, 아즉 자슥 없는 이년 심정 깊이 헤아리시갖고……."

"우리 친정어머이 뱅 좀 낫거로 해주이소. 뱅 좀 낫거로 해주이소, 예? 하매 뱅석에 딱 누우신 지 십 년도 넘었심니더."

"지 아들 눔이 뭔 장사한다꼬 머언 질 떠난 기 이태도 더 됐어예. 죽었는지 살았는지 소식조차 끊기심니더. 지발지발 그눔이 무사히 돌아오거로 해주이소, 서낭님."

가만히 여인네들 치성 드리는 소리를 듣고 있던 옥진이 잠긴 목소리로 말했다.

"사람 사는데 에나 사연도 쌔뼀고 근심도 쌔뼀다."

"……."

잠자코 고개를 끄덕이는 비화보다도 선돌들이 들으라는 것 같았다.

"남강 백사장 모래알보담도 많은 거 겉네?"

"……."

저만큼 나무동굴이 바람에 쏠리면서 무어라고 표현할 수 없는 희귀한 장면을 이루어내고 있었다. 그것은 '살아 움직이는 동굴'이라고 이름 붙일 만했다.

"와 이리 살아야 하는고?"

옥진의 그 말에 비화가 입을 열었다.

"사람인께네."

이번에는 옥진이 꼬부장한 눈을 했다.

"그 짧은 말 하나 할라꼬, 넘이 그리 짜다라 말해싸도 그냥 듣기만 했는갑네?"

그러자 또 비화가 말했다.

"사람인께네."

반석 밑의 잡초 사이로 큰 개미와 작은 개미들이 바삐 움직이고 있었다.

"사람 아이모?"

옥진은 개미새끼 한 마리도 때려죽이지 못할 만큼 약해 보이는 주먹으로 제 복장을 탕탕 쳤다.

"하이고! 사람 미치것다."

비화도 같은 동작을 해보였다.

"미친께 사람이제. 사람 아인 다린 기 미친 거 봤나?"

옥진의 눈동자가 벽면에 박힌 못처럼 딱 고정되는가 싶더니만 불쑥 내뱉었다.

"하모, 봤다 고마."

"오데서?"

점차 지루함이 밀려들기 시작했다. 기다리는 시간을 때우기 위한 가벼운 입씨름이 벌어졌다. 둘 다 적수를 만났다.

“봤다 캐도?”

“시상에 그런 기 오데 있다꼬…….”

“미친개 있다 아이가, 미친개.”

“진이 니한테는 내 졌다. 그라이 인자 고마하자.”

“더 하자. 내는 안 이깃다.”

“그라모 내가 이깃다 셈 치자.”

“더 하자. 언가 니도 몬 이깃다.”

그러나 옥진을 상대로 입으로는 가볍게 그러고 있는 비화 마음을 더더욱 저리게 몰아가는 건, 남들은 알아듣지 못하게 제 입 안에서만 낮게 축원하고 있는 나이 든 여인이었다. 새들도 숲에서 마음 놓고 울음 우는데 행여 남들이 알세라 속으로만 소원을 비는 여인네 심사야 오죽하랴.

‘머가 저 여자를 저리 맨들었을꼬?’

또 비화 눈에 밟히는 게 노랑저고리 빨강치마를 곱게 받쳐 입은 자기 나이 또래의 젊은 여인이었다. 그녀는 맨 끄트머리에 붙어 서서 그저 머리만 조아렸다. 아니, 그 동작마저도 무척 힘이 드는 것 같아 보였다. 땅바닥에 주저앉지 아니하고 서 있는 게 대견할 판이었다.

‘우떤 몬씰 사내가…….’

비화의 생각에는 저 여인은 떠나버린 임이 다시 돌아오기를 간곡히 빌고 있다. 어쩌면 여인은 남들보다 일찍 혼례를 치렀고, 그 지아비가 비화 자신처럼 훌쩍 집을 나가버린 생과부 신세인지도 모른다.

‘생과부…….’

그러자 비화 두 눈에 눈물이 핑그르르 돌았다. 그곳에 있는 모든 것들이 빗방울 내려치는 유리창에 어리는 사물 같아 보였다. 행여 옥진이

볼세라 서둘러 고개를 옆으로 꺾었다. 옥진이 그토록 보채지 않았다면 이곳까지 걸음을 하지 않았을 것이다.

'내한테는 시간이 돈 아이가.'

하루라도 더 뼛골 빠지게 일을 하여 돈을 모아야 했다. 피를 말려 땅을 사야 했다. 그런 사정을 뻔히 알면서도 고집 피는 옥진이 좀 야속하기도 했다. 그렇지만 홍우병 목사를 떠나보내고 혼자 얼마나 힘들기에 이러는가 싶어 낯 한 번 찡그리지 않고 곧장 따라나선 참이었다. 나서고 나니 이런저런 것 모두 잊어버릴 수 있어 좋았다. 바로 이 맛에 사람들은 길을 떠나는 게 아닌가 싶었다. 하지만 등을 보인 채 가뭇없이 걸어가고 있는 남편의 길에는 무엇이 있기에…….

"울 어머이 친정마을이라 안 쿠나."

친정마을이라는 말이 비화 가슴을 후벼 팠다. 옥진은 거기 오기 전부터 잔뜩 기대를 걸고 있는 모습이었다.

"시방 그 마을에는 우리 외가 사람이 하나도 안 살지만도, 우짠지 거게 가갖고 잘 빌모 소원이 딱 이뤄질 거 겉다 아이가."

그러고는 듣는 사람 가슴이 찡할 만큼 간절한 목소리로 말했다.

"언가 소원도, 내 소원도……."

그렇지만 비화가 그 마을 돌무더기 서낭당까지 오게 된 결정적인 이유는 옥진의 이런 말 때문이었다.

"내가 기생 되고 나서 울 어머이가 맨 먼침 간 곳이 거게 돌무더기 서낭당이라 그리 안 쿠나."

비화는 처음 말을 배우는 어린아이처럼 했다.

"돌무더기 서낭당……."

옥진이 눈물 섞어 얘기했다.

"울 어머이는 빌고 또 빌고 또 빌었다데."

"……."

통곡하기 일보 직전의 목소리였다.

"지발 대매로 때리쥑일 불쌍한 내 딸년 잘 돌봐 달라꼬……."

"……."

홍 목사를 그리워하는 걸까, 그게 아니라면 어머니 동실 댁을 떠올리고 있는 걸까? 지금 눈앞의 옥진은 멍하니 상념에 잠겨 있다. 어찌 보면 세상 모든 것을 내려놓은 모습이다. 선머슴처럼 천방지축 놀던 지난날의 그 아이로 다시 돌아갈 수는 없는가?

'아, 진아.'

골똘한 그 모습이 너무너무 애틋해 보인다. 가냘픈 어깨가 초라하기까지 하다. 참 묘한 노릇이다. 아름다움과 슬픔은 언제나 나란히 어깨동무를 하고 다니는 것인지도 모르겠다. 그렇다면 신은 참으로 얄궂은 분이 아닐 수 없다.

'지는, 지는…….'

비화는 마음의 손을 한데 모아 서낭님에게 빌었다. 나는 이 마을과 아무런 연고도 없는 사람이니 소원 안 들어주셔도 괜찮지만, 외가가 이곳인 우리 옥진이 소원만큼은 제발 좀 들어주시라고. 옥진이 저 대사지의 악몽을 깨끗이 잊고 새로운 출발을 할 수 있는 힘과 용기를, 기회를 주시라고. 제발, 제발하고…….

'그라모 그리 믿고…….'

이제 치성 드리기를 전부 끝낸 걸까? 이윽고 돌무더기 앞에 모여 서 있던 여인들이 하나둘 돌아섰다. 여인들은 거기 낯선 얼굴들을 보자 긴장감과 호기심이 뒤섞인 눈빛을 했다. 어딘가 좀 배타적인 성격을 지니고 있는 마을 같았다.

'쪼매 그렇다 아이가.'

비화는 약간 주저하는 마음이 되었다. 지금 거기 남자들은 없고 같은 여자들만 있었지만 어쩐지 쉽사리 휩싸일 수 없는 차가운 분위기였다. 그러나 옥진은 여인들 시선은 전혀 아랑곳하지 않고 반석에서 일어서며 말했다.

"언가야, 우리도 가서 빌자."

"내는……."

망설이는 비화에게 물었다.

"와? 요꺼정 와갖고……."

"그, 그냥."

태어나 아직 한 번도 이런 곳에 와서 치성 드린 적이 없는 비화는 왠지 그저 서먹하고 쑥스럽기만 했다. 내가 올 데가 아닌가 싶어지기도 했다. 그러자 옥진이 눈치채고 혼자 먼저 선돌 쪽으로 가면서 말했다.

"그라모 언가 니는 내 하는 거 보고 난주 해라. 내 먼첨 할 낀께네."

여인들 눈길이 일제히 옥진에게로 쏠렸다. 그네들은 몹시 눈부신 듯 옥진의 고운 자태를 넋 놓고 바라보았다.

"……."

여러 여인들 속에서 보니 옥진은 더욱 아름다움이 돋보였다. 아마 서낭님도 서둘러 옥진을 맞이할 것 같았다.

'저런 우리 진이를…….'

비화의 가슴속에서 뜨거운 기운이 울컥 치밀었다. 점박이 형제 그놈들. 저렇게도 예쁜 옥진을 관기의 길로 들어서게 하다니. 대사지 못물에 거꾸로 콱 처넣어 죽일 것들. 못도 더럽다고 쫓아낼지 모르겠다. 이 세상 어느 곳에서도 받아주지 않을 몹쓸 것들이다.

"비옵니더, 비옵니더."

곧 옥진의 낭랑한 음성이 그곳 돌무더기 서낭당 주변으로 퍼져나갔다.

"서낭님께 비옵니더. 간절히, 간절히 비옵니더."

옥진은 운기를 모으는 듯 잠깐 호흡을 가다듬고 나서 기원했다.

"지발, 지발하고 그분이 하로라도 얼릉 그 지옥 구디이에서 빠지나오거로 돌봐주시소. 이년 두 손 모아……."

그 치성에 대한 화답일까? 근처 숲속으로부터 물에 헹군 듯 맑은 멧새 소리가 들려왔다. 일순, 비화는 그만 소름이 돋았다. 새는 한을 품고 죽은 사람이 환생한 것이라는데, 혹시 저 새는 홍 목사의…….

"서낭님, 다린 거는 다 필요 없고……."

선돌이 자기 몸뚱어리에 친친 감긴 새끼줄을 풀고서 뚜벅뚜벅 걸어 옥진에게로 다가서는 듯했다. 선돌 주위에 꽂혀 있는 옅은 갈색 대나무가 다시 살아나 금방 쑥쑥 높고 푸른 키로 자라나는 것 같았다.

"……."

여인들은 옥진의 꽃다운 용모와 낭랑한 음성에 모두 완전히 얼이 빠져버린 모습이었다. 옥진이 치성 드리기를 마치고 등을 돌려세울 때에야 저마다 숨을 후우 몰아쉬었다. 곧 여인들은 옥진을 빙 에워쌌다.

"오데서 오신 기요? 몬 보던 얼골들인데……."

그중 가장 나이 지긋한 초록치마 여인이 먼저 물었다. 옥진이 비화 쪽을 한 번 바라보고 나서 대답했다.

"그냥 지내가던 길입니더. 하도 지극정성 치성을 드리고들 계시기에, 저희도 소원 한분 빌어 볼라꼬예."

수더분해 보이는 여인이 입맛 다시듯 했다.

"거 색시 참말로 곱소. 샘이 나것소. 내 이날 이때꺼지 살아옴서 그리키 고븐 인물은 몬 봤는 기라. 우짜모!"

그러는 품이 여간 감격스러워하는 게 아니었다.

"남정네들이 사죽을 몬 쓰것거마. 오금이 오그라들 끼라."

대나무처럼 키가 훌쩍 크고 호리호리한 여인도 밀했다.

"같은 여자인 내가 봐도, 그냥 숨이 콱 다 맥히는데……."

여인들 가운데에서 이런 소리도 새 나왔다.

"대궐에서 나온 여자는 아이것제?"

그때 노랑저고리 빨강치마 여인이 막 바위에서 일어서는 비화를 보며 입을 열었다.

"저분도 눈이 참 맑고 예쁩니더. 초롱초롱 빛나는 기……."

그녀는 무슨 주술 외듯 했다.

"여자가 아이고 남자로 태어났으모, 조선팔도를 흔들 거 겉네예."

그러자 나이 많은 여인이 그 여자에게 퉁바리를 주었다.

"니 또 무당 겉은 소리 할 끼가?"

그 자신이 남의 운명을 점치듯 말했다.

"암만캐도 니는 무당 될 팔잔갑다, 팔자가. 넘들 앞날이 눈에 훠언하거로 다 비인담서? 서낭님 눈도 아임시로."

"무당은 무신……."

그러면서 그 여인은 비화를 보며 배시시 웃었다. 어딘지 남모를 큰 한이 맺혀 있는 듯한 웃음이었다. 비화 또한 그녀를 향해 싱긋이 웃어주었다. 그녀 얼굴이 빨개졌다. 남자가 웃음을 보내는 것도 아닌데 그러는 그녀는 무척이나 순박한 여자 같았다.

그런데 바로 그때였다. 이곳으로 통하는 나무동굴 저쪽에 화려한 행차 하나가 나타났다. 이만큼 떨어진 거리에서 얼핏 봐도 굉장히 으리으리한 가마였다. 혹시 길을 잘못 들어선 게 아닐까 여겨질 정도로 그 장소에는 어울리지 않아 보였다.

"……."

비화와 옥진에게 쏠렸던 여인네들 눈길이 이번에는 약속처럼 그 가마 행차로 향했다. 선돌들도 고개를 기우뚱하고 그쪽을 슬쩍 넘겨보는 것 같았다. 그녀들이 또다시 저마다 한마디씩 하였다. 어느 곳을 가나 여자들은 수다 떨기를 좋아하는 모양이었다.

"아, 누 행차고? 저리 겁나는 행차는 첨 본다 아이가."

"증말! 나라님 행차는 아일 끼고……."

"미칫나?"

"머?"

"나라님이 여는 와 오실 낀데?"

"하도 거창해서 내 하는 소리다. 그렇다꼬 미칫다 쿠모 되나?"

"그런 소리 들을라꼬 그랬던 기 아이가?"

"모도 시끄럽다 고마. 남살시럽거로."

"맞다, 인자 고만들 해라. 머 건질 끼 있다꼬."

그때쯤 비화와 옥진도 사람을 잔뜩 주눅 들게 만드는 그 호화로운 가마 행차를 우두커니 바라보고 있었다. 애써 낮춘 여인네들 속닥거림처럼 나라님 행차까지는 아니어도 고을 원님 행차 정도는 돼 보였다.

'대체 오데서 오는 누꼬?'

그렇게 모두가 놀라고 감탄하는 표정으로 바라보고 있는 동안 가마는 그들 바로 코앞에 당도했다. 가마 안에는 어떤 지체 높은 벼슬아치나 귀인이 타고 있는지는 알 수 없으나 가마꾼들까지도 무척 거들먹거리는 태도였다. 즉시 옆으로 비켜서지 않으면 물고를 내고 말겠다는 그런 살벌하고 위협적인 분위기까지 풍겼다.

이윽고 가마꾼들은 조금이라도 흔들릴세라 조심조심 가마를 땅 위에 내려놓았다. 모든 시선이 가마의 비단 휘장으로 가 꽂혔다. 얼핏 몸종으로 보이는 어린 처녀 둘이 급히 가마에 다가가서 화려한 비단 휘장을 들어올렸다. 그러자 그 안에 타고 있던 누군가가 더없이 우아한 몸짓으로 천천히 가마에서 내렸다.

'헉!'

그 순간, 비화는 하마터면 비명을 지를 뻔했다. 머리가 아찔해지면서 숨이 턱 막혔다. 그 대단한 가마에서 내리는 여인, 비화는 눈을 의심했다. 정신이 혼미했다. 내가 꿈을 꾸고 있는가? 꿈을 꾸고 있으면서 그게 꿈이라는 것을 인식할 때도 있는 그녀였다.

가마 주인은…… 저 철천지원수 배봉의 큰아들 점박이 억호의 처였다. 어찌 이런 일이, 억호 아내 분녀가 이곳에 나타나다니…….

비화는 자신도 모르게 눈을 크게 치뜨고 있는 옥진을 얼른 뒤돌아보았다. 그러고는 그 와중에도 안도의 한숨을 내쉬면서 가슴을 쓸어내렸다. 옥진은 억호 아내를 본 적이 없을 것이다. 그랬다. 비화가 얼핏 느끼기에는 옥진은 오로지 그 으리으리한 가마에만 깡그리 마음을 빼앗기고 있는 사람으로 보였다. 분녀에게는 그다지 관심이 없는 듯했다.

그리고 분녀 또한 비화와 옥진이라는 여자들을 잘 모를 것이다. 제아무리 막나가는 인간말짜지만 억호가 그의 아내에게 비화네 집에 저지른 일과 옥진에게 저지른 일을 그냥 털어놓지는 않았을 것이다.

더군다나 지금 분녀는 다른 무언가에 크게 신경을 쏟고 있는 듯했다. 그래서 딴 사람은 눈에 비치지도 않은 모양 같았다. 어쩌면 지금까지 세상의 이목을 다 무시하고 제멋대로 살아온 그 습관이 그대로 고스란히 드러나는 것인지도 모른다.

아무튼 옆에 붙어 부축하는 여종 둘을 다 합쳐도 자기 몸만큼 되지 못할 정도로 비대한 분녀는, 집채 같은 그 몸뚱어리를 불과 몇 걸음 옮기는 데도 굉장히 힘이 들어 보였다. 번듯하고 훤한 곳을 '서낭당 같다'고 하는데, 지금은 그곳 돌무더기 서낭당이 매우 좁을 형국이었다.

"마님! 에나 훌륭한 서낭당입니더. 요런 서낭당은 첨 봐예."

억호 처 오른쪽에서 부축하는 몸종이 약간 노란 기운이 감도는 동그란 눈알을 이리저리 굴려가며 말했다. 얼핏 고양이 눈을 연상시키는 눈이었다.

"이런 서낭당에 치성 드리모, 머든지 소원 성취할 거 겉어예. 그렇지예?"

하지만 분녀는 큰 얼굴에 비하면 붙어 있는지도 모를 정도로 작은 눈을 모이 찾는 닭 눈알처럼 굴리기만 한다.

"쌔이 치성 드리시소."

오른쪽 몸종이 알랑거리자 왼쪽에서 부축하는 몸종도 질세라 입을 열었다.

"이 서낭당 본께네, 우리 마님께서 우찌 이리 귀하신 신분으로 사실수 있는고, 인자사 이해가 간다 아입니꺼. 호홋."

아부 아첨들이 그야말로 수양버들 늘어지듯이 척척 잘도 늘어졌다. 그렇지만 억호 처는 몸종들 말은 들은 척도 하지 않았다. 거기 있는 여인들에게도 여전히 눈길 한 번 주지 않았다. 평소에 그 여자가 얼마나 콧대 높게 사는지 또다시 짐작할 만했다.

'으…….'

비화는 온몸에서 기력이 쫙 빠져나가는 느낌이었다. 배봉가家는 아무리 노력해도 넘을 수 없는 고봉준령 같은 존재라는 생각에 울고 싶었다. 저들과 맞서려고 하는 것은 왕이 있는 대궐을 향해 돌을 던지는 짓과 다를 바 없다고 여겨졌다.

그런 경황없는 중에도 비화는 또 무척이나 궁금했다. 도대체 이 마을과 억호 처는 무슨 관계가 있기에…… 어쩌면 배봉과 점박이 형제 그리고 운산녀와도 어떤 맥이 닿아 있는 곳은 아닐는지.

'아, 그렇다모 해나?'

하여튼 여기까지 와서 치성을 드릴 그 정도라면 억호 처는 분명히 이 마을, 더 나아가 이 돌무더기 서낭당과는 무슨 깊은 연고가 있음에 틀림없었다. 그게 무얼까.

그런데 의외로 비화의 그런 의문은 이내 풀렸다. 그것은 그네들이 서로 주고받는 소리를 통해서였다. 억호 처는 큰 자랑거리를 아랫것들한테 알려주어야겠다고 작심한 듯, 잔뜩 거드름 피우는 말투로 떠벌리기 시작한 것이다.

"삼월이 니하고 오월이 니는 모리것지만도, 이 서낭당은 안 있나, 그런께네……."

그러자 몸종들은 하나같이 허리를 굽실거렸다.

"예, 예, 마님."

분녀는 부러지지나 않을까 우려될 만큼 목을 뻣뻣하게 세운 자세로 말했다.

"해마당 섣달 그믐날 한밤중에 동신제洞神祭라쿠는 거를 안 지내나."

"동신제예?"

분녀 오른쪽에서 부축하는 삼월이란 몸종이 황감하다는 듯 물었다.

"섣달 그믐날 한밤중이라꼬예?"

이번에도 왼쪽에서 분녀를 부축하고 있는 오월이가 또 한발 늦었다.

비화는 그 창망한 속에서도 씁쓸하게 깨달았다. 오월이란 몸종은 백번을 죽었다가 다시 깨나도 삼월이란 몸종을 절대로 당해내지 못할 것이다.

억호 처는 둥글넓적한 낯판 가득 아주 자랑스러워하는 빛을 노골적으로 드러내 보였다. 그러고는 방금까지는 아예 눈길조차 주지 않았던 거기 있는 다른 여인들도 모두 들으라는 듯, 제 딴에는 유식한 소리를 이것저것 섞어가며 목청을 돋우었다.

“마을 재앙과 질병을 막고 풍요를 비는 제사가 동신제라.”

저 여자는 치맛자락에 재앙과 질병을 묻혀 여기에 나타난 것이 아닐까 싶어지는 비화는 공기를 들이마시기 싫었다.

“아, 그런 기 동신제…….”

“하이고! 우리 마님은 우찌 저리 모리시는 기 없으시꼬!”

몸종들은 금방이라도 꼬빡 죽어 넘어질 시늉을 했다. 평상시 분녀가 얼마나 독하게 굴고 세도를 피웠는지가 갈수록 더 확연히 드러나고 있다.

“그 동신제를 뫼시는 사람이 재간인데, 보통 사람은 재간을 몬 하제.”

“그라모 우떤 사람이 해예?”

삼월이, 오월이 동시에 물었다. 그런데 어쩐 영문인지 분녀는 동신제 자체보다도 그 동신제를 주관하는 ‘제관’ 이야기에 더 열을 올리고 있었다.

“덕망 높고 존갱 받는 어른이 할 수 있거등.”

비화는 분녀가 더한층 가증스러웠다. 도대체 거기 서낭님께 뭘 빌기 위해 왔는지, 제가 많이 안다는 것을 자랑하려고 왔는지, 좀체 분간이 가지 않았다. 하지만 분녀가 그렇게 하는 모든 이유는, 그다음에 나온 분녀의 말에서 곧바로 밝혀졌다.

“그래 내 큰아부지만이 그 일을 하실 수 있는 기라.”

순간, 마을 여인들 사이에 큰 술렁거림이 일기 시작했다.

“아, 그라모 저 귀부인이 그, 그 함판길 어른 조카 된다쿠는 이약 아이가?”

“함판길 어른?”

“그 어른 조카?”

땅바닥에 드리운 여인네들 그림자가 어지러웠다.

“하이고! 대단한 사람을 오늘 만냈다.”

"서낭님 덕분 아이까이?"

비화와 옥진은 모르지만 마을 여인들은 모두 동신제라는 것에 대해 잘 알고 있는 듯했다. 하긴 이 마을 사람이라면 해마다 그곳에서 지내는 제사를 모를 리가 만무했다. 부락의 수호신에게 무병無病과 평온무사, 풍년을 비는 제사만큼 중요한 것도 없는 것이다.

그러나 억호 처 분녀의 큰아버지라는 자가 이 마을 동신제의 제관을 하는 사람이라니? 그렇다면? 혹시 옥진 어머니 동실 댁과도 무슨 연관이 있지 않을까?

비화는 머리가 불을 담은 듯이 지끈거렸다. 여기에는 복잡한 뭔가가 있는 것 같은 나쁜 예감마저 들었다. 그래서 운명의 손이 오늘 나를 여기까지 이끌었던가? 그렇다면 참으로 얄망궂기가 짝이 없는 노릇이다.

옥진도 거기에 생각이 닿은 모양이었다. 물론 억호 처에 대해서는 아는 게 없지만, 그 귀해 보이는 여자가 자기 외갓집이 있는 마을과 무슨 연고가 있다는 것까지는 깨달은 듯싶었다.

그렇지만 비화 자신만큼은 머릿속이 마구 뒤엉켜 있지는 않을 것이다. 가시덤불 같았다. 하필이면 옥진 어머니와 억호 처의 큰아버지가 같은 마을 사람이라니……. 악연도 이런 악연이 다시없을 것이다.

그런 가운데 비화는 아까부터 가졌던 강한 궁금증에 다시 사로잡혔다. 대관절 억호 처는 무엇을 빌기 위해 여기 이 먼 곳까지 왔을까? 무엇 하나 아쉬울 게 없어 보이는 저 잘난 여자가……. 큰아버지를 만나러 왔다가 잠시 들른 것인가?

그때 역시 분녀 오른쪽에서 부축하는 삼월이란 몸종 말이 먼저 들렸다.

"마님, 얼릉 서낭님께 치성 드리사와요. 부디 떡두꺼비 겉은 아드님 하나 떡 놓거로 해 달라꼬예."

비화는 내심 고개를 끄덕였다. 그랬구나! 아직 아들이 없었구나! 배봉에게는 손자가 될 억호의 아들. 그렇다면 딸은? 딸이 있다는 소리도 듣지 못했다. 기실 아무것도 아닌 걸 가지고도 대단한 것인 양 떠벌리는 그 족속들이 후손을 얻고서도 그냥 조용히 있을 리는 없다.

"……."

여러 빛깔의 감정이 서로 엇갈렸다. 역시 하늘은 참 공평하구나 싶기도 하고, 저따위들 소원 들어주는 서낭당이라면 괜히 왔구나 싶기도 했다.

"서낭님! 서나앙니임!"

억호 처의 치성 드리는 소리가 비화 귀에는 영락없는 저주처럼 들렸다. 당장이라도 귀를 틀어막고 싶어졌다. 분녀 목소리는 계속되었다.

"지는 임 씨 가문 큰며누리이옵니더. 하지만도 아즉꺼지 영광시런 가문의 대를 이어나갈 아들을 몬 얻었십니더."

분녀 몸종들인 삼월과 오월은 상전의 그림자마냥 분녀의 몸동작을 그대로 따라하고 있었다. 그 어설프기 그지없는 모습들이 우스꽝스러움을 넘어 참담하게까지 비쳤다.

"그라이 지발하고 저희를 불쌍타 여기시고 부디 꼬치 달린 아들 하나 점지해주시소오, 서나앙니임."

비화는 자신도 모르게 홱 몸을 돌려세워 그곳을 벗어나고 있었다.

"아, 언가! 언가! 혼자서 오데 가노?"

아무 영문도 모른 채 놀라 따라오며 하는 옥진 목소리, 그게 비화 귀에는 지난날 대사지 못가 숲속에서 억호에게 당하던 옥진이 내지르는 비명처럼 느껴졌다. 설혹 대사지가 없어진다고 해도 결코 사라지지 않을 그 컴컴한 소리.

빙신 겉은 년. 혼자서 거는 와 갔다 말고? 육갑 떤다꼬 간 기가? 거게며 주우 무울 끼 있다꼬.

"언가야! 언가 니 와 이라노?"

"……."

무슨 거대한 손이 거꾸로 돌리듯이 나무동굴이 빠르게 뒤쪽으로 밀려나고 있었다. 꿈에 먼지와 진흙으로 목욕을 하면 현실에서 질병이 낫는다고 하는데, 지금은 거기 맑은 냇물로 멱을 감아도 없던 질병이 새로 생길 것만 같은 비화였다.

"갈라모 같이 가자, 같이 가."

"……."

계속 급하게 뒤따라오면서 옥진은 비화를 부르다가 울먹이다가 하였다. 그런데도 비화는 한 번도 돌아보지 않고 말없이 무작정 걷기만 했다. 그런 뒷모습에서는 찬바람이 휘잉 일었다. 그렇게 매정해 보일 순 없었다. 마치 서리를 빚어 만든 사람 같았다.

"어, 언가……."

"……."

얼마나 그들이 그런 부자연스러운 모습을 보이면서 내달듯 걸어갔을까? 이윽고 돌무더기 서낭당과 거리가 상당히 멀어졌을 때였다. 갑자기 비화가 뒤따라오는 옥진을 사납게 홱 돌아보며 큰소리로 물었다.

"해나 진이 니 어머이하고, 그 여자 큰아부지하고, 둘이 무신 관계가 맺어져 있는 거는 아이것제?"

"어?"

옥진은 너무나 어이가 없다는 듯 말했다.

"시방 언가 니가 내한테 대고 뭔 소리 해쌌는 긴고 내사 하나도 모리것다."

비화가 바삐 놀리던 발걸음을 딱 멈추었다.

"왜눔들 씨부리는 소리도 아이고, 중국 떼눔 말도 아이고……."

하지만 비화는 옥진을 죄인 취급하듯 했다.

"니 내한테 한 개도 기시지 말고 있는 그대로 모돌띠리 말해 봐라, 퍼뜩!"

"기시지 말고?"

옥진의 아름다운 얼굴 가득 한층 심한 당혹감이 떠올랐다.

"언가 니 그거 땜에 이리 이상한 행동을 한 기가?"

비화는 도리어 그런 소리를 하는 네가 더 알 수 없다는 투로 나왔다.

"내 행동이 오데가 이상한데?"

나무동굴 위 하늘에서 갈색과 노란색이 섞인 새 두 마리가 서로 싸우는지 요란한 소리를 내면서 몸을 부딪고 있었다.

"함 봐라. 그래놓고도 지가 이상 안 하다꼬……."

옥진은 한숨까지 내쉬며 사정조로 나왔다.

"내가 아까 전에 언가 니한테 씹어 묵거로 이약 안 하더나?"

비화는 돌멩이나 우거지를 씹은 상판이었다.

"머를 씹어 묵어?"

나무동굴을 이루는 나무들은 각각의 형태가 여러 가지로 달랐는데 종류도 다양해 보였다. 자연의 조화가 경이로웠다.

"시방 저 마을에는 우리 외가 사람이 아모도 안 산다꼬."

옥진의 말에도 비화는 변함없이 말꼬리를 물고 늘어졌다.

"아모도 안 산다꼬오?"

"하모!"

하늘가 구름이 잠시 가던 길을 멈추고 두 사람을 물끄러미 내려다보고 있는 것 같았다.

"아모도 안 살모 고만이가?"

"머라꼬?"

이건 순전히 생트집 잡기 위해 안달 나 하는 사람 꼴이다. 옥진은 차라리 너도 죽고 또 나도 죽자는 식으로 나왔다.

"언가 니가 자꾸 이리 어거지 부리모, 내도 안 산다."

"안 살모?"

나무 잎사귀들이 일제히 술렁거리는 소리를 내었다.

"내도 몬 산다꼬오!"

"몬 살든지, 잘 살든지……."

옥진의 반복에도 한번 꼬인 비화 눈길은 순하게 풀리지 못했다.

"도대체 와 이라는 기고?"

옥진은 확실한 영문은 모르겠지만 우선 비화 마음을 풀어줄 양으로 기억나는 대로 모두 주워섬겼다.

"그라고 울 어머이도 오래전에 그곳을 떠나싯다꼬 들었다."

"그라고 또?"

소름이 돋을 만큼 끈질긴 비화였다.

"그라이 그 여자 큰아부지뿐만 아이고……."

"뿐만 아이모?"

"그라고 나서는 저 마을에 사는 우떤 누하고도 아모 연고가 없을 끼다. 인자 됐나?"

그렇게 한참을 변명 늘어놓듯 하던 옥진은 정말 알 수 없다는 얼굴로 말했다.

"언가 니한테 내 함 물어보자."

"……."

"해나 울 어머이하고 아까 그 여자 큰아부지하고 무신 관계가 있다쿠모……."

"……."

가슴이 답답한지 숨을 크게 몰아쉬고 나서 물었다.

"큰일 날 머가 있는 기가?"

무슨 일이 있어도 꼭 들어야겠다는 기색이었다. 그런데 비화는 그들이 떠나온 돌무더기 서낭당 쪽을 무섭게 노려보며 단지 이렇게만 말했다.

"그라모 됐다."

"됐다꼬?"

그제야 개울물 흘러가는 소리가 귀에 들리는 두 사람이었다.

"인자 그 이약은 하지 마자."

"하지 마?"

"하모."

"알것다, 언가."

옥진은 순순히 응했다. 그런데 그 표정이 너무나도 묘했다. 혹시 비화가 뭘 알아볼세라 고개를 모로 꺾고 있는 모습이 참으로 비밀스러웠다. 눈동자 또한 딱 박힌 못처럼 아주 고정돼 있었다.

그랬다. 옥진은 그때 비화를 속이고 있었다. 비화는 옥진이 자기를 속인다는 그 사실을 전혀 눈치채지 못했다.

옥진은 억호 처 분녀를 알고 있었다. 그러나 모르쇠를 잡았다. 비화 앞인지라 그렇게 하고 싶었다. 자존심 때문이라고 해도 상관없고, 분노 때문이라고 해도 좋고, 그 밖의 다른 무엇 때문이라고 해도 괜찮았다. 오직 하나, 비화에게는 자신이 분녀를 알고 있다는 사실을 감추고 싶었을 뿐이었다. 더 나아가 그녀 스스로에게도 그렇다고 딱 잡아떼고자 하고 있었던 것이다.

# 나루터가 손짓하면

상촌上村나루터.

그리고 중촌中村과 하촌下村으로 이어지는 나루터.

상촌나루터는 강에 나룻배가 띄워진 후 가장 먼저 생긴 선착장이다. 그 오랜 역사만큼이나 늙은 뱃사공들이 강기슭을 따라 허연 머리칼을 나부끼며 노를 저어오고 있다. 단단한 나무의 아래 끝을 얇게 다듬어 만든 그 기구는 잘도 물을 헤쳐 배를 쑥쑥 나아가게 한다. 흡사 요술을 부리는 모양새다.

나이 든 뱃사공만 있는 게 아니다. 훨씬 더 젊은 뱃사공들도 꽤 보인다. 강은 그들에게 요람이기도 하지만 무덤일지도 모른다. 어쨌거나 그 모든 뱃사공들 머리 위로 그곳에 많이 서식하는 왜가리며 물총새가 난다.

정수리와 목과 가슴, 배는 희고, 뒤통수에 두 개의 청홍색 긴 털이 있는, 다리가 긴 백로과의 그 왜가리는 남강의 명물이다. 그리고 물가에 살면서 민물고기와 양서류 등을 잡아먹는 물총새는, 비취, 혹은 쇠새라고도 불리는데, 그 역시 남강에서 자주 볼 수 있는 새로서, 그 이름처럼 몹시 날쌔다.

"에나 잘하싯십니더. 에나 잘하싯십니더."

비화는 진심으로 기뻤다. 두 사람이 맺어지기로 언약했다니. 참으로 축복할 일이다. 그곳 강에 그 소식을 배처럼 둥둥 띄워 온 세상에 널리 알리고 싶다. 물새들도 물고기들도 물풀들도 다 알아야 한다. 남강에 사는 용왕도 마찬가지다.

"새댁이 자꾸 그런 소리 해싸모, 내사 부끄럽다 고마. 인자 고만해라. 머 넘들한테 자꾸 떠벌림서 자랑할 일이라꼬."

밤골댁 귓불이 붉었다. 잘 익은 대추를 연상시켰다.

"고맙거마는. 그리 말해주이……."

한돌재 얼굴도 상기되어 있다. 아직 세상을 잘 모르는 소년 같다. 비화는 오랜만에 사람 냄새를 맡는 기분이었다. 이게 바로 사람 사는 세상이구나 했다. 한돌재와 밤골 댁은 틀림없이 잘살 수 있을 것이다. 그들이 그렇게 될 수 있도록 나도 힘닿는 데까지 도울 것이다.

"부끄럽고 고맙기는예?"

비화는 한껏 밝은 목소리로 말했다. 그러고는 꼭 다툰 것같이 서로 외면하고 있는 그 두 사람 얼굴을 번갈아 바라보았다.

"그란데 솔직히 증말 궁금한 기 하나 있어예."

"궁금한 기?"

두 사람이 동시에 비화 얼굴을 바라보았다. 그러는 그들 얼굴이 어딘가 닮은 것 같다는 생각을 했다. 부부는 닮는다더니, 벌써부터 그런가 싶어 비화는 그녀답지 않게 헤픈 웃음부터 삐어져 나왔다.

"돌재 아자씨 멤이 우찌해서 밤골댁 아주머이한테로 돌아서시기 됐는고, 지는 그기 진짜 알고 싶다 아입니꺼."

비화는 이렇게도 말했다.

"아주머이 멤도 마찬가지고예."

"……."

지금 하늘에서 날고 있는 저 새는 산새일까 물새일까 궁금해지는 비화였다. 강에는 간혹 산새들이 날아들곤 하는데 물새들도 산으로 가서 놀다가 오는지 모르겠다.

"새, 새댁, 누 듣는다쿤께?"

돌재보다 밤골 댁이 먼저 주위를 둘러보며 더욱더 낯을 붉혔다. 꼭 신방에 드는 신부와도 같았다. 사람에게 '나이'라는 것은 큰 영향을 미치지 못하는 것인지도 몰랐다. 꼬집어서 이것이다, 하고 말해보일 수는 없지만 그것보다 훨씬 더 크고 중요한 무엇인가가 반드시 있었다.

"우리 멤……."

밤골댁 마음이 아니라, '우리 마음'이었다. 돌재는 농사꾼답게 좀 투박한 손으로 머리숱이 많은 뒤통수를 긁적이며 기껏 한다는 소리가 알맹이가 없었다.

"글씨, 그거는, 그거는……."

자꾸 그랬다. 비화가 빙그레 웃었다.

"됐심니더. 두 분만의 비밀이라모 말씀하시지 마이소."

불가항력처럼 저 대사지의 비밀이 생각났지만 세게 꾹꾹 눌러놓고는 대신 이런 말도 덧붙였다.

"비밀은 비밀인 그대로 놔두는 기 훨씬 아름답고 뜻이 깊다 쿠더마예."

허공 어딘가를 멍하니 바라보고 있던 밤골 댁이 서글픈 듯 한심스러운 듯 혼자 이렇게 중얼거렸다.

"늙어감서 비밀은 무신 비밀……."

그 소리는 강바람을 타고 흩어져갔다. 어디 강바람이라고 해서 무슨 비밀이 없을 리는 없겠지만 자연은 인간보다 더 크고 넓은 가슴을 가지고 있을 것이다.

"늙어예? 진짜 늙으신 분들이 들으시모 우짤라꼬 그런 말씀 벌로 하시예?"

그러고 나서 비화는 이런 말을 해주려다가 그만두었다.

'두 분이서 앞으로도 더 아름답고 더 기억에 오래오래 남을 비밀을 한거석 맨드시소. 시방꺼지 혼자 살아오신 세월이 안 억울하거로 말입니더.'

그들 주변은 많은 인파들로 붐비고 있다. 단지 사람들뿐만 아니라 우마차며 가마며 동물이며 여하튼 활기가 철철 넘쳤다. 공기부터 다른 곳이었다.

'이런 나루터는 그리 안 흔할 끼거마.'

멀리 상류 쪽 밤골댁 고향에 있는 밤골나루터와 저 하류 쪽으로 내려가면 만나게 되는 끝말나루터, 그 두 나루터와도 연결되어 있는 거기 상촌나루터는, 벼와 무, 콩, 고추 같은 온갖 농작물을 바꾸려는 장사치들과 농군들로 들끓었다. 하루 2천 명 이상이나 되는 대중이 나룻배를 타고 내리는 그곳은 지역 최고의 나루터였다.

'움~메.'

그들이 서 있는 옆으로 소잔등의 길마 위에 걸채를 얹고 보릿단을 실어 나르고 있는 우차가 막 지나가고 있었다. 말굽쇠 모양으로 구부러진 나무 두 개를 앞뒤로 나란히 놓고 안쪽 양편에 역시 두 개의 막대기를 대어 고정시키고, 안쪽에 짚으로 짠 어치를 대어서 소의 등에 얹어놓은 길마가, 이날은 왠지 처음 보는 것마냥 새롭게 느껴졌다.

'히이힝!'

그리고 그 뒤를 이어 말이 끄는 달구지가 그 모습을 드러냈는데, 지게와 비슷하게 생긴 거지게를 길마 위에 덧얹은 그것은, 아주 무거워 보이는 나무와 돌을 운반하고 있는 중이었다. 긴 널판으로 몸채를 짜고 양쪽에 챗대를 달아 말에 연결시킨 부분이 한순간에 절단 나지나 않을까 위태위태하게 보일 지경이었다.

"새댁아."

그 광경을 지켜보고 있는 비화 귀에 밤골댁 말이 들려왔다.

"시방 우리한테 핸 그 말 취소해라. 남녀 간에 비밀이라쿠는 말을 붙인께네, 쑥시러버서 더 몬 듣것다. 똑 무신 안 좋은 짓을 저지른 거 겉기도 안 하나."

비화에게 시비 걸듯 하는 밤골 댁에게 돌재가 말했다.

"허, 쑥시럽기는 팽나모 밑에서 먼첨 맺자 말 꺼낸 이 홀애비가 상구 더 쑥시러블 낀데 과수댁이 와 그리쌌소? 그냥 가마이 있으모 될 낀데……."

저만큼 나룻배가 들어 닿는 나루턱에 배를 대는 뱃사공의 흰옷이 눈부시다. 무채색 옷이 온갖 빛깔의 의복들보다 더 정겹다는 느낌이 들었다.

"아이, 또 그런 말……."

밤골 댁이 짐짓 화난 표정을 지었다. 비화는 호들갑스러운 여자처럼 깔깔 웃었다. 진실로 얼마 만에 실컷 웃어보는 웃음인가? 정말이지 오랜만에 살아 있는 것 같은 이 가슴 뿌듯한 기분. 이 기분을 좀 더 오래 많이 누리고 싶다.

"아주머이, 인자 고마 부끄러버하시소. 얼굴 싹 다 타삐릴까 싶어 겁나예."

비화 농담에 이제 밤골 댁은 얼굴만 그런 게 아니라 목소리마저 붉었다.

"새댁, 니보담 나잇살 묵은 사람 자꾸 그리 놀리대싸모 지옥 간다, 지옥 가. 내는 진짜 성낼 끼다?"

"성내시도 좋심니더."

나루터지기라도 되는 성싶은 비화 마음이었다.

"머?"

돌재와 밤골 댁의 눈빛이 마주치는가 했더니 곧장 서로 다른 데로 돌려졌다.

"성내고 싶으모 성내시소."

비화 목소리는 강바람을 타고 거침없이 하늘가로 흩어지고 있었다. 마치 윤무輪舞하듯 날고 있는 물새와도 같았다.

"그라고 인자 고만둘라 캤는데……."

선심 쓰듯 하는 비화 말은 경쾌했다.

"고만도라."

밤골 댁이 만류해도 듣지 않았다.

"아주머이가 질로 보고 지옥 간다 글 쿠시서 안 되것어예, 지는 돌재 아자씨한테 반다시 들어야것어예."

되로 주고 말로 받듯 하는데 밤골 댁은 쿡 쥐어박는 소리로 말했다.

"머를 꼭 들어?"

"와 아주머이하고 백년해로 하실라쿠는고……."

그러면서 비화가 장난스럽게 재촉하듯이 바라본 돌재 얼굴은 그러나 별로 밝지 못했다. 아니, 그의 표정이 지나치게 어둡고 무거웠다. 내가 축복을 해준다는 게 되레 해가 될 정도로 지나쳤나, 비화가 후회하면서 이제는 더는 무슨 소리를 하지 말아야겠다고 마음먹는데 돌재가 천천히 입을 열었다.

"내 이약해보것소. 실은 밤골 댁도 은근히 그거를 궁금해 하는 거 겉고…….”

밤골 댁도 낯빛을 바르게 했다. 목소리도 다른 사람으로 바뀌었다.

“그 말은 딱 맞소. 내도 증말 알고 싶다 아이요.”

공기가 조금 이상한 방향으로 흘렀다. 갑자기 부담감이 느껴질 정도로 엄숙해졌다.

“그리 홀애비 수절 지키것다던 양반이, 와 각중애 내한테 오기로 했는고.”

계속되는 밤골댁 채근에도, 자기가 먼저 이유를 얘기해주겠다던 돌재는 별안간 말이 없었다. 그의 눈길은 강가 쪽으로 붙어 있는 주막을 향하고 있었다.

불콰한 얼굴을 한 술꾼들이 연방 드나드는 그런 주막이 거기 나루터에는 네 개나 있었다. 상촌나루터가 얼마나 대단한 나루터인가는 그 주막들로 알만했다.

“이약을 해보것소.”

이윽고 돌재는 무거운 짐을 들어 올리듯이 힘겹게 입을 떼었다. 그의 이름자에 들어 있는 ‘돌’처럼 육중한 어조였다.

“시방 와서 내 두 분 다시는 떠올리기도 싫은 슬푸고 아푼 과거사지만도…….”

질그릇과 오지그릇 등이 가득 얹힌 지게를 지고 지나가던 옹기장수가 안면이라도 있는지 돌재를 한참 바라보고 있다가 그대로 지나쳐갔다. 혹시 그도 돌재와 마찬가지로 농민군 활동을 했던 게 아닐까 싶었다.

“와 지난분에 농민군 주모자들이 효수행당한 일 안 있는가베.”

“농민군 주모자…….”

그 말을 듣는 순간 그렇게 되뇌는 비화 두 눈에 공중 가득 회오리바람이 일어나는 것 같았다. 절로 몸서리가 쳐졌다.

"효수……."

그러자 절집에 가서도 새우젓을 얻어먹을 밤골 댁이 얼른 비화 눈치를 보아가며 돌재를 말렸다.

"그런 이약 겉으모 도로 안 하는 기 좋것소. 무담시……."

하지만 돌재는 완고한 늙은이처럼 고개를 내저었다.

"더 들어보소, 듣기 싫어도."

사내가 고집을 피우면 어쩔 수 없이 조금 물러서는 게 여인네 미덕이라고 할지 어쨌든 그때 밤골 댁이 그랬다.

"그라모 더 말해보소."

돌재 목소리가 가볍지 않았다. 아니, 갈수록 더욱더 무게가 실렸다.

"그날 그들이 그러키나 무기력하거로 죽어가는 장면을 보고, 내는 혼자 크기 깨달은 기 있소."

"……."

비화와 밤골댁 눈이 마주쳤다. 돌재 입에서는 맷돌 굴리듯 한층 무거운 소리가 나왔다.

"사람 산다쿠는 거, 그기 머 벨거 아이라꼬요."

강물이 늘 저렇게 쉼 없이 흘러가는 데는 무슨 사유가 있을까, 그곳 남강을 내려다보며 비화가 뜬금없이 떠올려본 생각이었다.

"그래 그냥 허무한께……."

돌재는 오랫동안 병석에 누운 환자처럼 힘없고 쓸쓸한 목소리로 말했다.

"방금 밤골 댁이 이약한 그 무담시, 그거매이로 우떤 높은 거 겉은 가치를 줄라쿠는 기다, 그런……."

약간 다소곳하던 밤골 댁이 느닷없이 또 언성을 높였다.

"벨거 아이든 벨거 기든, 고마하라 안 쿠요?"

"그라고……."

그런데도 돌재는 말을 그치지를 않았다. 사내란 너나없이 생고집이 있는 것인가 보았다. 그보다는 지금 그의 감정이 몹시 격해 있다는 증거일 게다.

"그리 죽는 그기 오데 사람인감?"

"……."

강물 소리도 물새 소리도 뚝 그쳐 있었다. 흡사 죽은 것처럼. 그리고 극히 일순간이지만 거기 상촌나루터도 죽은 나루터 같았다.

"사람이라모……."

사람이면서도 사람을 강조하는 그는, 듣는 사람을 적잖게 불편하고 거북하게 만들었다. 그는 본디 그런 사람이었던가?

"돌재 아자씨……."

비화가 입을 열려는 걸 돌재가 막았다.

"그래 목심 붙어 있는 날꺼지는, 사람한테 멤 붙이갖고 사람 내미 맡음시로, 사람답거로 살아보자 갤심한 기요."

"한 씨가 에나 독한 사람이오."

밤골 댁이 한숨과 원망 섞어 말했다.

"내가요?"

돌재가 파문이 이는 것 같은 목소리로 물었다.

"하모요. 생판 여자 말도 안 듣는 사람이고."

밤골 댁은 앞으로 둘이 함께 살아갈 일이 벌써부터 심히 걱정이라고 여기는 얼굴이었다. 하지만 후회하는 빛은 어디에도 보이지 않았다.

"자기가 하고 싶다꼬, 누가 머라쿠든 꼭 다 말하고……."

그러나 밤골 댁은 옷고름 끝으로 콧물을 닦아내더니 이렇게 말했다.

"아즉도 끝꺼지 다 몬 했으모, 끝꺼지 싹 다 말하소. 끝을 볼라쿠모 끝을 봐야제. 중간에 시지부지 해뻬는 거는…….”

그러자 돌재 입이 저절로 다물어졌다. 그 대신 밤골댁 말이 늘어났다.

“사람이 지 멤에 꼭 하고 싶은 말이 있으모 운젠가는 하거로 되는 벱인 기라요.”

“…….”

“그라이 난주 살아감시로 새삼시럽거로 듣는 거보담은, 도로 시방 앞 댕기갖고 모돌띠리 들어뻬는 기 더 낫을 낀께.”

묵묵히 듣기만 하던 돌재가 자기 발부리에 눈을 박으며 입을 열었다.

“우리가 부부가 되기로 했은께네 내가 이리쌌지, 넘 겉으모 아모리 이런 소리 해라 캐도 안 하요.”

돌재 음성은 저만큼에서 승객을 풀어놓는 나룻배 위를 비스듬히 날고 있는, 턱과 목이 희고 다리는 붉은 물총새 울음소리를 닮아 있다. 어떻게 들으면 피리소리 같기도 하고, 또 달리 들으면 바퀴가 삐걱거리는 소리 같기도 했다.

‘찌이, 이쯔. 찌이, 이쯔.’

새가 내는 소리만 들리는 가운데 한동안 대화가 끊겼다. 돌재는 새 울음소리와도 같은 청승맞은 음성을 내지 않으려는 낯빛으로 말했다.

“그라고 또 깨달은 기 있소.”

잠시 후 나온 돌재 그 말에 밤골 댁이 웃는 듯 우는 듯 야릇한 표정을 지었다. 그러고는 강 건너편 산 능선을 바라보면서 말했다.

“한 씨가 농민군 따라댕기더이 도사 다 됐소, 도사.”

그렇지만 돌재는 한층 정색한 얼굴이 되었다.

“남자하고 여자하고 서로 지지고 볶으고 아옹다옹 함서, 토까이 겉은 자슥새끼라도 몇 놓고, 한데 어울리서 울리기도 하고 웃기기도 함시로, 그리그리 한팽생을 살아가는 기 인생살이라꼬 말요.”

비화 가슴이 뻐근해졌다. 무언가가 뒤통수를 후려치는 느낌이었다. 그리그리 살아가는 인생살이. 인생…….

비화는 저쪽으로 눈길을 돌렸다. 이제 막 강변에 새로 와 닿은 나룻배에서 또 한 무리의 사람들이 시끌벅적 뭍으로 올라오고 있다. 남자도 있고 여자도 있고 어른도 있고 아이도 있다. 채소장수도 보이고 생선장수도 보이고 등짐장수도 보이고 대갓집 아씨 마님도 보이고 소경도 보인다.

"돌재 저 양반, 초군들 따라댕기더이 똑 개과천선한 사람맹캐 행세 안 하는가베?"

"뭔 소리 벌로 하는 기요, 시방?"

밤골 댁이 비화에게 한 그 말에 돌재 두 눈이 휙 돌아갔다. 좀 더 커진 그의 눈에서는 흰자위가 도드라졌다.

"내가 무신 지내간 허물 곤치고 착한 사람이 됐다쿠는 말이요?"

마차를 끄는 말이 '이히힝!' 소리를 내자 달구지를 끄는 소도 '음~매!' 소리를 내며 간다. 상촌나루터는 사람들의 나루터이자 동물들의 나루터이기도 한 것 같다.

"이 한돌재, 비록 몬 배운 무지렁이지만도, 그래도 내 딴에는 될 수 있는 대로 뭔 죄 안 짓고 착하거로 살아온다꼬 살아온 사람인 기라."

입술을 질끈 깨물면서 돌재가 툭 던진 말이었다. 그러자 그때까지 연지 찍고 곤지 찍은 새색시같이 불그레하던 밤골댁 안색이 정나미 떨어질 만큼 싸늘하게 싹 바뀌었다.

"흥! 또 그눔의 착한 사람……."

그러더니만 밑도 끝도 없이 불쑥 내뱉었다.

"착한 기 오데 밥 멕여주디요? 옷 입히주디요?"

돌재 말끄트머리도 꼬부랑해졌다.

"밥 안 멕여주모? 옷 안 입히주모?"

바람이 하류 쪽에서 상류 쪽으로 불어오자 강물은 홀연 역류하는 것처럼 보였다. 그러자 동에서 서로 흐르는 여느 강들과 마찬가지로 평범해 보이는 남강이었다.

비화는 두 사람이 또 티격태격 싸워 자칫 서로 돌아서기라도 할 것 같아 너무 불안해져서 더 참지 못하고 끼어들었다.

"두 분 말씀이 모도 맞심니더. 아자씨도 맞고, 아주머이도 맞고예."

비화 간섭에 돌재는 그냥 있는데 밤골 댁은 가만히 있지 않는다.

"아, 시상에 그런 말이 오데 있노? 하늘 보고 땅이라 캐도 맞고, 땅 보고 하늘이라 캐도 맞다, 그기가?"

그러고 나서 밤골 댁은 비화 얼굴을 째려보며 말했다.

"오늘 가마이 본께 새댁 그리 볼 끼 아이다?"

"……."

"그냥 똑바린 양심 하나 갖고 살아가는 착해빠진 사람인 줄 알았더이……."

밤골 댁은 그동안 비화에게 속았다는 사람처럼 했다.

"시상에 믿을 인간 하나도 없다쿠는 그 말이 딱 맞는 기라."

"……."

비화 눈에 강 위를 잘 날아다니던 물새가 강 속으로 곤두박질치는 듯했다. 그녀는 가슴 한복판을 찬 기운이 뚫고 지나는 전율을 떨치지 못했다.

"아주머이……."

그러자 밤골 댁이 너무 지나치다는 생각이 들었는지, 돌재가 슬쩍 곁눈질로 비화 눈치를 살피며 평소 그답지 않게 흰소리를 했다.

"밤골댁! 시방 했던 하늘, 땅, 그 이약 에나 에나 잘했소. 우리 옛말에, 남핀은 하늘이고 아내는 땅이라쿠는 그런 말이 안 있는가베? 알지요?"

하늘 아래 땅 위에 오직 나 한 사람 있다는 듯, 누구 눈에도 과장된 동작이라고 느껴질 만큼 하늘과 땅을 번갈아 보고 나서 말을 계속했다.

"그거야말로 딱 들어맞는 진리 아이것소. 그라이 밤골댁, 인자부텀 이 돌재를 하늘맹캐 떠받들고 살아갔으모 안 하요."

'아, 우짤라꼬?'

돌재의 그 말에 비화 가슴이 또 '쿵' 소리를 냈다. 그런 이야기를 듣고 그냥 가만히 있을 밤골 댁이 아니다. 비화는 돌재가 너무 몰지각하다는 생각을 넘어 원망스럽기까지 했다. 겨우 성사된 판에 왜 재를 뿌리는 저런 말을?

그런데 이상했다. 뜻밖에도 밤골 댁은 아무 대꾸도 하지 않는다. 아니 할 말로, 사람귀가 아니라 말귀를 달았어도 무사히 넘어갈 턱이 없다고 봐야 한다. 비화는 내심 놀라면서도 감격스러웠다.

'하모, 하모. 이런 기 사랑인 기라, 사랑. 부부지간 정인 기라.'

어쩌면 밤골 댁은 지금처럼 그렇게 기세 있게 흰소리를 막 치는 지아비가 그리웠는지도 모른다. 한 가정을 손아귀에 확 휘어잡는 가부장적인 남편이. 그러자 어둡던 비화 마음 한쪽 귀퉁이가 새벽빛을 받은 봉창처럼 밝아져왔다.

'내 짐작한 대로 두 사람은 앞으로 잘살아갈 끼거마는.'

그런 소망을 담은 확신 끝에 다시 바라본 그들이 세상천지에서 제일 다정다감한 부부로 비쳤다. 잉꼬와 원앙새 같았다.

비화는 음식 만들다가 고춧가루라도 들어간 것처럼 코끝이 매웠다. 홀연 남편 박재영이 생각난 것이다. 돌이켜 보면, 부부의 정이나 사랑의 감정을 제대로 마음속에 심어보기도 전에 헤어져버린 것이다. 그게 미리 정해져 있는 운명이라 할지라도 너무나 잔혹한 일이었다.

'아아아.'

비화는 갑자기 심경이 그렇게 외롭고 허망해질 수가 없었다. 금방 눈물이 와락 쏟아질 것만 같아 서둘러 고개를 치켜들었다. 그러고는 꼭 무엇을 찾는 사람 모양으로 열심히 주위를 두리번거리기 시작했다. 그러다가 비화는 그만 고함을 지를 뻔했다.

남편, 남편 박재영이다! 박재영이 곳곳에 있다. 거기 나루터를 오가는 무수한 남정네들 얼굴과 발걸음마다에 남편 얼굴과 발걸음이 있다…….

그때 저만큼 자리하고 있는 여러 주막 가운데 가장 규모가 커 보이는 주막 쪽에서 무슨 시끄러운 소리가 들려오기 시작했다. 사내 소리, 여자 소리가 함부로 뒤섞여 있다. 둘 다 악다구니를 막 써댔다. 그 긴장되고 살벌하게까지 느껴지는 소란에 문득 정신이 났는지 돌재가 밤골 댁에게 사뭇 걱정스러운 얼굴로 물었다.

"밤골댁, 에나 자신 있소?"

그러자 한창 싸움판이 벌어지고 있는 주막 쪽을 향하고 있던 밤골댁 눈길이 돌재에게로 돌려졌다. 그녀는 두 손으로 자기의 치마끈을 좀 더 조이며 말했다.

"내사 치매 두린 기집이지만도, 한입에 두 소리 안 한다쿠는 거 모리요?"

돌재는 그래도 여전히 안심이 되지 않는다는 표정을 풀지 못했다.

"한입에 두 소리든, 두 입에 한 소리든, 앞으로 우리가 할라쿠는 기 안 쉬블 거 겉애서 하는 말 아이요."

"안 쉽기는?"

그러던 밤골 댁은 마침 저쪽에서 길마를 등에 얹고 다가오고 있는 소

달구지를 바라보면서 찰딱찰딱 말했다.

"질매 무거버 쇠 드러누우까?"

비화는 굉장히 감동하는 마음이 되었다.

'밤골댁 아주머이가 우찌 저리 시방 그들 상황에 딱 맞는 말씀을 하시까!'

길마 무거워 소 드러누울까? 일을 당하여 힘이 부족할까 두려워 말라는 그러한 의미다. 비화는 속으로 다짐했다. 나도 앞으로 능력이 모자라서 하지 못할 것이라는 약한 생각은 버리고 밤골 댁처럼 저렇게 당당하게 나가야겠다고 다짐했다.

그런 소리들은 굳이 하지 않아도 될 것이지만, 비화도 사실 처음부터 걱정되던 얘기여서 그들이 주고받는 소리에 열심히 귀를 기울였다. 지금까지 오직 농사 일만 하며 살아온 그들이 과연 그런 일을 하며 살아갈 수 있을는지. 세상은 단순히 생각만으로 되는 곳이 아니지 않은가 말이다. 돌재 역시 갈수록 불안한 모양이었다.

"시방 저 쌈 소리 안 들리요? 우리가 저 일을 함서 살아갈라모 저리 쌈을 해야 할랑가도 모리는데……."

"아, 그런 거라모 안심 탁 공구소."

그러면서 밤골 댁이 사내처럼 투박한 주먹을 돌재 코앞에 들이대고 흔들어 보였다. 비화 눈에는 그 주먹이 관졸들 무기인 육모방망이처럼 비쳤다.

"내가 이래봬도 처녀 시절에 고향 밤골에 살 적에는, 마을 우떤 총각도 찍 소리 몬 했다 아이요. 총각뿐만 아이고 아아도 어른도 다 그랬소."

그랬을 것 같았다. 아무래도 돌재 쪽이 더 밀리지 않을까 싶어지는 비화였다.

"그라고 인자 농사짓는 거는 진절머리가 나서, 진짜 더는 몬 하것다꼬 먼첨 고집 피운 기 누요? 한 씨 아이요?"

밤골 댁이 상기시켜주는 듯하자 돌재가 또 버릇처럼 뒤통수를 긁적이며 이번에는 순순히 시인했다.

"내가 그리한 거는 맞소."

바람은 끊임없이 하류 쪽에서 생기고 있는지 강에는 잔물결이 거꾸로 출렁이고 있었다. 밤골 댁은 버릇인 양 치마끈을 한 번 더 조이며 말했다.

"거 보소."

돌재는 뒤통수에 가져갔던 손을 내려 가슴에 댔다.

"농민군들이 그리키나 심없거로 무너져삐는 거 보고, 내가 요게 손을 갖다 대고 하늘에 맹서했던 기요."

"그 하늘이 내리다보고 있소."

밤골댁 그 말에 신념에 찬 돌재 말이 이어졌다.

"시방부텀은 무신 일 있어도 농사꾼으로 안 살아간다꼬."

"그래놓고는 시방 하는 말이……."

돌재가 밤골댁 말을 탁 끊었다.

"자꾸 그리 물고 늘어질라요, 증말?"

남녀가 둘이 만나 '가정'이라는 울타리를 꾸려가기 시작할 때는, 다소 어이없는 소리이긴 하지만, 서로가 평생의 주도권을 먼저 잡을 거라고 간간이 꽤 치열한 쟁탈전이 벌어지기도 한다더니, 지금 저들 두 사람이 벌써부터 그런가 여겨지는 비화였다.

"젠장, 함 생각을 해보소. 악덕 탐관오리들한테 모돌띠리 빼앗기삐고, 배때지꺼지 쫄쫄 굶고 사는 기 농사꾼 신세 아이것소."

"그거를 잘 암시롱……."

"그래 억울타꼬, 우쨌든지 사람겉이 한분 살아볼 끼라꼬, 그리 농사꾼 목소리 함 내본 그 갤가가 머시요?"

농민항쟁 결과를 떠올리니 억장이 무너지는지, 가슴께에 가 있던 돌재 손이 자기 목을 탁 치듯 했다.

"모가지만 싹둑 짤리삔 기라."

"또 모가지 짤린다는 그 소리……."

밤골 댁은 못마땅하다는 빛을 드러냈다. 그건 누구라도 마찬가지일 것이다. 밤골 댁은 돌재의 까맣게 탄 목을 뚫어지게 바라보았다.

"대체 한 씨 목은 몇 개나 돼요?"

"내 목?"

그러면서 자신도 모르게 목을 움츠리는 돌재였다. 밤골 댁은 강변 가까운 곳에 떠 있는 나룻배 위를 날아다니는 왜가리의 길고 흰 목을 쳐다보면서 말했다.

"한 천 개는 되는갑네?"

"그런 난장 칠 농사, 인자 두 분 다시는 안 짓소."

"농사가 아이라 농새라 안 쿠는가베."

"하늘이 시키도 안 짓소."

"그라모 하지 마소. 아까 전에 한 씨도 이약했듯기 누가 머 싸놓고 비요?"

밤골댁 또한 누가 더 억지로 나가나 한번 해보자는 투였다.

"죽은 할배가 와서 해라 캐도 안 하요."

흰 구름 몇 장이 두둥실 떠 있는 강 건너 하늘을 한 번 올려다보고 나서 돌재는 한층 더 단호한 어조로 말했다.

"내 도로 굶어 팍 꼬꾸라지는 한이 있어도, 절대 땅은 안 팔 끼요. 꼭 파야 될 거 겉으모 내 무덤부텀 먼첨 팔 끼요."

연신 저주 퍼붓듯이 하는 돌재의 말을 들으며 비화는 거기 강물이 깡그리 제 몸 안으로 흘러드는 것 같았다. 강물은 건잡을 수 없는 슬픔과 한의 눈물이 되어 가슴속을 흠뻑 적시는 느낌이었다.

'아, 춘계 아자씨.'

비화는 자신도 모르게 마음속으로 그를 불러보았다. 그는 비록 비명에 갔지만 그가 남긴 '언가'는 지금도 전국 도처에서 불같이 일어나고 있는 농민군들의 노래로 퍼져가고 있었다. 비화는 속으로 나직하게 그 노래를 불러보았다.

'이 걸이 저 걸이 갓 걸이 진주 망건 또 망건 짝발이 휘양건…….'

그때 밤골댁 목소리가 비화 귀를 때렸다.

"새댁! 와 그리 얼간이매이로 넋 쏙 빼놓고 섰노? 각중애 안색이 안좋은데 오데 아푼 기가?"

비화는 얼른 고개를 흔들었다. 아무래도 이날 하루는 세 사람 다 그런 모습들로 마감될 성싶었다. 시간이 많이 지났다. 돌재도 염려스러운 얼굴로 얘기했다.

"낮이고 밤이고 그러키 일만 해대이 천하장사라도 우찌 견디것는감? 암만캐도 몸을 너모 혹사시킨 탓일 끼라. 사람이 암만 지 몸띠라도 벌로 쓰모 안 되제."

주막집에서 들려오는 고함소리는 그때쯤은 간헐적으로 나고 있었다. 승자와 패자를 가릴 수 없는, 그렇기 때문에 더 멈출 수 없는 서민들의 애환이 서럽고도 화가 났다.

비화는 그들의 애정 어린 관심과 걱정이 도리어 짐처럼 부담스러웠다. 그것을 인정하게 되면 마음이 약해지기 십상임을 잘 알기 때문이었다. 독하게 거부하지 않으면 안 된다. 그래서 화제를 다른 곳으로 돌리려고 했다.

"우리 밤골댁 아주머이는 잘 몬 하시는 기 한 개도 없어갖고, 장사도 참 잘하실 끼라예. 그라이 돌재 아자씨도 멤 턱 놓으시소."

그러고 나서 굉장히 부럽다는 얼굴을 해보였다.

"인자 요 나루터 돈이라쿠는 돈은 모도 두 분이 싹쓸이하실 낀께네예."

밤골 댁이 그것 보란 듯 땅땅 큰소리쳤다.

"들었지예? 그라이 코딱가리만 한 우리 땅때기라도 후딱 팔아치워서 장사 밑천 맹글어갖고 주막집 낼 요량이나 쌔이 하이시더."

돌재는 너무나 기가 막힌다는 얼굴이었다.

"아, 암만 그래도 그렇제. 맹물이든지 찬물이든지 간에 물 한 그릇 떠다놓고 천지신맹께 부부가 됐다꼬 고할 생각은 안 하고, 덜렁 주막집부텀 내자, 그 말인 기요?"

체념하듯 투덜거리듯 했다.

"도로 내하고 살지 말고 장사하고 같이 사소."

밤골 댁이 무슨 타령하듯 했다.

"내는 같이 살 것도 에나 많소. 말도 있고, 장사도 있고……."

나룻배들은 잠시도 쉴 틈 없이 사람과 짐, 짐승을 실어 나른다. 강은 흐르고 새는 난다. 모든 것이 살아 숨 쉰다.

'물은 생맹이라더이 여게가 강가라서 그런 긴가.'

그런 생각으로 그 모든 광경을 묵묵히 지켜보던 비화가 말했다.

"아주머이 눈이 밝으신 거 겉심니더."

밤골 댁은 돌재에게 미처 풀어놓지 못한 가슴속 깊은 응어리를 비화에게 대신 풀어놓듯 씨부렁거렸다.

"밝기는 머시 밝아? 오동추야 달이 밝아?"

밤골 댁은 두 번이나 조인 치마끈에 또 손을 가져갔다. 비화가 빙그레 웃으며 말했다.

"아모것도 모리는 지가 봐도 참 대단한 나룻텁니더. 돈이 막 바뿌거로 오고가는 기 눈에 비입니더."

돌재는 그 소리에 조금은 안심이 되는 모양이었다.

"교통의 요진께 장사가 잘될 거 겉기는 하요."

하지만 또 금세 얼굴이 시무룩해졌다.

"밤골 댁을 술어미 시키야 하는 기 멤에 가시로 걸리지만도, 농사 안 짓고 묵고살라모 그 질밖에 없는 거 겉고……."

"……."

비화는 그만 말문이 막히는데, 밤골 댁이 그런 돌재를 위로하고 나섰다.

"한 씨가 물괴기는 잘 잡는다 캤은께 됐는 기라요."

"물괴기?"

밤골 댁은 약간 놀란 빛을 지으며 그렇게 반문하는 돌재에게 말했다.

"하모요. 한 씨가 저 강에서 팔팔 뛰는 물괴기 잡아오모, 내는 그거를 여게 나루터에서 최고로 가는 술안주로 맹글어서 팔모, 우쨌든 간에 삼시 세끼 입에 풀칠하는 거는 걱정 안 해도 될 끼요."

돌재는 한결 힘이 나는 모습이었다.

"한시 한끼모 우떻소. 무시 무끼도 괘안고……."

"안 무우모 머로 살……."

그러면서 밤골 댁은 그 말뜻을 가만히 새겨보는 눈치더니 아이들이 동요 부르듯 했다.

"괴기야 괴기야, 다린 데로 가지 말고 우리한테로 오이라. 오이라 오이라……."

잠시 후 비화는 그 나루터에서 새로운 사실도 발견해냈다.

"가마이 살피본께 여게 나루터는 교통의 요지일 뿐만 아이고예, 상인들 거점지도 되는 거 겉어예."

돌재와 밤골 댁은 멍청한 얼굴로 서로를 바라보았다.

"그거는 또 무신 이바군고 모리것네?"

"상인들 거점지……."

한동안 역류하는 듯하던 물결이 이제 다시 순리대로 흘러가는 게 보였다. 비화는 고개를 끄덕이면서 자신 있게 말했다.

"거상巨商, 그런께 큰 상인도 여서 생길 거라 봅니더."

"새댁이 그거를 우찌 알아서?"

밤골 댁이 이물질이라도 들어간 것처럼 눈을 끔벅끔벅하며 물었다.

"농산물이 저리 산더미매이로 쌓이는 거를 봐도 그렇고, 또 쪼꼼도 쉴 새 없거로 오가는 나룻배 숫자를 봐도 그렇고예."

그런 말을 하는 비화 귀에 똑똑히 들리는 소리가 있었다.

'장차 자라면 거부巨富가 될 상이로고!'

그러고 보니 나루터에는 장삼 걸친 스님들 모습도 보였다. 그때 밤골 댁이 대단한 무엇을 제안하는 사람처럼 말했다.

"새댁아! 새댁도 안 있나, 우리가 여게서 어느 정도꺼지 터 잡고 나모, 새댁도 같이 와서 장사하모 우떻것노?"

비화가 무어라 하기도 전에 돌재가 턱없는 소리를 한다고 나무랐다.

"새댁이 우찌 이런 데서 장사한단 말요?"

비화 보기 겸연쩍다는 얼굴을 했다.

"아즉꺼지 나이도 나인데……."

비화는 하얀 이마로 흘러내리는 윤기 도는 검은 머리칼을 손으로 쓸어 올리고 나서 씩 웃으며 말했다.

"아자씨, 지도 인자는 시무 살을 넘기고 있심니더. 방금 아주머이가 하신 말씀도 한분 잘 새기볼 끼고예."

돌재가 허, 그거 참, 하며 마른기침을 했다. 밤골 댁이 또 큰소리다.

"그 보소. 누가 머라 캐도 한 씨보담은 내가 한 수 우란 말이오."

그러고는 또 한다는 말이 꽤 무게가 있었다.

"그라고 오데 장사가 똑 술장사만 있소?"

그 순간, 비화 두 눈이 번개가 스쳐가듯 번쩍 빛을 발했다. 말에도 기운이 실렸다.

"그래예, 아주머이 말씀이 맞심니더."

뻔한 사실을 미처 깨닫지 못했다는 표정이었다.

"장사 종류는 천지삐까리지예."

읍내장터에 있는 수많은 상가商家들이 비화 눈앞에 죽 나타나 보였다. 비봉산과 성곽 사이에 위치한 그 고을 최고 번화가인 중앙통 거리에도 즐비하다. 그래, 맞다. 장삿길도 한 번은 나서 볼 만하다.

"아주머이 말씀매이로 장사가 잘되모, 지도 여게 와갖고 무신 장사라도 한분 벌이보고 싶네예."

비단 장사? 밑천이 모자라면 삼베 장사라도 좋고 누더기 장사라도 대수랴.

"아이요, 그거는."

그런데 돌재가 그대로는 물러설 수 없다는 듯 고집을 피운다.

"내 보기에 새댁은 장사 체질이 아인 기라."

"이 보시오, 한돌재 양반!"

밤골 댁이 하얗게 눈을 흘겼다.

"오데 태어남서부텀 니는 장사꾼이다, 그런 글자를 이마빼기에 딱 붙이갖고 나오는 사람 있소? 사람이 살라모, 이런 짓도 하고, 또 저런 짓도 함서 사는 기지……."

비화 마음속에서 또 다른 비화가 말하고 있었다.

'우짜모 장사치로 나가는 기 더 좋을랑가 모리겄다. 장사해갖고 돈이 쪼꼼씩 모이모, 그 돈으로 땅을 착착 사들이는 기라.'

주막들을 유심히 둘러보던 비화가 문득 진지한 목소리로 조심스럽게 물었다.

"콩나물국밥집을 하모 우떨꼬예?"

그러자 돌재와 밤골 댁이 앞뒤 말을 연결하는 무슨 놀이하듯 잇따라 반문했다.

"콩나무울?"

"국밥지입?"

비화는 잠자코 고개를 끄덕이며 스스로에게도 인식시켜주듯 말했다.

"우선에 콩나물은 기르기 안 수월합니꺼."

밤골 댁이 말했다.

"그거는 그렇제."

"큰 밑천 안 들가도 되고예."

비화의 그 말은 돌재가 받았다.

"그것도 맞기는 한데, 콩 볶아 묵다가 가매솥 깨뜨린다쿠는 이약도……."

비화는 자신의 생각을 말했다.

"술 묵고 속 푸는 데는, 콩나물만 한 기 없을 끼고예."

"맞다! 맞네?"

그러면서 밤골 댁이 크게 박수를 쳤다.

"주막집들이 저러키 짜다라 널리 있은께네 술 묵는 사람도 쌔뻿을 끼고, 그 술꾼들이 속 풀이를 하자모……."

"그렇것지예, 아주머이?"

비화 음성이 어떤 기대감에 자못 흔들리고 있다.

"하모, 하모."

강 위에는 나룻배 숫자가 점점 늘어나고 있다. 흡사 새끼를 치는 것 같다.

"기다, 기다."

그러면서 동의를 구하려는 듯 돌재를 쳐다보는 밤골댁 얼굴이 비화 못잖게 상기돼 있다.

"콩나물을 재료로 해갖고 또 맨들 수 있는 음식이 우떤 기 있으까예?"

비화가 또 묻자 밤골 댁은 덤벼들 것처럼 하며 말했다.

"새댁, 당장 우리하고 같이 장사 시작하모 우떻것노?"

"허, 밤골댁! 우물에 가서 숭냉 찾을라요?"

돌재가 말려도 밤골 댁은 아예 집부터 짓는다.

"우리 주막 바로 옆에다가 국밥집 채리모 된다 아이가. 우리 주막에서 실컷 술 마시고 새댁 가게에서 속 확 풀고……."

지금 강에는 거짓말같이 새가 보이지 않는다. 물새들이 없는 강은 거대한 푸른 쟁반을 연상시킨다.

"그냥 함 생각을 해봤어예."

비화는 생각에 잠긴 얼굴로 말했다.

"장사할라쿠모 손이 많아야 하는데 지는 혼자 아입니꺼."

"손?"

"예."

"하기사……."

밤골 댁은 아쉽다는 빛을 숨기지 못했다.

"새댁하고 나란히 장사하모 증말 좋것는데……."

그때 바로 근처에서 두 무리 농군들이 흥정을 펼치기 시작했다. 한쪽은 쌀자루를, 한쪽은 무 다발을 가져온 농민들이다.

"아, 요새 나락 농사가 올매나 심든데 그라시요? 농사가 아이라 농새라쿠는 말도 아즉 몬 들어본 기요?"

"허, 무시뿌리가 산삼이 된 기 운젠가 모리는갑소?"

바로 조금 전에 돌재와 밤골 댁이 보이던 모습의 재현이다. 서로 오리처럼 '꽥꽥' 소리를 지른다.

"농새!"

"산삼!"

당사자들이야 살을 깎고 피가 나는 생존경쟁이겠지만 구경꾼들 보기에는 그저 여유롭고 신나는 광경이다. 사람 사는 곳이다. 사람 냄새가 물씬물씬 풍긴다. 산 냄새 강 냄새도 좋지만 어디 사람 냄새보다야…….

그런데 비화가 눈을 의심할 일이 벌어진 건, 당장 엉겨 붙어 대판 싸움이라도 할 것같이 언쟁을 벌이던 그 흥정이 약간 누그러질 때였다. 무심코 이제 막 강가에 와 닿는 나룻배로 고개를 돌리고 있던 비화는 눈을 치떴다. 그 나룻배에서 나란히 내려 이쪽으로 걸어오는 두 사람이 있었다.

'아, 저들이 우찌?'

천만뜻밖에도 임배봉의 처 운산녀와, 아버지 호한의 벗 소긍복이다.

'운산녀하고 소긍복 저들이 우찌 함께 댕기는 기고?'

그것은 굉장히 놀라운 노릇이 아닐 수 없었다. 아무리 앞뒤 짚어 봐도 알 재간이 없었다. 더군다나 그들은 한눈에 봐도 그렇게 정다울 수가 없다. 비화는 너무나 큰 충격에 금방 쓰러질 것 같았다. 무언가가 뒤통수를 호되게 후려친다.

그것은 아주 멀리서 희미하게 다가오는 어떤 불빛과도 유사한 것이었다. 불투명한 암시 같은 것. 비화도 모르지 않았다. 아버지가 죽마고

우 긍복에게 무슨 보증인가를 서주고 나서부터 집안이 차츰차츰 무너져 내리기 시작했다는 것이다. 그렇지만 아버지가 벗을 원망하거나 욕하는 것은 한 번도 보지 못했다.

그런 긍복이 다른 사람도 아닌 배봉 아내 운산녀와 이곳에 와 있다. 그렇게 가까운 사이가 없을 정도로 딱 붙어 걷고 있다.

비화는 뜨거운 불에 덴 듯했다. 차가운 얼음덩이가 등짝에 든 것도 같았다.

'아, 그라모? 임배봉과 운산녀하고 저 소긍복이가 서로 짜갖고?'

비화는 이내 고개를 흔들었다.

'아이다. 시방 저들 둘만 같이 안 있나? 그렇다모 소긍복 저 사람은 배봉이하고는 아모 상관없고 운산녀하고만…….'

예전부터 같은 여자의 눈으로 봐도 마치 색골의 표본인 양 느껴지는 운산녀다. 그렇다면 긍복과 운산녀는 불륜의 사이 정도에서 그치는 것일까? 그건 아닌 것 같다. 그러자 보다 강한 의혹이 세차게 밀려왔다.

'아인 기라. 여는 분맹히 머가 있다.'

비화는 몸도 마음도 땅 위가 아니라 부초처럼 강 위에 떠 있는 기분이었다.

"새댁아!"

"와 각중애?"

밤골 댁이 비화 팔을 세게 잡아 흔들었고 돌재가 무어라 말해왔지만 비화는 아무 감각도 없었다. 운산녀와 긍복을 알지 못하는 밤골 댁과 돌재는 백 번 죽었다 깨나도 지금 비화 속을 모를 것이다. 무언가 잡힐 듯 잡힐 듯하면서도 잡히지 않는…….

이윽고 비화가 가까스로 정신을 차렸을 땐, 운산녀와 긍복 모습은 이미 숱한 인파 속에 파묻히고 없었다.

'내가 헛것을 본 기까?'

아무래도 그렇게밖에 받아들여지지 않는 일이었다. 비화는 오스스 온몸에 소름이 돋았다.

'신갱이 이리 날카로버지모 안 되는데…….'

그때다. 바로 옆을 지나가던 사람들이 이런 말을 했다.

"머라? 함 더 말해 봐라. 새 목사?"

"하모, 새 목사."

"그기 우리하고 무신 소용 있노?"

검은 피부 사내들은 주막집을 향해 걸어가고 있다. 아마도 공사판에서 막노동을 하고 한잔 걸치러 가는 인부들 같았다.

하지만 그 순간까지만 해도 비화는 그 소리들을 그냥 예사로 받아넘기고 있었다. 아니, 옥진과 홍우병 목사가 떠올라서 일부러 더 귀를 꼭꼭 틀어막았을 뿐이다.

# 모시같이 이으리

새 목사가 부임했다.

그러나 상촌나루터에서 비화가 들었던 것처럼 고을 백성들은 관심이 없었다. 누가 와도 똑같았다. 진실로 백성을 위해주는 목민관은 드물었다. 언감생심, 그런 것을 기대한다는 것부터가 한심하고 어리석은 짓이라고 포기해버린 지 오랜 그들이었다. 밟히고 또 밟혀 산산조각이 난 낙엽의 잔해같이 허망한 민심들이었다.

그나마 서민들 편에 서서 피해를 줄여주기 위해 환곡 실태 등을 조사하며 자기 나름대로 애쓰던 홍우병 목사마저 우병사 박신낙처럼 먼 섬으로 유배되었다. 아무도 새 목사에게 기대를 걸 꿈도 꾸지 않았다. 두 번 다시는 속고 싶지 않았다. 상처를 덧내는 짓거리는 달그림자를 보고 짖다가 목이 쉬어버린 개나 물고 가라고 했다.

그런데 이번 목사에 대해 이제까지와는 달리 대단히 큰 관심과 희망을 품어보는 특별한 신분을 지닌 이들이 있었다. 감영 소속 교방 관기들이었다.

정석현 목사.

그의 부임은 이곳 관기들에게 굉장한 파문을 일으킬 조짐을 보였다. 그건 무엇 때문인가? 기녀들 가슴을 설레게 할 정도로 젊고 잘생긴 호걸인가? 기녀들을 달달 볶아댈 색광인가? 글 좋아하고 사군자 치기 잘하는 샌님풍인가?

그 어느 쪽도 아니었다. 그렇다면? 그것은 그가 음악과 춤에 남다른 취미와 식견을 갖춘 사람으로, 교방가무를 교정하여 풍교風教를 바로잡고, 거기에다가 가창歌唱에 부르는 시조시를 가려 한역도 하고, 스스로 시조시도 짓는 벼슬아치라는 사실 때문이었다. 그건 결코 흔한 경우가 아니었다.

"모두들 잘 듣거라. 본관은 앞으로 우리 교방에서 연행演行되고 있는 악가무를 모아 책으로 엮을 계획이니라. 그러하니 교방 모든 기녀들은 그렇게들 알고 이번 일에 적극 협조토록 하라."

"……."

관기들은 그 말을 처음 들었을 때 얼른 이해나 납득이 되지 않았다. 교방의 노래와 춤을 책으로 엮으려 하다니. 당시 사람들에게 책이란 물건은 각별한 의미로 받아들여져서 그 가치와 의의가 예사롭지 않았다.

책, 그것은 단순히 종이를 여러 장 겹쳐서 맨 물건이라는 데서 그치지 아니하고, 어떤 사상이나 사항을 문자나 그림으로 표현한 종이의 묶음이라는 빛나는 보물로서의 뜻을 내포하고 있다고 보았다.

"교방의 책이라이!"

여하튼 그날 교방은 5일장 열리는 읍내장터를 방불케 했다.

"참말로 볼촉시럽다(별스럽다). 희한빠꼼한 목사도 다 봤다 아이가. 시상에, 목사가 우리 교방 노래와 춤에 저리 관심이 높다이."

"무신 걱정이고? 우리사 좋은 일 아이가?"

"하모, 맞다. 해나 또 아나."

"해나 또 머 말이고?"

"세월이 한거석 흘러가모, 그 책이 다린 고장보담 성행盛行하는 우리 고을 교방문화를 알리주는 귀중한 자료가 될랑가……."

"섭천 쇠가 소리 내서 웃을 소리 고마해라."

관기들이 깍깍거리는 까치처럼 그렇게 입방아를 한창 찧어대고 있을 때 평소 사려 깊은 한결이 모두에게 물었다.

"신임 목사 영감이 그 일을 하실라쿠는 뜻이 오데 있으꼬?"

"……."

누구도 선뜻 입을 열지 못했다. 그러자 푸른 옷이 썩 잘 어울리는 청라가 제 딴에는 자신 있다는 투로 얘기했다.

"자기가 직접 지은 시조시를 한군데 모아둘라꼬 그라시는 기라."

키가 훌쩍 큰 월소가 가볍게 퉁을 주었다.

"그런 거는 따로 시조집 하나 맨들모 되지, 와 복잡한 책에다가 같이 실을 끼고? 그랄 이유가 한 개도 없제."

"그 말도 맞고……."

누군가가 제 앙가슴을 쳤다.

"글씨, 이거 답답하다야."

"답답은, 논이 마이 있는 기 답답 아이가."

"밭이 마이 있는 기 전전이고?"

"모도 끌어다 쓸 거를 끌어다 써라. 아모것도 모리모 그냥 논바닥 가온데 두 팔 벌리고 섰는 허수애비맨치로 가마이 있는 기 챙피나 안 당하는 기다."

설왕설래하는 가운데 누군가가 말했다.

"해랑이는 와 암 말이 없노?"

한결이 그 기녀를 나무랐다.

"시끄럽다 고마!"

해랑은 슬그머니 그 자리를 빠져나왔다. 해랑은 그저 모든 게 귀찮고 관심 밖이었다. 홍 목사가 유배지로 떠난 후로 살아갈 의욕마저 깡그리 잃은 그녀였다. 그녀의 몸도 마음도 멀리 귀양 보내고 허섭스레기만 남아 있는 것 같았다.

그런데 정석현 목사가 그런 해랑에게 새로운 삶을 찾아 주리란 것을 그때는 아무도 알지 못했다. 그것은 해랑 스스로도 마찬가지였다.

그러니까 그로부터 사흘이 지난 저녁 어스름 무렵이다. 항상 교방 귀여움을 독차지하는 새끼 기생 효원이 숨이 턱까지 차올라서 해랑에게 달려왔다.

"정 목사 영감이 말입니더, 해랑 언니."

해랑은 딱 한마디 했다.

"와?"

효원은 아직도 들썩거리는 가슴에 앙증맞은 손을 댄 채 들려주기 시작했다. 그런데 그 내용이 좀 범상치 않았다.

"새로 온 우뱅사하고 서로 으논해갖고예, 저 오래돼 낡은 으기사(의기사義妓祠)를 다시 손대서 곤치기로 했다 안 해예?"

생기 잃은 해랑 눈에 약간 힘이 감돌았다. 그녀는 확인하는 목소리였다.

"아, 논개 모시논 사당을?"

효원이 투정 부리듯 했다.

"우리 해랑 언니는 논개라모 사죽을 몬 써요, 사죽을!"

그런 사실은 이미 온 교방 안에 쫙 퍼져 있다. 그리고 그것은 평상시에 비화가 신경을 쓰는 것 중의 하나이기도 했다.

"아이구, 으암 바구에서 팍 뛰내릴까 너모너모 무섭다. 저 바구를 오데로 딱 치아삐리야(치워버려야) 되노?

효원의 늙은이 같은 그 소리에 해랑은 또다시 간밤 악몽이 되살아났다. 억지로 의식 저 밑바닥에 꾹꾹 눌러놓고 있던 참이었다.

외롭고 쓸쓸한 섬. 홍우병 목사가 유배되어 있는 그 섬이었다. 두 손으로 그를 힘껏 끌어안고 가파른 벼랑에서 시퍼런 바다로 뛰어내리려 했다. 그때 머리 위에 웬 갈매기가 나타나 피맺힌 소리로 울었다. 경악할 일이 벌어졌다. 갈매기 울음소리가 여자 목소리로 바뀌었다.

– 옥진아이! 니 그리 몬난 사람인 줄 내 몰랐다.

해랑은 소스라쳐 눈을 떴다. 비화 목소리였다.

– 널로 그리 맨든 점벡이 자슥들은 우짜고?

이튿날 해랑은 정 목사의 부름을 받고 갔다. 홍 목사가 아주 전형적인 선비풍이라면 정 목사는 관리라기보다 예술가다운 풍모였다.

"군계일학이라는 말이 생긴 연유를 내 알겠다. 수많은 닭 무리 속의 한 마리 학이 지금 내 앞에 있느니."

"……."

해랑의 고운 볼이 마치 붉은 꽃잎을 붙여 놓은 듯이 발그스름했다. 하지만 찬비에 젖은 해당화처럼 수심에 찬 모습이었다.

"하하하."

정 목사는 자기 등 뒤에 세워진 병풍이 흔들릴 만큼 호탕한 웃음을 터뜨리며 말했다.

"본관이 이 고을 목사로 부임해 처음 관기들을 보던 날을 기억하느니."

"……."

그림 병풍보다는 글 병풍이 더 잘 어울리는 그였다. 그가 손수 지은 시조시가 쓰였다면 더 눈길을 끌 것이다.

"내 일찍이 북에는 평양기생, 남에는 진주기생이란 말을 들었거니, 진실로 그 말이 그냥 허황된 것이 아님을 너로 하여 알았도다. 허허."

"……."

해랑은 왠지 부담스럽다는 느낌부터 들었다. 아니, 죄스러웠다. 어디선가 홍 목사가 지금 그 장면을 모두 지켜보고 있는 것만 같았다.

"지는 그런 인물이 몬 되옵고……."

"그만! 되었느니."

정 목사가 해랑 말을 끊었다. 그러고 보니 그는 맺고 끊는 게 확실한 사람인 듯싶었다. 이도저도 아닌 어정쩡한 성격보다는 더 낫겠지만.

"그건 그렇고, 내가 오늘 널 이렇게 부른 것은……."

"……."

"차후로 네 도움이 많이 필요할 것 같아서인 게야."

해랑은 아무리 헤아려 봐도 영문을 알 수가 없었다. 일개 관기 따위가 하늘같은 목사에게 무슨 도움을 줄 수 있다고. 그렇지만 정색을 한 정 목사는 그저 기녀와 노닥거리거나 헛소리를 하고 있지는 않은 듯했다. 그런데 이어지는 그의 말은 희롱이나 꾸짖음보다도 한층 참기 힘들었다.

"본관이 여기 온 지 얼마 지나지 않았지만, 지난번 이 지역에서 일어난 저 농민군 반란 사건 후유증이 너무나 크다는 것을 실감하고 있느니."

그는 전임 홍 목사와 해랑 자신과의 관계를 알고 있는지 모르고 있는지 짚을 수 없었다. 아니, 그로선 그런 사실이 크게 중요한 게 아닌 성싶었다. 그는 좀 더 새롭고 큰 계획을 꿈꾸는 표정이었다.

"그래 지금 이 고장 민심이 하도 뒤숭숭하여, 본관은 하루도 두 다리 쭉 뻗고 편히 자본 날이 없어."

그는 상을 찌푸렸다. 그러자 이마에 보이지 않던 주름이 생겨났다. 그는 이것 또한 내가 반드시 풀어야 할 과제라는 투로 말했다.

"아직도 밤이면 성안에 이상한 울음소리가 들린다는 해괴한 소문이 나돌고 있는 실정이 아니더냐?"

"예……."

그런 이야기는 해랑도 알고 있지만 그의 말은 들으면 들을수록 더 안개에 휩싸이게 하는 기분이었다. 그는 후우 긴 한숨을 내쉰 후 말을 이었다.

"본관은 하루빨리 뒤숭숭한 이곳 민심을 바로잡아, 불안한 시국으로 번지는 것을 막아야 할 막중한 임무를 떠맡은 것이야."

그의 음성이 방석 밑으로 깔리듯 낮아졌다. 하지만 말의 힘은 더 강하게 다가왔다.

"그 일을 수행함에 있어 네 도움이 절실하다는 얘기니라."

"죄송하지만 무신 말씀이시온지?"

알 수 없어 하는 해랑을 향해 정 목사가 흐뭇한 미소를 지었다.

"교방 관기들 가무를 관심 있게 보았거늘, 그 가운데서도 유독 눈에 띄는 기녀가 해랑이 너였느니라."

"……."

창문 밖이 다 밝았다. 정 목사의 안색도 덩달아 밝아지는 듯했다. 그렇지만 해랑의 마음은 그러지 못했다.

"이제 내가 널 따로 부른 연유를 알겠느냐?"

해랑은 눈같이 새하얀 이마를 들며 되물었다.

"이 미천한 것이 무신 수로 뒤숭숭한 민심을 바로잡는 그 에려븐 일에 도움이 될 수가 있다는 것이옵니까?"

그러나 정 목사는 그 물음에는 아무런 대꾸도 하지 않고 더더욱 엉뚱한 이야기를 꺼내기 시작했다. 해랑의 머리가 지끈거릴 판이었다.

“지금은 중국의 요 임금과 순 임금 시대의 음악이 아득히 멀어져 가고 남아 있질 못한 실정이지.”

그의 말은 나라와 나라 사이를 흡사 작은 도랑 하나 건너듯 금방 뛰어넘었다. 상상력이 뛰어난 사람 같기도 했다.

“우리 조선국의 바른 음악도, 조상 은덕을 기리는 노래도 끊어졌느니.”

해랑은 상세한 내막을 모르는 중에도 가슴이 뛰었다. 그녀의 모든 것이라고 할 수 있는 노래에 관한 이야기인 것이다.

홍 목사가 뭍에서 멀리 떨어진 외딴 섬으로 귀양을 간 이후로, 해랑은 꽁지 떨어진 매 신세가 되어, 불같이 피어오르는 정념과 애끊는 슬픔을 오직 노래와 춤을 통해 삭여오고 있었다. 교방가무만이 그녀의 생명줄을 연장해주는 힘이었다.

그런데 비록 연인으로서의 이끌림이나 열정을 느낄 수는 없는 정 목사지만, 그런 사랑의 감정을 떠나 예술로써 잘 통할 수는 있으리라는 기대감을 맛보았다. 또한 마음이 순수한 그만큼 청렴한 목민관으로서 적어도 백성들의 원성은 사지 않을 성싶었다. 다시 한번 글 병풍과 조화를 잘 이루는 그의 모습을 발견했다.

그뿐만이 아니었다. 유학에만 밝으리라고 믿은 정 목사의 음악에 관한 그 뛰어난 식견은 해랑으로서도 혀를 내두르지 않을 수 없었다. 심지어 그는 이런 소리까지 하여 더한층 해랑을 놀라게 했다.

“좋은 음악은 점점 사라지고, 하나라 폭군 걸왕과 은나라 폭군 주왕의 음악이 지어졌지. 그렇게 음란할 수 없는 음악들이…….”

“증말 대단하시옵니더.”

해랑 입에서 절로 감탄의 소리가 흘러나왔다.

"목사 영감께서 우찌 그런 거꺼지?"

"왜?"

정 목사 눈에 불꽃이 일렁거리는 듯했다. 검은 눈썹이 호롱 심지를 떠올리게 하는 순간이었다.

"목사는 그런 걸 알면 안 된다는 게 국법으로 명시돼 있는 것이야?"

힐난이나 질책하는 투는 아니었지만 해랑은 그만 당황했다.

"그, 그런 거는 아이지만도……."

정 목사는 해랑을 빤히 바라보며 자문하듯 계속 말했다.

"논개를 의기義妓라 부른다면, 해랑은 무어라 부를꼬?"

해랑은 기억을 되살려보았다. 홍 목사도 내게 그런 소리를 한 적이 있었던가. 없었다. 하지만 한마디도 하지 않아도 천만 마디 말보다 더 많은 말을 들었다.

"이 미천한 기 머를 알것사옵니꺼마는……."

해랑은 말머리를 돌렸다.

"갈수록 요염하고 외설시런 노랫말이 활개 치는 거 겉애서 안타까울 뿐이옵니더. 다린 거는 우짤 수 없다 쿠더라도 노래하고 춤하고는 그리 안 됐으모 좋것다는 생각을 하고 있사옵니더."

정 목사는 반가운 목소리로 물었다.

"그러하더냐? 너도 정녕 그렇게 생각한단 말이지?"

"예."

다소곳한 해랑의 대답이었다.

"다행이다."

정 목사 얼굴에 문득 쓸쓸한 웃음기가 감돌았다. 늦은 가을날 외진 산마루를 물들이는 낙조를 연상시켰다.

뜻밖이었다. 해랑이 수수께끼 같은 그 웃음의 의미를 헤아려보고 있는데 그가 뜬금없이 말했다.

"내 언락言樂 가운데 한 수 불러보랴?"

해랑은 먹먹해지고 말았다. 그 순간에는 정 목사 얼굴이 소리꾼처럼 보였다. 음성까지도 그러했다.

"사랑을 친친 얽어 동여 등에다 매고, 태산준령 허위허위 넘어가니, 모르는 이들은 그만 버리고 가라 하지마는, 가다가 죽을지라도 나는 버리고 가지 않겠노라."

하늘에 구름이 지나가고 있는지 방이 좀 어두워지고 있었다. 그에 반해 창문 밖은 여전히 밝아 보였다. 세상은 넓은 것 같으면서도 좁고, 좁은 것 같으면서도 넓다는 생각을 하게 만드는 자연 현상이었다.

'와 저런?'

해랑은 그가, 우락羽樂에서 파생되었음에도 낮은음으로 시작하지를 아니하고 처음을 높은음으로 질러 내는 언락을 부르는 까닭이 퍽 궁금했다. 청구영언에서는 언락을, 꽃이 아침이슬을 머금은 듯, 화창한 봄날에 활짝 핀 것으로 비유하고 있다.

그때 정 목사가 느닷없이 이런 소리를 하여 해랑 가슴을 덜컥 내려앉게 하고 머리까지 아찔하게 했다.

"내 진정 네게서 알 수 없는 일이 한 가지 있느니. 다른 춤들은 전부 좋아하면서 왜 학무鶴舞만은 그토록 싫어하는지 그 연유를 말해줄 수 있겠느냐?"

병풍이 엎어지고 있었다. 그런데 그 밑에 깔린 사람은 정 목사가 아니라 그녀였다.

"그, 그거는……."

해랑은 차마 말을 잇지 못했다. 정 목사는 여느 선비들과는 달리 예술적인 감각과 능력이 매우 뛰어난 만큼 확실히 예리한 구석이 있었다.

그게 선천적인 것인지 후천적으로 생긴 것인지는 알 수 없었다.

얼마 전에 효원과 다른 새끼 기생이 학춤을 추게 되었을 때, 남들이 아무도 눈치채지 못하도록 슬쩍 그 자리에서 빠진 적이 있었는데, 정 목사는 어떻게 그 일을 알고 있는 것이다.

학무, 그것은 해랑에게 지옥의 가무와도 같은 것이었다. 그것은 지당판池塘板이라 하여 연못을 상징하는 네모진 널빤지를 놓고, 그 주변에 연꽃과 연통蓮筒 그리고 칠보등롱 등을 놓는다.

연못. 해랑으로서는 영원히 떠올리고 싶지 않은 연못, 대사지. 차라리 지옥의 불구덩이가 나을 것이다. 하지만 학춤은 어느 곳에도 존재한다.

동녀童女 둘이 연꽃 모양의 연통 속에 각 한 사람씩 숨는다. 백학과 청학으로 분장한 이들이 그 연통을 중심으로 하여 춤을 추다가 연통을 쪼아댄다. 그러면 동녀들이 연통 밖으로 나오고 학들은 놀란 듯 뛰어나간다.

해랑은 도저히 떨쳐버릴 수 없는 환각에 미쳐버리기 직전이었다. 해랑 자신이 동녀가 돼 있다. 그리고…… 백학과 청학은, 억호와 만호다.

점박이 형제는 도드리장단에 맞춰 나온다. 그러고는 좌우로 나누어 몸을 뒤흔들고 부리를 부딪치고 부리로 땅을 쫀다. 타령장단으로 넘어가서는 날기도 하고 뛰어나가기도 하며 가지가지 모습을 해가면서 논다. 그 춤사위에 속절없이 흔들리는 동녀, 아니 해랑, 아니 옥진…….

"분명 무슨 말 못 할 사연이 있는 게로구나!"

정 목사의 날카로운 시선이 해랑 이마에 와 꽂힌다. 칼이나 창끝에 찔릴 때 느껴지는 감각도 그보다는 심하지 않으리라.

"흑……."

해랑은 기어이 오열을 터뜨리고 만다. 휘몰아치는 폭풍우에 속절없이 마구 흔들리는 꽃 이파리처럼. 사내 손이 슬그머니 다가왔다가 슬그머니 거둬졌다.

그 밤에 해랑은 신기하고도 슬픈 꿈 하나를 꾸었다.

홍 목사가 큰북 하나를 들고 그녀를 찾아왔다. 어찌 보면 큰북이 그를 싣고 허공을 날아 거기까지 온 것 같았다.

"영감, 이 북이 무신 북이옵니꺼?"

해랑은 하도 반가운 나머지 말이 제대로 나와 주지 않는 중에도 물어보았다. 그런 해랑을 느꺼운 눈빛으로 잠시 바라보고 있던 그는 북을 어루만지며 이렇게 대답했다.

"이 북으로 말할 것 같으면, 저 이혼李混에게서 얻은 것이니라."

"이혼이라 하심은?"

해랑 목소리는 더없이 절절했다. 홍 목사도 마찬가지였다. 그런데 시간을 거꾸로 되감는 듯한 이야기였다. 어쩌면 지난날로 돌아가고 싶다는 해랑의 염원이 작용한 건지 모른다.

"고려 충렬왕 때 영해寧海에서 귀양살이를 한 시중侍中 이혼을 말함이니라."

그 북은 귀양 살던 이혼이 바다 위에서 얻은 부사浮査로 만든 것인데 그 소리가 무척 크다고 했다.

"내 이 북을 얻은 김에 오랜만에 해랑이 너하고 한바탕 놀아보고 싶어 이렇게 찾아온 것이니라."

그가 한량처럼 말했다. 돈 잘 쓰고 잘 노는 사람으로서가 아니라 아직 무과에 급제하지 않은 젊디젊은 호반虎班으로서 말이다.

"쪼꼼 더 일쯕 이몸을 찾지 않으시고……."

해랑은 벅차오르는 감정을 추스르지 못하고 작은 어깨를 들썩이며 흐느꼈다.

“내 한 시도 널 잊은 적이 없느니.”

홍 목사 음성도 방금 바닷물에 헹군 것처럼 젖어 있다. 해랑은 그 앞에서는 얌전을 빼고 싶지 않았다.

“이몸 또한 목사 영감 생각이 가슴에서 떠난 적이…….”

그는 고통스러운 얼굴로 사죄하듯 말했다.

“하지만 나라에 큰 죄를 짓고 외딴 섬에 갇혀 있는 몸이 어쩌겠느냐?”

“영감께옵서는 아모 죄도 없사옵니더. 다만…….”

“죄가 없다고 생각하는 그게 죄일 수도 있겠거니, 더는 그런 말을 입에 올리지 말라.”

“궁궐의 담장이 이웃집 담장 겉으모 당장 넘어 상감께 영감의 무고를 고하련만…….”

해랑은 목메어 울었다. 그때 그녀가 할 수 있는 것은 오로지 그것뿐이었다.

“아, 날개가 있으면 갈매기같이 훨훨 날아 네게로 오련만, 이몸은 노도 없고 닻도 없는 배에 실린 신세가 아니더냐?”

그는 북을 잡았던 손을 해랑 어깨에 가만히 얹어놓으며 말했다.

“나는 북을 두드릴 것이니, 너는 어서 일어나 춤을 추려무나.”

해랑은 얼른 몸을 일으켜 세웠다.

“예, 영감.”

홍 목사는 북을 두드린다. 둥둥.

해랑은 춤을 춘다. 너풀너풀.

그와 해랑은 사라지고 북과 춤만 남는다. 북과 춤은 사라지고 그와 해랑만 남는다. 아니, 남는 것도 사라지는 것도 결국 똑같은 것을.

그런데 얼마나 지났을까? 참 이상한 일이 벌어졌다. 분명히 처음에 북을 두드린 사람은 홍 목사 혼자였고 춤을 춘 사람은 해랑 혼자였다.

하지만 그게 언제부터인지 잘 모르겠다. 북통은 세 개의 기둥 위에 세로로 올려 있다. 그리고 청홍흑백 네 가지 색깔이 그 북 둘레에 아름답게 채색돼 있다.

그뿐만이 아니다. 여덟 사람이다. 원무元舞를 추는 네 사람, 협무挾舞를 추는 네 사람. 두 손에 북채를 들고 시종 북을 에워싸고 북을 어르거나 두드리는 사람은 홍 목사만이 아니다. 한결과 월소, 정선도 있다.

삼지화三枝花라는 꽃방망이를 두 손에 들고 북 가에서 방위를 짜고 돌거나 춤을 추는 사람은 해랑 자신만이 아니다. 청라와 지선, 지홍도 있다.

그런데 다시 이상한 일이 있다. 한참 그렇게 어울리다가 문득 보니 또 둘뿐이다.

'아아, 이기 무신 일이고?'

그렇게 의아해하며 홍 목사를 바라보던 해랑은 또다시 화들짝 놀랐다. 홍 목사가 다른 사람이 돼 있다. 아직 한 번도 본 적이 없는 아주 낯선 얼굴이다.

그러나 누가 굳이 얘기를 해주지 않아도 신기하게 해랑은 알 수 있다. 그는 이혼이란 사람이라는 것을. 귀양살이하다 큰소리가 나는 큰북을 만든 사람.

'이 일을? 내는 시방꺼지 홍 목사 영감이 아이라 이혼이라쿠는 사람하고 무고舞鼓를 하고 있었던 기라.'

해랑은 부끄럽기 짝이 없었다. 그녀야말로 죄인이었다.

'내가 홍 목사 아인 딴 사내하고 이런 짓을 하다이?'

그런데 이건 또 무슨 조화속인가? 그런 깨달음이 있기 무섭게 해랑은 눈앞이 캄캄해졌나. 해랑은 기겁을 했다.

자기가 연통 속에 숨어 있다. 그리고 밖에서 날카로운 부리가 매우 무서운 기세로 연방 연통을 쪼고 있다. 백학과 청학으로 분장한 억호와 만호다…….

동녀가 된 해랑은 연통 속에서 한껏 온몸을 웅크렸다. 그러다가 벌레가 돼버린다고 해도 상관없었다. 그렇지만 아무리 저놈들이 연통을 쪼아대도 밖으로 나가서는 안 된다. 이 속에서 숨 막혀 죽는 한이 있더라도 저놈들에게 또 농락당할 순 없다. 연통에 불을 질러도, 연통을 물에 던져도 안 나간다.

그때 무슨 노랫소리가 들렸다. 해랑은 귀를 의심했다. 분명했다. 자나 깨나 잊을 수 없는 목소리, 홍 목사였다.

사람 기다리기 어렵구나 사람 기다리기 어렵구나
닭이 세 번 우는 오경에 문을 나가 바라보니
청산은 첩첩이요 녹수는 천 굽이라
이윽고 개 짖는 소리에 백마 탄 임이 넌지시 돌아들 제
반가운 마음이 끝이 없어 오늘밤 서로 즐김이야

해랑은 하도 반가운 나머지 얼른 연통 밖으로 나가려 했다. 그러다가 어느 순간 갑자기 그와 노래를 주고받고 싶었다. 그대 향한 내 사랑 절절이 들려주고 싶었다. 해랑은 평소 자신이 좋아하는 노래로 화답했다.

모시를 이리저리 두루 삼다 한가운데 뚝 끊어지옵거든
하얀 이 붉은 입술로 감칠맛 나게 빨아서
섬섬옥수로 두 줄 마주 잡아 비벼 이으리
우리 임 사랑 그쳐갈 제 저 모시같이 이으리

그렇게 한 소리 뽑아놓고 해랑은 가만히 귀를 기울였다. 그의 화답가를 듣기 위해서였다. 그런데 한참을 기다려도 무슨 소리가 없다. 점점 안달 나고 초조해졌다. 혹시나 어디로 가버린 게 아닐까? 딴 사람 목소리를 착각한 걸까?

'아모래도 안 되것다.'

해랑은 기다림에 그만 지쳐 연통 밖으로 나왔다. 아무도 없다. 홍 목사도 점박이 형제도. 모두모두 어디로들 갔나?

해랑은 연못을 상징하는 네모진 널빤지를 함부로 부수기 시작했다. 한참 어릴 적 그랬듯 선머슴처럼 두 발을 들어 지당판을 마구 밟아 부셨다.

연못이 사라졌다. 통쾌했다. 그래, 이 세상 못은 모조리 이렇게 없애버리리라. 연꽃을 다 죽이리라.

그때 들리는 소리가 있다. 비화다. 비화도 기뻐하며 해랑을 얼싸안는다.

"남강에 멱 감다가 안 오나."

그러고 보니 비화 온몸이 젖어 있다.

"옥지이 니 옴마도 봤다. 빨래하로 오싯데."

해랑은 금세 울음이 터지려 했다. 비화가 이상한 소리를 했다.

"강에 갔더이 춘계 아자씨도 계시데? 다린 농민군들도 함께 있더라카이."

해랑이 놀라 물었다.

"어, 언가야! 그 사람들은 모도 안 죽었나? 그란데 우찌?"

"죽어?"

비화 목소리가 요상했다. 해랑 음성이 떨렸다.

"하모. 성 남문 밖 빈터에서 효수행 안 당했디가."

홀연 비화 얼굴이 딴 사람같이 쌀쌀한 표정으로 바뀌었다.

"죽다이? 니 시방 무신 소리 하고 있노? 내는 홍 목사도 봤는데……."

"호, 홍 목사도 봤다꼬오?"

해랑은 기절 직전까지 갔다. 비화 음성이 노파 그것처럼 늙었다.

"하모. 모도 같이 있었더라."

"홍 목사는 살아 계신다 아이가? 살아 계신다 아이가?"

해랑은 필사적으로 발악했다.

"그란데 우찌 죽은 사람들하고?"

"호호호, 오호호호……."

문득, 비화가 미친 여자처럼 깔깔거리더니 선학산 공동묘지에 출몰한다는 귀신보다 더 무서운 얼굴로 소리쳤다.

"죽은 사람은 니다! 옥지이 니다!"

해랑은 말이 제대로 나오지 않았다.

"어, 언가…… 야."

비화 목소리는 하늘을 울리고 땅을 울렸다.

"춘계 아자씨도, 같이 싸우던 농민들도, 다 살아 있다. 누가 죽었다꼬? 그들은 영원히 안 죽는다. 니만 죽었는 기라. 옥지이 니만 죽었다."

"아이다, 아이다. 내는 안 죽었다."

소리소리 지르다 해랑은 가위에서 풀려났다. 아직도 방문 창호지를 물들이고 있는 빛이 먹물을 끼얹은 듯 캄캄한 한밤중이었다. 달도 별도 어딘가로 달아나버리고 없는 것 같았다. 대체 무엇을 암시하기 위한 꿈이었을까?

꿈에 본 돈이라고 아무리 좋아도 손에 넣을 수 없고, 꿈에 서방 맞은 격이라고 제 욕심에 차지 못할뿐더러 분명하지 못한 존재라고 할지라도, 그건 너무나도 꿈밖이고 꿈에도 없는 그 무엇이라면 사람들은 이해를 할까?

그런데 해랑 마음에서 가장 지워지지 않은 것은 비화의 무서운 얼굴이었다. 완전히 미친 여자같이 깔깔거리며 해랑 자신을 죽은 사람이라고, 다른 사람들은 모두 살아 있고 너만 죽었다고, 그렇게 몇 번이고 소리치던 비화의 얼굴이었다.

# 불씨는 살아 있다

우여곡절을 이겨낸 후 한솥밥을 먹게 된 한돌재와 밤골댁.

그들이 상촌나루터에 차린 주막은 처음부터 문전성시를 이루었다. 밤골댁 음식 솜씨도 뛰어나거니와 돌재의 물고기 잡는 기술도 대단했다.

강에서 그물로 금방 잡아 올려 펄쩍펄쩍 뛰는 싱싱한 활어로 푹 끓인 매운탕은 얼마 안 가 상촌나루터 명물이 되었다. 밤골 댁이 눈물이 나도록 '호호' 매운 고추 몇 개 뚝뚝 분질러 넣은 민물고기 매운탕 냄새는 오가는 나룻배에 실려 온 조선팔도로 퍼져나갈 것 같았다.

돌재도 놀란 게 밤골 댁의 변한 모습이었다. 거친 사내같이 드세고 괄괄한 성미인 줄로만 알고 있었는데, 뚝배기보다 장맛이라고, 그녀는 술꾼들에게 제법 사근사근하게 굴 줄도 알았다. 개업한 지 얼마 지나지도 않았는데 벌써 단골도 여럿 잡았다.

"밤골댁 인자 본께 진짜 여잔 기라."

마지막손님이 나가고 둘이 방에 마주 앉아 그날 번 돈을 헤아리고 있을 때 돌재가 문득 꺼낸 소리였다.

"……."

밤골 댁은 한동안 말없이 돌재를 물끄러미 바라보기만 했다. 그 표정이 더없이 복잡했다. 돌재도 밤골 댁이 짐작했던 것보다는 훨씬 숙맥이었다. 강가 자갈처럼 빤질빤질 굴러먹지 못했다. 아직도 '임자'가 아니라 '밤골댁'이다. 임자가 못 된 밤골 댁은 신경이 쓰였다.

'해나 아즉도…….'

어쩌면 돌재는 여전히 먼저 떠나보낸 본처를 못 잊고 있다는 증거인지도 몰랐다. 하기야 그건 밤골 댁도 마찬가지였다. 그녀는 그를 '여보'나 '당신'으로 부르고 싶었지만 한 번도 그러지 못했다. 그저 입 안에서만 뱅뱅 맴돌았고, 그를 불러야 할 때는 기껏해야 '거기' 정도였다.

"그라모 거기는 남자하고 같이 살림 내고 살라쿤 기요?"

방바닥에 넉넉하게 놓여 있는 돈들이 신혼이 아닌 구혼부부를 올려다보고 있었다.

"설마 변태는 아이것제?"

그렇게 불쑥 말을 해놓고 밤골 댁은 자신도 모르게 '풋' 바람 빠지는 소리로 웃고 말았다. 자기 딴에는 스스럼없이 내뱉는다고 한 말이지만 낯간지럽긴 똑같았다.

'하기사 내 살아온 기…….'

뒤돌아보면 쇠털같이 많게 느껴지는 독수공방이었다. 무자식이 상팔자라는 말은 다 자식 많은 상팔자들이나 하는 소리고, 내 새끼 하나 없이 외롭게 살아온 지난날들이 아스라한 꿈처럼 여겨졌다. 꿈인지 현실인지 구분조차 되지 않던 그 시기의 아픈 마음의 상처들이 악몽처럼 남아 있었다.

동구 밖 정자나무인 늙은 팽나무 가지에 초승달이라도 연처럼 걸린 밤이면 누가 때린 듯 어쩌면 그리도 서럽던가. 저만치 떨어져 나앉은 앞산에서 두견이 울면 눈물이 방바닥에 홍수를 이루었다. 숲속에서 저 홀로 살면서 다른 새의 둥지에 알을 낳는다고 알려진 그 두견새야말로 바로 나라고, 시퍼렇게 멍이 들어라 주먹으로 앙가슴을 찧곤 했었다.

'아즉 한참 젊은 사람이…….'

밤골 댁은 되짚어볼수록 비화가 고마웠다. 돌재 혼자서 얼마나 눈독을 들이던 비화던가. 그런데도 아직 처녀 같은 몸매의 비화는, 언제 돌아올지, 아니 어쩌면 영원히 돌아오지 않을지도 모를 야속한 지아비를 생각하며 끝까지 몸과 마음을 지켰다.

"우리가 새댁을 몬 본 것도, 달포 가찹게 되는 거 겉어예."

언제나 말 첫머리는 밤골 댁이 먼저 풀었다.

"어, 하매 그렇거마는."

산골에서만 살다가 강마을에 와서 생활하니 아직은 모든 것이 익숙지를 못했다. 똑같은 자연이지만 산과 강은 어쩌면 이리도 사람 마음을 다르게 만드는지 알 수 없다. 산은 변화를 거부하고 강은 변화를 강요한다.

"우리보담 나이는 에리도, 우떤 면에서 보모, 아이제, 모든 면에서 우리가 본받아야 할 점이 쌔삣다 아이요."

밤골댁 말은, 열면 바로 마당인 방문을 적시는 밤의 강물소리처럼 눅눅했다.

"하모, 맞소."

돌재 음성 또한 잔잔한 수면에 내리는 빗방울 같았고, 밤골 댁은 새삼 깨쳤다는 빛이다.

"역시 넘들이 대단하다꼬 이약해쌌는 집안 핏줄은 머가 달라도……."

"……."

밤골댁 말에 돌재는 짤막하게 응대하거나 그저 고개만 끄덕였다. 심지가 깊은 사내였다. 밤골댁 앞에서는 절대 먼저 비화를 입에 올리지 않았다. 밤골 댁이 말을 해도 그냥 관심 밖인 듯 해보였다.

그러나 돌재는 내심 비화가 한 말을 잊지 않고 있었다. 그들 장사가 잘되면 자기도 옆에 와서 콩나물국밥집을 하겠다던. 돌재는 비화 생각을 어서 떨쳐버릴 양으로 또 흰소리를 했다.

"오늘 낮에 우리 가게에 왔던 그 텁석부리 봇짐장수 안 있소."

"와요?"

밤골댁 물음에 돌재는 탐색하듯 말했다.

"밤골 댁을 바라보는 눈빛이 우짠지 심상찮던데?"

"머요?"

밤골 댁은 밤꽃처럼 하얗게 눈을 흘겼다.

"개도 안 물고 갈 그런 씨잘데없는 소리나 할라모 퍼뜩 잠이나 자소."

돌재는 졸리는 사람 모양으로 두 눈을 게슴츠레 떴다.

"내는 잠이 와서 물고 갈 때꺼정 기다릴라 쿠는데."

밤골 댁은 새덕리에 살 때 그녀가 사용하던 등잔으로 천천히 시선을 돌렸다.

"등잔 지름 아까븐께 불이나 끄거로."

돌재는 입이 찢어져라 하품을 하면서도 말은 이랬다.

"잠이 와야 자제, 안 오는 잠을 오데 가서 잡아올 끼고?"

"아, 방금 거기가 이약핸 거매이로 잠한테 잽히가모 되제. 안 그런 기요?"

밤골 댁이 별다른 생각 없이 툭 던진 그 소리에 돌재는 문득 얼굴이 돌처럼 굳어졌다.

"우리, 잽히간다는 소리 고마합시다."

밤골 댁은 속으로 아차! 했다.

"과거는 모도 저 강물에 훌훌 떠내리 보내는 기……."

"……."

돌재는 지금 그 순간의 행복을 조금이라도 더 누리고 싶은 심정인 듯했다. 비록 말은 그랬지만, 밤골 댁이 보기에 그의 두 눈에는 잠기운이 덕지덕지 붙어 있다. 좋은 날 잠을 자지 않으려고 연방 눈을 비벼가며 참는 아이가 거기 있다.

"하로 왼종일 물괴기 잡는다꼬, 투망질 그리하고 피곤도 안 하요?"

이번에도 입으로는 그렇게 다른 소리를 둘러댔지만 사실 밤골 댁도 그런 눈치를 챘었다. 텁석부리는 성가시게 자꾸 옆에 붙어 추근댔다.

"내 홀애비 돼갖고 봇짐 메고 이리저리 댕긴 기 수삼 년 아이요. 주모한테는 이거 모도 공짜로 주고 싶거마는."

그러면서 그는 보자기에 싸서 메고 다니던 물건 전부를 당장 줄 것같이 행동했다. 그때 돌재가, 손에 떡을 든 아이 곁을 맴도는 개처럼, 근방을 서성거리며 헛기침을 몇 번이나 하더니만, 아직도 그 일이 마음에 켕기는 모양이었다. 밤골 댁은 가만히 한숨을 내쉬었다. 역시 술어미 하기가 쉽지 않구나.

그러자 새댁 비화는 이런 바닥에 나와서는 안 되겠구나 싶어졌다. 돈도 좋지만 비화는 남편이 돌아올 때까지 몸을 지키는 게 더 필요하고 소중할 것이다. 그러기 위해서라도 남들 앞에 함부로 모습을 드러내어선 안 되었다.

그때까지도 밤골 댁은 조금도 예상하지 못했던 것이다. 홀로 된 비화가 장차 어떤 놀라운 변신을 해보일 것인가는, 남강 속 용왕인들 어찌 내다볼 수 있었으랴. 여러 가지 빛깔이 조화된 아름다운 팔색조가 되어 그곳으로 날아들 줄은.

방문에 발라진 조선종이에 시나브로 푸른 달빛이 스며들고 있다. 이부자리를 깔고 둘이 머리를 같은 방향으로 둔 채 나란히 누웠으나 되레 눈은 말똥말똥 좀체 잠이 오지 않는 밤골 댁이었다. 이제는 돌재도 마찬가지인 듯싶었다. 이리 누웠다가 저리 누웠다가 하면서 도통 잠을 못 이루는 눈치였다.

"자는 기요?"

마침내 돌재가 밤골댁 쪽을 향해 모로 돌아누우며 물었다.

"아이요. 우째 잠이 안 오요."

밤골댁 대답에 돌재는 곱씹듯 했다.

"잠이……."

밤골 댁이 내 몸도 믿을 수가 없다는 표정을 지었다.

"상구 피곤해서 드러누우모 금방 곯아떨어질 줄 알았더이."

돌재 입에서 신음 같은 소리가 흘러나왔다.

"음……."

밤골 댁은 자리에서 일어나 앉으며 두 손을 들어 건성으로 머리를 매만졌다. 돌재 또한 밤골댁 그림자처럼 따라서 몸을 일으켰다. 방바닥에 가라앉았던 공기도 후루룩 또다시 떠오르는 분위기였다.

"내사 모든 기 꿈만 겉소."

돌재 목소리가 눅진했다. 밤골 댁은 일부러 건조한 어투로 꾸몄다.

"잠도 안 잠시로 꿈은 무신?"

홀연 강물소리가 더 커지는 것 같았다. 강가에 붙은 어느 집에선가 아스라하게 개 짖는 소리도 났다. 저런 미물들도 오늘 같은 이런 밤에는 잠이 오지 않는 것일까? 어쨌든 그 소리에 문득 떠올린 듯 돌재가 밤빛처럼 어두운 목소리로 말했다.

"우리보담도 먼첨 요서 주막집 낸 사람들 말인데……."

방바닥에 깔아놓은 이부자리가 아슴푸레하게 비쳤다.

"해나 그자들이 무신 행패를 안 부릴까 걱정이 돼요."

그 말이 채 떨어지기도 전이었다.

"야? 각중애 그기 무신 이바구요?"

밤골 댁의 떨리는 목소리에 돌재는 괜한 소릴 했다고 금방 후회했다. 그러나 다그쳐 묻는 바람에 사실대로 털어놓지 않을 수 없었다. 어차피 말해주지 않아도 머지않아 알게 될 일이었다. 그러니 미리 대비해 놓을 수 있게 해야 했다.

"아까 저녁참에 말요."

밤골 댁은 어쩐지 오싹한 모양이었다.

"저녁참에?"

돌재는 소리가 나도록 마른침을 한 번 꿀꺽 삼킨 후에 말했다.

"저게 주막집 사내들이 강가에 모이갖고 있다가, 내가 물괴기 잡아오는 거를 보고 모도 눈들이 꼬꾸랑해갖고 이래 노려들 봐쌌는데……."

"주막집 사내들이요?"

돌재 말을 되뇌는 밤골댁 음성이 굽이치는 물결처럼 흔들려 나왔다. 강에서 살다보니 강을 닮아가는 건지도 모르겠다.

"하모요. 그 눈빛들이 그냥 예사로 사납고 무서븐 기 아이었소."

"눈빛들이……."

보지 않아도 지금 밤골댁 눈빛이 어떠한지 알만했다. 돌재는 머리 위에 무거운 무엇이 얹혀 있는 듯 고개를 숙이면서 말했다.

"내는 겉으로는 아무치도 않은 척했지만도, 등골이 써늘하고 다리가 상구 후들거리싸서 혼났다 아이요."

밤골 댁도 내심 짚이는 데가 있었다.

"그 사람들 장사를 우리가 망친다꼬 생각하는가베요?"

"푸우."

돌재 입에서 해녀들이 긴 잠수를 끝내고 물 밖으로 나오면서 내뿜는 숨비소리와 유사한 소리가 흘러나왔다.

"똥개도 지 사는 동네서는 한 수 묵고들간다꼬, 먼첨 여 자리 잡은 그들 입장에서 보모, 우리가 눈엣가시맹캐 안 비이것소. 짐승들도 다린 기 지 밥그럭에 입을 대는 거를 보모, 허연 이빨을 드러내고 으르렁거리는 기 정한 이치 아이것소."

밤골 댁도 알려줄 게 있었다.

"이틀 전에, 거기는 강에 나가고 안 계실 적에, 조 아래쪽에 있는 주막집 여자들이람서 여러 사람이 우 몰리왔소."

"주막집 여자들도?"

돌재는 놀라고 겁내는 빛을 숨기지 못했다. 밤골댁 역시 영 마음이 편하지를 못하다는 기색이었다.

"그냥 누가 장사하는고 한분 볼라꼬 온 기라고 함서 곧 돌아갔지만도, 그 여자들도 무신 꿍꿍이속이 있어 그리했던 거 겉소."

그 소리 끝에 밤골 댁이 근심스레 물었다.

"이 일을 우짜모 좋소?"

그러자 돌재가 갑자기 사람이 변한 듯 밤골댁 눈앞에 두 주먹을 불끈 쥐여 보이며 자신 있게 말했다.

"너모 걱정 마소. 이 돌재도 호락호락하지만은 안 할 낀께네."

그 모습이 어쩐지 농민군을 많이 닮았다는 생각 끝에, 밤골 댁은 그제야 깨달았다는 듯이 혼자 속으로 중얼거렸다.

'그라고 본께 우리 돌재 씨도 농민군 했디제. 자기 말로는 그냥 농민군 꼬랑대이만 쫄쫄 따라댕깃다 쿠지만도, 그래도 농민군은 농민군 아이가.'

밤골 댁이 무슨 생각들을 하고 있는지 알 턱이 없는 돌재는, 어쨌든 간에 두려워하는 밤골 댁을 조금이라도 안심시킬 양으로 이런 말도 해주었다.

"내는 이름 그대로 돌겉이 안 야무요. 단단하라꼬 부모님이 그리 지이줬을 끼라요. 하다 안 되모 돌삐이맹커로 휑 날라가서……."

겉으로 표현은 안 해도 밤골댁 마음이 든든했다. 몸을 비빌 수 있는 큰 언덕배기가 그녀 옆에 있다.

'하모. 농민군 했던 관록이 있으이, 자기 말마따나 아모한테나 그리 호락호락은 안 당할 끼거마는. 내도 옆에서 죽기로 같이 싸우지 머.'

돌재는 주먹으로 상대를 쥐어박는 시늉을 했다. 밤골댁 눈에는 서툴러 보였음에도 작은 위안은 될 만했다.

"웬만한 장정 두셋은 딱 대적할 수 있는 기라. 그동안 투망질 마이 하다보이, 팔에 심도 술찮이 생깃고."

돌재의 그 호언장담에 밤골 댁은 큰일 날 소리 다 한다고 야단이었다.

"안 돼요, 그거는. 저들은 여럿인데 거기 혼자서 우찌 당할라꼬 그라요?"

일단 말린 후에 이렇게 제안했다.

"훌륭한 뱃사공은 물하고 안 싸우고 물을 이용한다 안 쿠디요. 그러이 싫어도 우선 간에 사정부텀 해보고, 정 그래도 안 되모 다린 방도를 찾읍시더."

그때까지만 해도 두 사람은 호랑이라도 너끈히 대적할 수 있을 것같이 뜻이 하나로 잘 모아졌는데 그게 아니었다.

"밤골 댁은 오늘 그 사내들 안 봐서 그런 소리 쉽기 하는 기요."

별안간 돌재는 또 지금까지와는 다른 태도로 나오기 시작했다. 밤골댁 입장에서는 참을 수 없는 그의 변신이었다.

"애당초 요러키 험한 바닥에 발 들이놓은 우리가 잘몬한 기요. 그냥 땅이나 파묵고 사는 긴데……."

"머라꼬요?"

밤골 댁이 버럭 화를 냈다. 방문이 덜컹거릴 정도였다.

"거기는 하매 잊아삔 기요?"

바람이 지붕을 마구 흔들며 지나갔다. 강바람이어서 그런지 그들에게 익숙한 산바람과는 비교가 되지 않을 만큼 세찬 기운이 전해졌다. 그래서 간혹 두려움을 안기기도 하는 터였다. 밤골댁 말끝에도 씽 바람이 일었다.

"그눔의 농사 쎄빠지거로 지이봤자, 집구석 쥐새끼 묵을 쌀 한 톨 안 냉기고 모돌띠리 빼앗긴 기 오데 한두 분인감?"

돌재 목소리도 가팔라졌다.

"그라모 내 보고 우짜란 기요?"

밤골댁 목소리는 더 높아졌다.

"누가 우짜라 쿠요? 누가 우짜라 쿠지도 안 하는데 무담시 자기 혼자서……."

밤골댁 대꾸에 돌재는 너무 무정하다는 듯 말했다.

"내가 우찌 되든지 아모 상관없다, 그 소린가베?"

거기서 둘은 곧장 갈라설 사람들처럼 서로를 노려보듯 하더니 더는 입을 섞어 말하기도 싫다는 얼굴로 침묵에 잠겼다. 참말이지 세상 살기가 왜 이리도 힘이 드는지 모르겠다. 혼자여도 그렇고, 둘이 되어도 마찬가지였다. 셋, 넷, 다섯, 아니 백, 천, 만, 억이 되어도 그럴 성싶었다.

누가 천금을 거저 준대도 두 번 다시는 떠올리기 싫은 농민군 효수형. 비록 꽁무니나마 줄곧 초군들 뒤를 따라다니며 〈이 걸이 저 걸이 갓걸이〉 노래를 목이 터져라 불러댔던 돌재는 한층 마음이 무겁고 어두워졌다.

풍문에 의하면, 그 농민항쟁을 주도한 유춘계 시신은 새댁 비화의 아버지 김호한이 친구 조언직과 함께 마동 야산 어딘가에 묻었다고 했다.

직접 그곳에 가서 보질 않아서 잘은 모르겠지만, 잡초 우거진 속에 뎅그러니 쓴 작고 초라한 무덤 하나일 것이다. 어쩌면 비밀로 가묘假墓 비슷한 묘를 썼을 것이니 비석과 상석은 엄두도 내질 못했을 것이다.

돌재는 지금도 가끔 손으로 제 목을 쓸어보곤 한다. 조금만 더 깊이 관여했더라면 벌써 없을 목이다. 목이 뎅강 달아나는 악몽을 꾸다 소스라쳐 눈을 뜨기도 했다. 그의 머리가 땅바닥 위에서 팔딱팔딱 뛰고 있었다. 도마 위에 얹힌 물고기 같았다. 땅을 적시고 있는 시뻘건 핏물이 섬뜩했다.

'인자부텀 내는 덤으로 사는 기라, 덤.'

그런데 바로 그 순간이다. 나무 몇 그루가 자라고 평상이 몇 개 놓인 컴컴한 마당에서 무슨 인기척이 난 것이다. 분명하다. 두 사람 모두 똑똑하게 들었다. 그들은 머리끝이 쭈뼛 곤두서서 더없이 놀란 눈으로 서로를 바라보았다.

"……."

누굴까, 이런 야심한 시각에? 제아무리 천하에서 제일가는 술꾼일지라도 이런 한밤중에 주막을 찾아들 리는 만무했다. 그리고 만약에 술꾼이라면 저렇게 소리 없이 조심스럽게 행동하진 않을 게다. 주변을 살펴가면서 조용히 움직이고 있다는 게 피부로 와 닿았다.

'해, 해나 도, 도독이나 가, 강도가 아, 아일까?'

커진 네 개의 동공이 동시에 말했다. 홀연 방안 가득 질식할 것만 같은 공기가 감돌았다. 엄청난 위기감에 그들은 하나같이 몸을 떨었다. 사방에서 시퍼런 비수가 세게 날아드는 느낌이었다. 방패도 없었다.

'흐, 우짜노?'

그러던 와중에서였다. 농민군 관록이 나타났다. 돌재가 꼭 그림자처럼 살짝 몸을 움직여 윗목에 놓인 다듬잇돌 위에 있는 두 개의 다듬잇방망이 중 하나를 집어 들었던 것이다. 침입자가 방문을 열고 들어서면 즉시 공격할 요량이었다. 적과 대적할 수 있는 무기가 생겼다는 것은 마음 든든한 일이었다.

그런데 밖에서는 얼른 무슨 동작을 취하지 않았다. 혹시 주인이 잠들지 않고 깨어 있는 게 아닌지 탐지하는 성싶다. 무슨 흉기를 지녔을 것이다. 게다가 한 놈이 아니다. 적어도 두 놈 이상이다.

"……."

돌재는 눈짓만으로 밤골 댁을 방 한쪽 구석 자리로 가게 했다. 그런 후 그 자신은 병사가 낮은 포복하듯 기어가 다듬잇방망이를 겨눈 채 방문 옆에 바투 붙어 섰다. 제법 날렵하고 힘도 있어 보였다.

'아!'

밤골 댁은 돌재 등 뒤에서 농민군 사내 하나를 보았다. 다듬잇방망이가 죽창이나 몽둥이 같은 무기로 변해 보였다. 그러자 그 경황없는 중에도 돌재가 그렇게 믿음직스러울 수 없었다. 역시 집안에는 사내가 있어야 한다는 생각을 했다. 혹 돌재 없이 자기 혼자 있는데 이런 일이 일어나면 어찌할지 상상만으로도 끔찍했다.

그렇다고 해서 지금 사태가 심각하지 않은 건 아니었다. 만일 사내 서너 놈이 한꺼번에 공격해온다면 대책이 없다. 꼼짝없이 당할밖에. 밤골 댁은 이부자리 머리맡 장롱 속에 넣어둔 오늘 번 돈을 떠올렸다. 밤골 댁이 시집올 때 가져온 그 작은 장롱은 비록 값이 싸고 낡고 허름한 것이지만 가장 애착이 가는 가구였다.

'저까짓 돈 싹 다 줘삐리지 머. 살림살이도 갖고 간다모 그래라 쿠지 머. 우리 돌재 씨를 다치거로 하모 안 되는 기라.'

돌재를 향한 애정이 마치 소낙비에 쑥쑥 풀 돋아나듯 했다. 여태껏 느끼지 못했던 감정 결이었다. 비로소 그의 아내가 되었다는 실감이 나는 순간이었다. 팽나무 높은 가지 위에 걸린 까치둥지 같은 우리 가정을 반드시 지켜내야 한다.

'내나 돌재 씨가 우찌 다시 일군 가정인데…….'

그런데 침입자들은 여간 끈질기고 조심스러운 놈들이 아니었다. 하마 서너 차례는 족히 방문을 열어젖히고 뛰어들 시간이 지났건만 여전히 방 안만 계속 엿보는 눈치다. 참으로 버겁기 그지없는 것들이었다.

'음.'

돌재 또한 시간이 흐를수록 더욱 긴장되는지 어둠속에서 지켜봐도 전신이 돌처럼 굳어 보였다. 조금 전 그가 자기 입으로 말한 돌사람이다.

'흐…….'

밤골 댁은 점점 더 호흡이 가쁘면서 가슴 위에 큰 맷돌이라도 얹힌 것처럼 답답해져왔다. 이렇게 긴장한 채 숨을 죽이고 있다가는 그대로 심장이 멎어버리지 싶었다. 차라리 고함을 내지르며 먼저 방문을 벌컥 열어젖히고 싶은 충동에 사로잡혔다. 침입자들 칼에 찔러 죽는 게 더 나았다. 이토록 숨 막히는 순간은 난생처음이다.

그때다. 조금만 더 지체하면 자칫 미쳐버렸을지도 모를 그 순간에 놈들이 드디어 행동을 개시했다. 그런데 그건 전혀 예상치 못한 사태였다.

'똑, 똑, 똑.'

돌재도 밤골 댁도 흠칫, 하고 말았다. 침입자들은 굉장히 조심스럽게 방문을 두드렸던 것이다. 어떻게 들으면 그것은 처마에서 낙숫물 떨어지는 소리와 비슷했다. 그런가 하면, 혹시 누가 창호지에 물방울을 튕기는 게 아닐까 싶어질 수도 있지만 그럴 리는 결코 없을 것이다.

'그, 그냥 있어욧! 바, 방문을 열모 안 돼요!'

그 순간, 밤골 댁이 하고 싶은 말이었다. 그러나 그 소리는 그녀의 입 밖으로 빠져나오지 못했다. 하지만 그 말이 없어도 돌재는 방문을 열지 않았다. 다듬잇방망이를 더욱 힘껏 거머쥐었을 뿐이다. 그의 온몸이 하나의 무기처럼 비쳤다.

그러자 이번에는 좀 더 오래, 그리고 큰소리가 났다.

'똑똑똑똑.'

마침내 돌재가 더없이 크게 떨리는 목소리로 물었다.

"누, 누고?"

그런데 그 소리가 너무도 미약했던 탓인지 밖에서는 듣지 못한 모양이었다. 또 한 번 문을 두드렸다.

"거 누, 누고 말이닷!"

이번 소리는 제법 컸다.

"우, 우리요."

상대들도 최대한 낮춘 음성이었다. 그것은 밤의 강물소리에 묻혀 사위를 조금도 흔들지 못할 듯했다.

"우리가 누고?"

돌재는 약간 용기가 솟았다.

"돌재, 한돌재 씨 맞지요?"

"……."

그 찰나, 돌재와 밤골 댁은 일시에 온몸에서 힘이 쫙 빠져나가는 느낌을 받았다. 분명히 한돌재라는 말을 했다. 아는 사람들인 듯하다. 모르는 이들이 아니라는 것을 확인하는 그 한 가지 사실만으로도 죽었다가 살아나는 기분이 되었다.

'후우.'

한데, 대체 누굴까? 이 야심한 시각에 남들 눈을 피해 몰래 찾아든 이들은. 그것은 결코 범상한 방문이 아니었다. 돌재가 다듬잇방망이를 들지 않은 쪽 손을 뻗어 아주 천천히 방문 고리에 가져갔다.

"삐이걱."

이윽고 방문이 조심스럽게 열리고 문 밖에 선 사람들 모습이 어둠속으로 매우 흐릿하게 보였다. 그곳이 강가 마을이라 그런지 바깥에는 물안개가 시뿌옇게 끼어 있었다. 그래선지 세상은 환상의 세계같이 비쳤다.

'누, 누?'

그림자는 셋이었다. 모두가 사내들이다. 그들은 집주인이 들어오라는 말도 하기 전에 꼭 누군가에게 쫓기듯 허둥거리며 방안으로 들어섰다. 그러잖아도 비좁은 그곳이 금세 꽉 차버렸다. 그중 왜소한 사내가 선 채로 물었다.

"한돌재 씨, 우리를 알아보것소?"

돌재는 우두망찰하여 되물었다.

"대, 댁들은 누요?"

키가 크고 호리호리한 자가 입을 열었다.

"먼첨 등잔불 좀 켤 수 없것소?"

그러자 돌재보다 밤골 댁이 먼저 나무로 만든 촛대 모양의 등잔걸이에 얹힌 등잔에 불을 붙였다. 그녀의 손도 흔들렸고 불꽃도 흔들렸다.

방이 밝아졌다. 사내들 모습이 좀 더 또렷하게 비쳤다. 돌재 입에서 무척 반갑고도 놀란 소리가 튀어나왔다.

"아, 이기 누들이오?"

밤골 댁의 눈동자도 한층 빠르게 굴려졌다.

"인자사 우리를 알아보는갑소."

땅딸막한 자가 말했다.

"내는 판석이고, 여게는 또술, 또 저게는 태용이."

맨 먼저 입을 열었던 자가 일행을 둘러보며 일러주었다.

"허, 우찌 이런 걸음을 다?"

돌재는 여전히 눈앞의 그 상황이 좀처럼 믿어지지 않는다는 얼굴이었지만 목소리는 점차 안정을 찾아가고 있었다.

"우쨌든 앉읍시더."

"야."

옛말에, 사람이 밤에 앉지 않고 서 있으면 귀신이 붙는다고 하더니, 밤골댁 눈에는 방에 서 있는 불청객들 몸에 정말 귀신이 붙어 있는 것만 같았다. 아니었다. 그들이 귀신처럼 비쳤다. 심지어 돌재와 밤골댁 자신도 귀신인 성싶었다.

아무튼 돌재의 그 권유에 모두 지쳐빠진 듯 털썩 방바닥에 아무렇게나 주저앉았다. 사내들은 아직도 밤골 댁의 존재는 눈에 잘 들어오지 않는 모양이었다. 방안 공기가 탁해질 만큼 그저 가쁜 숨만 자꾸 몰아쉬었다.

'쫓기는 사람들이 틀림없다 아이가.'

밤골 댁은 절망처럼 깨달았다. 아울러 불안하기 짝이 없었다.

'해나 미행해온 누가 없으까?'

돌재가 서로를 소개했다.

"우리 내자요. 당신도 인사드리시오."

밤골댁 가슴이 마치 대바늘에 찔린 듯 찌르르 했다. 내자. 비로소 이 밤골 댁이 한돌재의 아내가 되는가?

"들어 알고 있심니더."

호리호리하고 키 큰 사내가 말했다.

"그래서 우리가 여꺼지 왔지예. 돌재 씨가 새로……."

그러다가 그는 퍼뜩 입을 다물어버렸다. 돌재가 매우 조심스러운 어조로 말했다.

"여보, 이분들은."

그러자 사내들이 몸을 움찔했다. 누가 무기를 들이대기라도 한 듯 했다.

"말씀 안 하시도 알것심니더."

밤골 댁이 말했다.

사내들은 말없이 서로를 바라보았다. 밤골 댁이 물었다.

"그보담도 너모 시장하고 피곤해들 비이시는데, 상이라도 좀 채리오까예?"

"그래주모 좋것소."

돌재 말에 판석이 얼른 손을 내저었다.

"아, 아이요. 이 밤중에 상은 무신?"

또술과 태용도 사양했다. 돌재가 상관치 말라고 했다.

"이 돌재 집 안인데, 대낮이모 우떻고 밤중이모 우떻소. 쪼꼼도 신갱 쓰지 마이소."

재촉하듯 밤골 댁을 돌아보았다.

"임자……."

내자에다 임자라는 말까지 입에 올리는 돌재였다.

'낯간지럽거로 와 자꾸 저리쌌노? 안 그리싸도 시키는 대로 할 낀데.'

밤골 댁은 마루로 통하는 큰 방문 말고 방벽 한쪽에 붙어 있는 작은 샛문을 열고 부엌으로 내려섰다. 아직까지도 골이 꿀렁거리면서 가슴이 뛰었고 잘못 디디는 바람에 하마터면 발이 삐끗할 뻔했다.

"우리가……."

"아, 그래서예?"

"시상이 알고 있는 그대로."

"또 다린 거는예?"

서둘러 상을 차리면서 들으니 그들은 소리 죽여 뭔가를 계속 쑥덕거리고 있다. 한밤의 모반 현장이 따로 없다.

'저 사람들이 각중애 와 왔노?'

밤골댁 마음이 너무나도 편하지를 못했다. 알아보나마나 그들은 지난 임술년에 돌재와 함께 농민군에 가담했던 사람들이 틀림없었다. 무슨 처벌을 당하지 않은 걸로 미뤄봐선 유춘계 같은 주모자는 아니고 돌재처럼 꽁무니만 따라다니던 정도가 아닐까 싶었다.

'그렇다모 큰 걱정은 안 해도…….'

그러나 야밤중에 남의 이목을 피해서 다니는 것을 보면 심상치 않다는 생각도 들었다. 아직도 농민군 진압의 칼날이 완전히 거둬진 것이 아닐까? 혹시 우리가 장사하느라 바쁜 그 사이에 또 다른 일이 벌어진 것인가?

갖가지 어지러운 상념들에 부대끼면서 밤골 댁은 있는 것 없는 것 주섬주섬 모두 다 상에 올려놓았다. 술은 어떻게 할까 잠시 궁리해보다가 한 주전자만 담았다. 잠시 후 그녀가 다시 방으로 들어왔을 땐 급한 이야기는 그런 대로 끝난 것처럼 보였다.

"음……."

"흐읍……."

하지만 아무래도 그들은 밤골 댁이 마음 귀퉁이에 걸리는 빛을 감추지 못했다. 좀 거북해지거나 편안하지 못할 때 사람이 자신도 모르게 내게 되는 소리가 그들 입에서 나오고 있었다. 마른 낙엽을 태울 때 나는 것과 비슷한 냄새가 사내들에게서 풍기는 듯했다.

'그라모 내는.'

밤골 댁이 밖으로 나갈까 그냥 앉아 있을까 망설이는 기색을 보이자 돌새가 묵직한 어조로 말했다.

"임잔 그대로 앉아 있으소."

강바람이 약간 새어 들어오는 방문 쪽으로 고개를 돌렸다.

"여게 밤 날씨가 상구 차가븐데 잘몬하다가 고뿔이라도 들모 안 되니께."

임자. 밤골댁 가슴 한복판에 임자라는 그 말이 또다시 화살처럼 날아와 콱 박혔다. 아까 그에게서 내자라는 말을 들었을 때처럼. 그러면 이제부터는 나도 남들 있는 자리에서는 그를 '여보'나 '당신'이라고 불러야 하나. 낯이 부셔서 어쩌나?

돌재가 밤골 댁에게 하는 그 소리를 묵묵히 듣고 있던 그들 가운데 판석이 천천히 입을 열었다. 드디어 그곳에 온 용건을 꺼내려고 한다는 것을 밤골 댁은 직감적으로 깨달았다. 그러자 걷잡을 수 없는 긴장감이 온몸을 휘감았다.

"오늘 우리가 이리 갤래를 함시로 찾아온 이유는……."

등잔불이 무슨 생명체처럼 화르르 타올랐다. 얼핏 춤을 추고 있는 것 같기도 하고, 떨고 있거나 경련을 일으키는 것 같기도 했다.

"시방 시상 사람들은 유춘계 양반과 농사꾼 서준하 등이 행장의 이슬로 사라지고 나서……."

그때 밤골댁 귀에 부엌에서 무슨 소리가 나는 것 같았다. '나비'란 놈일까? 아닌 듯했다. 부엌에 들어왔다가 그렇게 혼이 났는데. 그렇다면 부엌을 관장하는 조왕신?

'시방 내가 무신 돼도 안 한 망상을 하는 기고?'

밤골 댁은 고개를 내저었다. 하지만 이상하게 그 신에 관해서 들었던 기억들이 되살아나면서 물리칠 수가 없었다. 지금 이런 상황에서 그 생뚱맞은 생각을 하고 있다는 것을 알면 돌재는 물론이고 불청객들 모두가 그녀를 제정신이 아닌 사람으로 볼 것이다. 그런데도 꼭 불가항력인 것처럼 들러붙는 부뚜막신, 혹은 조왕할미로도 불리는 조왕신. 부엌에는 음식을 조리하는 데 필요한 불과 물이 있기 때문에 물로 상징되기도 하지만 원칙적으로는 불을 모시는 신앙에서 비롯되는 조왕신.

"이사 갈 때 불씨를 먼첨 갖고 가거나 넘의 이삿집에 성냥을 들고 가는 이유가 머신고 아나?"

밤골 댁이 아직 한참 어릴 적에 마을 터줏대감인 도 씨 성을 가진 영감이 가르침을 주었다. 그게 다 조왕신 때문이며, 특히 불은 부정한 것을 태워버린다는 데서 생겨났던 거라고도 했다. 그녀가 잠깐 그 기억을 떠올리고 있는데 판석의 말이 이어졌다.

"농민 봉기는 완전히 끝난 줄로 알고 있소."

"……."

한 사람만 말하고 나머지 모두는 듣고 있는 가운데 등잔불이 곧장 꺼질 듯 깜빡거리다가 되살아나곤 하였다.

"하지만도 그기 아이요."

판석의 음성은 무척이나 단호하여 긴장감과 무섬증을 동시에 느낄 만하였다. 그들 일행 중에서는 주도권을 쥐고 있는 사람 같다는 생각을 밤골 댁은 했다.

"인자부텀 새로 시작인 기라요."

"새로 시작……."

그의 말을 되뇌는 돌재 두 눈이 비늘처럼 빛나고 있었다. 그런 모습이 밤골댁 보기에 농투성이나 고기잡이와는 거리가 멀었다.

'잘 깨닫지 몬하고 있었더이만…….'

그나 나나 알게 모르게 많이 변했다는 기분도 들었다.

"쪼매 차근차근 이약해보이소. 인자부텀 시작이라이?"

서책을 펼쳐 놓은 서안 앞에 썩 점잖게 자리하고 있는 선비처럼 자못 의젓해 보이기까지 하는 돌재였다. 그러자 다혈질로 보이는 또술이 되물었다.

"우리가 오데 댕기오는 줄 아요?"

"……."

돌재가 대답 대신 밤골 댁을 바라보았다. 밤골 댁은 방바닥에만 눈길을 주었다. 또술의 입에서 이런 말이 떨어졌다.

"전라도하고 충청도를 댕기온다 아이요."

"야아? 전라도하고 충청도예?"

경악한 건 돌재뿐만 아니었다. 밤골 댁도 마찬가지였다. 그 먼 곳까지.

"놀래지들 마시고……."

이번에는 태용이 말했다.

"시방 조선 천지에 농민 봉기 바람이 몰아치고 있소."

돌재가 등잔불이 흔들릴 만큼 큰소리를 질렀다.

"노, 농민 보, 봉기요?"

밤골 댁은 아무 말도 하지 못했다. 그저 발끝에서 머리끝까지 저려오는 느낌이었다.

"불 겉고 물 겉은 그 바람, 바람……."

이번에는 다시 또술이 말했다.

"우리 농민군을 이끌다가 효수행당한 그분들 죽음은 절대 헛되지 않았다쿠는 거를, 우리 이 두 눈으로 똑똑히 보고 온 기라요."

그야말로 돌로 빚은 사람같이 꼼짝도 하지 않은 채 듣고 있다가 돌재가 되뇌었다.

"헛되지 않았다."

그러곤 감격의 빛을 감추지 못했다. 방문을 열어젖히고 마당으로 달려 나가 온 나루터가 쩌렁쩌렁 울리도록 큰소리를 내지르고 싶은 기색이었다.

"자아!"

밤골 댁이 더할 나위 없이 복잡한 얼굴로 그들에게 권했다.

"마이들 피곤해 비이시는데 얼릉 드시소."

"아, 예."

밤골댁 말이 떨어지기 무섭게 그들은 꼭 걸신들린 사람들처럼 허겁지겁 음식을 집어먹기 시작했다. 그 모습을 시종 아무 말 없이 지켜보고 있는 돌재 눈이 등잔불 아래 핏빛처럼 붉었다. 그들은 술은 끝까지 사양했다.

"앞으로 우찌하실 계획입니꺼?"

돌재 물음에 태용이 대답했다.

"일단은 모도 집으로 돌아가갖고 예전매이로 조용하거로 농사를 지음시로 요 담 기회를 볼라캅니더."

또술이 다짐받듯 말했다.

"다시 움직일 시기가 되모 또 연락하것십니더. 그땐 돌재 씨도 반다시 동참을 해주시야 됩니더?"

등잔불이 이루어낸 사람들 그림자가 바람벽 위에서 시위하듯 일렁이고 있었다. 그림자가 지르는 함성도 들릴 성싶었다.

"그거야 여부가 있것십니꺼."

돌재는 앙가슴을 쑥 내밀어 보이며 말했다.

"에나 억울하거로 돌아가신 그분들을 생각해서라도 당연히 그래야지예. 안 그라모 사람, 사람이 아인 기라요."

밤새도 잠이 들었을 그 시각, 사위는 강심江心처럼 깊고 고요했다.

"예……."

뿌듯한 낯빛으로 고개를 끄덕이는 세 사내. 동지애라는 이름으로 똘똘 뭉쳐져 있는 모습들이었다.

"운제라도 연락만 주이소. 내 수레바퀴맹캐 후딱 달리갈 낀께네."

"……."

돌재 이야기를 듣고 있는 밤골댁 표정이 어두워졌다. 솔직히 털어놓자면 돌재가 더 이상 그런 일에 끼어들지 않았으면 하는 심정이었다. 지금처럼 물고기나 잡으면서 어부로 살아가길 바랐다. 주막은 날이 갈수록 더욱더 번창할 것이다. 어떻게 잡은 이 행복인데 놓쳐버릴 수 있단 말인가? 꼭 돈을 벌어야 한다고 이를 악다물던 비화 모습이 떠올랐다.

'그렇제. 돈, 돈이 최곤 기라. 돈이 없어 지난번 초군들도 죽어뻣고, 비화 새댁겉이 귀해 뵈는 몸도 저 고생 안 하는가베.'

그때부터 밤골댁 귀에는 여러 사내들 이야기가 제대로 들어오지 않았다. 흡사 물가에 서서 물속에서 하는 소리를 듣는 것 같았다. 아니, 그보다도 실은 의도적으로 들으려고 하지 않았다.

'이 일을 우짜모 좋노?'

이미 한 번 혼쭐이 난 나라에서는 농민군 동향을 예의 주시하며 단단히 경계하고 있지 않겠는가? 제아무리 전국적으로 농민군이 합세하여 일어난다고 해도 조정을 상대하기엔 너무나 역부족일 것이다. 지난 임술년에 똑똑히 보았다. 비정규군의 한계와, 그리고 그들의 최후를.

그러나 서로 무릎을 맞댄 채 의기투합한 사내들은 벌써 다 이긴 싸움인 양 용기백배하여 희망과 꿈에 넘치는 말들을 주고받기 바빴다. 밤골댁 눈에는 세상 물정 모르는 철부지로 비치는 그들이었다.

"함 두고 보이소. 담에는 천하 없이도 요분맹캐 그리 맥없이는 안 무너질 낍니더."

"하모요, 인자는 갱험도 쌓았은께……."

"우리 대代에서 몬 이루모, 다음 대에서라도 반다시 그 꿈을 이루거로 해야지예. 내는 그리 생각합니더."

"〈이 걸이 저 걸이 갓 걸이〉 그 노랫소리를 다시 한분 더 듣고 싶심니더."

"대숲 옆을 지내간께네예, 대나모들이 얼릉 지를 갖고 창을 맨들어라꼬 상구 외치쌌는 거 겉데예."

"오데 대나모만 글 하디요? 지겟작대기도 팔짝팔짝 뛴다쿠는 소리도 들리더마는."

"아, 농민들 시상! 상상만 해도 가슴이 막 뛥니더."

"상상이 아이라 핸실이 안 되까이예."

"우리도 주역이 돼서……."

"주역! 주역 말이지예. 아아아!"

그들이 그렇게 크게 들뜬 목소리로 환희와 기대에 찬 얘기를 나누고 있는 동안 동창이 희끄무레 밝아오고 있었다. 완전히 뜬눈으로 밝힌, 결코 잊지 못할 그 밤이었다.

'아.'

밤골 댁은 갑자기 기습처럼 달려드는 졸음기를 참기 힘들었다. 외간 사내들 앞에서 내가 무슨 짓인가 싶었다. 하지만 돌재는 갈수록 또렷한 눈으로 주먹까지 거머쥐며 큰소리로 말하고 있다. 나중에는 그의 목소리만 들렸다.

"돌재, 이 한돌재가……."

일찍 깬 물새의 날개 치는 소리가 새날의 공기를 뚫고 약간 누런빛이 감도는 창호지를 흔들며 들려왔다. 부지런한 뱃사공은 벌써 강에 배를 띄워놓고 있을지도 모른다. 오늘 첫손님은 누구일까 기대하면서.

밤골 댁은 사내들이 꼭 핥아먹은 듯이 말끔하게 비운 상을 들고 부엌으로 갔다. 그러고는 부뚜막 위에 퍼질고 앉아 그들이 끝까지 사양한 술 주전자를 들어 그 부리를 입에 대고 벌컥벌컥 들이켰다. 반쯤은 그대로 흘리는 뿌연 술이 넘쳐나는 젖처럼 저고리 앞섶을 적셨다.

이상하리만치 가시지 않는 새벽의 갈증이었다. 남강 물을 있는 대로 퍼 마셔도 타는 그 목마름은 도저히 해결할 수 없을 것 같았다. 당장 집에서 달려 나가 물속으로 첨벙첨벙 걸어 들어가 치마폭 가득가득 강을 담아서 온 세상에 뿌리고픈 심정이었다.

# 국밥집을 열렵니다

여러 날을 두고서 길고 깊게 주저하고 몹시 망설인 끝이었다.

비화는 오랜만에 성내에 있는 안골 백 부잣집 염 부인 처소를 찾았다. 물론 얼마간 발길이 뜸했던 탓도 있겠지만 그날따라 그곳이 왠지 그렇게 낯설 수가 없었다. 처음 가는 곳도 그런 감정까지는 아닐 터였다.

늘 꽁지깃이 예쁜 까치가 올라앉아 '깍깍' 반가운 손님 맞듯 하던 기와지붕 위에 이날은 크고 시커먼 까마귀 한 마리가 소리 없이 앉아 있었다. 그놈은 잔뜩 몸을 웅크린 채 음흉한 눈으로 계속해서 비화를 내려다보았다. 사람을 보고도 놀라거나 울지 않는 새가 그냥 섬뜩했다.

'시커먼 기 억호하고 만호 고것들 얼골에 벡히 있는 점 겉다 아이가. 우짜모 고것들은 전생에 까마구였던가도 모리제.'

그날 밤 본의 아니게 염 부인과 임배봉 사이에 얽힌 비밀을 알아버린 후로 비화는 도저히 그 집으로의 걸음을 할 수 없었다. 염 부인이야 알리 없지만 그래도 어쩐지 썩 내키지가 않았다. 죄 지은 것은 없어도 그녀 얼굴을 대할 용기가 없었다. 양심이 자꾸만 거부하는 느낌이었다. 이쪽에서는 저쪽을 볼 수 있고 저쪽에서는 이쪽을 볼 수 없는 벽을 사이에

둔 기분이라고도 할까, 하여튼 그랬다.

그러다가 이날 방문하게 된 것은, 염 부인이 오히려 이상하게 받아들일 것 같기도 하고, 무엇보다 그곳만큼 일감을 많이 뗄 수 있는 집도 없었던 데 보다 큰 원인이 있었다.

"아, 마님."

비화가 짐작했던 대로 역시 염 부인은 병이 들어 자리보전을 하고 있었다. 그동안 참으로 몰라보리만치 수척해진 염 부인을 대하는 순간, 비화는 그만 콧잔등이 시큰해지면서 두 눈에 눈물부터 핑 돌았다.

"우째서 그림자도 안 비인 기고?"

염 부인 눈가에도 물기가 번져났다.

"천하 무정한 이 사람아! 내가 올매나 기다릿다고."

그냥 누워 계시라고 해도 한사코 몸을 일으킨 그녀는, 한동안 가만 웃어 보이며 비화의 손을 잡고 놓을 줄 몰랐다. 마치 놓기만 하면 새처럼 포르르 날아가 버릴지도 모른다고 생각하는 것 같았다. 그녀 손이 따뜻한지 차가운지 모르겠는 비화는 울먹울먹하며 물었다.

"오데가 짜다라 안 좋으신 기라예?"

그러자 염 부인은 별거 아니라며 손을 내저었다.

"짜다라는 아이고, 그냥 쪼매 안 좋다, 그냥 쪼매."

비화는 철부지 아이마냥 굴었다.

"우리 마님은 아푸시모 안 됩니더."

염 부인은 아직도 고운 입매로 가늘게 한숨을 내뿜었다.

"사람이 살다 보모, 안 아플 때가 있것나. 그라모 사람이 아이라 돌이나 쇠제."

비화는 여전히 억지 부리듯 했다.

"그래도예, 그래도예."

염 부인의 자조하는 목소리였다.

"그라고, 내라고 아푸모 와 안 되고?"

그러면서 또 짓는 그 웃음이 너무나 쓸쓸하고 공허하여 지켜보는 사람 가슴이 콱 막힐 지경이었다. 아늑한 온돌방의 염 부인의 처소는 늘 정취 깊은 공간으로 자리 잡고 있는 곳이지만, 그날은 어쩐지 휑한 들판처럼 삭막하게 느껴지기만 했다.

"자조 몬 찾아봬서 죄송합니더."

비화는 무슨 변명이라도 해야겠기에 그 말에 이어 이렇게 얼버무렸다.

"지가 머 생각 쪼매 해본다꼬예. 그래갖고……."

그러나 염 부인은 뭔가 이상한 기분이 드는 모양이었다.

"무신 생각한다꼬 그리 몇 날 며칠을?"

비화 입에서는 자신도 미처 예상치 못한 말이 튀어나왔다.

"장사를 해보모 우떨꼬 해서예."

그건 자의에서라기보다도 꼭 누군가가 그렇게 하도록 시켜서 하는 소리 같았다. 그러자 비화 마음이 야릇해졌다. 이것도 운명인가? 장사…… 내가 왜 이런 말을?

"장사?"

염 부인이 적잖게 놀란 얼굴로 물었다.

"방금 장사라 캤나?"

비화는 그만 허둥거리지 않을 수 없었다.

"아, 예. 아, 아이고 예."

염 부인은 비화 얼굴을 빤히 바라보았다.

"기모 기고, 아이모 아인 기지, 예, 아이고 예, 그거는 또 머꼬?"

"……."

"내가 아는 새댁은……."

"……."

하지만 비화는 더는 아무 대답을 하지 못했다. 왜 갑자기 그런 소리를 내비쳤는지 그녀 스스로 돌아봐도 알 수 없는 판에 긍정도 부정도 할 수 없는 노릇이었다. 전날 밤골 댁과 한돌재에게 콩나물국밥집 말을 꺼내긴 했지만 까마득 잊었던 일이다.

"장사, 장사, 장사……."

비화에게서 더 이상 무슨 말을 끌어내기를 포기했는지 염 부인이 골똘한 낯빛으로 자꾸 그 말만 되뇌었다. 그걸 본 비화는 아무래도 궁색한 답변이다 싶었다.

"하지만도 인자 생각이 달라졌심니더."

장사할 뜻이 없음을 간접적으로 알렸다.

"달라져? 우떻게?"

염 부인 표정이 지나치다 싶을 만큼 심각해 보였다. 평범한 '장사'라는 말에서 왜 그렇게 큰 무게를 느꼈을까? 어쨌든 비화는 제 생각을 사실대로 고했다.

"암만캐도 장사는 에렵것다 싶어서예."

그렇지만 염 부인 입에서 비화가 고개를 갸우뚱할 말이 나왔다.

"우짜모 새댁이 잘 생각한 거 겉거마."

"예?"

벽면에 붙여 놓은 좌경座鏡에 비친 염 부인 모습이 너무나 낯설어 보였다. 음성도 마찬가지였다.

"내 보기로는, 시상은 갈수록 상업하는 사람이 더 잘사는 곳이 될 끼라."

그 말끝에 비화로서는 상상조차 하지 못한 소리가 나왔으니.

"임배봉이 아내 운산녀 안 있나, 그 여자가 지 남핀 모리거로 소궁복이라쿠는 사내하고 둘이 무신 사업을 같이한다쿠는 정보를 내가 우찌우찌 안 들었는가베."

"헉!"

비화는 칼에 찔리는 사람 입에서 나오는 듯한 비명과 함께 자지러지게 놀라고 말았다.

"우, 운산녀하고 소, 소긍복이가예?"

염 부인 입에서 임배봉이라는 이름이 나온 것도 정말이지 너무나도 의외였지만, 그보다도 운산녀와 소긍복 이야기가 더더욱 비화를 경악케 했다.

'그렇다모?'

지난번에 상촌나루터에서 그 두 사람이 함께 있는 모습을 발견했던 적이 있지 않았던가. 그것도 역겨울 정도로 둘이 그렇게 다정할 수가 없게. 짙은 어둠속에서 한순간 불이 확 밝혀지는 느낌이었다.

'그랬구마! 그들이 장사 동업을…….'

어쩌면 그들은 사람으로서 결코 넘어서는 안 될 마지막 위험하고 더러운 선까지 이미 넘었는지도 모르겠다는 강한 의혹이 뒤를 이었다.

"새댁아?"

염 부인이 또다시 비화 얼굴을 뚫어지게 바라보며 영문을 모르겠다는 듯 무척 걱정스럽게 물었다.

"와? 와 그라노?"

비화는 꺼내기가 더없이 낯간지럽고 거북한 추문醜聞을 입술에 묻히는 것 같아 대답을 하면서도 목소리는 안으로 기어들어갔다.

"아, 아입니더."

"아이라?"

"예, 아모것도예."

염 부인은 고개를 갸웃했다.

"아모것도 아인데 와?"

비화는 거울에 비친 자기 모습이 참 낯설다는 기분을 떨치지 못했다.

"실은……."

숨을 몰아쉬고 나서 말했다.

"운젠가 그 두 사람을 본 적이 있어서예."

"둘이 같이 있는 거를?"

이번에도 놀란 빛을 내보이더니 염 부인은 잠시 깊은 생각에 잠겼다. 마지막 물음이 비화 귀에는 이런 소리로 들렸다.

'내하고 임배봉이가 같이 있는 거를?'

그러자 그 순간이 오기를 기다리기나 했던 것일까? 별안간 높은 기와 지붕 위에서 공기를 찢어발기는 듯한 까마귀 울음소리가 들려왔다.

'저눔을!'

비화는 당장 마당으로 달려 나가 그 미물을 향해 돌팔매질이라도 하고 싶었다.

'얼골 점이 박살이 나거로.'

그런데 한참 만에 염 부인 입에서 나온 말은 비화를 한층 아연실색케 했다.

"운산녀하고 소긍복이가 배봉이보담도 더 많은 재물을 모울 날이 올란지도 모린다. 안 그리 되모, 소긍복이한테 무신 안 좋은 일이 생길 수도 있제."

"예? 그 말씀이 무신 뜻인데예?"

소긍복에게 무슨 좋지 못한 일이 생길 수도 있다니 그건 무슨 소릴까. 그렇지만 놀란 비화 물음에, 염 부인은 이런 말로 답을 대신했다.

"내 그래서 하는 소린데, 새댁, 우떻노? 장사를 시작해보는 기……."

"장사를……."

비화가 자신 없는 얼굴을 하자, 염 부인이 지금까지 생기 없던 눈을 빛내며 동조하라는 듯 말했다.

"장사 밑천이 없으모 내가 마련해줄 수도 있는 기라."

대체 나의 무엇을 믿고 저러시나 싶었다.

"장사 밑천을예?"

"하모."

"……."

조금도 망설이지 않고 곧 대답하는 염 부인은 전혀 아픈 사람이 아닌 것처럼 보였다. 그 갑작스러운 변화에 비화는 반가우면서도 얼떨떨했다. 게다가 '장사'에 대한 염 부인의 집착은 그 도를 넘어 거의 병적으로 여겨질 지경이었다.

"새댁은 뭔 장사를 해도 다 잘할 끼라."

뒤뜰에선가 장닭 울음소리가 크고 길게 들려왔다.

"내 눈에는 딱 장사묵기다 고마."

비화는 솔직히 부담스러웠다. 사람 상대하는 일은 내게 버겁다는 우려부터 앞섰다. 그래 머리를 가로저으며 말했다.

"지는 장사는 몬 해예."

하지만 염 부인은 비화보다도 더 세게 머리를 흔들었다.

"아이라 캐도?"

"마님?"

비화는 아무리 헤아려 봐도 염 부인이 이해가 되지 않았다. 왜 자꾸 저러시는 걸까?

"팽상시 새댁이 일하는 거, 내가 잘 보고 안 있나."

비화는 그래도 아니라는 듯 쓴웃음을 지었다.

"일하고 장사하고는 다리다 아입니꺼."

"장사를 그 정도로 하모……."

염 부인은 입이 마른지 혀로 입술을 한 번 축이고 나서 자신 있게 말했다.

"조선팔도 돈이 새댁 주머이에 쏙쏙 다 들올 끼라."

"장사 밑천도 모도 홀랑 까묵고 말 끼라예."

비화의 거듭되는 부정에도 불구하고 대갓집 마님답게 염 부인 의지와 신념은 대단했다. 일생일대의 대전환기를 맞은 사람 모습이 저러할까?

"홀랑이든 훌랑이든, 까묵을 만하모 까묵으모 되제!"

"마님……."

이해되지 않을 만큼 흥분한 염 부인 모습에 비화는 더 입을 떼지 못했다.

"장사 밑천은 내가 대준다 안 쿠나?"

손해도 불사하는 투자자가 따로 없었다.

"다 까묵어삐도 괘안타. 내 하나도 안 물린다."

비화는 비로소 어렴풋이나마 깨달았다. 지금 염 부인은 임배봉과 운산녀에게 복수할 뜻을 품고 있다는 것을. 아니나 다를까, 비화가 짐작한 대로의 말이 나왔다.

"내는 넘들보담 사업 정보를 쪼꼼 더 잘 들을 수 있는데, 시방 그것들이 시장바닥 돈을 갈쿠리로 긁듯이 싹싹 긁어모은다는 기라."

"……."

저놈이 왜 가지도 않고 저러는 것인가? 까마귀란 놈의 울음소리가 간헐적으로 계속 방 천장을 뚫고 내려오고 있었다.

'까~악, 까~악.'

비화처럼 그 소리에 잠깐 귀를 기울이고 있던 염 부인이, 비화가 듣기에는 까마귀 울음보다도 더 불길한 음색으로 말했다.

"이라다가 우리 지역 모든 상권商權은 모돌띠리 고 본된 것들 손에 싹 다 넘어갈 끼다. 우리 집 바깥양반도 그런 소리를 하데?"

"그 정도로……."

염 부인은 놓았던 비화 손을 다시 끌어당겨 아까보다도 몇 배 힘주어 잡으며 더욱 강한 어조로 비화에겐 너무 힘에 부치는 소리를 했다.

"그거를 막을 수 있는 사람은 새댁밖에 안 없나."

"마, 마님……."

"내 생각은 그렇거마."

"지, 지는……."

비화는 더없이 황당하기만 했다. 지금 염 부인이 본정신인가 싶었다. 크게 아픈 나머지 이제 헛소리까지 하시는가 싶었다.

"지, 지는 아즉 아모것도 모리는, 인자 개우시 시무 살을……."

거울 속 남루한 옷차림의 여자는 아직 한참 어려 보였다.

"그거도 나, 남자도 아이고 치매 두린 여자라예. 이런 지가 우찌 그런?"

비화는 도무지 말이 제대로 되지 않았다. 아무래도 염 부인은 극심한 열병을 앓고 있는 게 확실해 보였다. 이제 그녀가 무서워지기까지 했다. 저러다가 갑자기 푹 쓰러지면서 숨을 거두어버리는 게 아닌가 하고 덜컥 겁부터 났다.

"새댁아."

그런 비화 속내를 염 부인은 저 밑바닥까지 알아챈 모양이었다. 그녀는 보일락 말락 아주 희미하게 한번 웃고 나서 의미심장한 눈빛으로 비화를 보며 말했다.

"내가 새댁 눈에 상구 이상해 비이제?"

"아, 아, 아이라예!"

비화는 몹시 당황했다. 염 부인은 장롱이 놓인 벽면 쪽으로 시선을 돌리며 말했다.

"아이기는 머시 아이라?"

비화는 본의 아니게 거짓말을 해야 할 때도 있는 게 사람살이라는 것을 깨달았다.

"아, 아인데예……."

건질 것도 없는 실랑이는 그만하자는 듯 염 부인은 비화의 눈을 들여다보며 말했다.

"시방 새댁 눈에 딱 그리 씌어 있거마는."

"……."

이번에는 고개를 돌려 좌경 속에 비치는 자기 얼굴을 들여다보면서 마치 정신분열증을 앓고 있는 사람이 중얼거리듯 했다.

"그라고 내가 생각해도 내가 돌은 거 겉다. 저 얼골이 누고?"

"아, 아입니더, 마님. 마님이 우찌?"

강하게 부인하는 비화 말에 염 부인이 서글픈 표정을 지었다.

"하지만도 새댁, 시방 내 증신은 기동맹커로 똑바리다."

주춧돌 위에 세워서 보와 도리 등을 받치고 있는 그 집 기둥은 단단한 나무를 재료로 하여 만들었다는 사실을 알고 있는 비화였지만, 그게 휘어지면서 무너져 내릴 것만 같은 불안감에 휩싸이고 있었다.

"그 우떤 때보담도 더 맑은 기라. 저 남강 물매이로 안 있나."

강조하듯 이어지는 염 부인 말에 비화는 아무 말도 하지 못하고 그녀만 불렀다.

"마님……."

염부인 눈에 은장도 푸른 날이 내뿜는 것 같은 위험한 기운이 서려 있다. 입은 한 일자로 굳게 닫힌 상태다. 비화는 모르지 않았다. 그건 다름 아닌 임배봉을 겨냥한 무서운 증오와 적대감의 발로라는 사실이었다.

그러자 아무도 모를 필연이랄까, 비화는 그때까지 품었던 자기 생각을 바꿀 필요를 강하게 느꼈다. 그날 밤 염 부인이 배봉에게 당하는 것을 지켜보면서도 손 한번 써보지 못하던 자신의 지지리도 못난 몰골이 거꾸로 뒷걸음질을 쳐서 눈을 찔렀다. 가슴을 마구 후벼 팠다.

'내가 잘몬 살아온 기 맞다.'

엄밀히 뒤돌아보면 이제껏 혼자서 마음에 독만 품어왔지 실행에 옮길 수 있는 그 어떤 기회나 발판도 전혀 마련하지 못했다. 그녀 자신이 그렇게 무기력하게 지내며 시간을 흘려버리는 그 사이에, 임배봉 집안은 그야말로 나는 새도 툭 떨어뜨릴 세도가로 바뀌어 있다. 이러다가는 영영 따라잡을 수 없을 것이다. 대代를 이어 굴욕과 한을 곱씹다가 죽어갈 것이다.

'내가 갓똑띠이(반똑똑이)다, 갓똑띠이.'

비화는 부끄러웠다. 너무나 부끄러웠다. 실제 아무 소용없는 생각 하나로만 복수의 칼을 벼려왔지 아직 녹슨 칼집조차도 닦지 못했다. 오늘 이런 일이 생긴 것은 하늘의 뜻이라 받아들여졌다. 천지신명께서 이 비화를 시험해보시려는 것이다. 아니, 기회를 주시려는 것이다.

'그래, 내는 진짜 비화로 돌아가야 하는 기다. 허깨비 비화가 아이고.'

그때부터는 비화가 염 부인보다도 한층 더 적극적으로 나오기 시작했다.

"마님! 증말 지한테 장사 밑천을 대주실 수 있것심니꺼?"

그렇게 힘차게 물어오는 비화에게 염 부인도 활기 넘치는 목소리로 응했다.

"우리 백 씨 가문 이름을 건다."

그러고 나서 또 아까처럼 비화 눈을 들여다보며 말했다.

"새댁, 시방 새댁 눈빛 에나 무섭다."

"죄송합니더, 마님."

비화는 자신도 모르게 치떴던 눈을 얼른 내리깔았다. 그러자 좀 더 잘 드러난 속눈썹이 검고 길었다.

"아이다. 아이다."

염 부인은 비화가 알지 못했던 사실을 들려주었다.

"내가 이날 이때꺼정 우리 새댁을 좋아한 젤 큰 이유가 머신고 모리제?"

"……."

"바로 시방 그 눈빛에 있었더라."

그렇게 말하는 염 부인의 눈빛도 비상했다.

"반다시 무신 일을 저질고 말 눈인 기라."

염 부인이 손을 뻗었다. 비화 손과 염 부인 손이 합쳐졌다. 젊은 비화 손이 더 거칠면서 검었고, 나이 든 염 부인 손이 더 희면서 고왔다.

"됐다, 새댁. 됐는 기라."

떼쓰듯 하는 염 부인이었다.

"새댁이 그 눈빛만 잃지 않으모 안 될 끼 없다 아이가."

"마님……."

비화 고개가 조금 들려졌다.

"내가 맹색이 근동에서 재물 많기로 몇째 손가락 안에 꼽히는 백 부잣집 안방을 지키고 살아옴서……."

그 말에 더욱 귀를 기울이는 비화였다.

"나름대로 터득한 기 있제."

염 부인은 스스로에게도 깨우쳐주려는 사람처럼 물었다.

"그기 머신고 아나?"

"……."

잠시 사이를 두었다가 그 답을 주었다.

"사람 보는 눈인 기라, 사람 보는 눈."

"사람 보는……."

비화는 강렬하게 느꼈다. 비록 몸도 마음도 피폐해진 염 부인이지만 마주 잡은 그녀 두 손만은 여전히 따스하며, 피가 뛴다는 것이다.

'아, 이 손!'

거부巨富의 기氣가 고스란히 전해지는 손이다. 귀인貴人의 손이다. 비화는 그 기를 받아 자신도 부자가 될 것 같은 기분에 젖었다. 그것도 그저 추상적이고 막연한 그런 느낌으로서가 아니라 아주 구체적이고도 확실한 직감으로 다가왔다.

"그러이 내가 권하는 대로……."

그 손의 감촉만큼이나 따스한 염 부인 목소리가 약간 숙인 비화 이마를 적셨다. 마음끼리 통하면 하늘과 땅 사이보다도 길고 먼 거리도 백짓장 한 장만치 얇고 가까워지는 건지도 모른다.

"쇠뿔도 단숨에 빼삐리라 캤다. 쇠는 달았을 때 쳐라 캤다."

염 부인은 즉시 자리를 박차고 일어날 사람같이 했다.

"당장 시작을 해보자, 장사 말이다."

장사판의 장사치가 혀를 휘휘 내두를 정도로 연방 '장사'를 입에 올리는 염 부인을 향해 비화는 배시시 웃었다.

"시방 뵌께, 하나도 안 팬찮으신 거 겉심니더."

염 부인은 팔뚝을 들어 올려 보이며 힘차게 말했다.

"하모, 다 낫아뼷다."

비화 마음이 참으로 좋았다.

"마님!"

염 부인 마음도 퍽 좋아 보였다.

"새댁 덕분이다."

안채 지붕 위에서 더 이상 그 기분 나쁜 까마귀 울음소리는 들리지 않았다. 문득, 비화 뇌리에 이런 생각이 스쳤다.

어쩌면 지금쯤 거의 완공된 배봉이 그놈 집 지붕에 날아가 저주의 울음을 크게 터뜨리고 있는가? 채소 광주리 머리에 이고 시장에 푸성귀 팔려가면서, 배봉의 대궐 같은 새로운 저택이 하루가 다르게 높아지는 것을 먼발치서 지켜보며 피눈물 쏟던 게 몇 번인가?

"그거는 그렇고, 새댁아, 함 이약해 봐라."

염 부인 말이 비화 정신을 돌려놓았다.

"아까 전에, 장사할 생각 오래 한다꼬 그동안 우리 집에 몬 왔다 글캤는데, 무신 장사를 떠올린 기고?"

순간, 비화 입에선 오랫동안 계획한 것같이 절로 이런 말이 술술 나왔다.

"콩나물국밥집입니더. 마님."

염 부인은 난생처음 들어보는 소리이기라도 하듯 반문했다.

"콩나물국밥집?"

콩 꽃이 피고 있다. 비화 눈에 비치는 그것은 환상이 아니라 실물이었다.

"예."

"콩나물……."

크고 쌍꺼풀진 염 부인 눈이 휘둥그레졌다. 아직까지 생기가 살아 있는 아름다운 눈이란 생각이 들었다. 염 부인은 의외였는지 고개를 한참 갸우뚱했다.

"우째서 그 장사할 계산했던 기제?"

그렇게 묻는 표정이 자못 심각하면서도 흥미를 느끼는 듯했다.

"콩나물은예……."

비화는 상촌나루터에서 한돌재와 밤골 댁에게 했던 소리를 그대로 옮겼다.

"콩나물은 그냥 키우기도 쉽고예, 국밥집은 밑천도 크기 안 들 거 겉어서예."

귀담아듣고 있던 염 부인이 가만히 물었다.

"내가 장사 밑천 한거석 대주모 머할려노?"

비화는 길게 궁리해보지도 않고 곧장 대답했다.

"그래도 콩나물국밥집예."

"에나 욕심도 없다 아이가."

염 부인은 격려와 응원의 말을 던졌다.

"이왕지사 내가 밑천 대주기로 약속했으이, 더 큰 장사를 해도 된다고마."

비화는 그런 염 부인을 똑바로 바라보며 물었다.

"장삿집 하나 얻을 돈은 빌리주실 수 있것십니꺼?"

염 부인은 그것보다 더 중요한 이야기나 하자는 낯빛이었다.

"빌리주든 그냥 주든 그런 거는 내가 다 알아서 할 일이고, 그래, 오데 마땅한 장소가 있던가?"

기대에 찬 음성이 몇 년은 젊게 느껴졌다.

"저 상촌나루터 있는 뎁니더."

비화 답변에 염 부인이 눈을 가느다랗게 떴다.

"상촌나루터?"

그러더니 재차 확인했다.

“가마이 있자, 상촌나루터라쿠모 남강 변에 있는 나루터 가온데서 최고로 오래된 나루터 아이가?”

비화는 한결 가볍고 밝아진 목소리로 대답했다.

“예, 맞심니더, 마님.”

염 부인이 손으로 ‘탁’ 소리 나게 자기 무릎을 쳤다.

“맞다! 내 눈이 잘몬되지는 안 했다.”

비화는 자리를 고쳐 앉으며 염 부인 안색을 살폈다.

“그라모 마님도…….”

염 부인은 자신에 찬 목소리로 말했다.

“내가 새댁을 똑바로 잘 본 기라.”

“…….”

염 부인은 이제 더는 천한 상놈 출신 배봉 따위에게 농락당하던 순간의 그녀가 아니었다. 근동에서 알아주는 대갓집 귀부인으로서의 체통과 위엄을 갖춘 모습이었다. 집안의 그 많은 열쇠꾸러미를 잘 간수해온 이력이 빛나는 굳센 안방마님이었다.

“오래 전부텀 그 나루터는 농산물이 이곳저곳 여러 군데서 모이들었다가, 도로 딴 여러 지역으로 흩어지서 나가는 곳이제.”

비화는 익히 알고 있었음에도 염 부인 그 말을 듣자 가슴이 풀쩍 뛰었다.

“예.”

염 부인은 숨 가쁘게 말을 이어갔다.

“내가 한양에 있는 유맹한 마포나루터에도 한 분 가본 적이 있는데, 저 상촌나루터가 그 마포나루터에 쪼꼼도 안 떨어진다.”

“마님도 그리 생각하시지예?”

비화는 스스로에게 다짐하듯 물었다. 그러자 염 부인은 꼭 자기가 그곳에 밥집을 내려는 사람처럼 보였다.

"하모. 거상, 큰 장사치도 생기날 곳이제."

염 부인은 갈수록 감격에 겨운 목소리였다.

"그렇제. 거상이다."

그녀의 말 한마디 한마디에는 듣는 사람 가슴을 크게 벅차오르게 하는 힘이 실려 있었다. 비화는 순간적이지만 임배봉에게 당하기 전날의 기상 넘치던 아버지 음성을 다시 듣고 있는 느낌이었다. 바로 '김 장군' 목소리였다.

콩나물. 콩이 담긴 시루를 그늘에 두고 물을 주면 잘 자라는 그 생명체의 뿌리처럼, 이 비화에게도 숙원을 이루어 줄 바탕이 드디어 마련되려는가?

"내 누한테도 자신 있거로 이약할 수 있다 아인가베."

염 부인은 예언자같이 말했다.

"앞으로 새댁은 근동에서, 아이제, 온 조선 땅을 통틀어서, 모도가 알아주는 그런 거상이 될 것이다."

바로 그때 비화 귀에 들려오는 소리가 있었다.

– 장차 자라면 거부가 될 상이로고!

하지만 비화가 진무 스님을 더 떠올릴 겨를도 없이 염 부인 말이 한여름 날 아주 시원하게 쏟아져 내리는 소나기처럼 힘차게 나왔다.

"와 새댁이 다린 데 다 놔놓고 굳이 그 나루터에서 콩나물국밥 영업을 할라쿠는고, 그 이유를 내 방금 알아냈는 기라."

이번에는 까치소리가 들렸다. 까마귀가 앉아 있던 바로 그 자리 같았다. 미물들의 그런 변화마저도 그 순간에는 무슨 대단한 의미를 품고 있는 것으로 생각되는 비화였다.

"거게 주막이 모도 몇 개나 되던고?"

비화는 염 부인의 밝은 안목에 내심 감탄을 금치 못하며 대답했다.

"네 개, 아, 아입니더, 인자 다섯 갭니더."

"다섯 개라꼬."

당장 이어지는 물음이 이랬다.

"한 개는 생긴 지 올매 안 되는 모냥이제?"

"그렇심니더. 아즉 올매 안 됩니더."

귀신이 하는 것 같은 말이 나왔다.

"그 주막을 낸 사람은 새댁이 아는 사람이고?"

"예? 예."

비화는 더더욱 경악을 금치 못했다. 가슴까지 서늘해지는 것 같았다. 상촌나루터에 와서 직접 그 모든 것을 지켜본 사람 같았다. 앉아서 천 리를 보는 현인군자가 있다더니 역시 대갓집 마님은 다르구나.

그러나 그 생각 끝에 비화는 그만 오싹 소름이 돋았다. 갑자기 용기가 팍 꺾였다. 이런 염 부인을 꼼짝달싹하지 못하게 하는 임배봉은 참으로 만만하게 볼 위인이 아니구나 하는 깨달음 때문이었다. 하긴 아버지조차 당한 놈이었다. 지금까지 그놈에게 당한 사람들이 얼마나 되고, 또 앞으로 당하게 될 사람들이 얼마나 될지는 그 누구도 모른다.

그뿐만이 아니었다. 거기에다가 이제 운산녀와 소긍복이 저렇게 재력을 쌓아가고 있다니, 자신이 싸워야 할 적들이 자꾸 생겨나 여간 걱정이 아닐 수 없었다. 배봉의 후계자들인 악질 점박이 형제도 있다.

"그래 우떤 사람인고?"

무릎걸음으로 앞으로 다가앉듯 하며 물어오는 염 부인에게 비화가 대답했다.

"지 시가집 마을에 살던 밤골 댁이라쿠는 과수댁입니더."

염 부인 표정이 약간 묘해졌다.

"과수댁?"

비화는 좀 더 상세히 들려주었다.

"시방은 같은 동리에 살던 한돌재라쿠는 농사꾼 홀애비하고 둘이 합치서 함께 살림하고 있지만예."

그러자 염 부인은 아주 잘됐다는 표정이었다.

"금상첨화다. 장사 장소도 괘안코, 또 아는 사람도 있다쿤께."

말을 하면서도 무척이나 감개무량한 빛을 띠었다.

"인자부텀 상촌나루터 술꾼들 술 묵고 나서 속 풀이를 할 집은, 바로 우리 새댁이 내는 국밥집이 되것거마는."

"고맙심니더, 마님."

그 집에서 부리는 하인들인지 발소리도 크게 내지 않고 무척이나 조심스럽게 안채 마당을 지나가는 사람들 인기척이 났다가 이내 조용해졌다.

"우리 사이에 고맙다쿠는 그런 이약일랑 하지 마라, 정 안 붙거로."

정이 뚝뚝 묻어나는 염 부인 음성이었다.

"그라고 대단하심니더."

비화는 저절로 고개가 숙여졌다. 정말 마음으로 존경하고픈 분이었다.

"내가 쪼꼼만 더 해주고 싶은 말이 있거마는."

염 부인이 정색을 하며 지금까지와는 전혀 다른 목소리로 입을 열기 시작했다.

"앞으로 새댁이 상대할라는 적은 나루터 장사치들이나 거게 터를 잡고 있는 거상 정도가 아인 기라."

"……."

"그라고 그 적들은 증말로 대적키 심이 드는 상대라쿠는 거를 한 시도 잊아삐서는 안 될 것이거마는."

"새기듣것심니더, 마님."

마음에 칼을 품는 비화더러 염 부인이 계속 말했다.

"새댁은 영리한께 두 분 세 분 말 안 해도……."

"예!"

비화 집안이 임배봉 때문에 망했다는 그 사실을 또렷이 상기시켜주려는 듯, 아니 염 부인 자신에게 배봉이 놈이 철천지원수라는 것을 꼭꼭 다짐해보이려는 듯, 갈수록 염 부인의 타이름은 끝 간 데를 몰랐다.

"운제 시간 함 내갖고 새댁하고 같이 상촌나루터에 가보모 좋것다."

염 부인의 치맛자락 서걱거리는 소리는 강변 갈대가 마찰하는 소리를 떠올리게 했다. 그 갈대 줄기로 엮은 발을 비화는 좋아했다.

"오랜만에 거게 늙은 뱃사공이 노 젓는 나룻배도 한분 타 보고……."

비화도 덩달아 힘과 신이 났다.

"에나 사람도 물건도 쌔뻣데예, 마님."

"그렇것제. 아니, 그래야제."

은은한 빛살이 스며드는 방문은 그 방주인의 성품을 고스란히 말해주는 듯했다.

"거 나루터에는 없는 기 없어예."

"와 없는 기 없어?"

"예에?"

"콩나물국밥집!"

"그, 그렇네예."

"내는 나루터를 보모 벨 생각이 다 나데?"

"예? 예."

염 부인 음성이 또다시 쓸쓸하게 들려 비화는 말없이 그녀를 바라보았다. 염 부인은 하얀 손가락 끝을 서로 비비듯 가만히 만지작거렸다.

"머라 캐야 되노? 그런께 우리 인생사를 본다 글 쿨까. 싈 참 없이 가고 또 오고하는 나룻배하고, 그런 나룻배를 탄 사람들하고…….”

“마님.”

염 부인은 끝내 목이 메었다.

“세월이 한거석 더 흘리 흘리서 가모, 운젠가는 그리 번창한 나루터도 없어지것지 하는 생각이 들고…….”

비화 눈에 비치는 염 부인 얼굴이 작아지고 작아져서 나중에는 없어져버리고 말 것 같은 위태로움을 주었다.

“그라모 이상하거로 살고 싶은 멤도 없어져삐고…….”

“우찌 그런?”

비화 가슴이 찢기듯 아팠다. 염 부인을 재물로 삼은 배봉의 농락은 언제나 그 끝을 다할 것인가? 내가 배봉에게 복수할 수 있는 그날이 과연 오기는 올 것인가? 아니, 어쩌면 상촌나루터가 물에 잠겨버릴 먼 훗날까지도 요 꼬락서니를 하고서 벌레같이 하찮은 삶을 살아야만 하지 않을까?

“인자 우리 집 일감은 누한테 맽기야 할꼬?”

농담인 양 진담인 양 그렇게 말하는 염 부인 얼굴에 다시 객사 앞 길가에 있는 버들 같은 그늘이 졌다. 비바람이 몰아치는 날이면 제멋대로 휘날리는 여인네의 머리칼을 연상시키는 버드나무였다. 아무튼 그런 염 부인에게서 조금 전의 그 기상은 찾아보기 힘들었다.

“그 대신에 지가 우리 마님께 콩나물국밥만은 이 시상에서 젤 맛있는 거를 마이 대접해 드리것십니더.”

비화는 짐짓 명랑한 목소리를 지어내어 얘기하다가 돌연 곤혹스러움에 빠져들었다. 만약 배봉이나 운산녀, 점박이 형제가 와서 국밥을 달라고 하면?

저 수라상에나 올릴 법한 기름진 음식을 배터지게 먹어댈 그들이 나루터에 있는 초라한 밥집을 찾을 리는 없겠지만, 장사를 하다 보면 온갖 사람을 다 대할 수밖에 없을 터이니, 그런 상황이 일어나지 말라는 법도 없을 것이다. 아니다. 반드시 생길 것이다.

'아, 그냥 생각만 해봐도 장사가 안 수월하것다. 장사는 아모나 벌로 하는 기 아이라 안 쿠더나?'

옥진도 교방 관기들과 함께 찾아올 수 있겠다. 그러면 낯간지러워 어쩌나? 아니, 그보다 공교롭게도 옥진이 점박이 형제와 딱 마주치기라도 하면 어쩌나?

이러면 어쩌나 저러면 어쩌나? 그러다가 비화는 스스로를 꾸짖었다.

'비화야, 니 시방 무신 생각하고 있노? 그리키나 약해빠진 멤 갖고 우찌 배봉이 놈한테 복수할 끼고?'

행여 염 부인이 내 속을 알까 봐 두려웠다. 내가 이렇게 못나고 형편없는 사람인 줄 알면 그 실망이 얼마나 크실까 말이다. 당장 오늘 이 자리에서 지금까지 했던 모든 얘기들은 없었던 것으로 하고, 어서 우리 집에서 썩 나가라고 호통을 칠지도 모른다. 그리고 두 번 다시는 내 앞에 나타나지 말라고 할 수도 있다.

'그라고 똑 염 부인하고의 연관을 떠나서 니 시방꺼지 우찌 살아왔노. 넘들 부끄러븐 줄 모리고 심든 일 궂은 일 모도 안 해왔디가.'

안방 문설주 사이의 문 밑에 가로 놓인 문지방이 한없이 높아졌다가 낮아졌다가 하였다. 아무래도 내 눈에 헛거미가 씌는 것 같구나.

'우짜든지 돈을 한거석 벌어야 하는 기라.'

마음이 울적하거나 용기가 꺾일 때면 늘 떠올리는 얼굴, 비어사 진무 스님이다.

'진무 스님이 말씀하싯제. 내가 부자가 돼 있어야 서방님이 돌아온다꼬.'

비록 나무로 엉성하게 만든 것이지만 기운차게 푸른 물살을 가르며 달리는 상촌나루터 나룻배가 머릿속에 떠올랐다. 물을 두려워하지 않고 도리어 다스리는 나룻배.

그 나룻배처럼 힘차게 살아가리라. 세상 어떤 높고 험한 파도일지라도 반드시 헤쳐 나갈 것이다. 저 대사지 연못도 가뿐히 노 저어 건너리라.

"마님, 그라모 지는 고만……."

비화는 자리에서 일어났다. 그러고는 하직인사를 하고 막 돌아나가려는데 염 부인이 불러 세웠다.

"새댁, 쪼꼼만 있어 봐라. 내 한 가지 깜빡한 기 있다."

"……."

"장사라쿠는 거는 아모리 크거로 하든지 작거로 하든지 간에, 지 혼자 심만 갖고는 안 되는 기라."

진지하면서도 걱정스러운 목소리로 물었다.

"누 같이 장사할 사람은 있는 기가?"

비화 대답이 더없이 신중했다.

"예, 마님. 지가 혼자 생각해논 여자가 둘이 있기는 있는데, 아즉꺼지 그분들 생각을 안 물어봐서 잘 모리것심니더."

염 부인이 기품 있어 보이는 고개를 크게 끄덕였다.

"내 새댁이라모 하매 계획 세운 거로 짐작은 했디제. 씰데없는 노파심 아인가베?"

거기서 잠시 말을 끊었다가 다시 물어왔다.

"그란데 누고, 그 여자들이?"

이번에도 비화는 조심스럽게 말했다.

"죄송합니더, 마님. 그들이 지하고 같이 일을 하것다 쿠모, 그때 가갖고 말씀드리모 안 되까예?"

염 부인이 빙그레 웃었다.

"내 생각이 짧았다. 역시 새댁인 기라."

염 부인 눈이 여자치고는 제법 큰 비화 손에 가 멎었다.

"하모, 그래야제. 막일도 그렇고 장사도 그렇고, 또 다린 머라도 사람 관리가 최곤 기라. 넘들 이름을 벌로 입에 올리모 안 되제."

비화는 송구스러웠다.

"하로라도 그들을 퍼뜩 만내보고 갤가를 마님께 알리드리겄십니더."

이 말을 할까 말까 망설이다가 입을 열었다.

"하도 원도 많고 한도 많은 사람들이 돼놔서 우짤랑고 몰라서예."

염 부인이 오히려 민망스러워했다.

"너모 멤에 끼지 말어."

"……."

"새댁이 동업을 할라쿠는 사람들이모 내 안 봐도……."

한 번 더 밥집 개업을 재촉하듯 했다.

"그라고 장삿집 구할 돈은 내 운제든지 달라쿠는 대로 다 줄 낀께 그리 알고……."

"죽기 살기로 노력해보겄십니더."

비화의 다짐을 염 부인이 정정했다.

"죽기라는 말은 빼고."

비화는 출병出兵할 때 그 뜻을 적어서 임금에게 올리는 출사표出師表를 쓰듯 했다.

"예, 살기로……."

"하모, 그래야제."

잘 가라는 인사말을 대신하는 염 부인의 그 말을 뒤로 한 채 비화가 방을 나와 마루와 계단을 내려 널찍한 마당가에 막 섰을 때였다.

'아! 에나 날개도 크다.'

큰 까치 한 마리가 큰 날개를 퍼드덕거려 저 앞쪽으로 훨훨 날아가고 있는 게 보였다. 마치 비화더러 내가 앞장을 설 테니 어서 뒤따라오라는 몸짓 같았다. 비화 마음이 급류를 탄 나룻배마냥 다급했다.

까치가 날아가고 있는 하늘은 상촌나루터 강처럼 깊고 푸르렀다.

# 무서운 아이

비화는 염 부인에게 귀띔해준 그 두 여인의 얼굴을 머릿속에 그려보면서 부지런히 걸음을 떼놓았다.

지금부터는 생각보다도 행동에 더 치중할 것이다. 부서지든 깨어지든 일단은 부닥쳐 볼 일이다. 이 한 몸 가루가 되어 바람에 날려 흔적도 없이 스러져도 좋다. 죽골 마을로 들어서면서 비화는 왜 그 마을 이름이 '죽골'인가를 이내 알았다. 곳곳에 자라는 게 대나무였다. 속이 비어 있는 것은 사심私心이 없는 것이고, 두드러진 마디가 있는 것은 맺고 끊는 게 분명함을 말해주는 것이라던, 아버지의 말씀도 떠올랐다.

쭉쭉 곧게 뻗어나간 푸른빛에 감싸인 마을은 전설에 나오는 청학동 같았다. 그래선지 금방이라도 어디선가 푸른 학이 푸드덕 날개를 치면서 날아오를 듯한 기분이 들기도 했다.

모르긴 해도, 혹여 그 푸른 학은 내 고향 주산主山인 비봉산에 깃을 들이고 살았다는 봉황새와 비슷하게 생기지 않았을까 여겨지기도 했다. 그만큼 고고한 자태를 지녔을 성싶었다.

'그래서 한화주 그분 성품이 대쪽같이 곧았던가.'

싸리나무 울타리로 에워싸인 송원아 집은 크지는 않아도 무척 아늑하고 양지발라 보였다. 그런 집에서 살면 누구나 저절로 선한 사람이 될 것 같았다.

"그동안 잘 계싯십니꺼?"

비화는 깊숙이 허리 굽혀 인사했다.

"미리 연락도 안 드리고 각중애 찾아와서 죄송합니더."

원아는 뜻밖의 방문객을 보자 두 눈이 휘둥그레졌다. 그건 원아 아버지 송 씨와 어머니 모천 댁도 마찬가지였다.

"우찌 여꺼지?"

"실은……."

비록 나이는 자기보다도 좀 밑이지만 혼례를 치른 비화를 원아는 깍듯이 대했다. 원아 부모는 찾아온 여자가 농민군을 이끈 유춘계의 친척뻘 된다는 것을 알고 처음에는 몹시 경계하고 꺼리는 눈치였지만, 비화가 문무를 겸비한 김호한 장군의 여식이라는 사실과 특히 찾아온 목적을 알고는 호의적으로 나왔다.

"색시 잘 왔소."

"집이 너모 누추해서……."

비화는 어색하고 낯선 감정이 다소 풀림을 느꼈다.

"고맙십니더."

"우리사 한참 과년한 딸년이, 방구석에 탁 틀이박히갖고 날마당 한숨만 폭폭 내쉬는 거 보는 기, 에나 지옥인 기라."

송 씨의 그 말을 거들듯 모천 댁도 이랬다.

"아즉꺼지도 화주를 몬 잊어갖고 장 저리 괴로버해싸이, 이 에미 가슴팍이 천 갈래 만 갈래 안 찢어지는가베?"

손가락으로 눈가의 눈물을 찍어내며 하소연하는 그녀를 보고 있자니 비화도 그만 눈에 눈물이 피잉 돌았다.

"오데라도 좋은께 우리 딸이 멤 붙일 데 있으모, 지발하고 얼릉 좀 데불고 가주소."

그러나 원아는 얼기설기 짠 대소쿠리에 담아 내온 삶은 감자 껍질을 벗겨내어 비화에게 내밀뿐 가타부타 무슨 말이 없었다. 비화에게는 그게 자기는 집을 떠날 의향이 조금도 없다는 무언의 표시로 받아들여져 마음이 조급해졌다.

"농사짓는 거보담은 나을 거 겉어서예. 지를 도와주시는 셈치고 같이 일하이시더."

"……."

"넘이라 생각하지 마시고예, 식구 하나 더 생긴다, 그리 여기주이소."

"……."

상대의 계속되는 침묵에 머쓱해지기도 했지만 여기서 포기하면 안 된다고 용기를 내어 이런 말도 했다.

"앞으로 이모나 고모맹캐 뫼시고 싶심니더."

나이 등을 놓고 볼 때 '언니'라는 말도 생각하고 있었지만 왠지 그 소리는 선뜻 입 밖에 나오지를 못했다. 비화는 마음 한구석이 씁쓸했다.

'내한테 친언가가 없기 땜이 아이것나.'

그랬다. 친언니가 없는 비화는 평소 언니라는 그 소리가 좀처럼 입에서 나오지 않았다. 그래서 친여동생 이상으로 따르면서 항상 '언가야!'를 불러주는 옥진을 더 좋아하는지도 몰랐다.

"이년아, 인자 지발 부모 속 고마 썩히고……."

고개를 숙인 채 손바닥으로 가만가만 방바닥을 쓸며 비화 이야기를 듣고 있던 모천 댁이 딸에게 애원조로 말했다.

"저 젊은 색시 말대로 해라. 닐로 구원해줄라꼬 하느님이 보내주신 사람 겉다 아이가. 내 볼 적에는 딱 그렇다."

모천 댁이 비화를 보며 딸에게 말했다.

"바뿐 장사에 매달리다 보모, 이런저런 잡념도 쪼매 떨치질 끼라. 심이 들고 괴로블 때는 누가 멀싸도(뭐라 해도) 그냥 일이 최곤 기라."

생각이 깊어 보이는 송 씨는 보다 신중한 태도를 보였다.

"상촌나루터에 콩나물국밥집을 내겟다, 그런 이약인데……."

"예, 맞심니더."

비화가 얼른 말했다. 송 씨는 애잔한 눈길로 원아를 보고 나서 한숨을 내쉬었다.

"우리 딸이 나이는 저리 짜다라 묵었지만도, 아즉꺼지 농사짓는 거 말고는 한 분도 지 집을 떠나서 다린 일을 해본 갱험이 안 없는가베."

전형적인 농사꾼 모습을 한 그는 우려 섞인 목소리로 말했다.

"그라고 장사라쿠는 거, 그거는 아모나 하는 기 아이라쿠던데."

그러자 모천 댁도 기분대로 할 일이 아니라는 걸 깨달았는지 고개를 끄덕이더니 다소 갈등에 싸이는 낯빛을 지었다.

"무담시 넘 장사 망치지나 안 할랑가 모리겟거마는. 다린 사람한테 피해를 주는 일은……."

비화는 염 부인 이야기를 꺼냈다.

"장사 밑천을 대주실 든든한 분이 계신께네 돈 걱정은 하나도 안 하시도 되고예, 그러이 밑져야 본전이라꼬 생각하시모 됩니더."

송 씨와 모천댁 눈이 마주쳤다. 원아는 여전히 고개를 숙인 채로 말이 없었다. 비화는 세 사람을 번갈아 보며 얘기했다.

"하지만도 지는 확신합니더. 장사는 반다시 잘될 끼라고예. 와 그리 보는가 하모예, 목이 에나 좋은 데거든예. 장사라 쿠모 목이 우선이다 아입니꺼."

그때까지 입을 꾹 다물고 있던 원아가 천천히 고개를 들면서 처음으로 비화에게 물었다.

"혼래는 치렀지만도 내보담 에린데, 장사 해본 갱험이 있는가 모리것네?"

그러자 그녀의 부모도 그게 퍽 중요하다는 듯 좀 더 심각한 표정이 되었다. 수락보다도 거부의 조짐이 엿보였다.

"함 보이소. 보통 남자들 손만 하지예?"

비화는 여자치고는 큰 두 손을 모두에게 내밀어 보이며 말했다.

"지가 시상을 그리 오래 안 살았지만도 이 두 손 갖고 안 해본 일이 벨로 없심니더. 삯바느질에다가 절구 찧기에다가, 장사라모 채소 장사도 해봤고예. 또오, 머꼬……."

원아가 슬픈 표정을 지으며 가만히 말했다.

"내가 화주 씨를 잊을 수 있으까? 장사 아이라 우 장사를 해도 그거는 안 될 거 겉은데……."

울음이 북받치는 바람에 말끝을 맺지 못했다.

"어이구, 이것아!"

모천 댁이 두 손을 들어 원아 등짝을 때리며 울먹이는 소리로 말했다.

"시방 니 나가 몇 살이고, 몇 살? 얼라도 아이고 반피도 아이고, 우째서 그리키나 새근머리(세견머리)가 없노?"

토방에서 흙냄새가 물씬 풍겨왔다.

"임자, 인자 고마하소. 저라는 지 멤은 오죽하것소."

송 씨는 기어이 방문을 열고 바깥으로 나가버렸다. 얼핏 비화 눈에 비친 그의 뒷모습이 그렇게 슬프고 힘들어 보일 수 없었다. 세상 짐이란 짐은 모조리 혼자서 짊어지고 있는 것처럼 보였다.

"그라모예."

만사 의욕을 잃고 개개 풀어져 있던 원아 두 눈에 번쩍! 번갯불이 번득인 것은, 무슨 단서를 단다는 듯싶은 말을 하려고 할 때였다. 비화는 뭔가 예사롭지 않게 들리는 그 말에 가슴이 뜨끔하여 원아를 쳐다보았다. 원아는 모천 댁에게 반항하듯 물었다.

"지가 장사하모, 장사하모예."

피를 토하는 것 같은 목소리였다.

"시집가라쿠는 소리 안 할 수 있심니꺼?"

"머? 머."

그러는 모천 댁보다도 훨씬 더 당황한 사람이 비화였다. 그동안 원아는 부모한테서 다른 남자에게 시집가라는 소리를 수도 없이 들어온 모양이었다. 그들 부모자식 간의 갈등이 손끝에 잡힐 듯이 느껴졌다.

"그, 그기 마, 말이라꼬?"

모천 댁은 더 이상 입을 열지 못했다. 방벽에 붙은 수많은 꽃잎 무늬의 벽지가  비화 눈길을 끌었다.

"그렇다모 됐거마."

원아가 노란 장판지를 희고 고운 두 손바닥으로 밀치듯 하며 불쑥 자리에서 일어서더니 느닷없이 비화에게 말했다.

"내하고 둘이 같이 가볼 데가 있거마는."

"니……."

모천 댁이 무슨 말을 하려다가 그만두었다.

"예? 예."

비화는 서둘러 몸을 일으켰다. 그 자리에 계속 더 앉아 있다가는 숨이 막힐 것만 같았다. 너무나 가슴이 답답한 나머지 혹시 남의 집에 와서 고함이라도 내지르지 않을까 염려가 될 판국이었다.

'솨솨.'

삽짝 밖을 나서니 집 뒤란 대숲이 잘 가라는 인사처럼 소리를 내었다. 비화는 무작정 뒤따랐다. 길가 곳곳에 빽빽하게 들어찬 대숲의 댓잎이 햇살에 반짝거렸다.

"요 고개 너머에 있는……."

원아는 그 말을 하는데도 힘이 드는지 숨을 몰아쉬고 나서 행선지를 알려주었다.

"옆 땀(마을)에 가요."

조금 전 그녀의 집에서 맡았던 황토 냄새가 코를 찔렀다. 한참을 걸어서 새소리도 멎은 한적하고 경사가 완만한 고갯길로 접어들자 원아는 비로소 고개를 돌려 비화를 바라보더니 입을 열었다.

"거도 죽골이거마는, 대나모골."

실제로는 그럴지라도 왠지 그녀가 세상을 향해 어떤 저주나 억지를 부리는 것 같은 느낌이 왔다. 거기 누굴 만나러 가느냐고 비화는 굳이 묻지 않아도 알 수 있었다.

"한 사람 더 함께 일해도 될랑가 모리것소."

원아 말에 비화는 반가운 얼굴로 조금도 망설이지 않고 고개를 있는 대로 끄덕였다.

"지는 더 좋지예."

잘된 일이다. 어쩌면 일손이 더 필요할 것이다.

"인자 다아 왔소. 저어 집."

시야가 탁 트인 영마루에 올라서자 원아는 저 아래 다른 집들과 약간 떨어져 언덕배기 밑에 있는 외딴 집 한 채를 손가락으로 가리켰다.

"아, 예."

비화 가슴이 먹먹했다. 거기 금방이라도 허물어질 것만 같은 초가집이, 집안 대들보가 되는 지아비를 잃고 곧 무너질 그 집 앞날을 보여주는 듯했다. 비화는 고개를 크게 내저으며 그 불길한 느낌을 떨쳐버렸다. 처음부터 좋지 못한 생각은 금물이다.

"밖에 누?"

마당의 인기척을 들었는지 장지문이 열리자 좁고 컴컴한 방안이 보였다. 장지 짝을 덧단 그 지게문도 금방 떨어져 나갈 듯 형편없이 너덜너덜해 보였다. 그래서인지 그곳은 얼핏 사람이 거처하지 않는 집이거나 유랑민의 집을 방불케 했다.

그런데 방에는 그들보다도 먼저 온 사람들이 있었다. 그 사람들이 신고 온 신발을 미처 발견하지 못했었다. 아무튼 원아는 무척 반가운 모양이었다.

"아, 창무 아자씨하고 우 씨 아주머이가!"

'그라모 저분들이…….'

비화는 고을 곳곳을 돌아다니며 열성으로 천주학을 전도한다는 그들 이야기는 들었지만 직접 만나기는 이번이 처음이었다. 비화는 그들 부부를 향해 목례를 했다.

"말씀 마이 들었심니더."

전창무는 비화를 반갑게 대했다.

"김호한 장군 따님이시라. 부친 닮아갖고 상구 강해 뵈요. 동공에 심이 들어 있는 기라."

우 씨가 양해를 구했다.

"우리 기도가 다 끝나 가는데, 쪼꼼만 기다리주이소."

비화는 조금도 신경 쓰지 말라는 듯 얼른 말했다.

"천천히 하시이소."

비화와 원아는 방 한쪽 구석자리에 앉아 말없이 기도 장면을 지켜봤다.

'하느님! 나라에서 또 저희를 박해할라쿠는 움직임이 나타나고 있사옵니더. 부디 심없는 저희를 가엾다 여기시고 깊이 살피시사, 거룩하고 또 거룩하옵신 주님의 뜻을 만천하에 알릴 수 있는 능력을 주시옵소서. 심을 주시옵소서! 믿음을 주시옵소서!'

창무가 그런 기도를 하는 동안 우 씨와 우정 댁은 계속해서 입으로 '주님, 마리아님'을 불렀다. 비화가 느끼기에, 금방이라도 어디선가 그들이 부르는 그 대상의 음성이 들려올 것만 같았다. 천필구 아들 얼이도 이제 제법 의젓한 태도로 기도에 임하고 있었다.

'오, 주님! 저희 길을 잃고 헤매는 에린 양들은…….'

비화는 어두운 방안 분위기 탓인지는 몰라도 어쩐지 그네들 앞날이 그리 밝아 보이지 않는다는 불길한 예감에 휩싸였다. 그 집안 가장인 천필구의 죽음이 자꾸만 떠올라 더욱 그랬는지 모른다.

"아멘."

이윽고 기도는 끝이 났다. 얼이는 밖으로 나가고 모두 빙 둘러앉았다.

"천필구 그분이 천국에 가실 수 있거로, 여러 날 기도드리고 있심니더."

우 씨가 누구에게랄 것도 없이 말했다.

"두 분 안색이 너모 어두버 비입니더. 무신 일이 있는 기라예?"

원아 물음에 창무가 한숨을 내쉬며 대답했다.

"갈수록 공기가 안 좋심니더. 운제 각중애 불칼이 떨어져 내릴랑고 우리 신자들 모도 큰 불안에 떨고 있심니더."

그러자 우정 댁이 몹시 화난 사람처럼 큰소리로 말했다.

"지는 하나도 불안 안 합니더. 하느님하고 성모 마리아님이 우리를 돌봐주실 낀데 머시 무섭심니꺼? 내가 너희를 지키줄 것이니 쪼꼼도 두려버하지 마라, 그런 말씀도 하싯고예. 그라고……."

그런데 거기까지 말하던 우정댁 표정이 갑자기 다른 사람같이 확 바뀌었다. 그녀가 정신 나간 여자처럼 방문을 박차고 뛰쳐나간 것은 순식간에 일어난 일이었다. 그러잖아도 곧 떨어져 나가지 않을까 싶게 아슬아슬하게 붙어 있던 장지문이 그대로 빠져버릴 듯했다.

"아, 아주머이!"

"얼이 어머이!"

방에 있던 사람들 모두가 깜짝 놀라 벌떡 일어났다. 그러고는 하나같이 황급하게 밖으로 따라 나갔다. 뭔가 심각한 사태가 벌어진 게 틀림없었다.

바로 그때다. 무슨 심상찮은 소리가 크게 들려왔다. 저마다 얼굴에서 핏기가 싹 가셨다. 탱자울타리 바깥에서 나는 소리였는데, 그것은 얼핏 들어봐도 금세 숨이 넘어갈 것 같은 닭소리였다. 곧이어 우정댁 고함소리가 온 마을을 쩌렁쩌렁 울렸다.

"이눔아! 이 미친눔아! 당장 그 닭 모가지 몬 놓것나, 응?"

모두가 소스라쳐 보았다. 그곳 울타리 밖에서 얼이가 닭 한 마리를 제 사타구니 사이에 꼭 끼워놓고는 두 손으로 모가지를 비틀어대고 있었다.

"아, 얼이가 또?"

원아가 곧장 쓰러질 듯 크게 비틀거렸다. 그녀는 그전에도 같은 장면을 본 모양이었다. 창무와 우 씨가 두 손으로 연방 성호를 그으며 기도했다.

"오, 하느님! 성모 마리아님! 사탄을, 저애 몸속에 들어가 있는 나쁜 사탄을 퍼뜩 후차내 주시옵소서!"

"주여, 악마를 물리쳐 주옵소서! 악마를, 악마를……."

우정 댁이 얼이에게 달려들 것같이 하며 악을 써댔다. 남편을 비명에 보내고 이제 남은 건 악 하나밖에 없을 그녀였다.

"내가 니 보고 멀 쿠데? 한 분만 더 넘의 집 닭을 그리 줙이모 마을서 쫓기난다꼬, 이 에미가 몇 분을 씹어묵듯기 이약하더노?"

울고 싶은데 때린다고, 흡사 그곳을 떠나거나 죽을 명분을 얻은 사람 같았다.

"요서 몬 산다 말이다! 요서 몬 살모 그거는 죽는 기다!"

아마 마을 어느 집에선가 밖으로 나온 닭인 듯싶었다. 얼이는 우정 댁이 난리를 치자 닭 모가지를 놓고는 얼굴이 벌게진 채 한참이나 씩씩대더니 냅다 뒷산 쪽으로 내닫기 시작했다.

"저눔이, 저눔이……."

우정 댁은 끝내 털썩 땅바닥에 무너지듯 주저앉고 말았다. 원아가 급히 달려가 우정 댁을 일으켜 세우며 울음 섞인 목소리로 달래기 시작했다.

"성님, 진정하이소. 참으이소."

"으아아아……."

그러나 우정 댁은 그런 소리를 마구 내지르며 그대로 맨땅 위를 데굴데굴 구를 태세였다. 원아는 다른 누구에게 항의하듯 했다.

"오데 얼이 죕니꺼? 이거는 얼이 죄가 아이라예!"

급기야 우정 댁이 두 손으로 자기 복장을 함부로 쥐어뜯으며 울부짖었다.

"지 아부지 원혼이 저눔한테 딱 가서 달라붙은 기라. 목 베이서 죽은 지 아부지 원통한 혼이…… 아이구, 아이구우!"

"이, 이라시모 안 됩니더. 고마 일어나시이소, 예?"

비화는 원아와 힘을 합쳐 어렵사리 우정 댁을 일으켜 세웠다.

'꼬꼬, 꼬오꼬……'

얼이에게 목을 졸려 질식사 직전까지 갔던 암탉은 여전히 제정신을 차리지 못하고 있다. 아직도 고통이 가시지 않아 너무나 괴로워하는 놈의 목털은 함부로 짓눌려 있고, 돌출한 두 눈알은 보기조차 섬뜩할 만치 시뻘겋다.

"우선에 여 좀 앉아 보이소."

발악하듯 몸부림치는 우정 댁을 간신히 집 안으로 데리고 들어와 비좁은 툇마루 끝에다가 억지로 앉혔다.

"아이구, 아이구!"

그때쯤 우정 댁은 제풀에 지쳐 마루의 사각기둥에 등짝을 기댄 채 그런 소리와 함께 눈을 감고 간간이 어깨만 들썩거렸다.

"운제부텀 저리했는고 압니꺼?"

아직도 질리고 굳은 낯빛을 풀지 못하고 있는 창무 물음에 원아가 흐느끼며 대답했다.

"지 아부지가 효수행 당하는 거를 본 그날부텀 저리한다꼬 합니더."

"아, 그날부텀?"

우 씨 눈에 공포의 빛이 가득 서렸다. 비화 가슴도 매우 섬쩍지근했다. 머리를 풀어헤친 망나니들의 칼춤이 눈앞에 나타나 보였다.

"닭이고 개고 돼지고 할 거 없이, 그냥 지 눈에 비모 비이는 대로 모돌띠리 목을 졸라 쥑인다꼬……."

원아 말을 끝까지 듣지도 못하고 우 씨가 오싹 진저리를 쳤다.

"으, 참말로 무서븐 일이네예. 악귀들이 설치대는 지옥도 아이고, 시상에 우째 이런 일이 일어날 수 있는 깁니꺼?"

창무가 무겁게 고개를 끄덕였다. 그러다가 마당이 내려꺼져라 깊고 긴 한숨을 내쉬었다.

"저 에린 가슴에 올매나 큰 충객으로 남았것소."

우 씨는 손으로 연방 십자를 그어댔다.

"하느님! 마리아님!"

창무 눈빛이 안개에 싸인 것처럼 뿌옇게 흐려졌다.

"시방 얼이는 이 시상 모든 거를 다 쥑이고 싶은 멤일 끼라."

탱자나무 가시가 그 개수만큼의 창 같아 보이는 비화였다.

"흑흑, 흑흑흑."

원아가 울음을 터뜨렸다. 우정 댁이 눈을 감은 채로 또 울기 시작했다. 창무 음성은 한층 침통해졌다.

"활활 타오르는 그 증오심의 불길을 누가 끌 수 있것노, 그 말이오."

"……."

비화는 너무 가슴이 막혀 그 어떠한 말도 할 수가 없었다. 눈앞에는 효수형에 처해지는 유춘계와 천필구, 한화주 그리고 농민군 주동자들 모습이 어른거렸다. 지금은 이 세상에 없는 사람들이다. 귀신이 되었다. 인간은 귀신과는 다른 줄 알았는데 그게 아니다. 숨이 끊어지고 나면 그게 곧 귀신인 것을. 그러면 귀신도 다시 숨이 붙으면 도로 인간이 될 수 있을까?

'그날…….'

비화는 지난번에 원아와 함께 성 밖 친정집을 찾아왔던 우정 댁에게, 아들 얼이가 그 처형 장면을 똑똑히 지켜보았다는 이야기를 듣기는 했었다. 아버지가 망나니 칼에 목이 뎅겅 달아나는 끔찍한 장면을 제 눈으로 본 어린 얼이 마음이 어떨 것인가? 그렇지만 그때나 지금이나 도저히 믿기지 않았다. 그 현장을 지켜보았다니, 어떻게 그럴 수 있단 말인가?

그러나 그에 못지않게 두렵고 경악스러운 노릇이었다. 살아 있는 짐승 모가지를 손으로 졸라 죽이려 하다니. 저러다가, 저러다가 만약 사람까지…….

'시방 내가 무신?'

비화는 머리를 흔들어 그 엄청난 환영을 뿌리치려고 애썼다. 그렇지만 앞으로 얼이란 저 사내아이가 어떤 무섭고 섬뜩한 짓을 저지르게 될지 상상만으로도 비화는 숨을 쉬기 힘들었다. 얼이는 천주학 교인들이 저주하는 저 사탄의 새끼, 그것이란 말인가?

비화는 뛰는 가슴을 손바닥으로 누르며 그 집 안을 둘러보았다. 불행과 비탄의 그림자가 곳곳에 온통 거미줄처럼 처져 있는 느낌이었다.

'그렇다모 그냥 있어서는 안 된다.'

비화는 원아처럼 우정 댁과 얼이 모자에게도 생활의 변화를 주어야 한다는 생각이 신의 계시처럼 들기 시작했다. 그들을 계속 이런 상태로 뒀다간 무슨 엄청난 불상사를 당할지 모른다. 모르는 게 아니라 반드시 겪게 될 것이다.

'쌔이 해야것다.'

비화 마음이 걷잡을 수 없이 초조하고 다급해졌다. 그런데 원아도 똑같은 심정이었을까?

"실은예……."

우정 댁한테는 말 못 하고 대신 창무 부부에게 자초지종 털어놓았다.

"상촌나루터서 콩나물국밥 장사를 한다꼬예?"

원아 이야기를 다 들은 우 씨가 뜻밖이란 표정으로 말했다.

"와 각중애 그런?"

원아는 대답 대신 비화를 돌아보았다. 그녀는 제 입으로 말해놓고도 여전히 자신이 없는 건지 모르겠다.

창무도 한참이나 어리둥절한 표정이었다. 비화는 일부러 아무 소리도 하지 않고 그들을 지켜보고만 있었다. 당사자가 아니라 제삼자 입장에서의 객관적인 판단은 어떨지 알고 싶어서였다.

그때 기진맥진하여 앉아 있던 우정 댁이 번쩍 눈을 뜨며 말했다.

"내는 좋심니더. 얼라 아부지도 없는 집에 장 혼자 있을라쿤께, 에나 사람이 미치삘 거 겉심니더."

모두가 우정 댁을 바라보았다. 동정과 불안이 섞인 그 눈빛들이 복잡했다.

"날만 어둑해지모 얼라 아부지가 똑 생전에 했듯기, '얼이야!' 함서 그 큰 덩치로 삽짝을 들어서는 모습이 눈에 얼찡거리싸서 몬 살 거 겉어예."

"……."

"한밤중에 우찌우찌 아조 잠깐 잠이라꼬 들었다가도 그런 소리 듣고 얼릉 일나서 밖으로 나가보기도 합니더."

남의 집에 와 있는 것처럼 좁은 집 안을 휘 둘러보며 우정 댁은 꼭 신들린 사람같이 거침없이 말을 뱉어냈다.

"인자는 이집이 정이 딱 떨어집니더. 너모 무섭심니더. 겁이 납니더."

원아와 우 씨가 더없이 걱정스러운 얼굴로 우정 댁을 불렀다.

"성님!"

"얼이 어머이!"

그러나 비화는 그 경황 중에도 마음 한쪽이 밝아졌다. 원아와 우정 댁이 도와준다면 천군만마를 얻음일 것이다. 염 부인도 아주 흡족해하실 게다. 이 또한 신의 섭리라며 모두의 손을 덥석 잡아올 듯싶다.

'좋고 귀한 사람들.'

비록 오래 사귀지는 않았지만 두 사람 모두 심성이 더할 수 없이 착해 보였다. 게다가 비화 자신을 포함한 세 사람 모두 임술년 농민군이라는 공통된 이름으로 맺어져 있는 관계였다. 그보다도 더 끈끈하고 튼실한 끈이 다시 있을까? 유춘계 아저씨가 우리글로 지은 〈이 걸이 저 걸이 갓 걸이〉 노래가 영원할 것처럼 우리 사이도 영원할 것 같았다.

'하늘이 맺어주신 인연이 아이고서는…….'

얼이도 사람들이 많은 곳으로 가면 한결 나아질 것이다. 지난번 봤을 때에 비하면, 얼마 지나지도 않은 그새, 키가 콩나물 자라듯이 쑥쑥 큰 얼이는 제 아버지처럼 덩치도 좋고 완력도 있어 보였다. 때로는 폭력이 난무할 수도 있는 세상 바닥에서 적잖은 도움이 될 수도 있을 것이다. 무남독녀인 나의 남동생 삼았으면 참 좋겠다. 그래, 옥진은 여동생, 얼이는 남동생.

그 생각 끝에 비화는 창무와 우 씨가 참 불쌍하다는 마음이 일었다. 부부로 맺어진 지 긴 세월이 지났지만 아직도 슬하에는 한 점 혈육도 없었다.

'그래서 저들은 더 천주학에 매달리는지도 모리것다. 정을 줄 핏줄이 없은께.'

역시 창무 마음엔 천주학밖에 없는 듯했다.

"장사하모 사람도 이런 사람 저런 사람 마이 알기 될 낀께, 하느님 따르는 사람 한거석 맨드는 데 앞장서 주이소, 우정댁."

그러자 우정 댁이 뜬금없이 원아를 향해 말했다.

"동상도 천주학 믿어라. 하느님 믿으모 그 사람 생각도 잊히질 끼다."

"……."

원아가 아무 말이 없자 우정 댁은 기둥에 뒤통수를 대고 가만히 먼 하늘을 올려다보았다.

"내도 저 하늘 우에 계시는 하느님 안 믿었으모 안 있나, 얼이 아부지 그리는 생각 땜에 하매 미치도 백 분은 더 미치뻤을 끼거마는."

그때 탱자나무 울타리로 무리를 지어 날아들고 있는 것은 다갈색 굴뚝새였다. 여름에는 산지에 살다가 겨울이 오면 인가의 굴뚝 부근에 와서 사는 새들이었다. 우정 댁은 흡사 그 새들에게 묻는 것처럼 했다.

"와? 하느님을 몬 믿는 기가?"

"……."

"그라모 불행한 기다. 내가 시방꺼지의 우리 정분을 봐서라도 동상이 그리 되는 거를 보고만 몬 있제. 그러이 믿어라. 믿으모 된다."

그렇지만 원아는 그저 그녀 특유의 소리 없는 미소만 흘렸다. 한과 슬픔이 그대로 뚝뚝 묻어나는 공허한 웃음이었다.

"앞으로는 말입니더."

우 씨가 몹시 걱정스러운 얼굴로 말을 계속했다.

"얼이를 하느님 앞에 잘 잡아둬야 할 거 겉심니더. 안 그라모 큰일 나것심니더."

모두는 선뜻 말이 없었다. 우 씨의 어조가 좀 더 조심스러워졌다.

"이런 이약하기가 쪼매 머하지만도, 아부지 없이 자라는 자슥들 중에는……."

우정 댁이 화를 낼까 봐 비화가 적잖게 마음을 졸이는데 우정 댁은 그 반대로 도리어 그들 부부에게 말했다.

"두 분이 잘 끌어주이소. 내는 저눔이 생생하거로 살아 있는 것들 모가지 잡아비트는 거 보모, 에나 몬 참거로 무섭고 겁이 납니더."

비화가 얼핏 바라본 탱자나무 울타리 한 곳에는 개구멍만 한 작은 틈이 나 있었다.

"맨드라미나 나팔꽃, 심지어 인자 막 꽃이 필라쿠는 호박 줄기꺼지 싹 비틀어 쥑이는 거 보모 안 있어예."

우정 댁은 새파랗게 질린 안색에 핏기 없는 입술을 떨면서 말했다.

"얼이 몸띠이에 사탄이 들가 있는 거 겉애서 미치것심니더."

"……."

모두 잠자코 듣고만 있었지만 그 집안 공기 속에는 위험하기 그지없는 기운이 흐르고 있었다. 바깥주인을 잃은 집은 세찬 파도에 휩싸이는 작은 돛배같이 느껴졌다.

"그랄 때마당 하느님, 예수님, 성모 마리아님을 부림시로 매달리듯기 기도를 올리지만도, 너모너모 섬뜩시러버서 우짤 줄 모리것십니더."

비화 눈앞에 닭 모가지를 비틀던 얼이 모습이 선연히 되살아났다. 캑캑거리며 당장 숨이 넘어가는 닭 눈알보다도 더 시뻘겋게 변해 있던 얼이 눈을 떠올리기만 해도 소름이 오싹 돋았다. 그것은 절대 인간의 눈이 아니었다. 효수형당한 농민군 자식들 중에 얼이 같은 사람이 얼마나 더 있을지 몸서리가 쳐졌다.

"주님께서 말씀하싯십니더. 당신이 보살피주실 것이니 두려워하지 말 것이며……."

창무와 우 씨 목소리는 절실했다.

"우리도 장사 잘되거로 하느님께 기도 열심히 하것십니더."

그때였다. 탱자울타리 밖이 떠들썩해지더니 곧 어지러운 발자국 소리가 났다. 창무와 우 씨 얼굴이 하얗게 변했다. 비화 가슴도 쿵 내려앉았다.

'해나 천주학 신자들을 잡아갈라꼬 출동한 관졸들이 아일까?'

그런데 마당에 막 들어서는 사람은 늙은이들이다. 조금 전에 뒷산 쪽으로 달려갔던 얼이도 있다. 그들을 본 우정 댁이 그만 몸 둘 바를 몰라 했다.

"아, 두 분이……."

같은 마을에 살고 있는 곽 노인의 벌겋게 달아오른 얼굴이 있다. 그 옆에는 그의 아내 김 노파도 화가 나서 씩씩거리는 게 보였다. 그들 눈에는 지금 그 집에 와 있는 손님들이 전혀 보이지 않는 모양이었다.

"보소, 우정댁!"

우정댁 몸이 움찔했다. 그게 지아비 없는 아낙의 나약한 모습 같아 비화 가슴이 저릿했다.

"내 오늘은 하늘 두 쪼가리 나도 그냥 몬 넘어가것는 기라."

단단히 벼르고 온 눈치다.

"이런 불한당 겉은 눔하고 한 동네 몬 산다 고마!"

곽 노인은 갈고리 같은 손으로 얼이 목덜미를 단단히 움켜쥐고 노발대발이다. 늙은이들 기세에 가려져 얼이 존재가 아주 조그맣게 느껴질 판이었다. 그의 어머니 말처럼 무섭고 겁이 나는 아이와는 한참 동떨어져 보였다.

'그란데 얼이가?'

그런데 비화 보기에 더 놀라운 건 얼이다. 얼이는 무표정했다. 아니다. 되레 그 순간을 즐기려는 아이 같았다. 아이가, 아니 어른도 저럴 순 없었다. 어떻게 보면, 아니 분명히, 얼굴에 희미한 웃음기가 떠올라 있다. 그것도 세상과 어른들을 비웃는 것 같은 표정이다.

"우리 보고 우짜라는 기고오, 우짜라는?"

김 노파가 마당가 흙바닥 위에 털썩 주저앉더니만 초가지붕이 금방 폭삭 내려앉을 정도로 악을 썼다.

"요집 아들 눔 땜에 우리 송아지가 죽을 뻔했던 기라. 내사 몬 산다, 엉? 이래갖고는 몬 산다아! 이집에서 내 초상 치라이!"

원아가 얼른 얼이에게 다가가 말했다.

"니 잘몬했다꼬 퍼뜩 할아부지, 할무이한테 용서 빌어라, 얼릉. 인자 다시는 그런 짓 안 한다꼬 싹싹 안 빌고 머하노?"

비화도 곽 노인에게 사정했다.

"우선에 얼이 목 좀 놔주이소. 숨 맥히서 죽것심니더."

그러나 곽 노인은 발악하듯 했다.

"흥, 몬 놓는다. 내가 이눔을 우찌 잡았는데 그냥 놔준다 말고?"

도리어 얼이 목을 함부로 잡아 흔들어댔다.

"다람쥐매이로 달아나는 이눔 잡는다꼬, 심도 없는 이 늙은이가 올매나 죽을 고생했는고 아나?"

울타리 탱자나무 가시들이 일제히 그 뾰족한 끝을 세우는 것처럼 보였다.

"영감님!"

창무 부부도 나섰다.

"우리가 들어서라도 앞으로는 그런 짓 절대 몬 하거로 할 낀께네, 인자 지발 고마 놔주시소."

창무 말끝에 우 씨도 얼이에게 시켰다.

"너모 죄송하다꼬 말씀드리라 고마."

그런데 그게 아니었다. 한층 더 뜻밖의 상황이 눈앞에 벌어졌다. 얼이는 목을 틀어 잡힌 채 창무에게 마구 해대기 시작한 것이다.

"아자씨한테 함 물어보고 싶은 기 있심니더! 아자씨는 죽은 울 아부지가 천당 갔다꼬 하싯지예?"

"……."

"천당, 천당예!"

너무나 졸지에 터져 나온 그 말에 어른들이 선뜻 입을 열지 못하고 있는데 얼이는 더욱 목청을 높였다.

"와 거짓말합니꺼? 와 거짓말합니꺼?"

창무와 우 씨는 시로 얼굴을 마주 보며 어쩔 줄을 몰라 했다. 얼이는 세상에서 둘도 없는 후레아들같이 굴었다.

"울 아부지는 천당에 안 갔십니더. 와 우리를 기십니꺼, 야?"

일순, 악마 같은 그 사나운 서슬에 크게 놀란 곽 노인이 얼이 목덜미를 잡았던 손을 놓아버렸다. 마당가에 이루 말할 수 없이 무겁고 침통한 공기가 감돌았다. 굴뚝새들도 그 분위기를 감당하기 힘들었는지 모조리 집 뒤곁 쪽으로 날아가 버렸다.

그런데 얼이는 도망칠 생각은 아예 하지 않고 창무 부부에게 대들듯이 더욱 크게 고함을 쳐댔다. 그 모습이 닭 모가지를 비틀 때보다 더 섬뜩해 보였다.

"울 아부지가 꿈에 나타나갖고 지한테 말씀했십니더. 내는 목이 없어 아모 데도 몬 간다, 그리 말입니더."

거기 있는 모든 사람들 얼굴에서 핏기가 싹 가셨다. 목 없는 귀신. 하지만 얼이에게서 갈수록 한층 더 경악할 소리가 나왔다.

"그람서 우떤 목이라도 좋은께, 내 몸띠이에 붙이 달라 그라데예."

'아.'

비화는 하늘과 땅이 그대로 딱 들러붙어 버리는 느낌이었다. 이 세상에 태어나서 저렇게 섬뜩하고 참담하고 무서운 소리는 아직 들어본 기억이 없었다.

"어, 얼아, 얼아……."

우정 댁은 세상 더 살 사람 같아 보이지 않았다.

"니, 니 시방 그기 무, 무신 소리고, 으잉?"

모두가 도저히 눈앞의 일을 믿을 수 없다는 표정이었다. 그건 그 나이의 사내애 입에서 나올 소리가 결코 아니었다. 철천지한을 품고서 비명에 간 천필구 그가, 아들 얼이 꿈에 목 없는 모습으로 나타나 목을 붙여 달라고 했다니.

"오, 주님이시여!"

"아, 성모 마리아님!"

창무와 우 씨는 이번에도 그들이 할 수 있는 것은 그것뿐이란 듯 연방 성호를 그어댔다. 하지만 혼령은 쉬 물러갈 성싶지 않았다. 곽 노인과 김 노파 얼굴에서 분노와 지탄의 빛이 사라진 지 오래였다. 그들 주름마다에 질려버린 기운이 서려 보였다.

"어이구, 이눔아! 이 에미 잡아무라! 에미 잡아무라! 아부지 잡아묵었은께 그담에는 에미 잡아무울 순서 아이가?"

우정 댁이 얼이 몸을 붙들고 몸부림쳐가면서 대성통곡했다.

"어이구, 어이구우."

하지만 얼이는 백치처럼 아무런 표정이 없었다. 장승을 가져와서 세워놓아도 지금 저와 같이 움직임이 없을 수는 없다.

'우찌 저랄 수 있노? 에나 부모 잡아무울 아아 겉다. 아, 몸써리야!'

비화는 더할 수 없는 슬픔 속에서도 전신이 부들부들 떨렸다. 마치 팔다리에 줄을 매어 그 줄을 당겨 춤을 추게 하는 나무로 만든 꼭두각시와 다름없었다. 맞았다. 그 어떤 감정도 없는 망석중이였다.

"주여!"

그런 가운데 창무의 간절한 기도 말이 흘러나왔다.

"우리 하느님께서는 인간들의 고통을 당신께로 이끄는 통로로 바꾸시나니."

하늘의 소리 같았다.

"모든 인간적 고통과 아픔과 약점은……."

창무는 혼신의 힘을 다해 사탄과의 투쟁에 임하고 있는 모습이었다. 비화는 여태 그토록 한 가지에 심신을 내던지는 사람은 보지 못했다.

"반드시 그 안에 구원의 약속과 기쁨의 약속을 담고 있나니……."

"오오, 주님, 주님!"

절대자에게 끝없이 매달리는 우 씨 목소리였다.

'꼬끼오! 꼬오끼이오오!'

어디선가 낮닭이 운다. 얼이 손에서 구사일생으로 풀려났던 그놈인지도 모르겠다. 얼이를, 아니 모든 인간들을 향해 저주를 퍼붓는 것인가?

'으으.'

문득, 비화는 또 다른 어떤 환영에 부르르 몸서리를 치지 않으면 안 되었다. 천필구가 그의 유족들을 향해 피울음을 터뜨리고 있는…….

# 주막의 대결

점박이 형제와 민맹꽃이 상촌나루터에 나란히 그 모습을 드러낸 것은, 비화가 우정댁, 송원아와 더불어 그곳에 콩나물국밥집을 낼 계획에 한창 빠져 있을 그즈음이었다.

서산에 걸린 낙조가 남강을 온통 섬뜩한 핏빛으로 물들여가고 있는 중이다. 무릇 사람이든 짐승이든 자연이든 그 마지막은 언제나 저렇게 치가 떨리도록 처절한 것일까? 죽고 싶도록, 아니면 죽이고 싶도록 아름다운 법인가?

산기슭을 따라 흘러가는 강물에 작은 나룻배를 띄우고 있는 늙은 뱃사공의 흰옷과 허연 머리털도 붉은색이었다. 하루 종일 핏대 세워가며 흥정하느라고 목이 타들어갈 대로 타들어간 상인과 농민들도, 이제는 하루의 힘든 인생 짐을 죄다 내려놓고 둥지에 깃드는 물새처럼 주막으로 찾아들 시각이다.

"어? 몬 보던 술집이 새로 하나 생깃네?"

만호가 무슨 대단한 보물을 발견한 양 흥분했다. 개 눈에는 뭐만 보인다고, 그 찍어 붙인 듯한 눈에 비치는 건 언제나 그런 것들만 보였다.

"물가에 딱 붙어서 전망도 상구 좋아 비입니더, 성님들예."

맹쭐이 '쩝' 입맛을 다시며 말했다.

"우리 오늘은 저 주막에서 코가 삐뚤어지거로 한분 마시보자, 그라모."

억호 말에 만호가 맞장구쳤다.

"어짓밤에 막 퍼마신 술 땜에 내 코가 오른짝으로 삐뚜룸해져 안 있소. 그라이 오늘은 왼짝으로 삐뚤어 놓자고요. 히힛."

"니 점 있는 그짝으로 말이제?"

억호 말에 만호가 벌컥 화를 내었다.

"그라모 새이는 없소?"

똑같은 흠을 잡는 소리였다. 그들 형제 모르게 맹쭐의 입귀에 묘한 웃음이 걸려 있었다. 억호가 앞장서서 성큼성큼 걸어가며 말했다.

"니하고 내하고 술에 씻기서 얼골 점이 없어지거로 마시자꼬."

"진즉 그리 이약 안 하고."

만호가 형과 같은 등급으로 놀겠다는 듯 곧 그의 옆에 서서 걸었고, 맹쭐은 약간 거리를 두고서 그들 형제 꽁무니에 붙어 졸래졸래 뒤를 따랐다. 그 모양새들이 가증스럽고도 우스워 보였다.

점박이 형제는 탄탄한 어깨에 잔뜩 힘이 들어가 있는 듯싶고, 맹쭐은 경망스럽고도 주책없기가 짝이 없이 마냥 촐랑거리는 꼴이었다. 그리고 이날뿐만 아니라 그들은 항상 그런 모습들이었다. 행인들이 급히 옆으로 비켜서며 그들에게 길을 터주고 있었다. 고을 사또 행차도 그 정도 위세까지는 아닐 듯싶었다.

"으흠."

자기들의 출현을 알리는 높은 헛기침을 내면서 주막으로 들어섰다. 방은 말할 것도 없고 마당에 놓여 있는 여러 평상에도 먼저 온 손들이 큰소리로 떠들면서 술잔을 주거니 받거니 하고 있다. 그 안은 공기도 불그레한 빛을 품고 있는 듯하다.

"주모! 이 주막서 젤 좋은 자리가 오데요?"

뒤에 들어와서는 마수걸이 행세다.

"오늘 특별히 귀한 성님들 뫼시고 왔은께 후딱 안내하소."

맹쭐은 꼭 권문세도가의 청지기처럼 행동했다. 평상에 그림자를 드리우고 있는 나무들이 멀거니 내려다보고 있었다.

"이리로 오이소. 모도 몇 분이지예?"

그들을 반갑게 맞아들이는 주모는 밤골 댁이다. 머리에 매단 빨간 헝겊이 이제는 제법 술어미 티를 낸다. 얼굴에는 화장한 흔적도 보인다.

억호 일행은 이제 막 다른 손들이 겁난 듯 서둘러 일어난 강가 쪽 평상으로 가 앉았다. 출렁거리는 강물이 평상다리를 적실 정도로 바짝 붙어 흐르고 있다. 꼭 용궁과도 같은 분위기가 느껴진다.

"거 매운탕 내미 한분 줘이주요."

맹쭐은 코를 벌름거리며 호기롭게 외쳐댔다.

"쏘가리하고 잉어하고 가물치, 자라탕, 또오, 에이, 기억 안 난다. 하여튼 이집에서 젤 비싼 거로 해서 다 내놔 보소."

볏짚으로 이은 초가지붕이 붉은빛에서 거무스름하게 바뀌어가고 있었다. 그러자 그곳은 약간 괴기스러운 분위기가 연출되는 느낌을 주었다.

"예, 예. 손님들 쪼꼼만 기다리주이소."

밤골 댁은 신바람이 났다. 보아하니 돈푼깨나 만지는데다가 영락없는 술꾼들처럼 생겼다. 매상 팍팍 올리는 데는 이런 부류가 최고란 걸 밤골 댁도 이제 모르지 않는다. 험난한 이 세상을 살아감에 있어 가장 중요한 것은 역시 이력인가 경력인가 하는 그놈인 것이다.

"요눔들, 안됐지만도 우짜겄노."

밤골 댁은 오구 모양의 그물 달린 뜰채를 들고, 자갈돌로 빙 쌓아 만든 물웅덩이로 가서, 거기 가둬놓은 쏘가리와 잉어와 가물치, 민물장어 등을 떠올렸다. 서식하고 있는 물고기 종류도 많은 남강이었다.

"물괴기 새로 잡으로 간 기가?"

"술도가에 술 새로 사로 간 것가?"

생겨먹은 상판대기처럼 성질들도 참 더러워 빨리 술상 차려오지 않는다고, 어디 오랑캐 떼라도 쳐들어오는지 성화를 부리는 그들 앞에, 밤골 댁은 우선 김치와 나물, 부침개 등 기본 안주와 술 주전자부터 가져다주었다. 그 작자들은 갈증 난 목에 물을 넘기듯 강술을 벌컥벌컥 잘도 들이켰다.

'흥, 강변 능수버들매이로 척척 팔자 휘늘어진 한량들인가베. 불쌍한 농사꾼들은 죽으나 사나 쎄빠지거로 농사지이도 목구녕 풀칠도 심든데, 에나 시상은 불공팽하다 아이가. 하기사 그런 생각하모 오데 이 장사 해 묵것나.'

밤골 댁이 일을 하면서 가만히 들어보니 아직까지 새파란 것들이 그저 기생 타령 돈 타령 일색이다. 서둘러 매운탕을 가져가니 큰 주전자는 이미 바닥이 나 있어 새 술을 또 갖다 주고 돌아섰다. 저런 식으로 꿀꺽꿀꺽 마셔대면 얼마 안 가 이 가게에 있는 술독은 동이 날 것이다.

그때 남강에서 금방 잡아 올린 아주 싱싱한 활어하며, 실로 여러 코의 구멍이 나게 얽은 그물을 등에 짊어진 한돌재가 나타났다. 그의 변신도 밤골댁 못지않아 이제 농군 모습은 사라지고 영락없는 어부가 돼 있다. 특히 꽁무니를 따라다녔을망정 그래도 농민군으로 활약했던 그 흔적은 더욱 찾아보기 힘들었다.

그런데 연방 콧노래를 흥얼거리며 막 주막 마당으로 들어서던 돌재는 갑자기 귀신이라도 본 듯 그 자리에 딱 발을 멈췄다.

"헉!"

목이 졸리는 것 같은 소리가 돌재 입에서 터져 나왔다. 그렇지만 그것은 지극히 잠시였고, 그는 하얗게 사색이 된 얼굴로 밤골 댁이 일하고 있는 주방 안으로 무작정 뛰어들었다.

"와 그라요? 오데 물구신이라도 뒤에서 쫓아오는 기요?"

밤골 댁은 솜씨 좋게 파전을 싸악 뒤집으며 농담조로 말했다. 어느새 두 사람은 그런 실없는 소리를 나누는 데도 조금씩은 익숙해져 있었다. 하지만 돌재는 지금은 그럴 때가 아니란 듯 크게 흔들리는 목소리로 급히 물었다.

"저, 저게 물가 팽상에 아, 앉은 자들 안 있소. 그, 그들이 운제 온 기요?"

돌재 입술이 익사한 시신처럼 새파랬다. 밤골 댁은 뭔가 심상찮은 기분이 들었다.

"물가 팽상에?"

그녀는 지짐질하는 데 쓰는 솥뚜껑 모양의 무쇠 그릇인 번철을 손에 든 채 물었다.

"와 아는 사람들인 기요?"

그러자 돌재는 한층 기어드는 소리로 물었다.

"이, 임자는 저, 저것들이 누, 눈고 모리요?"

짧은 수염이 나 있는 턱까지 덜덜 떨어댔다.

"눈데 그라요? 내는 모리요."

밤골 댁은 주방문을 통해 그쪽 평상을 내다보면서 퉁명스레 말했다. 공포에 질린 남편의 그런 모습이 퍽 보기 안 좋았다. 그건 한 집안의 대들보로서의 가장이 취할 자세는 아니라고 믿었다. 그런데 돌재는 당장이라도 숨넘어가듯 했다.

"바, 바로 저, 점벡이 해, 행재들인 기라."

순간, 밤골댁 안색도 배추속대만큼이나 새하얗게 변해버렸다.

"그, 그라모? 그 몬된?"

돌재는 물 묻은 개처럼 부르르 몸을 떨며 간신히 일러주었다.

"지난번에 농민군들이 맨 먼첨 달리가서 불태워삔 임배봉이 집 자슥들이 바로 저 자들인 기라."

"이, 임배봉이 집 자슥들?"

밤골 댁도 근동에서 악명 높은 임배봉과 점박이 형제에 대해서는 벌써 들어 알고 있었다. 사람들이 그 고을을 다스리는 실권자인 목사가 누군지는 몰라도, 그 인간들은 안다고 할 정도였다. 그렇지만 그자들이 자기네 주막을 찾아들리라곤 상상도 하지 못했다.

"눈 밑에 시커멓기 벡히 있는 점들을 보고도 모리요?"

돌재는 그자들이 여기 온 게 밤골댁 잘못이기라도 한 것처럼 성난 목소리로 따지듯 했다. 밤골 댁은 변명하느라 쩔쩔맸다.

"내사 그냥 예사로 안 봤소. 그라고 드나드는 손님들 얼골 똑똑히 살피볼 필요가 오데 있것소. 내사 그저……."

한돌재 당신만 바라보고 살겠다는 말까지는 차마 하지 못했다. 그래도 돌재는 알아채고 기꺼워하는 빛이었지만, 그건 잠깐이었고 더욱 두려워하는 얼굴로 더듬거렸다.

"서, 설마 저것들이 내, 내를 알아보지는 않것제?"

밤골댁 음성이 거기 주방 기구들이 흔들릴 만큼 마구 떨려 나왔다.

"그라모 거, 거기도 배봉이 집을 부, 불태울 때 같이……."

돌재는 더없이 겁을 집어먹은 눈으로 한참이나 그들을 훔쳐보고 있더니 이윽고 절망인지 분노인지 모르겠는 투로 말했다.

"하기사! 내가 머 잘몬했노? 나쁜 인간은 저것들이제."

밤골 댁은 그새 까맣게 타버린 부침개를 음식물 쓰레기통에 버렸다.
"무담시 아까븐 음식만 내뻿다 아인가베. 거는 고마 방에 들가소."
그런 후에 등이라도 떠밀 것같이 하며 말했다.
"사내가 아낙네매이로 정지 들락거리는 거, 넘들 보기 벨로 안 좋거마는."
밤골 댁의 그 말이 막 끝난 직후였다. 그쪽 평상에서 제일 나이가 밑으로 보이는 점 없는 사내가, 삿대질이라도 하듯 이쪽을 향해 주먹을 흔들며 소리쳤다.
"주모! 여게 술 더 가지오소. 쪼꼼 더 큰 주전자에 팍팍 몬 담아 내놓나? 이거 술 주전자 밑구녕이 뚫린 기가?"
그 호통에 돌재가 움찔하며 고개를 잔뜩 어깻죽지에 끼우고는 얼굴을 모로 돌린 채 급히 방으로 피신했다.
"장사 똥은 개도 안 묵는다더이."
주막 일을 거들어주는 순산 집이, 손님들이 막 일어선 술자리의 빈 그릇이며 수저 등속을 주섬주섬 챙겨 주방으로 들어오며 구시렁구시렁했다.
"와 그라요, 순산집?"
혼자 시름에 잠겨 있던 밤골 댁이 힘겨운 목소리로 물었다.
"오데서 빌어묵던 개빽따구들인지는 몰라도……."
말이 없을 땐 내내 돌부처 같다가도 한 번 말문이 틔었다 하면 나라님도 막을 재주 없는 여자였다. 순산 집은 어딘지 모르게 불안해 보이는 밤골 댁을 힐끗 쳐다보며 말했다.
"저게 젊은 것들, 숭악한 꼬라지맹캐 주디들도 에나 험하다 아이요."
티끌 먼지 한 점도 그대로 보아 넘기지 못하는 그 깔끔한 성미는 어디로 보냈는지 주방 바닥에 침이라도 뱉을 품새다.

"내사 애니꼽고 겁이 나서 걸에도 몬 가것소."

평상시 하지 않던 악담도 했다.

"남강 용왕님이 나와서 좀 안 잡아가나?"

밤골 댁은 못 들은 척 잠자코 나물만 무쳤지만 마음은 초조하기 이를 데 없었다. 배봉과 점박이 형제 똥은, 방금 순산집 말마따나 보름 굶은 개도 더럽다고 그대로 지나간다 했다. 그런가 하면, 화적떼도 그들을 보면 달아날 정도로 잔악무도하다 했다.

'이거는 아모래도…….'

그런 것들이 꾸역꾸역 기어들었다는 것은 너무나 좋지 못한 징조였다. 저러다가 술 취한 개가 되면 무슨 횡포를 부릴지 모른다. 미친개 때려잡는 몽둥이는 어디로 가야 찾을 수 있을까? 밤골댁 속에서는 절로 탄식이 흘러나온다.

'후우, 우짜다가 그 기세 좋던 농민군이 다 무너지고 말았을꼬. 저리 몬된 것들은 눈깔이 시퍼렇기 살아갖고 막 설치고 댕기는데…….'

한편 방안으로 들어가 꼭 숨은 돌재는 가슴이 더 조마조마했다. 놈들은 자기가 농민군에 가담했다는 사실을 알면 당장 숨통을 끊어 놓으려 들 것이다. 초군과 그의 식솔들이 정든 고향 정든 일가붙이를 등진 채 산 설고 물 선 객지로 떠나가는 그 이유를 이제야 알 것 같았다. 죽어봐야 저승을 안다더니만.

'아, 그렇다모?'

돌재는 심장이 뚝 멎는 아찔함에 싸였다.

'저것들은 내를 찾아내서 쥑일라꼬 여게 온 기 틀림없다.'

억호 일행은 끝없이 술을 퍼 댔다. 술 귀신들이다. 온갖 잡동사니 상소리들이 흘러나왔다. 그곳 분위기가 험악해지자 다른 술자리 손들이 하나둘씩 일어나서 슬금슬금 나가버렸다. 취기가 오를 대로 오른 만호 입에서 뜻밖의 이름이 튀어나오기 시작했다.

"옥지이 고 가시나, 똑 야시맹캐 생기갖고 올매나 야시 짓을 해쌌기에, 홍 목사가 그리 홀딱 빠지삣는고?"

억호는 자못 아쉽다는 듯 잔뜩 혀 꼬부라진 소리로 말했다.

"기맹(기명妓名)이 해랑이라꼬? 생긴 기 딱 기생 묵기다. 우리 운제 한분 더 데불고 놀 기회 맨들어 보자 고마."

"우와! 상구 기대가 됩니더, 기대가예! 옥지이도 좋아 안 하까이예?"

점박이 형제에게서 옥진과의 일을 들어 어느 정도 알고 있는 맹쫄은, 항상 그렇듯이 옥진 이름이 나오자 목울대가 울리도록 마른침부터 꿀꺽 삼키며 그들과 함께 추잡스럽게 놀았다. 벌써 몇 개째인지도 모를 새 주전자를 그들 앞에 갖다놓고 막 돌아서던 밤골 댁은 고개를 갸웃했다.

'옥지이? 오데서 들었더라? 옥지이, 옥지이!'

주방에서 매운탕 양념장을 조리하다가 밤골 댁은 비로소 기억해낼 수 있었다. 새덕리에 살던 시절, 언젠가 비화를 찾아온 그녀와 함께 골방에서 술상을 두드리며 노랫가락을 뽑기도 했었던 일이 생각났다.

'그 처녀가 관기였거마는. 우짠지 그날 노는 기 좀 다리다 그리 싶더이. 그란데 저것들이 데불고 놀았다이 그기 무신 말일꼬?'

아무리 궁리궁리 해봐도 모를 노릇이었다. 그건 그렇고, 앞으로는 제발하고 저것들이 우리 주막 출입을 하지 말았으면 했다. 혹여 나쁜 소문이 새 나가면 손님들 발길이 뚝 끊어질까 염려되었다. 손님이란 마치 마른 등걸에 불길 옮겨 붙듯 한꺼번에 우르르 몰려들었다가 또 한순간에 썰물같이 빠져나가는 습성이 있다.

무엇보다 돌재 씨가 저렇게 안절부절못하는 독종들이란 게 마음에 가시로 걸렸다. 평소 수더분한 성질의 순산 집도 계속 그들이 신경에 거슬리는 모양이었다. 일을 하면서도 여러 차례나 그쪽을 힐끔거렸다.

'지발하고 아모 불상사도 없어야 할 낀데.'

그러나 밤골 댁의 불길한 예감은 결국 적중하고 말았다. 과녁에 박혀 파르르 떨고 있는 화살처럼 말이다.

"어서 오이소."

공교롭게 새로 찾아든 손들도 셋이었다. 행색을 보아하니 5일장을 찾아다니는 행상인들 같았다. 얼굴은 햇볕과 바람에 그을고, 제멋대로 자라난 머리카락과 수염이 얼핏 나이 좀 들어 보여도, 찬찬히 뜯어보면 아직 젊은 층이었다.

"여 자리가 비었거마."

그들은 억호 일행이 한창 술판을 벌이고 있는 맞은편 평상에 자리했다.

"밥 세 공기 얼릉 주이소. 시방 우리가 마이 시장하요. 목 마린께 마실 거부텀 좀 갖다 주고……."

어깨가 탄탄하고 기골이 장대한 걸로 미뤄보아 제법 힘깔이나 씀직한 사내가 말했다. 순산 집이 우선 막걸리부터 한 주전자 내왔다.

"상촌나루터는 운제 와 봐도 증말 대단 안 하요. 조선팔도에 이만한 곳도 그리 안 흔할 끼거마는."

면상이 크고 구레나룻을 기다랗게 기른 사내가 말했고, 여린 몸매에다 음성도 여자처럼 가느다란 이가 얘기했다.

"인자는 뜬구름매이로 이리저리 돌아댕기는 거도 신물이 납니더. 운제나 한곳에 딱 자리 잡고 살 날이 올랑고 모리겄십니더."

그 나이들에 벌써 그따위 소리들을 늘어놓는 걸로 봐선, 필시 아주 소싯적부터 떠돌이 도붓장수로 살아온 사람들이 확실했다.

그들 상 위에 밥그릇이 놓이는 것을 괜히 노려보고 있더니, 맹쫄이 큰 주먹으로 자기들 앞에 있는 상을 부서져라 함부로 두드리면서 또 술을 시켰다.

"저……."

순산 집이 조심스레 입을 열었다.

"주전자 열 개도 더 비웠네예. 그라이 인자 고마 드시는 기……."

그 말이 채 떨어지기도 전이었다.

"머시라? 썅! 손님이 술 더 갖고 오라모 갖고 오모 되지, 무신 잔말이 그리 많은 기고, 으잉?"

만호가 솥뚜껑 같은 주먹으로 술상을 '꽝' 내리쳤다. 그 서슬에 그만 술상이 엎어지면서 술잔이며 매운탕 그릇이 평상 바닥에 나뒹굴었다.

맞은편 평상에 앉은 사람들 눈길이 자연스럽게 일제히 이쪽으로 쏠렸다. 옷이 온통 벌건 매운탕 국물에 젖어버린 만호가 그들을 향해 소리 질렀다.

"머 보는 기고? 밥이나 안 처묵고……."

"밥이나 안 처묵고?"

탄탄한 어깨가 되받았다.

"허, 입버릇 한분 되게 고약하거마는."

그러자 맹쭐이 자리에서 발딱 일어섰다.

"씨발! 오데서 굴리온 개뼉따구들이고?"

그는 눈으로 점박이 형제를 가리키며 시비조로 나갔다.

"야! 너거들 이분들이 누신지 알고나 까부는 기가?"

"우리가 알 끼 머꼬?"

이번에는 구레나룻이 나섰다. 여차하면 즉시 맞받아칠 태세였다.

"요것들이야?"

억호는 아까부터 계속 고개를 숙인 채 말이 없고, 만호가 우람한 몸집을 뽐내듯 일으켜 세웠다.

"개새끼드을! 오늘이 너것들 제삿날인 기라. 지 발목때기로 관 속에 들왔다 아이가. 날 잘 받았거마."

"제삿날? 누 제삿날인고 보까?"

체구도 음성도 여자같이 가냘픈 사내가 응대했다.

"우리가 이래봬도 시상에서 한 개도 무서븐 기 없는 장똘뱅인 기라. 온 조선팔도 험한 시장바닥서 놀아난 호래이들 아인가베."

억호가 천천히 고개를 들며 처음으로 입을 열었다.

"토까이새끼 보고 웃통 벗기는 우리 채맨(체면)에 쪼매 머했는데, 그기 아이고 호래이라 쿤께네 구미가 쫌 땡기거마는."

그때까지 나가지 않고 남아 있던 몇몇 손님들이 수저를 내려놓고 흥미 반 염려 반이 섞인 눈빛으로 그 광경을 지켜보고 있었다.

'우, 우짜노?'

그때쯤 살벌한 분위기를 읽은 밤골 댁도 마당에 나와 서서 어쩔 줄을 몰라 하고 있었다. 순산 집은 밤골댁 등 뒤에 숨어 숨도 크게 못 쉬었다.

"성님들은 그냥 그대로 앉아들 계시소. 저까짓 것들이사 이 맹쫄이 혼자서도 모돌띠리 해치울 수 있다 아입니꺼."

맹쫄의 큰소리에 만호는 대단히 흡족하다는 얼굴로 도로 자리에 퍽 주저앉았다.

"알것다. 그라모 우리는 기경만 할 낀께, 맹쫄이 니가 저것들 안 섭섭하거로 적당히 손 좀 봐조라 고마."

"예, 성님들."

그렇게 말하면서 맹쫄은 날렵하게 평상 아래로 뛰어내렸다. 조금도 술을 마신 사람 같지 않았다. 항상 점박이 형제를 그림자처럼 따라다니며 싸움판을 휘젓고 다닌 이력이 무색치 않아 보였다.

일순, 상대 쪽에서는 더없이 팽팽한 긴장감이 감돌았다. 범은 범을 알아본다 했다. 장돌뱅이로 전전하면서 숱한 쌈질을 해온 그들인지라, 저쪽 몸놀림 하나만 보고도 벌써 솜씨가 만만치 않다는 것을 알아챈 것이다.

"내가 상대하것소."

면상이 큰 구레나룻이 주먹을 불끈 쥐고 일어서며 말했다.

"아, 와, 와 이리?"

밤골 댁은, 정 싸우려거든 주막 안에서 이러지 말고 밖에 나가서 싸우라고 말하고 싶었다. 하지만 들소같이 거친 사내들이 내뿜는 무서운 살기에 질린 나머지 제대로 입을 열 수가 없었다. 솔직히 가게 물건들이야 어떻게 되든 몸만이라도 빼서 집 밖으로 달아나버리고 싶은 심정이었다.

"뎀비라!"

"온냐, 함 붙어보자."

맹쭐과 구레나룻은 두 평상 사이의 공간에 서서 곧 집어삼킬 듯이 상대방을 노려보았다. 체구도 비슷하고 나이도 별 차이가 없어 제대로 된 호적수 같았다. 그렇지만 그건 큰 오산이었다. 승패는 너무나 싱거울 정도로 단숨에 나버렸다.

"으하하핫!"

"흐흐흐."

점박이 형제 특유의 더없이 징그럽고 호쾌한 웃음소리가 주막 마당을 울리다가 강 쪽으로 흩어져갔다.

"하로아츰 해장거리도 안 되는 기 까불기는……."

맹쭐은 벌레처럼 땅바닥에 나뒹굴고 있는 구레나룻의 얼굴을 그 더러운 신발로 함부로 짓밟으며 해해거렸다.

"내하고 한분 겨루자."

그런 소리와 함께 탄탄한 어깨를 가진 사내가 맹쭐 바로 앞에 서는가 했더니만 또 금세 주먹이 날아갔다.

“에잇!”

번개 같은 몸놀림이었다.

“헉!”

졸지에 명치 부위를 정통으로 얻어맞은 맹쭐이 크게 비틀거리다가 가까스로 몸의 균형을 바로잡았다.

“이 쌔끼가?”

화가 머리끝까지 치밀어 오른 맹쭐이 씨근대며 주먹을 날렸다. 그러나 상대는 그냥 슬쩍 허리를 굽혀 그 공격을 가볍게 피했다. 그뿐만 아니라 이번에는 발차기로 정확히 맹쭐의 복부를 가격했다.

“으윽.”

오장육부가 뒤틀리는 것 같은 짧은 신음소리와 함께 맹쭐의 그 큰 덩치가 마치 썩은 고목 쓰러지듯 벌렁 뒤로 나자빠졌다.

“니눔은 내가 상대해주것다. 와라!”

“간다!”

만호가 어깨 사내와 겨루기 시작했다. 이번에야말로 진짜 호적수였다. 한 번 주고 한 번 받았다. 활극도 그런 활극이 다시없었다. 어느새 큰 난장판이 벌어진 사실을 알고는 나루터 사람들이 주막 앞으로 까맣게 모여들기 시작했다.

그러나 그들 가운데 어느 누구 한 사람 그 싸움을 말리려고 나서는 이가 없었다. 물론 몹시 살벌한 탓에 그럴 용기도 없었겠지만 그래도 참으로 야박한 세상이었다. 내 한 몸만 온전하면 되는 게 인심이었다.

한편 돌재는 방벽에 나 있는 작은 창을 통해서 처음부터 그 모든 광경들을 쭉 지켜보고 있었다. 주막의 바깥주인으로서 당장 난봉꾼들을 내

쫓는 것이 당연한 이치겠지만, 감히 점박이 형제 앞에 얼굴을 드러낼 수 없는 처지였다. 혹시라도 놈들이 자기 신분을 알게 되면 장사가 문제가 아니라 목숨이 문제였다. 그의 눈앞에는 저 임술년에 있었던 무서운 일들이 바로 어제 일처럼 또렷이 되살아나고 있었다.

"헉헉."

"으."

승부는 좀처럼 날 것 같지가 않았다. 둘 다 대단했다. 그때 듣기만 해도 소름 끼칠 만큼 매섭고 차가운 이런 소리가 들렸다.

"이눔! 천하의 이 억호가 상대해줄 꺼마. 으흐흐."

그의 오른쪽 눈 아래 박힌 검고 큰 점이 꿈틀거리는 것 같았다. 어쩌면 점박이 형제의 괴력은 그 점에서 나오는지도 모른다.

"자, 오랜만에 몸이나 함 풀어보까?"

만호가 숨을 헐떡거리며 뒤로 물러나고 억호가 어깨 사내와 마주 섰다. 이쯤 되면 상대 쪽에서도 남은 한 사람이 나서야 당연했다. 그게 정상적으로 돌아가는 이치라는 것에는 누구도 이의를 달 수 없었다.

그런데 여자같이 연약한 몸매의 그 사내는 나설 엄두를 내지 못했다. 그들 가운데서는 어깨 탄탄한 사내의 완력이 가장 강했던 것이다. 그러나 그도 만호와 오랫동안 겨루느라 무척 지친 기색이었다. 천하장사라도 기력이 소진해버릴 만했다.

하지만 설혹 그렇다고 해서 그리 쉽게 무너질 수는 없었다. 그건 억호 싸움 솜씨가 워낙 출중한 까닭일 것이다. 가볍게 내지른 단 한방에 사내는 나가떨어졌다. 그야말로 썩은 짚동 무너지듯 했다. 더군다나 뒤로 넘어질 때 하필 평상 모서리에 등을 찧은 탓에 그는 허리조차 제대로 펴지 못했다.

"이, 이 행(형)!"

맹쭐에게 혼났던 구레나룻이 허겁지겁 어깨 사내에게 다가가 힘겹게 그를 일으켜 세웠다. 시뻘건 코피가 인중을 거쳐 턱으로 철철 흘러내리고 있다.

"얼릉 피하이시더."

여자같이 약한 사내가 크게 떨리는 소리로 말했다. 그들은 비칠비칠 그 자리를 벗어나기 시작했다. 영역다툼에서 밀려난 맹수들을 연상시켰다. 그들은 곧 주막 밖으로 사라졌다.

"주모! 여게 술 더 갖고 와!"

억호가 의기양양하게 소리쳤다. 순산 집이 깜짝 놀라 부리나케 주방으로 뛰어 들어갔다.

"니기미! 머 보고 있노?"

맹쭐이 주막 문밖에 모여 있는 구경꾼들을 향해 주먹을 날려 보내며 겁을 먹였다.

"콱 뒤지고 싶은 기가? 오데 광대패가 온 줄 아나?"

군중들이 혼비백산 흩어지기 시작했다. 주막 안에 있다가 나간 사람도 부지기수였다.

"헤헤헤. 고것들 인자 두 분 다시는 이 나루터에 발을 몬 들이놓을 낍니더. 오데서 감히 우리 성님들한테……."

맹쭐이 침까지 튀기며 아첨을 했고, 억호는 갈수록 안하무인격으로 놀았다.

"맹쭐아, 오데 여자 있는가 데꼬 오이라. 술은 암만캐도 여자가 따라 조야 맛이 안 나나? 크윽."

밤골 댁은 아예 포기해버렸다. 저러다 나가겠지, 하고 내버려둘 수밖에 없었다. 그게 가장 상수上數였다. 밤골 댁이 그만 방으로 들어가니 돌재는 그때까지도 두려운 빛을 감추지 못하고 넋 나간 사람 모양으로 멍하니 앉아 있었다.

"오늘 하로 장사는 싹 다 망치뻿소, 망치뻿어. 저것들 해쌌는 행오지 본께네, 애시당초 술값 받기는 글러뭇다 아이요."

밤골댁 탄식에 돌재가 혼잣말같이 뇌까렸다.

"술값 몬 받는 기 문제가 아이거마는."

그 말이 맞다 싶어 밤골 댁은 대거리는 하지 못하고 비난과 저주를 퍼부었다.

"무신 바람을 타고 거지발싸개 겉은 불한당들이 들와갖고……."

돌재는 주먹으로 방바닥을 내리치며 창무와 우 씨 부부가 주님을 부르듯 했다.

"농민군, 농민군."

그러면서 그는 속으로 부르고 또 부르고 있었다. '이 걸이 저 걸이 갓걸이 진주 망건 또 망건…….'

"후우."

밤골 댁은 분을 못 참아 몸을 덜덜 떨었다. 그렇지만 입에서는 욕설 대신 걱정스러워하는 말만 나왔다.

"앞으로 또 오모 큰일 아이요."

억장이 무너진다는 빛이었다.

"지발 다시는 안 나타나야 할 낀데."

밖에서는 술에 절일대로 절인 불콰한 목소리가 온 주막 안을 쩌렁쩌렁 울리고 있었다. 아까 순산 집이 한 말처럼 남강 속의 용왕이라도 데리고 와서 제발 저 후레아들을 쫓아내 달라고 부탁하고 싶은 심정이었다.

"와 또 안 오것소?"

돌재는 방구들이 내리앉아라 연신 한숨을 푹푹 내쉬었다. 이제 그들은 순산 집더러 어서 여자를 데려오지 않는다고 생떼를 쓰며 을러대기까지 했다.

"콱 쥑이삔다? 쥑이삔다?"

초록은 동색이라지만 그들이 하는 짓이 제 보기에도 좀 그랬던 모양이었다.

"에이, 성님들요. 기생집이나 가입시더."

맹쫄이 팔을 붙들고 말려도 점박이들은 인사불성이 된 채, 여자 데꼬와! 씨발, 안 데꼬 와? 하는 소리만 줄기차게 해댔다.

그러나 점박이 형제나 맹쫄은 물론이고 밤골 댁과 돌재, 그 어느 누구도 전혀 알지 못했다. 바로 그 시각, 무법천지와도 같은 거기 주막에서 약간 떨어진 강가에 혼자 서서 무심히 흘러가는 강물을 바라보며 깊은 상념에 잠겨 있는 한 젊은 여인은 비화였다. 조금 전까지 구경꾼들 속에 섞여 있다가 그곳까지 왔다. 가는 날이 장날이라고, 밤골 댁을 만나서 콩나물국밥집에 대한 조언도 얻을 겸 의논을 해볼까 하고 갔었는데, 뜻밖에도 점박이 형제와 맹쫄의 횡포를 목격하게 된 것이다.

'으으.'

비화는 온몸이 파들파들 떨렸지만 이빨을 앙다물고 주먹을 꽉 거머쥐고 끝까지 그들을 지켜보았다. 새겨보면 볼수록 버거운 적들이었다. 연약한 여자 혼자 몸으로 어떻게 저런 불한당들과 싸워야 할지 아뜩했다. 불가항력 같았다.

놈들은 종종 이 상촌나루터에 나타날 것이다. 그러고는 주막에서 술을 마시고 나면 속을 푼다고 콩나물국밥집으로 찾아들 것이다. 놈들과 그런 식으로 맞닥뜨려질 경우를 상상만 해도 머리털이 죄다 빠져나가고 숨이 막히는 듯했다. 강바람도 국밥 장사를 그만두라며 그곳에서 몸을 밀어내는 것 같았다.

'아, 우째야 하노?'

비화는 콩나물국밥집을 해야 하나, 하지 말아야 하나, 지금 상황으로서는 도저히 결단을 내릴 수 없었다. 한마디로 모든 게 막막할 따름이었다.

물새들 날갯짓도 어쩐지 힘이 없어 보였다. 야속한 강물만 저 혼자서 어디론가 흘러가고 있었다.

# 돈 다음에는

"오늘 애비가 너거들을 이리 불러 모운 거는, 다린 기 아이고 상구 중요한 일이 있어선 기라. 흐음."

"……."

점박이 형제는 아까부터 변죽만 울리는 아버지를 타인 대하듯이 멍하니 바라보았다. 평소 그의 불같은 성품과는 한참 동떨어진 태도였다. 어쨌거나 배봉은 제 딴에는 무척 대단한 일을 지시하려는 사람같이 굴었다.

"인자 땅은 넘 안 부럽거로 모았다."

그 넓은 사랑방 안은 좁아 보일 정도로 온갖 가구며 장식물들로 치장돼 있었다. 인간의 욕심, 그게 어디까지인지를 사실적으로 보여주려는 것 같았다.

"그래서 안 있나, 시방부텀은 땅보담도 다린 거에 더 신갱 쓸라쿤다."

그러면서 콧구멍을 후비는 그의 뭉툭한 손가락은 자식들 보기에도 못생겨도 참 못생겼다.

"아부지, 퍼뜩 말씀을 해보이소."

억호가 큰 점이 박힌 오른쪽 눈가를 보기 흉하게 찡그리며 재촉했다. 그건 세상 자식이 부모를 대하는 예의와는 거리가 한참 멀었다.

"이거 궁금해갖고 미치뻬것십니더."

그러자 명색 아버지라는 사람이 한다는 소리가 기도 안 찼다.

"미치뻬모 쓰나? 몬 써도 괘안으모 미치뻬든지."

억호는 한층 못마땅하다는 표정이었다.

"아, 그런께네……."

아들이 그러는데도 말장난이 도가 넘친다. 아무래도 그게 멋인 줄로 착각을 하고 있는 게 분명했다.

"자고로 좀 몬 미치는 기, 넘치는 거보담도 더 좋다 안 쿠더나?"

능글맞은 그런 말을 하더니만 또 금방 바뀌어 자못 심각한 표정으로 물었다.

"우리 고장에서 사업을 할라쿠모 우떤 사업이 젤 좋것노? 누가 함 이약해 봐라."

"사업예?"

만호가 오른 손등으로 왼쪽 눈 아래 점을 습관처럼 문지르며 되물었다. 억호도 단춧구멍 같은 작은 눈을 반짝였다.

"하모, 사업."

배봉의 답변이 지극히 짧았다. 그건 그만큼 신중하다는 증거였다. 그러자 억호가 배봉의 몸 뒤쪽 춘화가 감춰져 있는 큰 장롱 밑을 슬쩍 훔쳐보며 이렇게 말했다.

"이거는 지 생각인데예, 큰 요릿집을 하나 채리모 우떻것십니꺼? 이쁜 기생들이 손님들 술시중을 들거로 하고……."

그 말이 채 끝나기도 전에 만호가 큰소리로 동의했다.

"그기 좋것네예. 성이 오랜만에 기똥찬 생각을 했네예. 기생들하고 놀 끼라꼬 모도 우우 몰리들 낍니더. 그라모 사업은 불겉이 번창할 끼고예. 아부지, 그기 좋것십니더."

아들들은 칭찬의 말이 내릴 것을 기대하고 있는데 전혀 아니었다.

"요릿집 좋아한다?"

배봉은 그런 자식들을 눈알이 빠져라 째려보며 한심하다는 듯 끌끌 혀를 찼다.

"우찌 그리 둘이 저울에 달모, 눈금 하나 안 틀리거로 똑겉노?"

점박이 형제는 눈을 마주쳤다가 슬그머니 다른 데로 돌렸다. 배봉은 즉시 자리를 박차고 일어설 기세였다.

"에잉, 참말로 한심하기 짝이 없거마. 저런 것들을 자슥이라꼬 믿고 이런 이약하는 내가 빙신인 기라, 빙신."

억호가 뒤통수를 긁적이며 기어들어가는 소리로 물었다.

"그라모 아부지는 머슬 하시고 싶은데예?"

만호 눈길도 궁금함을 싣고 배봉에게로 옮겨졌다.

"시끄럽다 고마! 아모것도 안 하고 시푸다!"

그러던 배봉은 그래도 워낙 중요한 사안인지라 잠시 썩는 속을 가라앉히고 나서 말했다.

"내가 그동안 넘들 모리거로 상품시장 조사를 억수로 해왔다 아인가베."

형제가 동시에 입을 열어 복창했다.

"상품시장 조사!"

그 말은 왠지 모르게 굉장히 앞서가는 사업가다운 냄새를 풍겨주는 듯싶었다. 5일장이니 읍내장터니 하는 따위와는 전혀 그 차원이 다르다고나 할까, 아무튼 촌스럽지 않고 뭔가 근대적인 분위기를 느끼게 하는. 그들이 받아들이기에는 그랬다.

"그래갖고 에렵거로, 에나 에렵거로 알아낸 기……."

그가 의도했던 대로 아들들이 아버지를 달리 보기 시작하고 있다는 것을 알아챈 배봉은 으스대는 말투로 나왔다.

"에, 우리 지역에서 최고로 전망이 좋은 사업은……."

그러더니만 가장 핵심이 되는 대목에서 감질나게 입을 다물었다.

점박이 형제 눈이 마치 어둠속 약삭빠른 쥐 눈같이 번득였다. 언젠가 아버지가 현역에서 은퇴를 하게 되면 모조리 자기들 차지가 될 재산을 불릴 사업이니 그저 똑같이 입들이 헤벌어졌다. 자식들은 오직 재산 상속을 염두에 둔 채 말했다.

"상품시장 조사꺼정 해갖고 찾아낸 사업이랑께, 들어보나마나 참 좋은 사업이것네예."

"쌔이 말씀 좀 해보이소, 아부지."

역겨울 정도로 관심을 내비친다. 그렇지만 배봉은 좀체 어떤 사업인지 말해주질 않는다. 여편네도 못 믿는 판국에 덜 떨어진 자식새끼들을 믿어도 될는지 사실 너무나 불안하고 가슴이 답답하기만 한 그였다. 그런 마당에 빌어먹을 게, 죽은 조강지처 생각이 새록새록 솟는 이즈음이었다.

그래도 어쩌겠는가? 외손바닥이 소리 안 나는 법이라고, 곱든 밉든 한 수레를 타고 같이 굴러갈 수밖에 없었다.

"에잉, 크크."

못마땅하다는 마른기침을 몇 차례나 터뜨린 후에야 배봉은 자신의 계획을 털어놓기 시작했다. 그런데 자식들로서는 근처에도 가지 못했던 사업 구상이다.

"포목점을 할 생각인 기라."

"포목점예?"

점박이 형제가 동시에 반문했다.

"하모. 포 목 점."

그렇게 딱딱 끊어 말한 배봉은 스스로 짚어 봐도 대견하다는 듯 아까 보다 더 거들먹거리는 모습을 보였다.

"우떻노? 애비가 에나 기적 겉은 생각을 해냈제?"

만호가 크게 고개를 끄덕이며 말했다.

"기적 겉은 생각 맞심니더, 아부지. 기적이 머 벨거 있심니꺼? 천주학 재이들도 장 기적, 기적, 안 해쌌심니꺼."

천주학을 아무 데나 끌어와 썼다.

"하여튼 우리 아부지 머리는 우떤 누도 절대 몬 따라올 낍니더. 기생 들도 옷감 살라꼬 고라니떼맹캐 안 몰리들까예."

억호가 배봉 눈치를 보면서 만호를 나무랐다.

"니 또 기생이가? 아부지가 방금 전에 머라꼬 말씀하시던고, 응?"

그러자 배봉 말이 이랬다.

"아이다. 그거는 만호 말이 일리가 있는 기라."

억호 낯판은 형편없이 팍 찡그러지고, 만호 상판은 쫙 펴졌다.

"내가 가마이 본께네, 우리 고장은 직물이 잘 거래될 끼라."

배봉은 야심에 찬 얼굴로 말을 이어갔다.

"비단뿐만 아이고 삼이나 무맹(무명) 겉은 다린 천도 에나 불티나거 로 팔릴 끼거마는."

"불티나거로……."

점박이 형제가 입을 모아 말했다.

"여게 목牧을 드나들어쌌는 갱상우도 사람들만 해도 올매나 겁나는 숫자고?"

배봉은 돼지 모가지를 방불케 하는 살찐 목을 한 번 틀어 돌렸다.

"오데 그뿐이가? 한양 사람들도 짜다라 오는 데 아이가."

형을 제치고 칭찬 들어서인지 기가 오른 만호가 맞장구를 쳤다.

"맞심니더. 조선팔도 사람들이 다 오지예."

억호가 오물을 잘못 밟은 사람처럼 구시렁거렸다.

"팔도는 무신 팔도?"

만호가 형을 째려봤다.

"너거들 인자 함 두고 봐라."

아주 오래된 조선종이같이 노리끼리한 배봉의 눈에 탐욕스러운 기운이 출렁거렸다. 그건 전형적인 악덕 상인의 표본으로 비쳤다.

"우리 고장 직물이 조선팔도에 그 맹성을 떨칠 날이 반다시 올 끼거마는."

억호가 매우 탄복하는 얼굴로 물었다.

"포목점 할 장소는 정한 데가 있심니꺼?"

배봉이 껄껄 소리 나게 웃었다. 그 웃음소리는 그 방 벽면에 세워져 있는 고가의 열두 폭 병풍에 부딪혀 방바닥으로 흩어져 내리는 듯했다.

"애비가 그런 기초적이고 기본적인 준비도 안 하고, 너거들한테 그냥 덜렁 이약했는 줄 아나?"

"그라모 하매?"

질린 표정까지 짓는 아들에게 단언했다.

"다아 돼 있다 고마."

만호가 덩치 아까울 정도로 안달 나 하는 빛을 보였다.

"오덴고 궁금합니더, 아부지."

그러자 배봉은 짧고 굵은 목을 빼어 괜히 주위를 두리번거리는 시늉을 하며 당부했다.

"이거는 극빈 기라, 극비."

병풍 뒤에 누군가가 숨어 있기라도 하는지 연방 그쪽을 힐끔거렸다.

"사업을 시작할 때꺼지는 꼭꼭 비밀에 붙이야제."

"……."

"단디, 단디."

그는 무슨 중차대한 나라 기밀이라도 이야기하는 것처럼 행세했다.

"너거들 절대 넘한테 이약하모 안 된다, 알것제?"

점박이 형제가 꼭두각시 모양으로 똑같이 대답했다.

"알것십니더."

사업의 길로 나선다. 아아, 사업가가 된다. 애당초 공부와는 완전 담을 쌓고 백수건달로 지내는 그들로선 그런 상상만으로도 기분이 째질 노릇이 아닐 수 없었다. 돈이란 굴리면 굴릴수록 눈덩이처럼 불어난다는 사실을 떠올리며 머리가 천장에 가 닿도록 펄쩍펄쩍 뛰고 싶은 충동을 받았다.

"장소는, 음."

이윽고 배봉이 천기누설이라도 하듯 잔뜩 목청을 내리깔고는 짤막하게 말했다.

"중앙통 사거리다."

점박이 형제가 이번에도 한꺼번에 입을 열었다. 그럴 땐 쌍둥이 같았다.

"중앙통 사거리예?"

천하를 내 발밑에 굴복시킨 것처럼 의기양양한 목소리로 배봉이 말했다.

"하모, 우리 고을에서 사람들이 젤 마이 돌아댕기는 그 번화가 말인기라. 넓고 긴 길이 네 갈래로 쫙 나 있어갖고……."

"아, 거게 겉으모 땅값만 해도 증말 장난이 아일 낀데예? 우리 고을 노랑조시(노른자위) 땅 아이라예, 아부지?”

약간 기가 죽은 만호 말에 배봉은 다시 호탕한 웃음을 터뜨렸다.

“천하의, 아이제, 천상도 되제. 천상천하의 이 임배봉이가 안 그래서 그렇지, 한분 멤만 묵었다쿠모 궁궐터라도 몬 사것나?”

그렇게 알쏭달쏭한 말로 큰소리치는 배봉 머릿속으로 김호한의 선친 생강의 얼굴이 크게 떠올랐다.

‘으, 무덤을 파헤치고 관에서 끄집어내서 한 분 더 쥑일 눔.’

배봉은 뿌드득 이빨을 갈았다. 그깟 코딱지만 한 땅 소작도 부쳐 먹지 못하게 했던 생강. 이제 그 자식 놈 호한에게 단단히 복수는 했다만, 그래도 생강만 생각하면 분노가 확 솟구치는 배봉이었다.

‘그거는 마 그렇고, 소궁복인가 말궁복인가 하는 그눔 안 있나, 갈수록 에나 요상한 기라. 요새는 오데 처박히 있는고 코빼기도 안 비치고.’

어쩐지 느낌이 영 좋지 못했다. 그것도 단순히 예감만이 아니라 어떤 실재감의 무게를 싣고 다가왔다. 보이지 않는 상대는 늘 사람을 께름칙하고 기분 나쁘게 만드는 법이다.

‘그눔 욕심에 머신가 꿍꿍이수작을 부리고 있을 낀데.’

배봉은 자라목을 방불케 하는 목을 휘휘 내저었다. 에이, 그까짓 눔 생각할 틈새 없다. 지금부터는 오로지 거상巨商이다.

“아부지, 무신 궁리를 그리 짜다라 하고 계심니꺼?”

억호 말에 배봉은 정신이 났다.

“아이다, 아모것도.”

얻어먹을 게 더 없나 하고 자기를 주시하는 아들들 눈빛이 부담스러웠다.

“인자 고마 나가들 바라. 더 할 이약 없은께.”

그만 쉬고 싶다는 눈치를 내보였다.

"기대가 큽니더, 아부지."

형의 말에 아우도 점수를 따려고 했다.

"운제든지 또 부리시이소. 눈썹 휘날림서 바람매이로 힝 달리오께예."

자식들이 다 나가고 큰 방에 혼자 남아 있게 되자 배봉은 갑자기 참을 수 없는 외로움과 적적함을 느꼈다. 긍복처럼 운산녀도 요즘은 그림자조차 보기 힘들다. 그렇다고 뭐 별로 아쉬울 것도, 손해를 볼 것도 없었다.

'요 연눔들 꼴값하는 거나 봐야겄다.'

배봉은 장롱 밑으로 손을 집어넣어 춘화 책을 꺼냈다. 언제나 그렇지만 손끝에 와 닿는 감촉부터가 벌써 야릇하다. 무슨 기氣가 느껴지는 듯하다.

'그라고 본께, 고 인간 몬 본 지도 한거석 됐거마는.'

생쥐같이 생긴 꽁지수염 사내 반능출이 새삼 생각났다. 지금도 어디선가 소갈머리 없이 헤헤거리면서 춘화를 팔고 있을 테지. 남의 일이긴 하지만 가늠해보자면 그놈 팔자도 참 더럽고 안됐다. 늙어가는 주제에. 죽어 저승에 가서도 그 짓을 할 것 같다.

그런데 그것은 그렇고, 어찌 된 심판인지 몇 장 넘기기도 전에 싫증부터 솟구친다. 처음 봤을 땐 당장 반응이 왔는데 지금은 아무런 느낌도 없다. 돈 스스로도 놀랄 만큼 그렇게 비싸게 지불하고 산 것인데 이제는 무용지물이 돼버린 듯싶다. 기력이 점점 더 감퇴되고 있다는 증거일는지도 알 수 없다.

'에잉.'

기분이 양철 동이처럼 팍 구겨진 배봉은 한동안 망설였다. 요걸 차라리 확 불살라버려? 그러다가 생각을 고쳐먹었다. 굉장히 구하기 힘든 춘화이니 언젠가는 요긴하게 써먹을 데가 있을지도 모른다.

배봉은 그것을 다시 장롱 밑에 아무렇게나 쑤셔 넣었다. 춘화 속 인물들이 마구 비명을 지르는 소리가 들리는 것 같다. 고생 좀 해봐라, 요것들아. 그림 속에서 날마다 놀아나는 꼬라지들을 내가 그냥 곱게 내버려둘 줄 알고.

'이 배봉이도 나이를 묵기는 묵어가는갑다.'

별안간 세상이 귀찮아지고 산다는 것이 허무하고 한심하다는 감정에 사로잡힌다. 돈을 머릿속에 그려본다. 그러자 마음이 조금은 풀린다. 살맛도 다시 생기는 성싶다.

'사람이 늙으모 여자보담도 돈이 더 좋다쿠더이, 내가 딱 그짝인갑다. 아이다. 내사 돈도 좋고 여자도 좋다. 기생 년들한테나 가보까?'

만호 말이 되살아났다. 기생들이 옷감 사러 오면 고것들 보는 재미도 꽤 쏠쏠할 성싶다. 마음에 드는 기생 있으면 비단 갖고 후려야겠다고 작심하니 입귀가 쭉 찢어진다. 돈이나 패물 앞에서는 남자보다 여자가 더 약하다고 보는 배봉이다.

'비단이 큰돈 될 꺼 겉다. 전망이 있는 기라, 전망이.'

그런데 비단옷이나 비단신보다 먼저 떠오르는 게 비단벌레다. 감나무나 벚나무의 줄기를 갉아먹고 있는 그놈을 잡아 땅바닥에 놓고 발로 짓뭉개버리기도 했던 기억도 있다. 그는 비단으로 만든 상자에 비단의 꿈을 차곡차곡 채우는 심정으로 생각했다.

'우짜모 앞으로 비단이 이 고장 최고 맹물(명물)이 될란지도 모린다.'

배봉은 찢어지게 가난했던 어린 시절, 주린 배를 움켜쥐고 촉석루 근방에서 내려다보던 남강 기슭 뽕나무밭이 두 눈에 자꾸만 삼삼했다. 봄부터 초여름까지 누에치는 계절이 다가오면, 그 뽕나무밭에는 뽕잎 따는 여인네들 모습이 참 보기 좋았다.

여인들은 물레로 실을 잣기도 했는데, 특히 비단 짜는 베틀에 올라앉아 부르는 노래는 구성지면서도 슬펐다. 배봉은 기억나는 대로 베틀노래를 흥얼거렸다.

오동잎에 비 내리듯
애잠 자고 일잠 자고
한잠을 또 자고
세상 밥 마다한 채
푸른 섶에 올라가

몇 번 계속해서 부르고 나니 나중에는 그것도 지겹다. 이상하게 요즘은 만사가 다 그런 식이다. 심신이 피로하고 나른한 게 아무래도 '권태'란 놈에게 콱 물린 듯싶다.

배봉은 비단 방석에서 일어나 잔뜩 짜증 섞인 얼굴을 하고서는 외출복으로 갈아입었다. 그러고는 막 두 문설주 아래에 가로 댄 문지방을 넘어서려는데, 여러 날 동안이나 꼴도 보이지 않던 운산녀가 사랑방 안으로 쑥 들어왔다.

"어?"

홀연 배봉의 눈꼬리가 감사납게 치켜 올려졌다. 운산녀는 약간 움찔했지만 이내 노려보듯 배봉의 눈길을 맞받았다. 그녀는 꼭 시비 걸려고 온 사람 형용이었다.

"잘 앉아 있다가 우찌 사람이 오는 거 보고 나갈라쿠는 기요? 에핀네 얼골이 그리키나 보기가 싫소?"

배봉도 질세라 이기죽거렸다.

"허, 그림자도 안 비이더이, 시방 밖에 무신 바람이 불어서 온 기가?"

"무신 바람?"

운산녀는 짐짓 바람 부는 대로 물결치는 대로 살려는 사람같이 가장했다.

"노망 들은 기가, 머꼬? 바람도 모리거로."

"아, 그라고 본께 요분에 또 새로 바람피운 여자 만낼라꼬 시방 막 나가던 참인갑네?"

운산녀는 교양머리라고는 정말 파리 뭐만큼도 없는 여자처럼 진창에 철버덕 넘어지듯이 아무렇게나 방바닥에 주저앉더니 불쑥 내뱉었다.

"비화 고년 봤소."

"머?"

배봉 안색이 싹 변했다.

"오데서?"

운산녀는 그저 지나가는 어투였다.

"상촌나루터요."

배봉 입에서 당장 나오는 말은 신문 조였다.

"임자가 상촌나루터는 와 간 기라?"

그는 뱀같이 실눈을 하고는 탐색하듯 운산녀 얼굴을 보았다. 개코 너는 저리로 가라 할 정도로 냄새 하나는 기막히게 잘 맡는 그였다.

소긍복과 그곳을 동행했던 운산녀 가슴이 절로 철렁, 소리를 내었다. 방정맞은 요놈의 주둥아리. 하지만 시치미 딱 잡아뗐다.

"발 달린 짐승이 오데를 몬 가까이. 그라모 영감은 갈 데 몬 갈 데 그리 가리감서 가는 사람이요?"

도리어 역공을 취할 태세다.

"갈 데 몬 갈 데?"

배봉이 잘근잘근 곱씹었다. 그 표정이 떫은 감 정도가 아니라 벌레를 콱 깨문 사람 같다. 실제로 그의 얼굴은 벌레 먹은 배추 잎이나 삼 잎을 떠올리게 할 만큼 검버섯이 끼고 기미가 흉하게 퍼져 있다.

"하모, 와요?"

운산녀는 숫제 갈라서기로 작심한 여자 같다.

"몬 갈 데, 몬 갈 데가 오딘고?"

그러다 말고 배봉은 입맛을 '쩝쩝' 다셨다. 또 강짜다. 그 못 갈 데란 곳이 어디라는 건 삼척동자라도 알 일이다.

'이거 또 요상타 아이가?'

이제 배봉은 도사처럼 훤히 꿰뚫고 있다. 운산녀가 강짜를 부리기 시작하는 건, 꼭 제 스스로 켕기는 구석이 있어서라는 것이다.

'암만캐도 긍복이 그눔하고 또 무신 새 판을 짜고 있는 거 겉기는 한데!'

앞에 앉혀놓고 볼수록 의심이 간다. 배봉은 일부러 시선을 운산녀에게로 향하지 않고 장식대 위에 얹힌 도자기들로 던지면서 속으로 생각했다.

'심정(심증)은 가는데 물정(물증)이 안 없나? 하지만도 너모 조급해할 거도 없는 기라. 마, 운젠가는 꼬랑지 잽히것지.'

그러나 그런 내색은 조금도 하지 않고 다른 데로 말을 돌렸다.

"비화 고년이 거게서 머하던고? 강에 빠지 죽을라 캤으모 좋을 낀데 고 독한 년이 그랄 리는 없고, 설마 뱃사공질 할라쿠는 거도 아일 끼고……."

생뚱맞게 두 팔을 놀려 노를 젓는 시늉까지 했다.

"하기사 처녀뱃사공도 있기야 하지만도."

운산녀 보기에 좀 더 색다른 여자가 어디 없을까 하고 궁리하는 듯하다.

'사내들이란 에나 알다가도 모릴 동물인 기라. 처녀뱃사공 이약을 할

적에 가마이 보모, 기분이 야릇해지는 거매이로 안 비이나.'

운산녀다운 짐작이요, 판단이었다. 어쨌든 간에 처녀뱃사공이란 말에 운산녀는 기분이 더 나빠져서 아무렇게나 툭 내뱉었다.

"그냥 지나침서 본 기요. 지는 낼로 몬 봤을 끼거마는."

배봉이 한심하다는 낯빛을 지었다.

"임자는 아즉도 고년이 무서븐가베?"

운산녀는 입과 눈을 함께 샐쭉거리며 대거리했다.

"오데 영감만 사람이 달라진 줄 아요? 내도 인자는 이전의 운산녀 아이요. 암만 착각이라지만 좀 웃기지 마소."

배봉도 입을 삐쭉했다.

"그라모 됐지 인상은 와 그리 팍팍 써쌌노? 얼골에 주름살 안 갈까 싶어갖고?"

그러더니 다소 심각해지는 낯빛으로 물었다.

"그란데 각중애 고년 이약은 와?"

운산녀 역시 뭔가 꺼림칙하다는 얼굴이 되었다.

"그, 그기."

"그기 와?"

배봉 얼굴은 더욱 눈과 코, 입이 한가운데로 몰렸다.

"머신가 기분이 쪼매……."

"기분이 쪼매 우떻다 말인데?"

운산녀는 사람 잡는다는 선무당을 떠올리게 했다.

"발랑 까진 고게 똑 무신 일을 벌일 거 겉은 예감이 들어갖고."

"헤, 그래밨자제."

배봉은 왈패처럼 어깨를 건들거렸다.

"김호한이 식솔들 신세야 꽁(꿩) 떨어지고 매 떨어진 꼴 아인가베."

그러잖아도 톡 튀어나온 똥배를 더 불쑥 내밀었다.

'머가 자랑이라꼬.'

위태위태해 보이기까지 하는 그 배를 한심한 눈초리로 째려보고 있던 운산녀가 갑자기 안색을 싹 바꾸었다. 그러고는 간드러지게 정이 묻어나는 목소리를 억지로 꾸몄다.

"우리 상촌나루터로 진출하모 우떻것소?"

닭살 돋도록 눈웃음까지 쳐 보인다.

"상촌나루터로?"

배봉이 퉁명스레 되받았다.

"에나 장사치도 쌔삣고, 농사꾼도 짜다라 들락거리요."

건질 것도 없는 언쟁에 이어 운산녀는 자꾸 미끼 던지듯 했다.

"하로가 다리거로 막 번창해쌌는 데가 상촌나루턴 기라요. 거서 머슬 하모 한밑천 크기 잡을 거 겉다 아이요."

그러나 배봉은 네 속셈 내 다 안다는 듯 일언지하에 거절했다.

"할라모 임자나 해라꼬. 내는 다린 사업 계획이 서 있는 기라."

순간, 운산녀 눈이 기묘하게 빛났다. 그럴 땐 색녀의 그것과는 또 다르다. 그 이름자처럼 구름에 싸인 산 같은 여자다.

"다린 사업 계획? 무신 사업할라는 기요?"

배봉은 그만 아차! 하고 후회했지만 이내 역습을 가하듯 매몰차게 쏘아붙였다.

"비밀인 기라."

운산녀는 정말 남보다도 못하다는 울분 때문에 살점이 떨렸다.

"아, 우리가 넘이요?"

배봉은 심드렁하니 받아쳤다.

"그래도 사업은 안 그렇제."

더 이상 입을 열지 못하게 단단히 못박아두려는 기색이 엿보였다.

"옛날부텀 장사는 부모행재도 기신다 안 쿠던가베."

"부부는 부모행재보담도 가차운 무촌無寸이라쿠는 말도 몬 들었소?"

운산녀 그 말에 배봉은 하등의 대꾸할 가치도 없다는 투였다.

"돌아서모 넘보담도 더 몬한 기……."

'흐.'

운산녀는 내심 바짝바짝 애가 타들어갔다. 눈앞에 뭉칫돈이 어른거렸다. 자칫하면 거대 자금이 엉뚱한 곳으로 유입돼버릴 수 있다. 배봉이 사업을 벌이게 되면 긍복과의 동업에 치명타일 수도 있는 것이다.

한편 배봉은 배봉대로 안절부절못하는 운산녀를 보며 확신했고 조급해졌다. 그는 마음에 높은 방어벽을 쌓았다.

'확실타. 조년이 내 모리거로 집안 돈을 뒤로 빼돌리고 있다 아인가베.'

씽씽 돈 날아가는 소리가 귀에 들리는 성싶었다.

'째이 가산家産부텀 정리해야것다. 시방꺼정 오즉 모우는 일에만 신갱썼지 관리하는 데는 소홀 안 했디가.'

청지기 귀수가 생각났다. 재산 관리와 섭외, 서무 등을 맡겼던 고용인이었다. 지금 그는 건강이 좋지 못해 전라도 쪽 지리산 자락에 있는 자기 친척집에 요양 가 있다. 어느 정도 쾌차하면 다시 불러들일 작정이다. 물론 다른 사람을 물색해보지 아니한 것은 아니지만, 귀수만큼 입이 무겁고 믿을 만한 인간은 찾지를 못한 채 시간만 흘러 보낸 셈이었다. 하지만 섣불리 채용했다간 구린 밑천 다 드러낼 위험이 있지 않은가.

'내는 암만해도 조 인간을 몬 따라잡을 기까?'

운산녀는 쇠방망이로 제 가슴을 찧고 싶었다.

'요런 빙신이 있나.'

긁어 부스럼이라고, 공연히 주둥이 한 번 가볍게 잘못 놀려 경각심만 잔뜩 심어준 꼴이 돼버렸다.

'내가 하인들한테서 들은께네, 점백이 행재 고것들이 방금 전에 여게 왔다가 돌아갔다 글 캤는데, 틀림없이 부자들 간에는 무신 이약을 핸 기라.'

아무래도 돌아가는 공기가 너무너무 심상찮다. 절대적인 위기감을 느꼈다.

'내 하나만 쏙 빼놓고 쏙딱쏙딱했다 이거제. 흥, 낼로 잘몬 봤제. 내가 그리 호락호락할 줄 알고? 아이다, 요 인간들아.'

그때 문득 배봉이 기습처럼 이런 말을 해서 운산녀 가슴을 뜨끔하게 했다.

"요새는 소궁복이 안 만내는 기요?"

"야?"

운산녀는 찬연한 오색구름 위로 붕 떴던 몸이 순식간에 땅바닥으로 거꾸로 처박히는 것 같은 아찔한 충격을 받았다.

'해, 해나 요 개코겉은 인간이 모든 거를 아, 알고 있는 기 아이까?'

운산녀는 다급한 대로 주섬주섬 주워섬겼다.

"궁복이 그 양반, 밥도 제대로 몬 묵고 옷도 몬 입을 만치 몰락해삔 가문 사람 아이요."

"그래도 뼈대 있는 양반 아인가베. 양반, 양반."

배봉은 핼끔핼끔 이쪽 반응을 봐가며 입을 열었다.

"개천에서 나도, 용은 용이라꼬……."

옥죄어오는 힘이 가당찮다. 일단 위기부터 넘기는 게 급선무다. 남들은 '칼로 물 베기'로 보는 부부싸움일지 몰라도 우리는 그게 아닌 것이다. 그리고 저 인간도 나와 마찬가지일 거라고 여기는 운산녀의 입에서 나오는 소리는 시종 가시가 돋쳐 있다.

"양반이고 두반이고 오데 그기 중요하요?"

배봉이 눈을 게슴츠레 떴다.

"그라모?"

벽면에 붙은 액자를 보는 것처럼 하고 있는 운산녀를 상대로 말장난을 쳤다.

"세반이 중요한가? 아이모, 네반? 열반?"

"머요?"

운산녀는 사람 자존심 건드리지 말라는 투로 내뱉었다.

"꼬랑대이 살살 흔들어대는 개맹캐 영감이 던지 주는 돈 몇 푼 받아 갖고, 근근이 주디에 풀칠하는 그런 빙신 겉은 인간을 내가 와 만낼 끼요?"

반쯤 열렸던 배봉 눈이 이번에는 완전히 감겨버린다.

"에나로?"

물고 늘어지는 그 말에 운산녀는 무고지민無告之民이라도 된 것처럼 했다.

"사람 자꾸 억울하거로 맨들라요? 내사 그런 사람 만낼 일도 없고, 또 만낸 적도 없은께, 앞으로 내 앞에서 고 빙신 겉은 인간 말도 꺼내지 마소."

아무래도 배봉은 전생에 능구렁이였다.

"빙신 겉은 인간? 시방 내 보고 해쌌는 소리가?"

운산녀는 부러 발끈해 보였다.

"내川고 또랑이고! 에나 영감이 이상커마는."

배봉이 '흐흐' 하며 요상하고 기분 나쁜 웃음기를 실실 뿌렸다.

"빙신? 빙신 아이라. 내시가 아이랑께?"

그러는 표정이 굉장히 야릇했다.

"그거는 또 무신 구신 씨나락 까묵는 소리요?"

운산녀는 이기죽거리는 배봉을 멍하니 바라보았다. 그런데 배봉이 한다는 소리가 운산녀로서는 실로 천만뜻밖이 아닐 수 없었다.

"기생집 가갖고 기생들하고 노는 거 보모 바로 알 수 있제."

"기, 기생들하고?"

배봉은 비명 지르듯 하는 운산녀 얼굴을 찬찬히 들여다보며 이기죽거렸다.

"괴기도 묵어본 눔이……."

운산녀 낯이 후끈 달아올랐다. 배봉이 알아볼까 봐 고개를 외로 틀었다. 틀림없이 무슨 냄새를 맡았다, 개코같은 저 인간이.

'해나 누가 찔렀으까? 그랄 사람이 없는데.'

그런 가운데서 질투심이 불길같이 활활 타올랐다. 그 인간이 감히 이 운산녀 아닌 다른 기생 년들과 놀아나?

"각중애 임자 얼골이 와 그렇노?"

한쪽으로 튼 운산녀 얼굴을 주시하면서 배봉이 말했다. 기분이 너무나 팍 상한 것은 그렇게 빈정거리는 배봉도 마찬가지였다. 칼이 있으면 당장 난도질을 해서 콱 죽여 버리고 싶었다. 슬쩍 미끼 한번 던져봤는데도 저 정도니, 여편네가 긍복이 놈하고 무슨 짓을 하고 다니는지는 불 보듯 뻔해졌다.

'내 당장 아랫것들을 시키갖고 긍복이 그눔을 진짜 빙신으로 맹글어 삐고, 그담에 에핀네 조년은…….'

그러다가 배봉 생각이 비화에게로 날아갔다. 여자는 남자에 비해 섬세하고 민감하다지만, 운산녀는 그런 측면에서 보면 두려울 정도로 뛰어났다. 그런 운산녀가 비화에 대해 저토록 신경을 쓴다는 건 아무래도 예사로운 일이 아니다. 눈만 붙었을 때부터 여간 당차지 않던 비화 고년이다.

'생강이, 호한이, 그란데 인자 와서는 비화?'

지나가는 바람결에 얼핏 들으니, 남편 없는 집안을 제 혼자서 잘도 꾸려나간다고 했다. 뛰어봤자 벼룩이겠지만 그래도 어쩐지 꺼림칙했다. 고게 만약 호랑이새끼라면 미리부터 손을 써야 한다. 그렇지 않았다간 나중에 무슨 화가 돌아올지 모른다.

"내는 고마 일어날라요."

운산녀가 힐끔거려가며 몸을 일으켰지만 배봉은 아예 들은 척도 하지 않았다. 돌아서는 운산녀의 비단 치마폭이 일으키는 바람 속에 여자 냄새가 묻어났다. 거기에 사내 냄새도 섞인 것 같아 배봉은 울컥 구역질이 치밀었다.

"사람 말이 말 겉잖나?"

운산녀는 구시렁거리더니 방문을 부서져라 쾅 닫고 나가버렸다.

"에이, 걸레 겉은 년!"

갑자기 방안이 걸레통처럼 비쳤다. 배봉은 혼자 욕설을 마구 퍼붓고는 벌떡 일어나 장롱 밑 춘화를 다시 꺼냈다. 그러곤 아무거나 한 장 '부욱' 뜯어내어 갈기갈기 찢기 시작했다. 무어라고 명확하게 표현할 수 없는 분노가 온몸을 친친 휘감았다. 찢긴 종이 쪼가리를 휙 방바닥에 날렸다.

부들부들 경련이 이는 손으로 나머지 다른 춘화들도 깡그리 찢어버리려 하다가 아깝다는 생각이 들어 그만두었다. 아까도 그래서 불태우지 않았지만 얼마나 큰돈을 주고 구입한 것인가? 그것을 판 꽁지수염 반능출이 눈앞에 나타나 손가락질까지 해가면서 '킬킬킬' 비웃는 성싶었다. 그는 속으로 외쳤다.

'꺼지라, 꺼지! 모돌띠리 싫다 고마!'

그러자 조금 전에 찾아가려고 했던 국월관 기생들도 보고 싶지 않았다. 안골 백 부잣집 염 부인에게도 그 순간에는 흥미를 잃었다. 무엇이든 소원하는 대로 전부 들어주는 신이 나타나도 반갑지 않을 심사였다.

'허어, 이기 무신 망쪼란 말고? 돈 갖고 양반꺼지 된 이 임배봉이가 시방 에나 원하는 기 머꼬?'

배봉은 정신이 혼란스러웠다. 수천 마리 벌떼가 머릿속에서 붕붕거리는 느낌이었다.

'땅? 아이다. 돈? 아이다. 여자? 아이다. 그라모 머꼬?'

발작한 짐승처럼 끙끙거리며 온 방을 헤매고 기어 다니던 배봉이 어느 순간엔가 딱 동작을 멈추었다. 두 눈에 이상야릇한 기운이 희번덕이기 시작했다.

'배봉이, 임배봉이가 오데로 가뻿노, 으잉?'

그건 사람이 아니라 야수의 눈빛이었다.

한편, 벌건 얼굴로 씩씩거리며 사랑채를 나와 안방으로 들어간 운산녀는 몸종들을 전부 물리치고 혼자 깊은 사념에 빠져들었다.

'내가 환장한 년이가, 두장 세장한 년이가?'

배봉에게 가서 꿈에도 생각하기 싫은 비화 이야기는 왜 꺼냈는지 아무리 요모조모 짚어 봐도 여우한테 씐 기분이었다. 이거야말로 천년 묵은 백여우 같은 비화 고년한테 홀린 게 틀림없다. 어디 가서 여우 잘 잡는 포수라도 데려와야 하지 않을까 싶다.

'이 모도가 내 배로 논 친 자슥이 없는 탓인 기라.'

이쪽저쪽 사방팔방 모두가 적의 장벽이었다. 운산녀라는 이름을 가진 그녀 자신이 되레 구름 자욱한 산속에 갇혀버린 황망함이 일었다.

'점벡이 고것들은 내를 해코지할라꼬 호시탐탐 기회만 노리쌌고, 또 서방이라쿠는 거는 기생 년들 치마폭에 폭 싸이서 지 에펀네는 까마구 활 본 듯기 하고, 소긍복이 그 인간도 운젠가는 지 집구석에만 신갱 쓸 끼고…….'

사람 나이와 잡념은 나란히 어깨동무하고 가는 모양이다. 갈수록 왜 이리도 오만 가지 망상들이 미친년 칼 물고 널뛰듯이 제멋대로 노는지 모르겠다.

'후우. 씨가 잘몬 됐나, 밭이 잘몬 됐나.'

곰곰 생각하니 곰 다리가 넷이라더니, 이건 앞뒤좌우 헤아려볼수록 한숨과 울화만 치민다. 머리털까지 활활 불타오르는 듯하다.

'와 넘들은 떡방앗간 떡가래 뽑듯기 쑥쑥 잘도 빼놓는 자슥새끼 한 개도 내는 몬 얻었노 말이다.'

그런데 씨가 잘못된 건 아닌 것 같다. 배봉은 산적 같은 아들놈을 둘씩이나 만들어내지 않았는가? 죽은 점박이 친모가 부럽기도 하고 시샘도 솟는다.

'내 지난날 운돌에 가갖고 그리키나 손이 발이 되거로 빌었지만도 아모 소용이 없었다 아이가. 그란데 와 각중애 그 운돌이 보고 싶을꼬?'

운산녀는 몸종 춘매를 불러 가마꾼을 대령시켜라 했다.

"운돌 있는 데 한분 가볼란다."

그러자 유독 잠이 많고 게을러터진 춘매는 아가리가 찢어져라 하품을 하면서 별 소리 다 듣는다는 표정을 지었다.

"아, 마님이 운돌은 와예?"

이상한 사람 보듯 눈알을 굴려가며 이리저리 훑어본다.

"머라? 운돌은 와예에?"

운산녀는 무섭게 화를 냈다.

"아, 요년이야? 주디에만 양기가 올랐나? 요망시런 기 더럽기 말도 많다. 당장 고놈의 주리를 콱 틀어삘라."

"아이고, 마님!"

하늘을 향해 뱉은 침이 어디로 떨어질지도 모르는 운산녀였다.

"내가 언네를 우째뺏다쿠는 소문도 몬 들은 기가?"

"헉!"

춘매 얼굴에 덕지덕지 붙어 있던 졸음기가 싹 가시면서 금방 안색이 하얗게 질렸다. 그 나이에 무슨 자식을 얻어 보겠다고 운돌을 찾아가려 하느냐는 것은, 운산녀 속을 있는 대로 확 뒤집어놓고도 남을 일이었다.

"가매 대령이오!"

가마꾼들은 쌩쌩 바람같이 잘도 내달렸다. 팔다리들이 튼실하기로는 말이나 소는 저리로 가라 할 정도다. 가마 휘장 밖으로 얼핏얼핏 내다뵈는 세상 풍광은 아름답고 평화롭기만 하다. 하지만 운산녀 마음은 그저 무겁고 어둡기만 했다. 춘매 저년 하는 말마따나 이제 운돌에 가서 뭘 하겠다고.

"머 땜새 우는 돌이라쿠는 기제? 귀한 아들도 점지해주고, 풍년도 들거로 해준다쿠는 그런 돌인데……."

운산녀의 그 궁금증을 풀어준 사람은 운돌이 있는 마을의 토박이 촌로였다.

"우리 마을 돌이, 소리 나는 돌이 쌔삐서 그라는 기요."

"아, 돌이 소리를 낸다꼬요?"

말도 안 되는 소리였다. 돌을 차면 발부리만 아프다는 그 말에는 공감하겠지만. 촌로는 자신이 넘쳤다.

"하모요. 함 들어보소. 진짜 신기하다 아인가베."

"돌 소리가 우떻는데?"

그러나 운산녀는 왠지 운돌이라는 이름이 마음에 들지 않았다. 그래서 내가 그렇게 싹싹 빌어도 아들은커녕 딸 하나도 얻지 못한 게 아닌가 싶었다. 이왕 소리가 나서 그런다면, 오히려 우는 돌이 아니라 웃는 돌이라고 보고 '웃돌' 정도로 부르면 돌에 옴이라도 붙나? 하는 반감도 들었다.

'재수 옴 붙은 것들은 잘도 태어나는데…….'

이런저런 생각들을 굴리는 사이에 가마는 암수 운돌 가운데 수컷 돌이 있는 밭두둑에 당도했다. 막돼먹은 가마꾼들은 여자들 앞에서 되는 대로 막 내뱉었다.

"에나 좀, 아니 마이 가리방상하다 아이가?"

"조물주도 장난이 치고 싶었던 모냥이거마."

아닌 게 아니라, 아무리 채신머리 넘쳐나는 사람의 눈으로 볼지라도, 거북머리같이 생긴 돌은 정말 가마꾼들이 의도적으로 들먹이는 것처럼 생겨먹었다.

'조물주.'

그런데 운산녀 마음의 끝을 더 붙든 대상은 우주간의 만물을 만든 신이라는 조물주라고 할 수 있었다.

'도대체 올매나 깊이 믿기에…….'

조물주라는 말에서 운산녀는 천주학쟁이들이 늘 입에 올리는 저 '하느님'이라는 존재에 생각이 미쳤던 것이다.

'그들에 비하모 남핀도 자슥도 몬 믿는 내 겉은 사람은…….'

요즘 같으면 차라리 돌하고 함께 사는 게 더 낫겠다 싶은 심정이었다. 하지만 수컷 돌은 싫었다. 질렸다. 오히려 암컷 돌이 좋았다.

운산녀가 돌사람처럼 멍하니 선 채로 그런저런 상념에 부대끼고 있을 때였다. 돌갗처럼 새카만 피부의 가마꾼이 거기서 조금 떨어진 개울가 쪽으로 가면서 이렇게 말했다.

"에이, 우리 겉은 사내들이사 암컷 돌이 더 좋은 기라. 아모 소득도 없는 여서 이랄 끼 아이고 저리 가보자 고마."

그러자 한쪽 눈이 약간 짜부라진 다른 가마꾼도 짚신에 꽉 끼인 것처럼 보이는 두 발로 쪼르르 뒤따라가며 동감을 표시했다.

"암만, 내 말이?"

암컷 돌은 여자의 하반신을 연상시키게 생기지는 않았다. 그렇기는 해도 족두리를 쓰고 있는 여인 같긴 했다. 수컷 돌이 굴러와 족두리 벗겨주기를 기다리는 형상이다.

"내가 복도 지지리도 없는 년이지만도……."

운산녀는 춘매가 듣지 못하게 혼잣말로 중얼거렸다.

"수컷 돌하고 암컷 돌하고를 한군데 같이 모아놓고 빌모, 시방이라도 내한테 자슥 하나 생길랑가?"

밭두둑과 개울 그 어름에서 일어난 바람이 운산녀 쪽으로 불어왔다. 그 소리가 운산녀 귀에는 꼭 자신을 비웃는 소리로 들렸다.

# 꼽추 뱃사공

그즈음 비화는 마침내 힘겨운 결정을 내렸다.

'구데기 무서버서 장 몬 담그까?'

설혹 장독에서 구더기가 아니라 괴물이 나온다 하더라도 장은 꼭 담그고 말 것이다. 안 그러면 내 손가락에 장을 지지겠다.

'호래이 잡을라모 호래이굴에 들가라 캤다.'

머리를 흔들었다. 생각이 잘못됐다.

'아이다. 호래이가 머꼬? 점벡이 고것들 오모, 쥐새끼 때리잡듯기 해뻴 끼다.'

비화는 악령처럼 떠오르는 점박이 형제 얼굴을 몰아내려고 또 고개를 내저었다.

"우리 두 사람이사 시방 당장이라도……."

우정 댁과 송원아는 언제라도 좋다고 했다. 그들 두 사람은 굉장히 의意가 잘 맞았는데, 가장 자신 있게 만들 수 있는 반찬이 겉절이라는 것까지도 똑같았다. 굳이 둘의 차이를 두자면, 우정 댁은 배추겉절이를, 원아는 상추겉절이를 최상으로 꼽았다.

"겉절이로 맨들라는 배추는 우선에 연해야 하는 기라. 그런 배추를 소곰에 딱 절이갖고 안 있나……."

우정 댁의 배추겉절이 예찬론은 그 끝을 몰랐다.

"잘 다진 파하고 마늘에다가, 꼬칫가리, 참지름, 간장을 섞어서 양념장을 맹근 담에, 심이 죽은 배추를 꼬옥 짜서 그 양념에 따악 무치서 무우모, 임금 수라상이 오데 부러블 끼 있겄노?"

모든 것을 '성님 먼저' 하는 원아도 겉절이 하나만은 우정 댁에게 양보할 수 없어 했다.

"상추겉절이도 함 맹글어보이시더. 우선에 상추를 칼끗이 잘 씻어 물기를 뺀 담에는예, 곱기 채를 썬 파하고 성님이 말한 꼬칫가리 등을 잘 버무리서 양념장을 맨듭니더."

우정 댁이 그것에는 관심이 없는지 하품을 크게 했다.

"내가 알기로는, 상추겉절이라는 거는 맹글고 나서 금방 묵어야 한맛이 더 나는 벱인데, 그리키나 늦거로 맨들어갖고는 없는 손자 환갑 바래는 거 더 낫겄다 고마."

그러거나 말거나 원아는 이제 진지하기까지 한 표정이었다.

"그럭에 상추를 깔고예, 그 상추 캐캐이(켜켜이) 양념장을 얹는데예, 우떤 사람은 젓국을 넣기도 하지만도 내사 뭐니 해도 간장이 더 좋은 기라예."

두 여자의 겉절이 싸움을 보고 있던 얼이가 말했다.

"우리 그리로 가예. 강 있는 데 살모, 에나 신날 낀데."

어머니를 졸라대면서 꿈도 이야기했다.

"물에 들가서 헤엄도 딱 치고, 모래밭에서 놀기도 하고, 물괴기를 잡기도 하거로예. 예, 어머이?"

한편 밤골집에서는 막는 눈치였다.

"새댁 올 곳 아이라. 하도 텃세 심한 데라 놔서……."

밤골댁 말 위에 한돌재는 에두르는 소리를 한 개 더 얹었다.

"장사꾼 그거는 개도 안 묵는다쿠는 속담을 우리가 갱험 안 했는가베."

여러 곳에서 수많은 상인과 농민이 속속 모여들다 보니 때론 송사에 휘말리거나 폭력이 난무할 수도 있을 것이다. 그렇지만 그들 모두가 또 하나라도 놓칠 수 없는 귀한 손님일 것이니 그렇게 큰 상권商圈을 얻기가 쉽지 않을 것이다.

"술은 안 팔 깁니더."

비화는 언젠가 했던 소리를 다시 했다.

"그라모 술은 안 팔고 머만 팔라꼬?"

밤골 댁은 그새 파는 것이라고 하면 세상에서 술 하나밖에 없다고 여기는 사람으로 변해 있었다.

"팔 끼 오데 있어서?"

생업이란 그만큼 무서운 것인가 보았다.

"술 묵고 속 푸는 해장국만 팔 끼라예."

비화 답변에 돌재는 멍청해 보였다.

"해장국?"

그러다가 지난번 강가에서 나누었던 그 이야기가 다시 기억났는지 가만히 생각에 잠기는 빛이었다.

"예, 주 음식은 콩나물국밥이 되것지만서도예."

한동안 대화가 끊겼다가 다시 이어졌다.

"새댁 왕고집, 쇠고집일 거는 모릴 끼요. 그라이 인자 고마 이약하소."

먼저 포기해버린 밤골댁 말에 돌재는 곰방대만 빽빽 빨아댔다. 살담

배를 피우는 데에 쓰는, 짧은 그 담뱃대가 장죽長竹보다 더 잘 어울리는 돌재였다.

“아자씨 댁하고 딱 붙은 바로 옆집인께 지 멤이 팬안합니더. 해나 무신 일이 생기모 씽 달리올 낀께 두 분이 잘 도와주이소.”

비화의 그 소리를 듣고서야 돌재의 굳은 얼굴이 조금 펴졌다.

“우리 집에서 술 묵고 속 풀라꼬 하는 사람은 모돌띠리 새댁 국밥집에 보낼 낀께네, 그리 알고 우쨌든 장사나 잘하소.”

밤골 댁도 이왕 장사로 나선 것, 서로 함께 잘해보잔 뜻을 비췄다.

“상촌나루터 물괴기 뱃속에 든 돈꺼지 새댁하고 우리가 싹 긁어모아 삐자 고마.”

그러면서 소매까지 싹 걷어붙여 보이는 밤골 댁의 그 소리가 비화 귀에는 또 진무 스님 말로 들렸다.

– 장차 자라면 거부가 될 상이로고!

– 남편이 돌아오기 전까지 부자가 돼 있어야 하느니라.

어릴 적 땅따먹기 하던 기억도 살아났다. 그 놀이에서 비화 자신을 당할 아이가 없었다. 잔뜩 화가 난 맹쭐이 개구리같이 팔짝팔짝 뛰던 모습이 어제 일인 듯 눈에 선하다.

‘안 그래도 고 몬된 인간이 더 몬된 것들 만내갖고.’

맹쭐이 점박이 형제한테 빌붙어 온갖 수족 노릇 해가면서 상당한 토지를 가진 땅 부자가 됐다는 소문이 파다했다. 하긴 이전부터 예상했던 일이긴 했다.

그런데 무슨 영감과도 같은 것이었을까, 뜬금없이 맹쭐 생각이 솟았던 것은. 막 밤골집 마당으로 들어서는 남녀를 무심코 바라보던 비화는 자신도 모르게 황급히 얼굴을 돌렸다. 가슴이 제멋대로 방망이질을 해댔다.

놀랍게도 맹쭐 부모 민치목과 몽녀다. 그들이 밤골집 손님으로 온 것이다. 그들을 알 리 없는 밤골 댁이 여느 손님들처럼 반갑게 맞이했다. 비화는 혹 그들이 자기를 알아볼세라 재빨리 주방으로 들어갔다.

"이 주막에서 젤 조용한 방이 오데요?"

걸걸한 치목 음성이 들렸다.

"주방 바로 옆에 붙은 저짝 방입니더. 저리로 가시지예."

밤골 댁이 익숙한 솜씨로 두 사람을 안내하는 모습이 주방 문짝을 통해 내다보였다. 그건 마치 꿈속에 보이는 광경 같기도 했다.

"전煎은 지가 부칠 낀께, 다린 일 하이소."

비화는 치목과 몽녀가 들어간 방에 귀를 모으며 말했다.

"안 바뿌나? 우리사 새댁이 도와주모 좋지만도……."

밤골 댁과 순산집이 계속 주방과 술자리를 오가며 분주하게 움직이는 사이에 비화는 그들 대화를 유심히 들었다.

처음에 보았던 그들 표정도 그렇고, 조용한 방을 달라고 하는 이유도 그렇고, 무엇인가 아주 심상찮은 예감이 들었다. 그들은 최대한 목소리를 낮추고 있었지만 귀가 밝은 비화는 그런 대로 알아들을 정도는 되었다. 그런데 그것은 참으로 경악할 이야기가 아닐 수 없었다. 내 귀가 바로 붙어 있나 의심이 들 지경이었다.

"내 오래전부텀 소긍복이 그눔하고 운산녀 사이가 미심쩍다 했더이."

치목은 너무 흥분한 탓에 자꾸 말소리가 높아지고 있다.

"쉬이, 소리가 큽니더. 살살 말씀하이소."

그러는 몽녀 음성도 낮은 건 아니다. 둘 다 굉장히 감정이 격해 있다는 증거였다.

'아, 운산녀하고 소긍복이?'

비화는 그들보다 더 충격적이었다. 어떤 막연한 예감이 뚜렷한 현실로 나타나고 있을 때 사람은 오히려 더 자욱한 안개 속으로 걸어 들어가는 느낌을 받게 된다.

'그런께 갤국 그것들이?'

그런데 갈수록 흘러나오는 소리들이 경악스럽고 심한 충격을 주는 말들이어서 비화는 손바닥으로 뛰는 심장을 눌러야 했다. 그들 밀담에 귀를 기울이다가 그만 파전 하나를 송두리째 까맣게 태웠다.

"우리가 이참에 말이제."

"하모, 하모요."

치목과 몽녀는 그 방이 주방과 가깝다는 사실을 잊어버린 듯했다. 아니면 주막집 사람 따윈 애당초부터 아예 조금도 신경 쓸 필요 없다고 치부해버렸을 것이다. 하기야 근본 태생부터가 제멋대로인 사람들이긴 했다.

비화가 하마터면 크게 비명을 지를 뻔했던 것은 그 방에서 배봉이라는 이름이 흘러나오면서였다.

"그란데 배봉이 우찌 알았는고, 내는 그기 젤 신기하다 아인가베."

치목 말에 이어 몽녀 특유의 몽롱한 목소리가 나왔다.

"꼬랑대이가 길모 밟힌다 안 쿠데예. 그래도 둘이는 부부 사인데 그만한 눈치 정도사 몬 챘을까예."

그건 남편더러 바람피우지 말라는 경고에 가까웠다.

"그런 기가? 그라모 임자가 봤을 때 내는 우떻노?"

능글맞은 치목 말에 이어 몽녀가 손으로 치목 가슴을 탁 치는 소리가 났다.

"참, 시방이 오데 농담할 땝니꺼? 사람 목심 하나를 우찌해뻴라쿠는 판국에……."

순간, 치목이 발끈했다.

"조, 조 주디이! 누 들으모 우짤라꼬 그런 말 벌로 입 밖에 내는 기고, 으잉?"

몽녀가 황급히 손으로 제 입을 틀어막는 기색이 느껴졌다.

"헉! 요, 요눔의 주디이!"

그러더니 잠시 침묵이 이어졌다.

비화는 심장이 뚝 멎는 듯했다. 사람 목숨 하나를 어떻게 해버리려는 그런 말을 했다.

'그, 그라모 사람을?'

후레자식 맹쫄이 설설 길 정도로 치목이 독종이란 것은 잘 알고 있었지만 살인행위까지 저지르려고 한다는 것은 상상도 못 했다. 대체 누굴 죽이겠다는 걸까?

"그거는 그렇고 안 있나."

안달 나 하는 치목의 말이었다.

"궁복이 고 인간, 해나 우떤 내미를 맡았으까? 요 며칠 새 들어와갖고는 나루터에 도통 꼬라지도 안 비이니."

일순, 비화는 온몸의 피가 머리로 확 솟구치는 느낌이었다. 둔중한 물체에 뒤통수를 맞은 듯 눈앞에 번쩍, 불이 일었다가 캄캄해졌다.

소궁복이다! 그렇다면? 배봉이 자기 아내 운산녀와 눈이 맞아 놀아나는 궁복을 처치해 달라고 저들에게 부탁한 것일까?

'아일 끼다, 그거는.'

비화는 고개를 내저었다. 배봉이 살인청부를 할 정도로 치목과 가까운 사이는 아닌 걸로 알고 있다. 그렇다면 누가?

그 의문을 풀어주는 몽녀 말이 들렸다.

"그란데 당신 친척이지만도 운산녀 그 여자 참말로 무섭소. 암만 그래도 서로 정을 주던 사내를 없애 달라꼬 하다이."

"또! 또! 오데 맷돌 없나?"

주먹을 휘두르는 치목 모습이 빤히 보이는 것 같았다. 몽녀는 고개를 방바닥에 처박고 죽는 시늉을 하고 있을 것이다. 무섭게 단속시키는 치목의 목소리가 들렸다.

"고 주디이 싹 안 갈릴라모 단디 꿰매 놔라."

마침내 비화는 어느 정도 상황을 알아챘다. 살인청부를 한 쪽은 운산녀다. 남편 배봉이 그들의 불륜관계를 눈치챘다는 사실을 알고 운산녀는 선수를 치려 하는 것이다. 증거를 없애버리려는데 그 증거란 게 은밀히 사귀던 사내였다.

'으, 무시라. 저것들이 사람이가?'

긍복을 강에 빠뜨려 실족사한 것처럼 꾸미려는 술책인 듯했다. 술에 취해 걸어가는 긍복 뒤를 쫓아가 물에 처넣어버리면 세상은 감쪽같이 속게 되어 있다. 그 혼자 만취 상태로 가다가 발을 헛디뎌 강에 빠져 심장마비로 죽었다.

그렇다. 그보다 멋진 각본은 다시없을 것이다. 남강 속에 살고 있다는 용왕도 혀를 휘휘 내두를지 모른다.

'이리 이약해서는 안 되것지만도, 백분 천분 더 뒤로 물러서서 치목이 저 자는 그랄 수 있다 치자. 시방꺼지 그가 해온 짓을 생각해보모 인간도 아인께네. 하지만도 몽녀꺼지 저리할 줄은 에나 몰랐다 아이가. 시상에, 여자가 돼갖고.'

어쩌면 몽녀는 처음에는 절대로 그런 무서운 일을 해서는 안 된다고 죽기 살기로 남편을 말렸을 수도 있겠다. 그러나 몽녀로서는 그의 가정에서 독재자로 군림하고 있는 치목이 일단 한번 마음먹은 뜻을 꺾기에는 아무래도 역부족이었을 것이다.

'그라고 가장家長이라쿠는 사람이 일정한 직업도 몬 가진 상태에서 세

식구가 안 굶고 안 벗고 살아가자이 돈에 올매나 쪼달리것노. 운산녀는 바로 그런 점을 노리서 치목한테 접근한 기고. 돈은 달라쿠는 대로 다 주것다꼬 했것제. 맞다, 몽녀도 그래서 벨수 없이 공범자가 됐을 기라.'

그저 깜깜했던 비밀의 문이 아주 조금은 밝게 열리는 것 같았다. 하지만 가닥이 잡히는 그만큼 비화의 가슴은 더욱더 떨리기만 했다. 사람이 사람을 상대로 하여 사람으로서 저질러서는 안 될 짓을 하려는 게 아닌가?

'우쨌든 간에 더 들어보자. 이거는 그냥 넘의 일이라꼬 봐서는 안 되는 기다. 우리한테도 닥치지 말라쿠는 벱 없다.'

비화는 흔들리는 마음을 겨우 추스르며 한층 귀를 곤두세웠지만 이제 더는 아무 소리도 들을 수 없었다. 지금부터는 좀 더 구체적인 범행 계획을 세우는지 소곤소곤 귀엣말을 나누는 듯싶었다. 더 이상 엿듣기를 포기한 비화는 속으로 자신에게 일러주었다.

'그래, 상촌나루터다. 여서 모든 복수는 시작되는 기다.'

내가 처음 태어난 곳은 성 밖에 있는 집이고, 두 번째로 태어날 곳은 여기라고 보았다.

'예정했던 대로 내는 꼭 이곳에 콩나물국밥집을 채릴 끼다. 그라고 그 밥집은 기울어진 우리 가문을 다시 일으켜 세우는 기반이 될 끼다.'

비화는 초롱초롱한 눈을 반짝거리면서 주막 곳곳을 유심히 관찰해나갔다. 그녀 머릿속에 국밥집 모양이 실제처럼 만들어졌다. 그것은 물만 먹고도 쑥쑥 자라는 콩나물마냥 멋지게 완성되고 있었다.

"어, 배부리거로 잘 묵었다."

"소문이 맞거마예. 우리 앞으로 자조 오이시더."

이윽고 치목과 몽녀가 방문을 열고 바깥으로 나오는 기척이 났다. 상세한 내막까지는 잘 모르겠지만 그래도 사람을 죽이려 한다는 사실은 차마 믿기 어려웠다. 여러 가능성을 다 열어놓고 접근을 해볼수록 오리무중이었다. 대체 그들 관계가 얼마나 추악하고 복잡하게 얽혀 있기에 저런 일을 할까.

상촌나루터에 명물 국밥집이 하나 생겼다.

큰 간판에는 '나루터집'이란 네 글자가 적혔다. 술독에 사나흘 푹 빠졌다 나온 사람도 거기 콩나물해장국 한 그릇이면 머리가 샘물같이 맑아진다는 소문이 쫙 퍼졌다. 한 사람 한 사람 입이 참으로 위력이 있고 무서운 것이었다.

그런데 우습기도 하고 다소 황당하기도 한 노릇은, 나루터 사람들 사이에 '나루터집'이 '삼과부집'으로 불리고 있다는 사실이었다. 동업하는 세 여자 모두가 남편과 사별한 과부들인데, 특히 그중 제일 젊은 여자는 혼인 날짜만 잡아놓고 신랑 될 사람이 급살 맞아 죽어 아직 숫처녀라는, 호기심 반 기대 반 섞인 엉뚱한 얘기까지도 나돌았다. 세 여인이 하나같이 인물이 좋아 남정네들 입이 더 기승을 부리는지도 몰랐다.

"와 술은 안 파는 기요, 술은? 밥만 팔지 말고 술도 같이 끼워 팔모, 에나 돈 한거석 벌 낀데…… 크윽."

숙취가 남은 사내가 혀 꼬부라진 소리로 수작을 붙였다.

"술 드실라모 옆에 붙은 저 밤골집에 가서 드시소. 바로 문밖이 술집 아입니꺼."

송원아가 그런 말로 사내들이 더 이상 추근대지 못하게 했다.

"저 밤골집이 우리하고 서로 동업하는 집이라요. 그런께 저희 집에서 잡숫는 거나 저서 잡숫는 거나 가리방상한 기라요."

우정 댁은 한술 더 떠서 아예 밤골집으로 그들 등을 떠밀었다. 그럴 경우에 비화는 그저 말없이 빙그레 웃기만 했다. 그 웃음이 좋아 이집에

온다는 사람도 많았다.

어쨌거나 비화는 콩나물을 잘 길러냈고, 우정 댁은 손맛이 매웠고, 원아는 손님 맞는 일에 익숙했다. 손도 척척, 발도 척척, 썩 잘 어울리는 든든한 동업자들이 아닐 수 없었다. 천생 연분에 보리 개떡이라고, 비록 보리 개떡을 먹을망정 그들만큼 의좋게 살아가는 사람은 보기 힘들 것이었다.

나루터는 날이 갈수록 번성했다. 하루에도 2천 명 가까운 장사치와 농군들이 모여드는 교통의 요지요, 상인들 거점다웠다. 나루터집은 앉을 자리가 없어 손님을 제대로 받지 못할 지경이었다.

"저 강을 메꿔갖고 우리 가게 터로 맹글모 좋것다."

그냥 돌아나가는 손님들을 볼 때마다 우정 댁이 아까워 입버릇처럼 말했다. 비화가 처음 기대했던 대로 밥집을 하면서 우정 댁과 원아는 싸라기눈 떨어지는 것만큼이나마 어두운 그늘에서 빠져나오는 모습을 보였다.

"시방 요만큼만 해도 그기 오뎁니꺼?"

비화가 그런 말로 너무 조급해하지 말라는 뜻을 나타냈지만, 그건 평상시에 욕심 없는 원아도 마찬가지여서 이런 말도 보탰다.

"내 고향집 마당을 떼올 수 있으모, 떼오고 싶다 아입니꺼."

그런데 사람 심리라는 게 저 머리 뿔난 도깨비같이 참 묘한 거였다. 자리가 없어 그냥 돌아나가는 손님이 많다는 소문이 나돌수록 한층 더 사람들 발길이 잦아졌다. 짧은 시간 안에 그런 대성공을 거둔 가게도 드물 것이다.

"어허야, 배 저어라~."

가마솥같이 시커멓게 그을린 얼굴에 파뿌리처럼 허연 머리칼을 휘날리며 노를 젓는 늙은 뱃사공들도 나루터집 단골이요, 온갖 세상 소식을 전달하는 훌륭한 전령사였다. 그들이 없으면 상촌나루터도 없었다.

그중에도 꼽추 영감 달보는 나루터집 한 식구와도 같았다. 여섯이나 되는 자식들을 죄다 객지로 떠나보내고 언청이 할멈과 단 둘이서 강 건너 산마루에 살고 있다는 꼽추 영감은, 나루터집을 제 딸네 집처럼 살갑게 대했다.

"내 딸년들이 모도 셋인데, 이집도 셋이 아인가베."

어떻게라도 무슨 연관을 지어보려는 눈치였다.

"눈에 흙 들갈 날이 올매 안 남은 탕수국 내미 나는 이 늙은이가, 하도 딸년들을 보고 싶어한께 하늘이 이런 사람들을 만내거로 해주신 기라."

밤골집에서 마신 술로 기분 좋을 만큼 되면 이런 말도 했다.

"배가 물살을 가로지리는 거를 이래 가마이 보고 있으모, 똑 갈라진 우리 할매탕구 우에 입술 보는 거 겉은 기라."

꼽추 영감은 손등으로 수염에 묻은 국물을 쓰윽 훔치며 말했다.

"넘들이사 보기 숭하다 하것지만도, 내는 수십 년 동안 노 저어온 저 강매이로 그냥 보기만 해도 좋다 아인가베? 허허."

그가 그런 소리를 하는 까닭은 곧 밝혀졌다.

"내사 한 가지 서분한 기 안 있나."

그렇지만 듣고 보면 전혀 그런 게 아니었다.

"자슥 여섯 눔 중에 째보는 하나도 없다 고마. 내겉이 등짝에 혹 있는 눔도 없다 고마."

영감 할멈 몸은 장애가 있어도 자식들은 모두가 성한 몸이란 것을, 삼척동자라도 알아챌 그런 식으로 자랑삼는 달보 영감이었다.

"달보 영감님 말가? 에나 멋재이제."

달보 영감의 자식 자랑도 대단하거니와 밤골 댁이야말로 달보 영감

자랑이 늘어졌다.

"요게 집 식구들은 아모도 몬 들어봤제? 달보 영감님 권주가 솜씨, 에나 누라도 들으모 술이 저절로 술술 넘어갈 끼라."

그 정도에서 그치는 게 아니었다.

"술장사 하모 그 노래 들을 낀데, 술장사 몬 해서 올매나 억울컷노?"

그러고는 인생의 덧없음을 한탄하고 무한한 부귀와 장수를 비는 내용이라며 대뜸 그 첫 구절을 읊어 보이는 것이다.

"잡수시오, 잡수시오. 이 술 한 잔 잡수시면 천만 년이나 사오리다."

그런 밤골댁 모습을 보면서 비화는 지난날 독수공방하던 때에 이웃집에서 역시 과부로 혼자 살던 밤골 댁이 청승맞게 불러대곤 하던 노래가 떠올라 콧등이 시큰해졌다. 수많은 시간이 흘러가도 결코 뇌리에서 지우지 못할 지난 시절의 한 장면이었다.

그러나 밤골 댁은 그 기억은 깡그리 잊었는지 그저 자기가 신바람이 솟아나서, 조금 전에 부른 노래는 구가舊歌이고 신가新歌는 이렇다면서 또 구성지게도 불러 제쳤다. 하지만 나중에 안 사실이지만 그 노랫말은 지나치게 어려워서 밤골 댁은 물론이고 달보 영감조차 제대로 외우지 못한 탓에 엉터리였다. 그리고 그보다도 더 훗날, 우연히 그 이야기를 전해 들은 호한이 종이에 적어 보낸 그 가사체 신조新調는 이러했다.

불로초로 술을 빚어 만년배에 가득 부어 비나이다.

남산수南山壽를 약산동대藥山東臺 여즈러진 바휘꽃을 걱거 주籌로 노며 무궁무진 먹사이다.

근군종일 명정취하자, 주불도령 분상토니 아니 취고 무엇하리.

백년을 가사 인인수라도 우락을 중분 미백년을 살았을 때 잘 놉시다.

거기 상촌나루터에서 노를 저어온 햇수가 가장 오래된 꼽추 영감은 당연히 그곳 터줏대감이었다. 키가 팔 척이나 되는 거구 뱃사공이나 성깔이 불칼 같은 뱃사공도 그에게는 꼼짝 못 했다. 나루터의 황제였다.

"그냥 보통 사람이 아이라카이?"

꼽추 영감에게는 확실히 사람을 휘어잡는 그 무언가가 있었다. 나룻배 젓는 솜씨만큼이나 세상을 통달한 것 같은 그는, 특히 원아를 좋아했는데 이런 놀랄 소리도 했다.

"성씨가 송 씨라 캤제? 거는 암만 요리조리 봐도 처년 기라, 처녀. 하매 여러 십년 벨벨 사람들을 다 태워 나른 내 눈은 우떤 누도 몬 기시제."

"영감. 주착도……."

언청이 할멈이 원아 눈치를 살피며 주름투성이인 손가락으로 그의 옆구리를 쿡 찔러도 한 번 나오기 시작한 꼽추 영감의 말은 사철 흐르는 남강처럼 멈춰지지 않았다.

"우짜다가 고마 혼기를 놓치삐린지는 내 모리겄지만도, 저리키 참한 처자가 너모 아깝다 아인가베."

원아의 죽은 연인 한화주에 대해 조금 알고 있는 듯한 꼽추 영감이었다. 그는 상촌나루터 마당발이었다. 그럼에도 불구하고 그는 전혀 아무것도 모르는 것같이 말하고 행동했다. 그 꼽추 영감이 비화를 보고는 이런 말도 서슴지 않았다.

"색시는 귀하거로 생기기는 생깃는데, 그 손이 문젠 기라."

비어사 주지 진무 스님처럼 비화의 손을 거론하는 그가 범상한 뱃사공으로 보이지를 않았다. 불행이라는 건지 축복이라는 건지 구분을 할 수 없었다.

"여자치고 너모 큰 그 손 땜에, 비화 색시는 젊어서 일을 한거석 할 팔잔 기라. 넘들은 젊을 적에 돈을 주고 사서도 한다쿠는 고생 안 있나."

그럴 때 비화는 두 손을 맞비비곤 했다.

"참, 영감님도. 지가 무신 일을 짜다라 해쌌는다꼬예?"

그저 씩 웃어 보이는 모습이 단순하지 않았다.

"하지만도 운젠가는 온 고을, 아이제, 온 조선천지가 알아주는 엄청시리 큰 부자가 될 끼거마는."

꼽추 영감은 어디 내기라도 해보잔 품새였다.

"내 장담하거마. 여게 나루터에는 거상들도 쌔뻿다 아인가베."

되풀이하는 결론이 이랬다.

"색시도 꼭 그런 거상이 안 되까이. '큰손' 말이제."

밤골집도 자주 들락거리는 꼽추 영감은 집을 나가버린 재영에 관해서도 어느 정도 알고 있을 것이다. 하지만 화주에 대해 하는 것과 마찬가지로 재영에 대해서도 생판 모르는 사람처럼 가장했다. 남강 한복판보다도 깊은 심지였다. 그러면서 남산 검불 북산 검불 다 그러모아 이야기하는 것이었다.

그런데 알 수 없는 일이 있었다. 그 꼽추 영감이 웬일인지 우정 댁에 대해서는 일절 입을 다문다는 사실이 그것이었다.

'거는 과부가 될 상인 기라.'

그런 말은 차마 꺼낼 수 없어서인지도 모른다.

"이름이 머 얼이라꼬? 얼이, 얼이, 그 이름 한분 좋거마. 무신 얼이고? 조선의 얼이가, 나루터집 얼이가?"

어쩌면 그는 얼이에게 좀 더 관심이 있어 보였다. 정말 귀여워 못 견디겠는 모양이었다. 비화가 짐작했던 대로 얼이는 사람들이 많이 들끓는 곳으로 오자 애꿎은 짐승들이나 꽃 모가지 비트는 일 따윈 하지 않았다. 그건 참으로 잘된 일이었다. 저러다간 사람까지도 어떻게 하지나 않을까 은근히 걱정도 했었다.

그런데 또 다른 이상한 버릇이 생겼다. 강가에 나가 서서 혼자 멍하니 흘러가는 강물만 바라보는 거였다. 얼이의 아이답지 않은 그런 모습은 특히 뱃사공들 눈에 잘 띌 수밖에 없었고, 상촌나루터에는 썩 기분이 좋을 리 없는 기묘한 소문이 퍼지기 시작했다.

"하모, 맞다. 안 그라고서야 아즉 에린 사람이……."

"몸써리야. 그기 진짜라모 우짜노?"

물귀신이 얼이에게 씌었다는 것이다. 나루터 어떤 사람들은 두렵고 경계하는 눈으로 얼이를 보며 슬슬 피하려들기도 했다. 그건 나루터집 식구들 입장에서는 결코 유쾌하지 못한 일이었다. 겨우 마음을 잡아가고 있는 얼이가 자칫 빗나갈 위험도 다분히 있는 것이다.

그런데 꼽추 영감은 달랐다. 그는 얼이가 우두커니 서 있는 강가로 나룻배를 저어가 말을 붙였다. 하지만 그건 차라리 독백에 가깝다고 할 만 했다.

"또 강가에 나왔는갑네?"

"……."

뱃전에 부딪는 물살이 뽀얗게 피어올랐다가 하얀 목련꽃같이 떨어져 내렸다.

"얼이 니도 강이 좋나?"

강물은 강물을 밀기도 하고 강물에 떠밀리기도 하면서 강물을 이루고 있었다.

"이 할배도 니하고 똑겉이 강이 상구 좋다 아이가."

"……."

그래도 아무 말이 없던 얼이는 꼽추 영감이 배를 태워준다고 하면 금방 달라져 나룻배에 껑충 뛰어올랐다. 고맙다는 인사도 없었다. 아무튼 그러고는 강바람에 흩날리는 달보 영감의 허연 머리칼을 오랫동안 바라보다가는, 홀연 어린 나이에 걸맞지 않게 한숨을 폭 내쉬며 뱃전에 하얗게 부서지는 물살로 눈을 돌리곤 했다.

"니 난주 자라모 머시 되고 싶노?"

어쨌든 얼이 입을 한번 열어볼 거라고 안간힘을 다하는 꼽추 영감이었다.

"내매이로 뱃사공이 되고 싶은 거는 아이것제?"

"……."

"목사는 우떻노? 우리 고을에서 최고로 높은 사람 말이다."

꼽추 영감 눈에 강심江心보다 속이 깊어 보이는 아이가 얼이였다.

"아, 그라모 목사보담 높은 감사? 대궐을 멤대로 들갈 수 있는 내각 대신?"

"……."

"이 할배탕구가 주착이제, 그자?"

마침내 지쳐버린 꼽추 영감은 노 젓던 손을 잠시 멈추고는 뱃전에 엉덩이를 걸쳐놓았다. 그러고는 배가 바람 따라 물결 따라 저절로 흘러가도록 내버려두고서는 묵묵히 얼이를 바라보았다. 말 많이 하다 죽은 귀신이 붙었나 싶기도 했다.

그러나 오래지 않아 또 끈질기게 말을 붙여보는 꼽추 영감이었다. 어떻게 보면 노망 든 늙은이가 제 혼자 중얼중얼하는 것처럼 느껴질 정도였다. 하지만 얼이는 꼽추 영감이 몇 번을 물어서야 마지못해 기껏 한다는 소리가 고작 이랬다.

"지는예, 누가 머라 캐도 지 아부지맹캐 될 낍니더."

"아부지맹캐?"

꼽추 영감 심장이 '쿵' 소리를 내었다. 얼이 아버지 천필구는 유춘계가 이끄는 농민군에 가담했다가 효수형을 당했다는 사실을 알고 있는 그로서는 참으로 가슴 서늘해질 노릇이 아닐 수 없었다. 그렇지만 꼽추 영감은 팽이 불 끄는 소리를 했다.

"아, 알것다. 농사꾼이 되것다꼬?"

"……."

농사 물정 안다니까 피는 나락 홱 뺀다더니, 꼽추 영감이 부러 그렇게 나갔다.

"농사꾼이라. 하기사 농사꾼이 좋제."

"……."

나의 터전은 물이라는 믿음에는 변화가 없으면서도 마음에 거슬림이 없었다.

"정직한 땅하고 같이 살모……."

급기야 얼이가 벌컥 짜증을 내었다. 남강 왜가리가 '웨액' 하고 내는 소리를 닮았다.

"농사꾼이 아이고예!"

그래도 꼽추 영감은 모르쇠로 일관했다.

"하기사 강보담도 산이나 들이 좋을랑가도 모리제. 강은 장 흘러가 삐지만 산하고 들은 운제나 그 자리에 있은께네."

그러자 얼이는 꼽추 영감이 받아들이기에, 강물이 크게 역류하는 듯한 말을 했다.

"농민군이 될라 한다꼬예."

꼽추 영감은 엉거주춤 일어나 뱃전에 걸쳐놓았던 노를 다시 집어 들었다.

"농민군이? 농민군이 머신데?"

좀처럼 말을 하지 않아서 그렇지, 한 번 입을 열었다 하면 또 와르르 쏟아내는 게 얼이 언어 습관이었다.

"그래갖고 울 아부지가 몬 이룬 일을 지가 꼭 이루고 말 끼라예. 함 두고 보이소. 시상 사람들이 모도 이리 외치댈 날이 올 낀께네예. '천필구 아들 얼이가 돌아왔다아!' 하고 말입니더."

강물이 온통 가슴속으로 차오르는 듯한 꼽추 영감은 바보 같은 표정으로 물었다.

"우떤 일인데? 그날이 운젠데?"

얼이가 말했다.

"할아부지, 인자 고마 내릴랍니더. 배를 강가에 대주이소."

뱃머리를 맴돌고 있던 왜가리가 그 특유의 목 졸리는 것 같은 울음소리를 내면서 깊고 푸른 하늘로 무섭게 치솟았다.

하루 영업이 모두 끝나면 세 여인은 가게 문을 닫아걸고 그날 벌어들인 돈을 헤아렸다. 지전과 동전이 방바닥에 수북이 쌓였다.

비화는 수입을 셋이서 공평하게 분배하자고 했지만 우정 댁과 원아가 극구 반대 의사를 표시했다. 그런 다음에 절반을 비화가 갖고 그 나머지 절반을 자기들이 똑같이 나눠 가지겠다고 우기는 바람에 결국 그렇게 하기로 했다.

"이대로만 장사가 잘되모 우리가 부자 될 날도 안 멀것다. 돌재 양반하고 밤골댁 덕이 알기 모리기 크다."

우정 댁이 자기 몫을 챙겨 넣으면서 말했다.

"그 집서 술 무운 손님 싹 다 우리한테 보내준께 증말 고맙지예."

바람도 없는데 저절로 흔들리는 호롱불을 보며 원아가 말했다.

'컹컹!'

근처 어느 집에선가 개 짖는 소리가 들렸다. 달은 하늘의 가지 어디

쯤에 걸려 있었다.

"얼이는 잠들었것지예?"

비화가 걱정스레 물었다. 우정 댁이 조금 전 돈을 만질 때와는 다르게 맥이 하나도 없는 목소리로 대답했다.

"하로 왼종일 강가를 그리키나 막 쏘댕긴께, 시방쯤 상구 피곤해갖고 방에 폭 꼬꾸라져 자것제. 지가 천하장사도 아이고."

원아도 퍽 염려스럽다는 얼굴이었다.

"달보 영감님이 말씀하시는데, 아아가 아 안 겉고 하는 짓이 똑 백 살 묵은 영감 겉다 안 쿱니꺼."

강물소리는 멀어졌다 가까워졌다를 반복하고 있는 것 같았다.

"그기 모도 지 에미 잘몬 만낸 탓 아이고 머시것노."

우정 댁은 끝내 두 눈 가득 눈물을 글썽였다.

"그날 내가 지 증신이 아이었던 기라. 지 증신 똑바로 벡힌 사람 겉으모, 아모리 사정이 그렇다 캐도 그런 소리 절대 몬 한다."

그녀는 제 그림자를 보고 놀라는 닭처럼 자기 말에 스스로 몸을 떨고 있었다.

"그 에린 거 보고, 지 아부지 목 베이는 거 단디 지키봐라 캤은께. 하이고, 시상에, 지 아부지 목 베이는 거를……."

"……."

비화도 원아도 더는 아무 말을 꺼내지 못했다. 우정 댁은 뺨을 타고 내리는 눈물을 닦을 생각은 하지 않고 무서운 소리를 했다.

"물가에 사는 사람은, 물에 뛰들어 자살할 멤이 짜다라 생긴다 쿠더마는, 요새 내가 똑 그짝이다."

원아가 우정 댁을 끌어안으며 와락 울음을 터뜨렸다. 아까부터 눈시울이 호롱 불꽃처럼 붉어 있던 그녀였다.

"성님, 자꾸 그리 멤 약한 말씀 하실랍니꺼? 성님이 그리싸모 지가 먼첨 저 강물에 팍 뛰들어 죽을랍니더. 흑흑."

우정 댁이 홀연 악다구니를 썼다.

"내 몬 산다! 동상! 니하고 내하고 둘이 같이 죽자아!"

원아는 그 소리 나오길 기다리고 있었다는 모양새였다.

"그라이시더, 성님."

강바람이 방문을 흔들었다. 두 사람에게 이제 그만하라고 만류하는 것처럼 들렸다.

"우리……."

비화는 석유등 심지를 돋우고 호롱에 석유를 더 들이부었다.

"인자 안 좋은 이약은 덮어두이시더."

석유 냄새가 확 풍기면서 방안이 한결 밝아졌다. 바람벽에 비치는 그림자도 아까보다 한층 또렷해졌다.

"큰이모! 얼이를 봐서라도 작은이모 말씀맹캐 하이소. 사람이 자꾸 약한 말을 하모……."

언니라는 말에 익숙하지 못한 비화는, 그들을 고모라 부를까 이모라 부를까 고민하다가 이모라고 부르기로 했다. 어쩐지 이모라는 말에서 좀 더 살갑고 정겨운 느낌을 받아서다. 언니보다 나이가 더 적은 고모나 이모도 있고, 또 아무래도 친자매가 아닌 남남들이기에 이모라는 호칭이 그들 두 사람 마음에도 흡족한 듯했다.

어쨌든 비화 마음도 지금 그들 못지않게 무겁고 착잡하기만 했다. 누구에게도 얘기하지 않았지만 벌써 여러 날 같은 꿈이었다.

남편 박재영이 보였다. 그가 강을 건너오고 있었다. 그런데 실로 기묘했다. 물 위를 걸어오고 있는 것이다. 더더욱 알 수 없는 건 강물이 전혀 출렁거리지 않는다는 거였다. 마치 유리 위를 걷고 있는 듯했다. 그러던 어느 순간 갑자기 유리가 쩍 갈라지듯 강이 쪼개지면서 무언가가 남편 발목을 휘어잡았다.

소스라쳐 보니 그건 아주 작고 하얀 손이었다. 아기 손 같았다. 남편은 잡히지 않은 쪽 다리를 들어 그 손을 세게 걷어찼다. 그러자 손은 사라지고 갈라졌던 강이 다시 붙었다. 그러고는 남편이 막 땅에 발을 내디디려는 그 찰나, 번쩍! 하는 섬광과 함께 작고 흰 창 하나가 남편을 향해 날아드는 게 보였다.

"아, 안 돼!"

비화는 비명을 지르다 퍼뜩 눈을 떴다. 꿈에서 깨어나 한참 헤아려보니 그 작고 흰 창은 어린 아기 손이었다.

'민치목이 소공복을 쥑일라쿠는 이약을 들어서 그런 숭칙한 악몽을 꾼 기까? 내가 장 그 생각에 시달리다 보이.'

하지만 분명 남편 박재영에 관한 예언몽이었다.

'암만캐도 그이한테 무신 안 좋은 일이 생기고 있는갑다. 안 그라고서야 우찌 그런 꿈을? 아, 우짜노? 이 일을 우짜모 좋노?'

그런데 무엇 때문에 그 작고 흰 아기 손이 보였을까? 그리고 정체불명의 그 손은 왜 남편을 해치려 했을까?

작고 흰 아기 손이 강 속에서 불쑥 솟아오르던 그 광경이 끝도 없이 눈앞에 어른거리는 바람에 비화는 석유등 심지만 자꾸 더 돋우었다.

# 흰 시간 검은 시간

상촌나루터는 과연 대단한 상업 중심지요, 교통의 요지였다.

첫새벽부터 한밤중까지 조용할 때가 없었다. 넓은 남강을 오가는 나룻배들은 항상 많은 승객을 태우고 온갖 종류의 짐을 실어 날랐다.

"그 국밥집 상호가 머라꼬?"

"아즉 그거도 몰랐나? 니 이름은 머꼬?"

"그래, 내 이름도 모린다, 와?"

"와는 무신 와라? 오데 오랑캐가 와! 하고 쳐들어오나?"

"에나 말 안 해줄 끼가?"

"내 입인께 내 멤대로 한다, 와?"

"내 참 더럽고 애니꼽아서 몬 살것다."

"그런께 함 가봐라 안 쿠나?"

"알것다. 시방 당장 간다 고마. 그러이 누도 내 잡지 마라."

"히히히. 열도 잘 받기는!"

"열만 잘 받아? 백, 천도 잘 받는다, 우짤래?"

상촌나루터가 날로 달로 번창해지는 가운데 밤골집도 그렇거니와 특히 나루터집에 대한 소문은 이제 모르는 이가 없었다. 사람의 세 치 혀는 참으로 무섭고도 막강한 힘이 있는 것이었다. 삽시간에 온 천지 사방팔방으로 퍼져나가는 게 바람에 날리는 민들레 꽃씨를 닮았다.

손님들 종류도 참 각양각색이었다. 그냥 속 풀기 위한 술꾼들만 오는 게 아니었다. 음식 맛이 기차다는 말을 듣고 아이들을 데리고 오는 여자도 많았다. 친정어머니가 딸에게, 혹은 시어머니가 며느리에게, 음식에 대해 가르쳐준다고 찾아올 때도 있었다. 남녀노소, 빈부귀천이 없었다.

"에나 부럽다, 부러버. 상촌나루터 돈은 모돌띠리 그 세 과부 치매 속으로 쏙쏙 들간다 안 쿠는가베."

"헤, 삼과부 치매 속은 이래저래 좋것거마는."

"에이, 이 사람아. 한분 가서 그 치매 좀 빌리서 입지 와?"

"칫! 돈에 깔리 죽는 기 낫지, 여자 뭣에 깔리 죽었다쿠는 소리 들을라꼬?"

"여자 머?"

"그리키나 알고 싶으모 니 마누래한테 함 물어봐라."

"도로 낼로 보고 우리 마누래한테 맞아 죽어삐라 캐라."

"그기 소원이라모……."

삼과부집을 겨냥한 남정네들의 흰소리 아니랄까 봐 별의별 말이 나왔다. 그러다가 어떨 때는 자기들끼리 웃통 벗어 제치고 싸우는 진풍경까지 벌어졌지만, 그로 인해 나루터집은 더한층 광고가 되기도 했다. 그야말로 하늘이 돕고 사람이 도우는 장사였다.

그런 속에서 비화는 논밭을 차곡차곡 사 모아 드디어 소작인까지도 두었다. 그녀의 땅에 대한 집착은 귀신도 혀를 휘휘 내두를 지경이었다. 그녀 가슴팍에 꼭꼭 맺혀 있는 그 포원을 모르는 사람들은 비화더러 미친 것 같다고 속닥거리기도 했다. 그렇지만 비화는 그런 일로는 백 번을 미쳐도 좋다고 생각했다.

우정 댁은 얼이를 위해서 돈을 썼다. 하지만 아들 하나 밑에 들어가는 돈은 그다지 많지 않았기에 돈이 적잖게 쌓여갔다. 그러나 우정 댁이 장차 그 돈을 어디에 어떻게 쓰려고 하는지에 대해서는 그 어느 누구도 몰랐다. 만약 알았다면 큰 난리가 일어날 수도 있는 일이었다.

원아는 고향 산판을 많이 사들였다. 나무를 함부로 베지 못하게 가꾸는 멧갓을 그녀는 예전부터 좋아했다. 부모님께 멋진 옷도 사다 드리고 맛있는 음식도 대접했다. 아버지 송 씨와 어머니 모천 댁은 흡족해하면서도 딸 모르게 눈물을 삼켰다. 그들이 원하는 것은 그런 게 아니었다. 나이 들어가는 딸이 하루라도 더 빨리 죽은 화주를 잊고 다른 남자를 얻어 족두리를 쓰는 일이었다. 위는 여섯 모가 지고 아래는 둥근 그 검은 관이 왕관보다도 더 귀하고 좋게 생각되는 게 과년한 딸자식을 둔 부모 심경이었다.

어쨌거나 이른바 삼과부들은 되짚어볼수록 그저 꿈만 같았다. 자기 볼이라도 꼬집어 현실을 확인해보고 싶었다. 장사의 신神이 도와주었다. 그렇지만 좋은 일에는 늘 탈이 끼기 마련이었다. 아니, 그 모든 것들에 앞서 그들과의 악연이 아직 끝나지 않았다는 증거일 것이다.

그날 아침 잠자리에서 눈을 떴을 때, 비화는 이상하게 몸도 마음도 편하지 못했다. 잠을 자는 내내 악몽에 시달렸는데 하나도 기억은 나지 않고, 끝없이 무언가에 쫓겨 다녔다는 것만 생각났다. 남편 꿈은 아니란 게 확실했다.

'내를 그리키나 쫓아쌌던 기 머였으꼬?'

자고 일어나 곰곰 헤아려 봐도 끔찍하고 지독한 추격자였다. 그게 꿈이었다는 게 너무나 다행으로 여겨졌다. 현실이라면 미치거나 죽어버렸을 것이다.

"오데 몸이 안 좋나? 안색이 영 그렇거마."

"너모 무리해싸서 그런 기다, 무리해싸서. 그리 넘 말 안 듣더이. 오늘은 성님하고 내가 장사할 낀께 조카는 지발하고 좀 푹 쉬이라."

우정 댁과 원아가 몹시 걱정스러운 얼굴로 말했다. 하지만 비화는 되레 그들보다 먼저 주방으로 들어갔다.

"괘안아예. 셋이서 해도 일손이 모지라는데 그라모 안 됩니더."

옷소매부터 동동 걷어붙이는 품이 대책이 없었다.

"시상에, 조카가 이모들을 이길라쿠네? 에이, 애니꼽고 더러버라."

"대대로 내리오는 우리 조선국 미풍양속이 모돌띠리 오데로 가삣노? 개가 물고 간 기가, 쥐가 물고 간 기가?"

그러면서도 결국 또 우정 댁과 원아가 지고 말았다. 그들은 길다면 길고 짧다면 짧은 그 동업의 체험을 통해 잘 알았다. 세상에서 비화 고집을 꺾을 장사는 없었다. 그리고 또 그게 나루터집 최고의 자산資産이기도 했다.

"그래, 죽으나 사나 일이나 하자 고마."

비화와 나이 차이가 좀 많이 나는 우정 댁은 그렇게 말하는 품이 십분 비화를 이해하는 듯했으나, 큰 차이가 나지 않는 원아는 약간의 자존심이랄까 우정 댁에게 하는 말같이 하면서 은근히 비화에게 한방을 놓았다.

"살라꼬 일하지, 죽을라꼬 일해예?"

그러자 우정 댁은 행여 비화와 원아 사이에 작은 금이라도 갈까 우려하는 심정이기라도 한 듯, 이런 엉터리 소리를 하여 두 사람으로 하여금 폭소를 자아내게 했다.

"죽을라꼬 묵지, 살라꼬 묵나?"

우선 쇠뼈를 곤 국물에 된장을 풀어 넣었다. 그런 다음 콩나물, 무,

파, 선지 등을 넣어 끓이기 시작했다. 맨 처음에 장사를 시작했을 그 당시에는 콩나물만 넣은 국밥을 만들어 팔았는데 이력이 붙다 보니 그런 토장국도 만들어 팔게 되었다.

얼마 지나지 않아 손님들이 몰려들기 시작했다. 하도 바빠 죽을 틈도 없다는 말이 비화를 두고 하는 소리였다. 정신없이 일하다 보니 몸 아픈 것도 다 잊었다.

"우리 조카한테 만병통치약은 일이다, 일."

"상감이 봤으모 대궐에 데꼬 갈라 쿠것다."

그런 비화를 본 우정 댁과 원아 얼굴에서 근심이 사라졌고, 그러자 마음에 여유가 있을 때 나오는 농담도 흘러나왔다.

"오늘 하로 전쟁이 또 시작됐다."

우정댁 말에 원아도 한마디 보탰다.

"다린 전쟁이 아이고 돈 전쟁입니더, 돈 전쟁."

"돈 전쟁?"

그런 전쟁도 있나? 하는 표정의 우정 댁이었다.

"예, 지 말이 틀릿어예?"

"하기사 화살이나 총알맹캐 돈이 핑핑 날라오고 날라간께……."

그러면서 날아다니는 돈을 쫓듯 장난스럽게 눈동자를 이리저리 굴리는 우정댁 얼굴에서 순간적이나마 어둔 빛이 가신 듯하여 원아 마음이 좋았다.

"쌔이 붙잡아야지예. 붙잡읍시더."

"하모, 딴 데로 가삐리기 전에 그래야제."

원아는 그곳 나루터집 바로 옆에 붙은 밤골집 쪽으로 고개를 돌렸다.

"밤골집에 가서 물괴기 잡는 그물 좀 빌리오까예?"

"그거는 안 된다. 그 집도 묵고 살아야제."

비화는 그네들 이야기를 통해 그 악몽이 끼어들 여지를 좀 없애볼 요량으로 이런 소리를 했지만 완전히 몰아내지는 못했다.

"난주 돈 더 마이 벌모, 비단 갖고 그물 한분 맨들어보이시더."

우정 댁과 원아가 서로 얼굴을 마주 보았다.

"와 해필 비단이고?"

"그 비싼 거를……."

비화는 입에서 배봉의 이름이 이만큼 나왔지만 참고 이런 말만 했다.

"시상에서 젤 멋진 비단 물건을 꼭 비이주고 싶은 인간이 있어서예."

"……."

"돌재 아자씨가 들으시모, 본업은 몬 기신다꼬, 그 비단 그물에는 비단잉어만 걸리들 낀데, 그리 말씀을 안 하시까예."

그런데 얼이도 이날은 웬일인지 강가에 나가지 않고 자기 방에 박혀 우정 댁이 시장통 책방에서 사다준 무슨 책인가를 열심히 보고 있었다.

우정 댁은 기분이 좋은지 평소 하지 않던 콧노래까지 흥얼거려가며 씽 치맛바람 소리도 요란하게 국밥을 날랐다. 그렇지만 어느 순간 또 갑자기 '변덕네'가 되어 죽은 남편 생각에 눈물을 줄줄 흘려댈지 모른다. 정말이지 그럴 땐 꼭 누가 눈에 고춧가루라도 뿌려댄 것 같았다.

그 불청객들이 기어든 것은 가장 바쁜 때인 점심시간대가 막 지나고 이제 우리도 밥을 좀 먹어볼까 할 즈음이었다. 그들은 가게 앞에 서서 말을 주고받았다.

"요 집이 그 유맹한 나루터집 맞는 기가?"

일행 가운데 제일 나이 들어 보이는 자가 물었다. 최고 연장자라고는 해도 아직 한참 젊은 축에 드는 사내였다.

"그런갑소. 간판을 보소, 성."

그중 가장 체구가 큰 자가 대답했다. 물론 거구인 탓만은 아니겠지만 어딘가 미련스러워 보인다고나 할까, 여하튼 무지막지하다는 표현이 더 어울릴 사내였다.

“이거 사람 미치고 환장하것네. 해장국 내미가 솔솔 풍긴다 아입니꺼.”

내내 하인같이 굽실거리는 자가 말했다.

“얼아.”

그때 비화는 얼이더러 밥 먹으러 오라고 하기 위해 얼이 방이 있는 쪽 마루 끄트머리에 서 있었다. 언제부터인가 진짜 남동생처럼 여겨지는 얼이였다. 얼이 또한 그녀를 친누이 이상으로 따르고 있었다.

어쨌든 큰소리로 얼이를 부르다가, 가게 마당으로 막 들어서는 사람들이 있기에 비화는 무심코 그쪽을 바라보았다. 그러다가 다음 순간, 비화는 눈을 의심했다.

‘아!’

툇마루가 그대로 폭삭 내려앉는 듯했다. 아니, 온 세상이 발칵 뒤집히는 것 같았다. 훤한 대낮부터 어디서 줄곧 술을 퍼 댔는지 낯짝들이 붉다 못 해 검어 보이기까지 하는 우람한 덩치의 세 사내. 그자들은 자나 깨나 잊어버리지 못할 저 점박이 형제와 맹쭐이 아닌가? 너무나 놀라고 당황한 비화가 미처 어떻게 할 틈도 없이 그들 쪽에서 먼저 소리쳤다.

“저, 저거 비, 비화 아이가?”

왼쪽 점이 비명 지르듯 했다.

“맞심니더! 비화, 비홥니더!”

아부꾼이 고함을 쳤다.

“비화가 우찌…….”

오른쪽 점이 믿어지지 않는다는 투로 혼자 중얼거렸다.

“아, 그라모 여게 삼 과부가 비화?”

그때 만취한 사내들이 함부로 내지르는 그 고함소리를 듣고 무슨 일인가 하고 우정 댁과 원아가 주방에서 달려 나왔다. 둘 다 손에 물기가 묻어 있고 앞치마를 두른 채였다.

"이기 뭔 소리들이고?"

"시끄러버서 딴 손님들이 안 들올라쿨 끼다."

그녀들은 어찌 된 영문인지 몰라 우두커니 선 채로 비화와 사내들을 번갈아 바라보다가 뒤미처 깨달았다. 근동에서 악명 높은 저 임배봉의 점박이 자식들이었다. 지난날 농민군이 갇혀 있는 형옥 밖에서 자기들에게 치근덕거리던 바로 그자들이었다. 그렇지만 그들은 우정 댁과 원아를 잘 알아보지 못했다. 그저 그 국밥집에서 일하고 있는 주방 여자들이거니 하고 예사로 보아 넘긴 때문일 것이지만, 그만큼 두 사람이 큰 변신을 했다는 증거일 수도 있었다. 아무튼 그 상황 속에서도 그건 다행한 일이었다.

그건 그렇고, 두 사람이 지금까지 보아온 비화와는 전혀 다른 비화가 거기 있었다. 대체 저들과 비화는 어떤 관계가 있기에, 비화는 저런 모습이며 또 사내들은 저런 반응들인가? 하여튼 그 돌연한 사태 앞에 먼저 정신을 차리고 먼저 전말을 깨달은 쪽은 비화보다도 사내들 같았다.

"그런께 비화가 이 나루터집 과부란 말이제?"

억호 말에 맹쫄이 신바람 붙은 목소리로 대답했다.

"하모예. 비화가 밥집을 하는 기지예."

억호는 비화 얼굴을 유심히 살피며 뇌까렸다.

"그리 콧대 높던 김호한 장군 딸이 나루터에서?"

만호도 가게 안과 비화를 번갈아 보았다.

"걸베이들 밥 묵는 데가, 와 이리 쑥쑥하노(더럽나)?"

그때쯤 얼이도 방에서 나와 마구 지껄여가며 제멋대로 굴고 있는 그 사내들을 쏘아보고 있었다. 아직은 어렸지만 그 눈매가 사뭇 매서웠다. 지난날 꽃대나 짐승 모가지를 잡아 비틀어대던 시절처럼 눈알이 새빨갛다.

그런데 나루터집 식구들을 당혹케 만든 것은 그 사내들보다도 오히려 비화 쪽이었다. 그 순간의 비화 모습은 차마 두 눈 뜨고 바라보기 민망할 지경이었다. 얼굴이 붉으락푸르락 온몸을 덜덜 떨어댔다. 엄청난 충격에서 벗어나지를 못하고 금방이라도 어떻게 돼버릴 여자같이 너무나 불안하고 위태로워 보였다. 일찍이 보지 못했던 모습이었다.

이 지역에는 예로부터 '그래도 머스마 꼭지라고' 하는 말이 있다. 아무리 어리고 못나도 사내는 사내구실을 한다는 뜻이다. 그때 얼이가 그랬다. 비화는 물론이고 다른 두 여자 어른도 망연히 서 있기만 하는데, 얼이가 그자들을 향해 당차게 말한 것이다.

"좀 조용히 하이소. 와 넘 가게에 와갖고 그리 떠듭니꺼?"

"……."

억호 일행은 잠시 멍해 보였다. 하지만 그것은 일순간이고 맹쫄이 굉장히 화난 목소리로 겁부터 먹였다.

"머시라? 허, 눈만 붙은 조기야? 콱 밟아줘이삘라."

만호도 시뻘겋게 달아오른 얼굴로 사나운 짐승처럼 으르렁거렸다.

"하로강새이 범 무서븐 줄 모린다더이, 조 쪼꼬만 기 콱 뒤지고 싶어갖고 환장했는갑다."

억호는 말이 없었다. 맹쫄이 한마디 더 했다.

"눈깔을 싹 뽑아삘라. 오데서 노리보고 있노?"

만호도 같은 감정이란 듯 더욱 거친 목소리로 나왔다.

"눈깔만 말고 쎗바닥도 확 뽑아라. 모가지도 싹 빼서 똥장군 마개 하고."

얼이 얼굴을 향해 당장 주먹이 날아들 것 같은 험악한 형세였다.

"야, 이 대갈빼이 쇠똥도 안주 안 마린 쌔끼야! 니 한분 더 말해 봐라. 머시 우째애에? 조용히 해라꼬오? 내 조거를!"

맹쭐의 으름장에 우정 댁이 놀라 아들을 불렀다.

"아, 어, 얼아."

우정댁 안색이 보리 싹같이 아주 새파랗게 질렸다. 그녀는 자칫 엎어질 듯 꼬꾸라질 듯 황급히 얼이 있는 데로 달려가 앞을 가로막고 서면서 따졌다.

"나(이)도 그짝들보담 한거석 에린 사람 갖고 와 그랍니꺼? 그라고 시방 너모하는 것도 맞고예."

그러자 언제나 선봉장이나 행동대장 역할을 자청하는 맹쭐이 곧바로 달려들 것처럼 하며 외쳤다.

"이 망헐 년들이! 우리가 눈 줄 알고 주디이 벌로 놀리는 기고, 으잉?"

"눈데? 눈데?"

그렇게 다그치듯 하며 원아가 한 걸음 앞으로 나와 분노에 떨리는 목소리로 말했다.

"시방 그 말 한분 더 해봐라. 머헐 년들이라꼬?"

급기야 그 순해빠진 원아 말투도 적잖게 거칠어졌다. 나이가 한참 위인 여자도 있는데 망헐 년들이라니.

"이 개 겉은 것들아!"

모든 건 다 상대적이라고, 원아 입에서는 그런 험한 소리까지 나오기 시작했다. 화주를 그렇게 보내고 나서 세상에 걸릴 것도 없고 무서울 것도 없어진 그녀이기도 했다.

"와 넘 장삿집에 와갖고 행패고, 행패는!"

만호와 맹쭐이 분을 못 참아 불판 위에 선 것같이 길길이 날뛰었다.

"머시? 개?"

"저, 저 때리쥑일 년이?"

하지만 억호는 제 특허와도 같은 음흉한 웃음을 머금은 얼굴로 일행을 돌아보며 천천히 입을 열었다.

"우리 오늘 여게 참 잘 왔다. 조것들 하는 거 본께, 에나 재밌다 아이가."

여자 좋아하는 아버지 배봉의 기질을 더 많이 물려받은 쪽이 만호보다는 억호였다. 그는 여자에 통달한 도사처럼 굴었다.

"자고로 여자라쿠는 거는 안 있나, 저리 쏘가리매이로 톡톡 쏴쌌는 그런 맛이 있어야 하는 기라."

머리가 길고 입이 크고 머리와 등에 보라와 회색 무늬가 있는 쏘가리를 재료로 만든 매운탕은 밤골집이 자랑삼는 특식이었다. 아마도 그들은 밤골집에 가서 쏘가리 매운탕을 안주로 삼고 술을 퍼 대다가 온 게 아닌가 싶었다. 어쨌거나 억호는 오른쪽 눈 밑에 박혀 있는 점을 왼 손등으로 쓱쓱 문지르며 말했다.

"너거들 오늘 에나 좋은 거 마이 배운다 아인가베. 이런 거를 놓고 머라쿠는 줄 아나? 산교육, 산교육이라쿠는 기라."

만호가 건들거렸다.

"그라모 죽은 교육은 우떤 교육을 말하는 기요?"

맹쭐도 알고 싶다는 표정으로 억호를 바라보았다.

"그, 그거는……."

그만 말문이 막힌 억호는 잠시 가만히 있더니만 집어삼킬 것처럼 여자들을 노려보면서 협박하듯 했다.

"야, 치매들아! 너거도 셋이고 우리도 셋인께네 짝이 딱 안 들어맞는

가베. 이거는 마, 누가 끼맞출라 캐도 안 쉽제. 그러이 우리 같이 놀아 보자쿤께?"

그러면서 억호는 징그러운 웃음기를 실실 뿌리며 원아 쪽으로 다가가기 시작했다. 매가 꿩을 낚아채려는 형상을 방불케 했다.

"아……."

비록 나이는 좀 들어도 아직 처녀인 원아는, 흉악하게 생겨먹은 덩치 큰 사내가 덮칠 듯 다가오자 그만 기겁을 하며 어쩔 줄을 몰라 했다. 세상에 태어나 남자라고는 한화주밖에 모르고 살아온 그녀에게 다른 사내는 금기 이상이었다.

더군다나 일이 크게 잘못되려고 그랬는지, 평소에는 손이 떨어질 때가 없는 가게가 하필 그때는 아무도 없었다. 하긴 남의 눈은 조금도 의식치 않는 그들인지라 누가 있다 해도 마찬가지였을 것이다. 만호와 맹쭐이 하는 짓거리는 억호보다 더 저질스럽고 가관이었다. 그 두 놈은 비화 쪽으로 슬슬 접근하기 시작했다.

"옥지이만 이쁜 줄 알았더이, 인자 본께네 비화도 이뿌다. 비화야, 니하고 내하고 한분 끼안아 보자."

"비화 니는 이 맹쭐이하고 정답거로 땅따묵기 하던 소꼽동무 아이었디가. 그러이 우리 다시 동무하자 고마."

그 하는 꼴들이 정상이 아니었다. 급기야 우정댁 고성이 터져 나왔다.

"시방 머하는 짓들이고? 고만 몬 두것나? 자꾸 이리싸모 당장 포졸을 부릴 끼다! 관아 포졸들이 올매나 무서븐 줄 잘 모리는가베?"

제멋대로 굴던 사내들이 한순간 움찔했다.

"얼아, 니 안 있나……."

우정 댁은 얼이에게 큰소리로 시켰다.

"시방 단걸음에 관아에 달리가갖고 포졸들 데불고 오이라. 불한당들이 넘 가게에 들와서 행패 부린다쿠모 퍼뜩 올 끼다."

그러자 원아 몸에 막 손을 뻗치려던 억호가 얼이를 향해 무서운 얼굴을 해보였다.

"니 이 쌔끼, 시방 그 자리서 한 발짝만 움직이 봐라. 똥장군 마개 뽑듯기 모가지를 싹 뽑아삘 끼다."

그 서슬에 얼이 안색이 낮달같이 창백해지는가 싶더니만, 쪽마루가 그냥 내려앉을 만큼 큰소리로 '아앙' 울음을 터뜨리기 시작했다. 놀다가 잘못 엎어져서 무릎이 깨져 피범벅이 되어도 눈물을 보이지 않는 아이가 얼이였다.

일순, 비화 두 눈이 매섭게 빛났다. 마비되었던 몸이 그제야 풀리는가 보았다. 입에서 뇌성벽력 같은 소리가 터져 나왔다.

"모도 우리 가게서 나가라 고마!"

"……."

잠시 주춤하는 사내들에게 다시 고함치고 있는 비화 모습은, 지난날 아버지 호한이 부하 군사들을 호령할 때의 모습을 그대로 빼 박았다.

"너거들한테는 밥 안 팔 끼다! 썩어 남아 봐라, 파는가."

그러자 비화와 가장 가까운 거리에 서 있던 만호가 사정없이 세게 후려칠 것처럼 주먹을 휘두르며 외쳤다.

"이기 뒤질라꼬 환장한 것가? 지집년이 누한테 소리 지리노?"

그는 씨근거리며 맹쫄을 보고 말했다.

"맹쫄아, 말로 한께 안 되것다. 요것들 그냥 콱 밟아 쥑이삐자! 우리가 개울창에서 잡은 개고리 쥑일 때맹커로 말이다."

그런데 맹쫄은 시퍼런 비화 눈빛에 그만 질린 모양이었다.

"예? 예. 그, 그라이시더."

말과는 다르게 몸은 도리어 뒤로 뺀다. 궁둥이가 달아나는 오리의 그것을 연상시켰다.

"내 말 안 들리는 기가?"

만호가 심히 다그쳤지만 소용없었다.

"으……."

어릴 때부터 도둑질하다 붙잡혀 포졸들에게 혼쭐이 난 경험이 많은 맹쭐은 관아 소리만 들어도 지레 겁부터 집어먹곤 했다. 큰소리 땅땅 쳐대던 천하 후레자식들도 관아 문턱만 넘어서면 오금을 펴지 못하는 것도 숱하게 보아왔다.

그러나 아버지 후광을 등짝에 업고 관아 사람들과 나름대로 친분을 쌓아가면서 살아오는 점박이 형제는 전혀 개의치 않았다. 특히 농민군 색출에 앞장서서 크게 협조해준 공로로 배봉의 세도가 높아진 만큼 그 자식들 위세도 꺾을 자가 없었다. 뿐더러 돈이면 못 할 일이 없는 세상이었다. 한양에서 내려온 콧구멍 큰 고위층도 배봉이 던져주는 돈다발 앞에서는, 개가 꼬리 달랑달랑 흔들며 넙죽넙죽 고기 받아먹는 것처럼 했다.

"저것들이 와 저라는 기고, 응?"

억호 앞을 빠져나와 비화 곁에 와 선 원아가 숨 가쁘게 물었다. 우정 댁도 뭔가 미심쩍은 표정을 지으며 닦달하듯 했다.

"조카, 저 사람들한테 무신 빚진 기라도 있는 것가?"

죄 지은 사람 옆에 있다가 벼락 맞은 꼴이 된 비화는 머리와 손을 동시에 내저으며 크게 더듬거렸다.

"그, 그거는 아, 아이고예."

원아는 그런 비화를 가만히 바라보기만 하는데 우정 댁은 꼬투리 잡는 식이었다.

"그라모 와?"

"……."

입을 열지 못하고 계속 머뭇거리기만 하는 비화 모습에 원아도 목소리가 달라졌다.

"우리는 조카를 믿지만도."

비화는 실로 난감하기 그지없었다. 사연을 다 털어놓자면 몇 두루마리는 되었다. 더욱이 원아나 우정 댁이 얼마나 이해할 수 있을지도 의문이었다. 평상시 친정집 일에 대해 입을 나불대는 성격의 비화가 아니었다. 하지만 그렇다고 해서 그대로 입 꼭 다물고 있자니, 자기가 무슨 큰 잘못을 저지른 것으로 오해받을 것 같아 그저 속만 숯 검댕처럼 탔다. 말 그대로 미치고 팔딱 뛸 노릇이었다.

'비화야, 니는 비화다. 무신 말인고 알것제?'

자신을 다독거리며 비화는 이를 악물었다. 앞으로 저들과 사생결단해야 할 일들이 정말 산같이 쌓여 있는데 시작부터 이렇게 속수무책으로 당하고만 있다니.

"저리 좀 비키보이소."

이윽고 비화는 원아를 옆으로 밀치고 나서며 억호를 향해 악을 썼다.

"장삿집에서 주인이 안 팔것다모 고만이지 와 시비가 늘어졌노?"

"조, 조게?"

억호는 당장 어쩌지 못해 화딱지가 나는 모양이었다. 말인즉 구구절절 틀린 것이 없었다. 사실 주인이 손님을 안 받겠다는데 뭘 어쩌겠는가 말이다. 그렇다고 해서 순순히 물러설 그들이라면 애당초 그런 짓을 하지도 않았을 것이다.

"야들아, 이거 안 되것다. 몸 좀 풀어라."

그러자 억호의 그 명령을 기다리고 있었다는 듯 급기야 이루 말로 다 표현할 수 없는 횡포가 시작되었다.

"콰당!"

만호가 마당가 평상 위에 얌전히 놓인 상을 걷어찼다.

"쿵쿵쿵."

맹쫄은 흙발로 이 평상 저 평상을 밟고 다니며 온통 더럽혔다.

"우하하하, 우하하핫."

그 짓거리들을 지켜보며 억호는 너무나 재미있고 통쾌하다는 모습으로 온 상촌나루터가 곧장 떠나가라 큰소리로 웃어 제쳤다.

'이것들이!'

비화는 곧바로 달려들어 그들 복장을 마구 뜯어놓고 싶었다. 주방에 있는 식칼을 들고 나와 콱 찌르고 싶었다. 그렇지만 마음뿐이었다. 극심한 분노와 공포에 사로잡힌 몸은 조금도 움직여주지를 않았다.

세상은 대사지 연못이다. 거기 출렁거리는 것은 물이 아니다. 피다. 어느새 비화는 옥진이 돼 있다. 어린 여자아이. 하늘이 울고 땅이 우는 악행이 벌어진다. 아무 대책 없이 당하는 옥진, 아니 비화.

"아이구! 아이구!"

"저, 저, 저걸 우짜노? 응? 저거를 우짜모 좋노?"

우정 댁과 원아가 발을 동동 굴러가며 울부짖는 소리가 비화 귓전에 꿈결처럼 아스라이 들렸다. 비화는 엄청난 무력감에 돌아버릴 것만 같았다. 자신이 이렇게도 무능하고 못난 줄 몰랐다. 그저 속으로 자꾸 자기 이름만 안타깝게 부르기만 하는 게 고작이었다.

'비화야! 비화야!'

뼈를 싹싹 갈아 마셔도 시원찮을 철천지원수들을 바로 코앞에 두고도, 놈들이 저지르는 그 횡포를 보고도, 그저 당하고 있을 수밖에 없는 그 현실 앞에 차라리 혀를 콱 깨물어 죽어버리고 싶었다. 배봉의 흉계에 빠져 세월을 한과 눈물로 보내고 있는 아버지 호한과 어머니 윤 씨가 보였다.

'니가 딸이라도 내는 한 분도 니가 여자라쿠는 생각을 한 적이 없다. 그란데 시방 니 하는 꼴 본께, 여자라도 한참 행핀없는 여잔 기라.'

'이것아! 니 와 그리키나 몬났노? 시방 저것들이 누고, 엉? 배봉이 새끼 점백이 자슥들 아이가? 그란데 칼로 착착 쳐서 쥑이도 안 시원할 그것들한테 이리 당하고만 있다이, 니 참말로 살아서 머할 끼고?'

그리고 부모 말에 이어 들려오는 소리, 옥진 목소리.

'언가 니나 내나 가리방상하네? 아이다. 언가 니는 내보담도 몇 배 몬하다. 언가야! 우리 대사지 못에 가서 같이 팍 빠지죽자 고마. 와? 그랄 용기도 없는가베?'

더욱 미쳐버릴 것만 같은 건 다음에 들리는 옥진의 웃음소리다. 아니, 관기 해랑이 내는 웃음소리다.

'호호호, 호호호, 오호호!'

비화가 전신에 경련을 일으키며 그런 환청에 시달리는 동안 무법천지처럼 파괴행위는 극에 이르렀다. 세상이, 그녀 인생이, 속절없이 꺾이고 무너지는 그 현장 한가운데 비화는 서 있었다.

"에라이!"

"한 개도 고만 안 놔둘 끼다!"

만호는 방문을 걷어차 쿵 넘어뜨리고 맹쫄은 주방으로 달려 들어가서 살강에 얹힌 그릇을 와장창 깨뜨렸다. 살림이 완전히 거덜 날 판이었다.

"비화 이년아!"

억호는 공성攻城에 나선 장수를 떠올리게 하는 모습으로 마당 한복판에 거만하게 서서 야수처럼 으르렁거렸다.

"앞으로 니년이 요 자리서 장사할 수 있는가 봐라. 으흐흐흐."

그러나 앞으로의 장사가 문제가 아니었다. 그랬다. 정말 위험한 일은 그다음에 벌어지고 있었다.

"씨발!"

얼이였다. 얼이가 욕설을 내뱉으며 그들에게 냅다 달려들었던 것이다. 그건 거기 누구도 미처 예상하지 못한 돌발적인 행동이 아닐 수 없었다. 하지만 말 그대로 칼로 물 베기요, 달걀로 바위치기였다.

"윽."

얼이는 비명조차 제대로 질러보지 못한 채 단 한방에 사정없이 나가떨어졌다. 저 성 밖 공터에서 망나니 칼에 뎅겅 잘려나간 아버지 천필구 목같이 땅바닥에 나뒹굴었다.

"씨이."

그래도 얼이는 다시 일어났다. 그러고는 혼자서 제 몸보다 족히 세 배는 됨 직한 거구의 사내들을 향해 돌진했다.

"어라? 요 쌔끼, 오데 함 죽어 봐라."

"헉."

얼이는 그냥 한 마리 벌레였다. 억호 주먹에 코피를 철철 흘렸고, 만호 발길질에 가슴을 움켜쥐었고, 맹쫄이 손아귀에 두 귀가 떨어져 나갈 형국이었다.

"얼아! 얼이야!"

"안 된다아! 이눔들아! 도로 낼로, 낼로 줙이라!"

우정 댁과 원아는 얼이를 구하기 위해 무작정 덤벼들었다가, 사내들의 억센 주먹과 발에 무지막지하게 얻어맞아 고통스러운 신음소리를 내면서 마당을 구르고 있었다. 그곳은 완전히 도살장을 방불케 했다. 나루터집 식구들은 소나 돼지 같은 가축 취급을 당하고 있었다.

그러나 정작 비화는 멍하니 서서 그 모든 광경을 마치 꿈속에서처럼 지켜보고 있을 뿐이었다. 어떻게 손을 써볼 생각도 하지 않고 남의 일보듯 했다. 그건 속수무책 그 이상의, 어찌 보면 외력外力에 의해서가 아니라 내부內部에서 무너지는 듯한 모습을 보이고 있다고 해야 할 것이다.

그랬다. 바라보고만 있었다. 지금 눈앞에서 벌어지고 있는 모든 사건들이 그녀 자신과는 아무런 상관도 없다는 것처럼 보였다. 얼이가 맞아 죽든 말든, 우정 댁과 원아가 폭행을 당하든 말든, 그게 무슨 대수냔 듯했다.

바로 그러한 와중에서였다. 홀연 땅 끝 아니면 하늘 끝에서 들려오는 듯한 엄청난 호령이 있었다.

"이누움드을!"

땅에서 솟았거나 하늘에서 내려온 것 같은 사람, 꼽추 영감 달보다.

"대체 니눔들은 누고?"

점박이 형제와 맹쫄은 난데없는 호통소리에 깜짝 놀란 듯했으나 소리 임자를 알고는 이내 어이없다는 표정들로 바뀌었다. 한눈에 봐도 거북이가 뒷다리로 선 것 같은 다 늙어빠진 꼽추 영감이다. 그들 가운데 누군가가 사납게 말했다.

"영감탕구가야?"

그러나 꼽추 영감 서슬은 망나니들이 '휙휙' 소리 나게 크게 휘둘러대는 커다란 칼날에서 뿜어져 나오는 빛살보다도 몇 배나 더 무섭고 시퍼렇다. 그는 땅바닥에서 간신히 몸을 일으키는 여자들과 사내애를 보자 눈이 뒤집히는지 악을 있는 대로 썼다.

"요가 오덴 줄 알고 와서 행패를 부리는 기가, 으잉?"

맹쫄이 한없이 가소롭다는 듯 픽 실소를 터뜨렸다.

"헤, 제사상 탕국 내미 솔솔 나는 영감태이가, 올매 남(지)도 안 한 목심꺼지 지 스스로 재촉하는갑네?"

만호는 당장이라도 꼽추 영감 면상에 주먹을 꽂을 태세였다.

"늙었다꼬 사정 봐주는 우리가 아인께, 영감, 넘의 일에 씰데없이 끼들지 말고 고마 몬 나갈 낀가?"

달보는 마당에 나뒹구는 상과 그릇 조각, 팍 쪼그라진 주전자, 낙엽진 솔잎같이 무수히 흩어진 수저 등속을 보더니 다시 일갈을 터뜨렸다.

"이 엠뱅헐 것들! 니눔들 제삿날이 오늘이다!"

억호가 고무를 둘러쓴 것처럼 싸늘한 얼굴로 잔인하게 내뱉었다.

"물건만 손 대고 사람은 손 안 댈라 캤는데 자꾸 손 대거로 시키네? 이 영감탱구도 손 좀 봐주자 고마."

비화가 꼽추 영감에게 다급한 목소리로 외쳤다.

"영감님! 쌔이 피하시소. 안 그라모 큰일 납니더!"

하지만 꼽추 영감은 앞가슴을 쑥 내밀며 말했다.

"시방 내 나가 칠순인 기라. 안 겪어본 일이 없제. 내가 다 알아서 할낀께 걱정마라 캐도?"

그러고 나서 그는 한눈에 봐도 온몸이 상처투성이인 얼이를 향해 말했다.

"얼이야, 니 시방 강가로 막 바로 달리가갖고 뱃사공들 모도 데꼬 오이라. 달보 영감이 말하더라 쿠모 번개겉이 달리올 끼다."

그 순간, 그들 일행 표정이 하나같이 싹 변했다. 억호가 손가락으로 얼이를 가리키면서 몹시 당황한 얼굴로 소리쳤다.

"저, 저, 쥐새끼 겉은 눔 자, 잡아라!"

만호도 어쩔 줄 몰라 하며 발을 굴렀다.

"모, 몬 가거로 해, 해야 하는 기라!"

맹쭐이 급히 얼이를 붙잡으려고 했다.

"이, 이 쌔끼."

그렇지만 얼이는 다람쥐보다도 더 잽싸게 달아났다. 그러고는 순식간에 마당을 가로질러 가게 대문 밖으로 사라졌다.

'아, 인자 됐다.'

비화는 다소나마 마음이 놓였다. 이 바닥에서 뱃사공들 영향력은 막강했다. 비록 돈 없고 세도 없고 무식한 무지렁이들이지만 그들이 하나로 똘똘 뭉친 힘은 그 누구도 감히 얕잡아보지 못했다.

"허, 이거."

"그, 그눔을 딱 잡아야 하는 긴데."

온 천지를 똥파리같이 쏘다니는 억호 일행도 그런 사실을 알고 있는 모양이었다.

"……."

더없이 난감하고 조급한 눈길들이 오갔다. 포수의 총소리를 들은 산짐승들이 그러할까? 맹쫄이 잔뜩 겁에 질린 얼굴로 물었다.

"우, 우짤꼬예, 성님들예?"

억호가 잠시 생각에 잠기는 눈치를 보이자 만호가 알아차리고는 말했다.

"오늘은 일단 돌아가자꼬. 때리부신다꼬 한바탕 몸은 풀었은께."

그러면서 누구 눈에도 미련스러워 보일 정도로 큰 그 덩치를 이리저리 흔들었다. 억호가 꼽추 영감을 슬쩍슬쩍 훔쳐보았다.

"땀 좀 흘리고 난께 고마 술이 싹 다 깨삣다 아이가. 오데 가서 술 한잔 더 마시고 다시 오자."

맹쫄이 살았다는 듯 점박이 형제에게 얼른 말했다.

"예, 술 마시로 가입시더."

만호가 범행 현장에서 조금이라도 더 멀어지고 싶어 하는 피의자처럼 말했다.

"요분에는 밤골집 말고 다린 데로 가자꼬."

그들은 앞서거니 뒤서거니 서둘러 가게를 빠져나가기 시작했다. 맹쫄은 두 다리가 크게 엇갈리는 통에 자칫 앞으로 픽 엎어질 듯이 하다가 가까스로 균형을 잡고서 달아났다. 점박이 형제는 검은 공이 굴러가듯 빠르게 도망쳤다.

"이눔들아! 거 섰거라. 오데로 가노?"

꼽추 영감은 남강 물결처럼 주름진 두 손을 허리춤에 척 올려붙이고는 아주 의기양양하게 소리를 질렀다. 하지만 그들이 허겁지겁 달아나는 뒷모습을 지켜보고 있는 그의 얼굴이 그다지 밝지는 못했다. 우선 당장의 위기는 가까스로 넘긴 셈이지만 얼마 안 가 있을 후환과 보복이 마음에 걸리는지도 몰랐다.

# 솟을대문 집 업둥이

일식日蝕처럼 하늘이 어두웠다. 어둑새벽이다.

아직은 주위를 분간할 수 없을 만큼 어둡다. 그 어둑어둑한 기운 속에서도 배봉가家의 대저택은 그 화려하고 웅장한 자태를 한껏 뽐내고 있다.

저 임술년에 유춘계가 이끄는 농민군에 의해 불태워진 자리에 예전보다도 훨씬 더 넓고 크게 세워진 새집은 근동에서 제일가는 대갓집으로 알려졌다. 심지어 먼 한양에서 이름 있는 목수들을 총동원시켰다는 뒷얘기도 나돌았다. 하루 종일 큰 쌀가마니와 마구재비로 구입한 세간들이 드나들며 북적거린다고 했다.

그렇지만 지금은 달랐다. 행랑살이하는 많은 하인들이 거처하는 행랑채도 아직은 불을 밝히지 않은 채 깊은 잠에 빠진 듯 상촌나루터 남강 속같이 고요하기만 하다.

그 행랑채 지붕보다 높이 솟은 솟을대문 밖. 웬 그림자 하나가 소리 없이 움직이고 있다. 너무나 기척 없는 행동이 유령 같다. 정말 유령이 나타난 것일까? 하지만 분명히 유령은 아니다. 사람이다.

그는 포대기에 싼 무엇인가를 가슴에 안고 있다. 중키 정도 사내다. 그는 머리를 들어 하늘을 찌를 기세의 솟을대문을 올려다본다. 그러고는 내심 뭔가를 크게 결심했는지 혼자 고개를 끄덕인다. 어둠 속에서 봐도 무척이나 비장한 표정을 짓고 있었지만, 그렇다고 강단이 있어 보이는 얼굴은 아니다.

이윽고 사내는 가슴에 꼭 안고 있던 포대기를 매우 조심스럽게 대문 앞에 내려놓는다. 대문도 숨을 죽이고 지켜보는 듯하다. 어스름 새벽빛이 포대기에 싸인 무언가를 아주 조금 비춰 보인다.

아기! 놀랍게도 아기다! 강보에 싸인 아기.

사내는 잠시 동안 장승처럼 그대로 선 채 강보에 싸여 있는 아기를 물끄러미 내려다본다. 아기는 깊이 잠들었는지, 아니면 너무도 배가 고프거나 심하게 울어 힘이 빠진 탓인지, 아무런 움직임도 없다. 그렇다면 혹시? 하지만 '쌕쌕' 하는 숨결소리로 미뤄보아 죽은 것은 아니다. 목숨만은 간신히 붙어 있는 듯하다.

어둠 속에 드러난 사내 얼굴이 고통과 슬픔으로 찡그러져 있다. 아기를 내려다보며 간혹 어깨를 들썩인다. 울고 있음에 틀림없다. 사내는 소매 끝으로 눈가를 훔친다. 그러고는 피가 배어 날 정도로 입술을 꾹 깨물며 돌아서려는 순간, 강보에 싸인 아기가 몸을 한 번 뒤챈다.

사내는 크게 움찔하더니 온몸이 빳빳하게 굳어버린다. 그대로 돌아서기에는 차마 발길이 떨어지지 않는지 영원히 그 모습 그대로 있을 성싶다. 시간도 정지된 듯. 아기는 다시 잠잠해진다. 그래도 사내는 몸을 돌려세우지 못한다. 그의 두 눈에서는 말 그대로 닭똥 같은 눈물이 뚝뚝 떨어져 포대기를 적신다. 아니, 강보에 싸인 아기를 적신다.

다음 순간이다. 화석처럼 굳어 있던 사내 몸이 한 번 흔들리더니 동시에 두 눈에 다급한 기운이 확 끼쳐든다. 사내는 황황히 몸을 돌려세우더니 이내 잽싸게 다리를 놀려 달아나기 시작한다. 담 모퉁이를 돌아가서야 사내는 걸음을 멈추고 가쁜 숨을 몰아쉰다. 그런 후에 고개를 빼쭉 빼고 솟을대문 쪽을 훔쳐본다.

'삐이걱!'

거대한 문짝 열리는 소리가 새벽을 깨운다. 꼭 관아, 아니 대궐 문이 열리는 것 같다. 곧이어 대문 밖으로 모습을 드러내는 두 그림자는 얼핏 봐도 여자들이다. 키가 크고 살찐 여인과, 작고 빼빼 마른 여인이었다.

"아, 서, 설단아! 이, 이기 머꼬?"

"옴마야!"

여인들 입에서 단말마 같은 소리가 튀어나온다. 그 소리에 사내 심장이 당장 와르르 무너져 내렸다.

"마, 마님! 애, 애깁니더!"

아직은 앳된 여자 목소리가 이어진다.

"머시라? 애, 애기라꼬?"

좀 더 나이 먹은 여자 음성이다.

"예, 마님. 포대기로 싸놨십니더."

"우째 이런 일이?"

그 집 마님은 너무나 엄청난 충격을 받은 나머지 금방이라도 그 자리에 쓰러질 사람 같아 보였다. 직접 제 눈으로 보고 있으면서도 여전히 믿을 수 없다는 빛이었다.

"누가 우리 집 대문간에 애기를 갖다놨단 말이고?"

병아리같이 작은 몸을 떨어대며 발밑을 내려다보고 있던 어린 몸종이 문득 숨넘어가는 소리로 아뢰었다.

"이, 인자 알것십니더, 마님. 어, 업둥입니더, 업둥이예!"

안색이 밀가루를 바른 듯 새하얗다.

"어, 업둥이, 업둥이라꼬?"

마님이란 여인은 한참 동안이나 멍하니 서 있기만 했다. 그 모습이 흡사 말 그대로 벼락 맞은 고목 같다.

"함 보까예."

그러면서 몸종이 가느다란 허리를 굽히더니 강보에 싸인 아기를 조심스럽게 안아 올리는 게 담 모퉁이에 숨어 있는 사내 눈에 똑똑히 비쳤다.

"마님, 한분 보시소. 에나 귀엽거로 생깃어예."

몸종은 포대기를 마님 눈앞에 들이밀며 말했다.

"즈, 증말 애, 애기구마. 애기……."

두 여자는 강보에 싸인 아기를 들여다보느라 정신이 없어 보였다.

"아, 우짜모!"

"그, 그런께 말입니더."

지금 마님이라 불리는 여인은 바로 억호 처 분녀이고, 몸종은 아주 어릴 적부터 분녀를 모셔온 설단이다.

분녀는 이날도 여느 때와 마찬가지로 제발 자식 하나 점지해 달라고 절집에 새벽 불공을 드리러 나가던 참이었다. 시주도 엄청 한 사찰이었다.

"마님, 에나 귀엽지예?"

설단은 추위를 타는 어린 새처럼 떨며 여전히 충격에서 벗어나지 못한 목소리다.

"시상에, 누가 이리 이쁜 애기를 내삐리고 갔을까예?"

설단보다 분녀 목소리가 더 흔들린다.

"그런께 말이다. 대체 누 자슥이까?"

설단이 외쳤다.

"아, 마님! 웃어예. 애기가 웃어예!"

분녀는 실눈을 크게 떴다.

"머? 웃는다꼬, 애기가?"

설단은 발까지 동동 굴러댄다.

"옴마, 이뻐 미치것어예!"

"에나로 웃네?"

분녀도 무척이나 신기해하는 얼굴빛이다. 그런데 바로 그다음 순간이다. 갑자기 사람이 바뀐 듯 분녀 음성이 밑으로 착 깔렸다.

"그란데 사내애 겉제?"

"글씨예."

"머스마 아인 기라?"

"그거는 잘 모리것고예."

"음, 음……."

"우쨌든 너모너모 귀여버예."

설단은 다른 것은 다 돌아볼 필요 없고, 오직 그 아기가 귀엽고 예쁜 것만 중요하다는 기색이었다. 하지만 분녀는 달랐다.

"사내애가 틀림없다. 사내애."

그렇게 혼자 중얼거리던 분녀가 별안간 말을 뚝 그쳤다. 그러고는 번득이는 눈으로 재빨리 주위를 휙 둘러보았다. 그러자 저만큼 담 모퉁이에 꼭 숨은 채 내다보고 있던 사내가 급히 고개를 집어넣었다.

"에이, 마님. 하매 갔지예."

설단은 상전이 뭘 몰라도 한참 모른다는 투로 말했다.

"아즉꺼지 있을 낍니꺼?"

주변은 여전히 정적에 싸여 있다.

"그렇것제?"

"텍도 없어예."

그러나 분녀는 떨리는 목소리였다.

"이 애기 부모는 하매 사라졌것제?"

"하모예."

설단이 자신 있게 대답했다.

"부모는 가삐고 없다."

그렇게 되뇌는 분녀 얼굴은 복잡하기 이를 데 없었다.

"어차피 넘의 집에 업둥이로 줄라꼬 멤 묵은 사람인데, 그냥 여게 남아 있을 리가 없다 아입니꺼."

그러면서 설단은 먼 곳을 보며 말했다.

"가도 쪼꼼만 갔으까예? 백 리는 더 갔을 끼라예."

순간, 분녀가 다급한 목소리로 명했다.

"쉿! 됐다. 입 고마 다물거라."

"예에?"

설단이 무어라 입을 열려고 하자 분녀가 거칠게 제지했다.

"콱! 조용히 해라 캐도?"

"마님!"

돌연 딴 사람처럼 변해버린 분녀 모습에 설단은 어리둥절한 표정을 지었다. 여태껏 보지 못했던 상전 모습이다. 분녀 얼굴이 그만큼 미묘했다.

"이리 조 봐라."

"예? 예."

분녀는 설단이 안고 있는 아기를 포대기째 강제로 빼앗다시피 하더니 자기 가슴에 꼬옥 안았다. 그러고는 아기 볼에 제 뺨을 비벼댔다.

"악아, 악아이."

이 세상에서 최고로 귀한 보배를 얻은 사람이 되기라도 한 듯 분녀는 한참 동안이나 기뻐 도무지 어쩔 줄 몰라 했다.

"니는, 니가……."

"머스마가 맞는 거 겉어예."

아무튼 설단도 그런 마님을 보면서 덩달아 입이 찢어졌다. 상전 마음이 맑으냐 흐리냐가 종에겐 곧 지옥과 천국의 갈림길인 것이다. 특히 그런 면에서 분녀는 더 그러했다.

그러나 그런 순간은 더 이어지지 못했다. 설단은 그만 깜짝 놀랐다. 홀연 분녀가 더없이 사나운 얼굴로 자기를 노려본 것이다.

"아, 마, 마님?"

설단은 영문도 모른 채 너무나 두려운 나머지 금방 숨이 멎는 듯했다. 평소 하도 엄하고 모질기로 소문난 마님인지라 항상 눈치코치 살피기에 급급한 그 집안의 남녀종들이다. 그런데 지금은 더 심했다. 당장 살인이라도 날 것 같은 분위기다.

그런 아슬아슬한 상태로 얼마나 지났을까? 이윽고 분녀 입에서는 설단이 그때까지 전혀 예상하지 못한 무서운 말들이 흘러나오기 시작했다.

"니 똑똑히 듣거라이. 오늘 있었던 이 모든 일 절대로 입 밖에 내지 마라."

설단은 입 밖에 내라고 해도 안 될 것 같았다.

"만약 주디이 벌로 놀림서 댕기모, 쥐도 새도 모리거로 쥑이삔다. 알것나?"

목을 옥죄는 다짐이었다.

"와 답이 없노, 엉?"

설단은 그저 주먹만 한 얼굴을 연방 조아렸다.

"예, 예, 마님. 알것십니더. 죽어도 말 안 하것십니더."

중죄를 지은 사람은 저리로 가라였다.

"그라고 또 한 가지……."

분녀는 잔뜩 힘을 넣은 두 눈으로 설단을 매섭게 노려보며 이렇게 못을 박았다.

"이 애기는 절대 업둥이가 아인 기라."

"예에?"

설단은 내가 잘못 들었나 싶었다. 그 표정을 읽은 분녀가 때릴 것 같은 기세로 나왔다.

"귓구녕이 썩었나? 업둥이가 아이라 안 쿠나?"

"마, 마님. 그, 그기 무신?"

설단은 바보도 그런 바보가 없는 것처럼 보였다. 그건 당연했다. 세상에, 업둥이를 보고 업둥이가 아니라니. 그러면 무엇이 업둥이란 말인가?

그러나 설단이 더 이상 멍해하고 있을 겨를이 없었다. 분녀가 아기를 안은 채 솟을대문 안으로 급하게 들어서며 불같이 독촉한 것이다.

"퍼뜩 이리 안 따라 들오고 머하노, 엉?"

설단은 얼른 명을 받들 자세를 취하면서 아주 조심스럽게 물었다.

"마, 마님. 저, 절에 불공은 우찌하고?"

설단의 그 말끝을 분녀는 작두날로 자르듯 싹둑 잘랐다.

"인자 절에 갈 필요 없다."

"예?"

"대문 도로 걸어 잠궈라."

"예?"

남 잠도 못 자게 새벽같이 서두를 때는 언제고, 이제 와서는 왜 저러는지 모르겠다.

"마, 마님?"

분녀는 품에 안고 있는 아기를 설단에게 던질 것같이 하며 무섭게 채근했다.

"아즉 에린 기 귀가 처묵었나, 동냥 보냈나?"

뒤에 오랑캐라도 쫓아오는 모양이었다.

"아, 얼릉!"

"예, 마, 마님."

설단은 또 어떤 호된 불호령이 머리를 내리칠지 몰라 서둘러 대문에 빗장을 질렀다. 허둥거리면서도 조심스러운 그들의 발자국 소리는 이내 안으로 사라졌다.

솟을대문 앞은 다시 조용해졌다. 한바탕 남들이 알아차리지 못할 소란이 크게 휩쓸고 지나간 뒤라 그런지 소름이 끼쳐들 정도로 괴괴하기까지 하였다. 이제 곧 먼동이 뿌옇게 터올 것이다.

"아아아……."

여인들이 강보에 싸인 아기를 안고 다시 집 안으로 들어가는 것을 끝까지 지켜보고 있던 사내는, 피를 토하는 듯한 깊은 한숨과 함께 그만 땅바닥에 털썩 주저앉고 말았다.

한참 동안이나 사내는 엉덩이가 시려오는 줄도 모르고 넋 나간 사람처럼 그렇게 멍하니 앉아 있었다.

이윽고 솟을대문 양쪽으로 길게 붙어 있는 여러 행랑방에 일제히 불이 켜지고 사람들이 부산하게 움직이는 소리가 높직한 담장 밖에까지 흘러나오기 시작했다. 그 소리에 번쩍 정신이 났는지 사내는 벌떡 몸을 일으켰다.

그때쯤 사위는 어느 정도 훤해졌다. 어둠에 싸여 있는 듯한 사내 모습도 완전히 드러났다. 그는 누구인가? 놀랍게도 그는, 박재영이었다! 비화 남편 박재영.

도대체 그동안 어디서 무슨 일이 있었던 것일까? 그가 남의 집 대문 앞에, 그것도 아내 비화가 철천지원수로 여기는 임배봉의 집 대문 앞에,

아기를 버리다니? 그가, 비화 남편 박재영이, 그 업둥이 친아버지라니?

집을 나가 여러 해에 걸쳐 먼 객지를 떠돌던 재영은 전혀 모르고 있었다. 지금 그 집이 누구 집인가를. 다만 이왕 내 아들을 남의 집에 업둥이로 보내려는 마당이니 조금이라도 더 부잣집으로 보내려고 작정했던 것이다. 그러고는 피붙이를 갖다버리는 커다란 슬픔과 아픔 속에서도 그 집 마님이 그의 자식을 그렇게도 기꺼워하는 마음으로 받아들이는 것을 확인하고 큰 안도감을 맛보았다.

그런데 한편으로 도시 알 수 없는 게 있었다. 그것은 바로 마님이란 여인이 몸종에게 한 소리였다.

'이 애기는 절대 업둥이가 아인 기라.'

'대체 그기 무신 소릴꼬?'

재영은 있는 머리를 전부 짜내어 궁리해봤지만 끝내 풀 방도가 없는 수수께끼였다. 그가 잘못 들은 것은 아니었다. 분명히 그랬다. 하긴 지금 그의 심정이 무엇을 깊이 판단할 만한 여유가 없기도 했다.

'그거는 그렇고, 이 고을에 우찌 저런 집이…….'

재영은 다시 한번 그 집을 돌아보았다. 정말 보면 볼수록 대궐이 저러할까 싶을 정도로 으리으리했다. 앞으로 내 아들이 저런 대갓집에서 살아갈 수 있다면 자식을 떠나보낸 이 모든 슬픔과 아픔 따윈 감수해야 하리라.

'하모, 참고 견디야제.'

재영은 굳게 결심했다. 두 번 다시는 이집 근처에도 나타나지 않을 것이며, 내 자식을 찾지 않을 것이다. 부모자식 인연을 끊을 것이다.

그러다가 재영은 뿌드득 이빨을 갈아댔다. 하루아침에 사내와 자식을 내팽개치고 달아난 허나연이 떠오른 것이다.

'나연이 네 이녀언!'

그는 속으로 상처 입은 짐승처럼 울부짖었다. 눈에서 피눈물이 철철 흐르고 뼈와 살이 녹아내리는 것 같았다.

'내 무신 일이 있어도 반다시 닐로 도로 찾아내서 쫙쫙 찢어 쥑이고 말 끼다. 그때꺼지 기다리라이.'

재영 자신은 서로 헤어지지 말자는 처녀 총각 적의 약속을 지키기 위해 혼례까지 치른 몸인데도 그녀에게로 갔건만, 나연은 또 다른 사내와 눈이 맞아 있는 것 없는 것 몽땅 챙겨 줄행랑을 놓은 것이다.

'그 땜새 시상 사람들은 장 조강지처를 말하는갑다.'

그런 불우한 처지로 전락하자 아내 비화의 유난히 영리해 보이는 그 눈과 믿음직스러운 손이 더더욱 그리워졌다.

'내가 천벌을 받은 기라. 그래도 백 분 싸다. 안 죽은 거만 해도.'

그 집에서 꽤 멀찌감치 떨어져 나와 아직도 한산한 새벽 거리를 혼자 터덜터덜 걸으며 재영은 가슴팍에 차오르는 비통함을 삭이지 못했다.

'혼래 치른 지 몇 달밖에 안 된 새색시를 버린 죄 값을 톡톡히 치르는 기라. 아, 내가 우짜다가 요 모냥 요 꼴이…….'

그야말로 터져 나오느니 한숨이요, 흐르는 건 눈물이었다. 그는 눈물을 닦을 생각도 하지 못하고 탄식해 마지않았다.

'인자 여자도 도망쳐삐고 자슥도 넘의 집 업둥이로 줘삔 이 외로븐 몸은 앞으로 우찌 살꼬?'

임배봉의 대저택 안에 있는 큰아들 억호 부부 처소는 야단 난리가 났다. 참으로 난데없는 사건이 벌어진 것이다. 온 집안을 들쑤시듯 떠들썩해질 터였다.

그러나 사실은 대단히 비밀스럽게 행해지는 모의였다. 더구나 같은 집에 살고 있는 배봉과 운산녀는 물론, 수많은 사내종과 계집종 누구도 눈치채지 못했다.

"그, 그런께 시, 시방 이, 임자 마, 말은?"

억호는 자기 딴에는 목소리를 낮춘다고 낮췄지만 그 넓은 안방이 왕왕 울릴 정도였다. 게다가 영락없는 말더듬이 형용이었다.

"쉬이, 목소리가 큽니더, 목소리가."

최고급 가구들로 꾸며놓았지만 전체적으로는 어수선한 분위기를 풍기는 안방이었다.

"대포알을 삶아 묵었심니꺼? 더 살살 말씀하이소, 더 살살."

분녀는 초라한 포대기 대신 화려한 비단 천에 싸인 아기를 들여다보느라 고개도 들지 않고 말했다. 지금 그녀 눈에는 세상 그 어떤 것도 들어오지 않았다.

"설단아, 내 시키는 거 퍼뜩 갖고 오이라."

집 안으로 들어오자마자 꿀물을 타서 먹이고 따뜻한 천으로 감싸주자 아기는 처음보다 한결 생기가 돌아 보였다. 더군다나 그새 벌써 낯을 익히기라도 했는지 연방 눈과 입을 귀엽게 움직이며 생글생글 웃는 아기는, 누구 눈에도 콱 깨물고 싶을 지경이었다.

"애기는 쪼꼼 있다 보고, 내하고 이약부텀 해보자 안 쿠요."

투정부리듯 하는 억호가 답답했는지 분녀는 혀까지 차댔다.

"우찌 그리 머리가 안 돌아가는고 사람 미치것네!"

"허, 하늘 겉은 지아비 보고 머라?"

억호는 기가 찬다는 빛을 거두지 못했다.

"머리가 우떻다꼬?"

하지만 분녀는 지금 누구 집 개가 짖나 하는 투였다.

"몬 들었시모 됐심니더."

억호는 자기 가슴이라도 칠 사람같이 했다.

"누가 더 미치것는데?"

분녀는 이제 답답함을 넘어 한심하다는 얼굴이었다.

"아즉도 무신 말인고 모리것십니꺼, 예에?"

억호는 제 아비 닮아 뭉툭한 손가락으로 연방 뒤통수를 긁적였다.

"아, 업둥이를 업둥이가 아이라쿤께 하는 소리제?"

그 아이를 내려다보며 물었다.

"그 아아가 임자 아라이, 그라모 임자가 그 아를 놓기라도 했다, 그 말인 기요?"

그러자 분녀는 큰 낯판인 탓에 더 작아 보이는 두 눈에 전혀 어울리지 않게 눈웃음까지 살살 쳤다.

"인자사 알아들었십니꺼? 맞십니더. 그대롭니더."

손바닥으로 제 똥배를 두드리기도 했다.

"바로 요 배, 이 분녀 배로 논 아들입니더."

분녀는 더 엄청난 소리도 했다.

"장차 우리 임 씨 가문의 대를 이어갈 장자다, 그런 소리지예."

그러고 나서 분녀는 억호가 무어라고 입을 열 틈도 주지 않고 방문 밖을 향해 왕세자를 낳은 여왕처럼 호기롭게 소리쳤다.

"설단이 오데 있노?"

거북무늬 방문 밖에 그림자가 어른거리는가 싶더니 곧 설단의 목소리가 들려왔다.

"예, 마님. 쇤네 대령했십니더."

분녀는 더할 나위 없이 의미심장한 눈빛으로 억호를 한 번 보고 나서 밖에 대고 점잖게 일렀다.

"니 방에 좀 들오이라."

"예? 예."

설단이 눈치를 슬슬 봐가며 들어왔다. 분녀 몰래 억호에게 손목을 틀어 잡혔던 설단이다. 시도 때도 없이 걸핏하면 치맛자락에 손을 갖다 대곤 하는 주인 억호는, 어린 설단에게 야릇한 희열인 동시에 공포의 대상이었다.

"똑 머 째빌라꼬 들온 도독년매이로 그기 머이고? 와 그리 사람 기분 나뿌거로 자꾸 핼끔거리는데?"

그렇게 꾸짖고 나서 분녀는 다짜고짜 명했다.

"니 시방 시장에 가서 솜뭉치 좀 하고, 또 허리 두릴 끈 겉은 거 사 오이라."

억호 눈이 휘둥그레졌다.

"솜뭉치하고 끈은 머할라꼬?"

그러나 설단은 금세 알아챘다는 빛이었다.

"아, 그런 수가 있었네예? 쇤네 당장 마님 말씀대로……."

말을 다 끝내지도 않고 냅다 밖으로 달려 나갔다.

"눈만 붙은 기, 그래도 눈치 하나는……."

흡족한 얼굴로 그렇게 중얼거리며 잠시 깊은 생각에 잠겼던 분녀는 일방적으로 말했다.

"오늘부텀 며칠 동안 자리보전 쪼매 할 낀께 그리 아이소."

이건 완전 여왕이 신하에게 말하는 양상이다.

"자리보전?"

난생처음 들어보는 소리인 것처럼 되묻는 억호에게 또렷이 각인시켰다.

"야, 자리보전."

"아, 각중애 그거는 무신?"

억호는 멀뚱멀뚱 분녀 얼굴을 들여다보았다.

"오, 오데가 안 좋아서?"

그런데 분녀는 남편이 묻는 말에는 아예 대꾸도 하지 않고 벌떡 일어나더니 크고 화려한 오동나무 장롱 앞으로 갔다. 그러고는 그 속에서 주섬주섬 비단 이부자리와 베개를 꺼내 펼치더니 거기 벌렁 드러누웠다.

"지는 임신한 몸이라 놔서 배가 불룩해갖고 누우 있는 깁니더."

아예 눈까지 감아버리는 분녀였다.

"허! 허!"

억호는 그 소리만 계속해서 연발해대고 있었다. 그런데 그뿐만이 아니었다. 억호 귀에 떨어지는 나중 소리는 더욱 기막혔다.

"한 사나흘 그리하다가 말이지예, '응애' 하고 애기 울음소리가 들리모, 당신은 우리 집 대문간에 새끼줄하고 꼬치만 내거이소."

"……."

"지가 할라는 거에 비하모, 그거는 상구 수월코 간단한 일인께……."

억호는 숫제 백치처럼 비쳤다. 그는 머리가 모자라도 한참 모자라는 사람이 남이 하는 소리를 그대로 흉내 내듯 했다.

"애기 울음소리?"

"하모요."

"새끼줄하고 꼬치?"

"하모요."

엄명과도 같은 말씀들이, 이부자락을 머리끝까지 끌어당겨 덮은 분녀 입에서 나오고 있었다.

"그라고 미역국하고 쫍밥은 설단이가 모도 알아서 준비할 낀께네, 하나도 신갱 안 써도 되고예."

"미역국하고 쫍밥?"

"아, 그기 아이제."

보호받아야 할 사람은 분녀 자신이라는 걸 일깨워주었다.

"산모인 내가 신갱 안 쓰거로 조심하이소."

"산모? 조심?"

해산한 지 며칠 안 되는, 아니 해산하기 며칠 전의 여자가 아기 출생을 걱정했다.

"까딱 잘몬해서 애기가 떨어지기라도 하모 우짤라요."

억호 자신이 높은 곳에서 떨어지는 사람 같다.

"애, 애기가 떠, 떨어져?"

하지만 분녀는 동문서답이다.

"설단이 요년이 미역국을 잘 끓일랑가 모리것네?"

"……."

억호는 미역국에 빠져 허우적거리는 사람 같았다. 심지어 그는 이런 소리를 들으니 안방이 팽이나 굴렁쇠처럼 빙글빙글 돌아가는 듯했다.

"고마 나가보소. 남살시럽거로 산모 방에 남자가 와 들와 있소?"

억호는 그 방에 처음 들어와 본 사람처럼 천장 한 번 보고 방바닥 한 번 보고 벽 한 번 보고 하면서 되뇌었다.

"산모 방, 산모……."

분녀는 평소 똥배가 톡 튀어나온 뚱뚱한 제 몸이 그렇게 고맙긴 난생 처음이었다.

'시상 만물에는 모도 제각각의 이치가 있는 기라.'

서권향書卷香을 많이 맡은 선비 학자처럼 고고한 생각도 쏟아졌다.

'내사 그런 거도 잘 모림시로 이리 태어나거로 했다꼬 조물주만 짜다라 원망 안 했디가. 에나 빙신매이로.'

이참에 내 몸이 원래부터 그런 것이 아니었고 임신한 상태여서 그랬다고 둘러댈 계획도 세웠다. 또 뭐가 있지? 안방마님의 어이없이 높푸른 꿈은 한없이 크게 부풀다가 그만 '펑' 하고 터질지도 모를 풍선처럼 부풀어만 갔다.

'분녀야이, 니 인생은 시방부텀 출발인 기라. 꽃겉이 화사하거로, 왕비맹캐 우아하거로, 니 그리 그리 살아야제.'

손으로 입을 가렸다.

'호호호. 웃음이 와 이리 터지나오노? 몬 점잖커로.'

지금부터라도 열심히 몸매를 가꾸고 계속 잘만 다듬어나가면, 남편 억호의 단골 기방 고 얄미운 기녀들 못지않은 아름다움을 지닐 수 있을 것이다.

'솔직히 내도 본판은 괘안키 안 생깃나. 호홋.'

그리고 누가, 그러면 왜 지금까지 애를 뱄다고 이야기하지 않았느냐고 하면, 부정 탈까 봐 그랬다고, 그때 내 뱃속에 든 씨는 대갓집 임 씨 가문 장자가 될 고귀한 손이니 더욱 그랬다고, 별것 아닌 것처럼 대답하면 그만이었다.

'부처님이 이 분녀를 불쌍하거로 보신 기라.'

여러 해 동안 불공드리러 다녔던 공덕이 이제야 나타났다고 믿었다. 서양귀신 떠받드는 천주학을 믿었다면 전혀 불가능한 일이라고 보았다.

'시주를 한거석 한 덕이가? 눈 뺄 내기를 해봐라. 내 겉은 믿음이 없음시로 그러키 돈을 마이 절에 낼 수가 있는가…….'

오늘날까지 가장 약점이었던 것이 한순간에 최고 강점으로 돌아서게 되자 그녀 자신이 세상에서 제일 힘 있는 여자로 받아들여졌다.

'근동서 젤 돈도 쌔삣고 세도도 크기 부리는 임 씨 가문의 장자를 떠억 생산한 내를 우떤 누가 벌로 대할 끼고?'

날개 달린 호랑이가 바로 이 분녀라고 보았다. 뿔 뺀 쇠 상相이라, 지금까지 배봉가의 맏며느리라는 지위는 있었으되 실질적인 세력은 없었지만 이제는 아닌 것이다.

'인자부텀 이 시상은 내 생각대로 움직이는 기라.'

분녀 계획은 철저히 맞아떨어졌다. 집안의 그 많은 남녀 하인들 가운데 의심의 눈길을 보내는 이는 단 하나도 없었다. 그 대신 이런 경사가 다시없으니 주인마님이 옷감이며 곡식을 하사할 거란 얘기가 떠돌면서 꼴깍 마른침을 삼키기도 했다.

"설단이, 요것! 만약에 니년이……."

"설단아이, 안 있나 그자?"

분녀는 설단에게 위협과 회유의 양면책을 썼다. 요만한 것이라도 입안에 담아두면 그저 무거워 참아내지 못하는 설단은 입이 너무 간지러워 참을 수 없었다. 더욱이 말똥구리가 굴러가는 것만 봐도 웃는다는 나이였다.

'하이고! 말이 하고 싶어갖고 죽것다. 우짜다가 내가 그거를 봐갖고. 요거 땜새 내 앞날이 잘몬되기는 안 하것제?'

하지만 또 다른 한편으로는, 그렇게 대단한 비밀을 오직 나 혼자만 알고 있다는 사실이 찔끔 눈물 솟아날 만큼 감격스럽고 가슴 뿌듯하기만 했다. 모두들 우리 아씨 마님이 곧 해산할 아기가 아들일까 딸일까, 어떻게 생겼을까, 마당가며 부엌이며 문간, 밭두렁이며 곳곳에 삼삼오오 모여 이런저런 궁금증들을 나누는 모습을 지켜보면 너무 우습기도 하고 참 같잖기도 하였다.

그런데 설단이 분녀에게서 또 입단속에 대한 주의를 귀가 따갑도록 듣고 안방에서 나와 막 중문 근처를 지날 때였다. 거기 선 늙은 대추나무 그늘에서 누군가 불쑥 그녀 앞을 가로막았다.

"옴마야!"

설단이 깜짝 놀라 바라보니 종들 사이에서 성깔 괄괄하기로 소문난 언네다. 설단은 당장 숨이 턱, 멎는 듯했다.

'헉! 언네가?'

지난 한때는 배봉의 총애를 한 몸에 입은 탓에 운산녀의 질투와 학대를 받던 언네였다. 운산녀가 칼로 몸 한 부위를 싹 도려내버렸다는 소문이 여전히 무서운 괴담처럼 나돌고 있었다. 그것은 그 진위를 떠나 상상만으로도 몸서리가 쳐질 일이었다.

'무시라, 무시라. 에나 그, 그기 없다모…….'

어쨌거나 지금은 나이가 든 탓에 뒷전으로 물러난 처지지만, 그래도 이 집안에 들어온 순서를 따져 터줏대감 행세를 단단히 하는 언네인지라, 종들, 특히 여종들은 땅바닥에 떨어진 오물을 비켜 지나듯이 가급적 그녀와의 충돌을 피했다. 그런 언네가 두 눈에 고양이 눈알같이 샛노란 빛을 담고 노려보며 죄인을 추궁하듯 해온 것이다.

"종년 주제에 안방 출입이 와 그리 잦노?"

정곡을 찌르는 말이 아닐 수 없었다. 그 나이에 너무나 감당키 힘든 비밀을 알고 있는 설단은, 오금만 저릴 정도가 아니라 심장까지 팍 쪼그라드는 느낌이었다.

'해나 무신 내미를 맡은 거는 아이까?'

평소에는 대추나무에 그렇게 들끓던 참새 무리가 지금은 한 마리도 보이지 않는다. 그 미물들도 언네 기갈을 피해 일찌감치 피신해버렸는지도 모른다.

"머가 잦으모 우짠다쿠는 이약도 몬 들어본 기가?"

점점 옥죄어오기 시작한다. 설단은 어떻게 하면 이 깔끄러운 순간을 얼른 모면할 수 있을까 하는 궁리하기 바빴다.

"베, 벨로 안 그라는데……."

하지만 언네는 설단의 그 말은 들은 척도 하지 않고 곧바로 치고 들어왔다.

"광에 새앙쥐 들락거리듯기 말이제. 무신 일이 있는 기제?"

"……."

"요년이 그래도야? 에나 실토 안 할 끼가?

말을 하는 도중에 대추나무 가지를 올려다보는 품이, 여차하면 그것을 잘라내 대추나무 방망이를 만들어 후려칠 기세였다.

"안 되것다. 열지도 안 하는 고 주디이는 놔 놨다가 쓸 데도 없제. 짝 찢어갖고 또랑에 내삐리삐까?"

가끔 가다 억호가 저지르는 불장난의 희생물이 되어 조금은 영악스럽게 변했지만, 천성적으로 심성이 착해빠진 설단은 제 발 저리는 도둑 심정이었다. 그녀는 그러잖아도 왜소한 몸을 한층 더 옹크리며 기어드는 소리로 간신히 입을 열었다.

"아, 아이라예."

"아이라?"

언네 말투가 꼬부장했다.

"예, 일은 무신 일예?"

설단은 딱 잡아뗐다. 언네 눈꼬리가 더욱 사나워졌다.

"흥, 도로 구신을 기시라."

그런 후에 장담했다.

"내 다 안다."

설단 눈에 바로 옆에 있는 대추나무가 쓰러지는 것처럼 보였다.

"와 암 말 몬 하노?"

"……."

"하기사 아 안 배 본 사람은 모리것제."

설단은 갈수록 숨이 더 막혔다. 배지도 않은 아이를 뱄다고 자리보전을 하고 있는 분녀 모습이 떠올라 어찌할 바를 모르겠다.

"이것아, 잘 들어봐라이."

언네는 이제 감히 상전인 분녀까지 싸잡고 나왔다.

"너거들, 너거들이 암만 글싸도, 내맹캐 아를 여러 차례 지운 여자 눈은 절대 몬 기시는 벱이제."

제 뱃속에 들어앉은 배봉 씨를 지워야만 했던 비극을 들먹이는 거였다. 그것은 그녀에게 얼마나 크나큰 고통과 치욕을 주었을 것인가? 그리하여 그 집안 종들 사이에서는 한을 품은 언네가 배봉과 운산녀 목숨까지 노리고 있다는 어림 반 푼어치도 없는 헛소문까지 나도는 판이었다.

'이라다가 큰일 나것다.'

설단은 그 자리에 계속 더 서 있다간 무슨 불상사가 벌어질지 모르겠다는 강한 위기감에 휩싸였다. 그래 무슨 말이든 한번 내뱉고 피해갈 양으로 제 딴에는 제법 용기를 짜내어 대꾸했다.

"내는 기시는 거 한 개도 없어예."

말 못 해 죽은 귀신은 없다던가.

"한 개는 없으모 두 개 세 개는 있는가베?"

역시 말밑천은 몇 배나 더 많은 쪽이 언네임에는 틀림없었다.

"몬 믿으모 그거는 몬 믿는 사람 죄지예."

그러면서 설단이 서둘러 그 자리를 피하려는데 뒤통수에 이런 소리가 날아와 꽂혔다.

"흥, 시상에 영원한 비밀은 없는 벱이라. 있다모 그거는 비밀이라꼬 이름 붙일 수 없제."

"……."

바람기도 별로 느껴지지 않는데 중문이 저 혼자 덜커덩거리고 있었다. 혹시 저 문 뒤에 누가 숨어서 엿듣고 있는 것은 아닐까 설단은 겁이 났다.

“설단이 니 함 두고 봐라. 이 언네가 운젠가는 요눔의 시상이 발칵 뒤집힐 상구 큰일을 저질고 말 낀께네.”

“…….”

“호호, 호호호.”

웃음소리도 번갈아가며 여러 가지로 내었다. 마치 구미호가 그 아홉 개의 꼬리로 온갖 조화를 부리듯 했다.

“이히히히…… 키키키키…….”

언제 소리 없이 날아와 앉은 걸까? 하늘 높이 치솟은 대추나무 가지 끝에 위태롭게 몸을 걸쳐놓은 시커먼 까마귀 한 마리가 왈칵 피를 토하듯이 울부짖기 시작했다.

# 의암별제

정석현 목사.

그는 해랑을 비롯한 교방 기녀들의 기대를 저버리지 않았다. 아니, 관기들만 그런 게 아니었다. 온 고을 백성들이 정 목사를 다시 보았다. 여간해선 만나기 드문 목민관인 것이다.

부임한 이듬해, 병마절도사와 함께 논개를 모셔둔 의기사義妓祠를 중건하더니, 또다시 먼 훗날에까지 전해질 저 유명한 '의암별제'를 만든 것이다.

경상우도 중심지인 유서 깊은 이 고을의 유월은 매우 번성하고 싱그럽고 아름다웠다. 세상 모든 근심 걱정은 손가락마다 가락지를 낀 논개가 왜장 허리를 끌어안고 순국한 남강 물에 휩쓸려 흘러가 버리는 듯했다.

해랑도 정말 오랜만에 고통과 잡념의 틈바구니에서 벗어나서, 제관祭官으로 뽑힌 다른 기녀들과 더불어 제례의식 절차를 익히기에 정신없었다. 역시 사람이라는 존재는 반드시 무슨 일이라도 일이 있어야 슬픔과 괴로움에서 조금이라도 더 멀어지게 되는 법인 것 같았다. 신이 인간에게 내린 가장 큰 축복이 '일'일는지도 모른다.

논개가 꽃잎같이 떨어져 내린 의암이 몸을 깊숙이 담그고 있는 남강 가장자리 드넓은 백사장에 그려진 물결 흔적이, 지워졌다가 또다시 새로운 형태로 그려지길 대체 얼마나 했을까? 그럴 때마다 희망과 절망이 마치 날줄과 씨줄처럼 교차되곤 했으리라. 수백 년 세월은 사람들 가슴마다에 무엇을 새기며 흐르고 있는가?

물결은 자신이 그린 무늬를 다시 제 스스로 지워버린다. 아무런 미련이나 후회도 없이 말이다. 그럼 인간도 그럴 수 없는 걸까? 이즈음 해랑의 마음을 사로잡는 생각이었다.

장미와 초록의 계절인 6월, 진주성 촉석루 아래 영원토록 시들지 않을 의암의 꽃으로 숨져간 논개를 여왕보다도 더 거룩하고 위대한 인물로 떠받들어 모실 별제 준비는 이제 모두 끝났다.

의암별제는 그냥 보통 제사가 아니다. '별제'라는 말이 결코 무색치 않게 특별한 제례인 것이다. 고을 백성들은 하루 종일 지루함도 잊은 채 의암별제 이야기로 꽃을 피웠다.

"육월(유월) 첫 길일吉日을 택한담서로?"

"하모. 제사 닷새 전에 재간(제관祭官)을 뽑아갖고 첩지牒紙도 보낸다 카데."

"그들은 사흘 동안 재개(재계齋戒)한다 안 쿠나."

"재개가 머꼬?"

"아즉꺼정 그런 거도 모리나?"

"모린께네 묻제. 그라모 니는 모도 다 아나."

"묻는 쪽에서 큰소리는! 제사 지낼 사람이 안 있나, 몸하고 멤을 칼끗거로 하고, 음식과 말과 행동을 삼가서 부정을 멀리하는 기 재갠 기라."

"엄청시리 많은 사람이 춤추고 노래함서 드리는 제사람서?"

"와! 말만 들어도 에나 볼 만하것다."

제관으로 선발된 기녀들은 제례의식을 연습하느라 몸은 비록 파김치가 되었지만 마음은 하나같이 엄숙하면서도 크게 들떴다. 고관대작 잔치 같은 데 불려나가서 '말하는 꽃'이 되어야 하는 것에 비하면 그 행사는 정녕 가슴 뿌듯한 것이었다.

초헌관과 아헌관 그리고 종헌관은 명망 있는 늙은 기생을 뽑았다. 당상집례堂上執禮는 홀기(笏記, 구제도의 의식에서, 의식의 순서를 적은 글)를 읽을 수 있고, 또 문리文理를 어느 정도 깨쳐야 했다.

촉석루 다락 위에 성대하게도 차려진 제단을 보는 해랑과 효원 그리고 모든 기녀들은 그 화려하고 장엄한 광경에 너나없이 넋들을 잃고 있다.

제물도 대단하다. 밥, 국, 떡, 술, 국수, 식혜, 탕, 간, 포, 구이, 수박…….

그릇과 그릇 사이에는 비단 헝겊으로 만든 조화인 채화를 꽂았고 수없이 많은 향과 초를 갖추었다.

인도하는 알자謁者가 여러 집사들을 인도하여 절하고 헌관을 인도하여 절했다. 그러한 다음에 웅장하게 당상악과 당하악이 연주되었다.

촉석루 주변에 늘어선 나무들도 기우뚱 고개를 길게 빼어 바라보고, 남강 위를 노니는 물새들도 잠시 하던 날갯짓을 멈추었다. 강 건너편 백정들이 모여 사는 곳의 섭천 소도 그때만은 울지를 않는 듯했다.

이윽고 신을 맞아들이는 영신곡이 그치고 세 번 향을 올렸다.

계면조로 부르는 상향악장.

유월에 제단을 차리고 분향하여 3백 명 기녀들이 정성 모아 제사 모시니 충의로운 논낭자 혼백이 내리실까 하노라.

해랑, 월소, 한결, 정선 등등 열두 기녀가 춤춘다. 나비들이다.

청라, 지선, 지홍, 영봉 등등 여덟 기녀가 노래한다. 새들이다.

효원은 다른 새끼 기생들과 더불어 한껏 상기된 얼굴이다. 노기老妓들이라고 그러하지 아니 할까? 이날 그 의식에 참석한 모든 사람들은 나이나 신분과는 관계없이 하나같이 감격스러운 모습들이다.

오늘의 이 의암별제여. 영원히 멈추지 않는 노래처럼, 영원히 지지를 아니하는 꽃처럼, 영원, 영원토록 있어라.

청라 등의 새들은 당상악에 맞추어가며 노래한다. 해랑 등의 나비들이 멋들어진 춤을 출 때는 당하악을 함께 반주한다. 초헌례를 행하고 읽어 내리는 축문.

열렬한 영혼은
산과 내의 정기 기르고
얼음 구슬처럼 고결한 자태
서리 눈 품은 듯한 정조
임진년 난리통에
섬나라 오랑캐에게 성이 함락되니
6만의 의로운 병사
한 곳에서 나라 위해 목숨 버렸네

3백 명 기녀들 몸에서 풍겨 나오는 향기로운 기운이 온 세상 천지에 가득한데, 논개의 혼백은 축문 글귀 끝을 붙들고 흐느끼는 듯하다.

이제 축문은, 논개가 결코 구차하게 살지 아니하고, 백 척尺 위험한 바위 위에 혼자 서서 웃음으로 맞이한 왜놈 장수를 죽여, 제 한 목숨 큰 기러기 털처럼 가볍게 받쳤다는 그런 내용을 말하고 있다.

해랑의 두 눈 가득 눈물이 괸다. 다른 기녀들 눈에도 맑은 기운이 출렁인다.

아아, 논개, 논개여!

기녀들의 춤과 노래 속에 다시 살아서 숨 쉬는 그 숭고한 영혼아. 축문 따라 다시 돌아오는 꽃, 영원히 돌아오는 꽃.

이 여인의 충절에 기대어
사람 지킬 도리 다시 밝아졌도다
영원토록 꽃다운 절개
만고에 향기로운 이름
옥돌에다 새기어 기리고
사당 세워 제사 모시나니

축문 읽는 이의 음성은 갈수록 절절하다. 한 떨기 꽃처럼 흔들린다. 해랑도 꽃이 되고 효원도 꽃이 되고 청라도, 월소도 꽃이 된다.

그 축문 내용처럼, 유월 여름날 좋은 날 좋은 때에 3백 명 기녀들이 분단장 곱게 하여 분향하고 정성 다하니, 퉁소 소리는 더없이 구슬프고 제물은 넉넉하다.

논개여, 어서 오시어 이 맑은 술잔 드시옵소서.

해랑 눈에 보인다. 향기로운 술잔 들어 올리는 논개의 희고 깨끗한 손.

그러다가 다음 순간이다. 해랑은 소스라쳐 눈을 있는 대로 크게 치떴다. 촉석루 제단에 차려놓은 술잔을 들어 올리는 또 다른 손이 있다. 여자 손이 아니라 남자 손이다.

'목사 영감!'

해랑은 하마터면 무리 속에서 빠져나와 홍 목사에게로 달려갈 뻔했다. 그가 술잔을 들지 않은 다른 손으로 손짓하고 있다. 어서 내게로 오라고.

'아아…….'

바로 그때 헌관이 절을 올리고 다시 음악이 시작되지 않았다면 해랑은 무슨 짓을 했을지 모른다. 막 노래를 시작하는 그 기녀가 대체 청라인지 지선인지 영봉인지 아니면 그들 모두인지 제대로 눈에 들어오지 않는다.

'내가 와 이라노? 에나 얄궂어라.'

해랑은 정녕 부끄러웠다. 의암별제를 모시는 이 신성한 자리에서 한갓 남녀 정분에 혼을 빼앗기고 있다니. 해랑은 억지로 고개를 흔들어 정신을 차리려고 무진 애쓴다.

'꿈에도 몬 일어날 일을…….'

뭍에서 멀리 떨어진 외딴 섬에 유배되어 있을 홍 목사가 어떻게 여기와서 술잔을 들 수 있단 말인가? 설혹 이곳에 와 있다 하더라도 죄인의 몸으로 어찌 신성한 제단에 오를 수 있을 것인가?

그때다. 어디선가 비화 목소리가 들려왔다.

– 옥진아이! 니 증신 똑바로 몬 채리것나, 응?

해랑은 속으로 불러댄다.

'아, 언가야! 언가야!'

그러자 눈앞의 것들이 다시 정상으로 비춰든다. 초헌악장을 계면중창으로 노래하고 있다. 그것은 해랑이 술자리 같은 곳에서 가끔 들어 귀에 설지 않은 노래다.

'촉석루 밝은 달은 논낭자 넋이며, 나라 향한 일편단심은 천만 년에 미치니, 여자의 충의는 이뿐인가 한다.'

'여자의 충이는 나라 위하는 그거뿌이까?'

해랑 자신을 향한 정석현 목사 시선이 따갑게 느껴질수록 한층 더 새록새록 그리움의 감정이 생겨나는 홍우병 목사였다. 그는 계절 따라 수시로 남강에 날아드는 저 철새 같은 존재이고, 이 해랑은 늘 한 곳에서만 살아가는 텃새인가? 어쩌면 지금 이 순간에도 정 목사는 남들 모르게 해랑 그녀만을 훔쳐보고 있을지 모른다.

'내가 미칫다. 정 목사는 이런 신성한 자리에서 기생이나 넘볼 사람이 아이라쿠는 거를 와 모리나?'

스스로를 꾸짖다가 또다시 생각에 빠졌다.

'한 정인情人을 위해 목심꺼지 내삐릴 수 있는 그런 것도 여자 충이가 아일까? 목심이 머 그리 대단한 것가.'

이런저런 잡념에 빠져, 음악이 시작되면 춤추는 사람은 춤을 추어야 한다는 사실도 깜빡 잊은 채 멍하니 섰다가, 깜짝 놀라 뒤늦게 춤에 합류하기도 했다. 부끄러웠다. 너무너무 부끄러웠다. 그리고 자신이 싫었다.

'재간이 될 자객도 없는 내가 이 자리에 섰는갑다. 사람이나 사물이나 자기 자리가 아인 데 있으모 그거는 안 되는 기라.'

해랑은 몸은 누각에 두고 있으면서도 마음은 어느 마을 뒷산 중턱을 헤매고 있었다. 그 산 이름도 거기까지 가는 길도 이제는 기억할 수 없지만 그곳에 있던 것, 정자亭子 하나만은 기억에 또렷이 살아남아 있었다. 그리고 그것은 차라리 하나의 저주나 비난에 더 가까웠다.

'우찌 이런 곳에?'

해랑은 거의 찾는 이 없는 듯한 그 정자로 다가가서 아연한 눈으로 그 목조건물을 한참 동안이나 둘러보았다.

'여게꺼지 올라오는 산길도 그리 좁더마는.'

그 당시 홍 목사를 떠나보내고 나서 그녀는 의지가지없는 신세가 돼

바람처럼 구름같이 혼자 외롭게 여기저기 방황하고 있을 때였지만, 그 을씨년스러운 정자를 보니 심경은 더욱 참담하고 암울하기만 했다.

한마디로 그곳은 정자가 있을 장소가 아니었다. 물론 물 좋고 정자 좋은 곳은 어디에도 없다고들 하지만 이건 그런 말과는 거리가 먼 성질의 것이었다.

'내가 알고 있기로는 본디 정자라쿠는 거는 풍광 뛰어난 강가나 계곡 겉은 데에다가 딱 멋지거로 세우는 기라 캤는데…….'

하지만 그 위치는 그녀의 상식과는 너무나 동떨어진 지형이 아닐 수 없었다. 경관 좋은 강변도 아니고 신선이 살고 있음 직한 신비스러운 골짜기도 아니다.

'똑 시방 내가 하고 있는 요 꼬라지하고 가리방상하다 아이가. 우떤 누가 여게다 맨들어 놨는가는 모리겄지만도, 그리할 수밖에 없었던 그 사연도 서글푸다.'

해랑은 어서 그곳을 벗어나고 싶다는 충동을 느끼면서도 계속 그 자리에 머물러 있는 자신이 너무나 못나고 한심스럽다는 생각이 들었다. 그녀는 그 형편없는 정자를 통해서 일종의 위무慰撫를 얻으려 하고 있었다고나 해야 할까?

그 정자는 자리하고 있는 위치도 그렇거니와 건물 자체의 몰골 또한 참으로 볼썽사납기 그지없었다. 못나도 정녕 못났다.

도리에서 처마 끝까지 건너지른 서까래는 이미 썩어 문드러진 나무가 돼버린 상태로 방치되어 있는데, 그 서까래 사이의 흙이며 기왓장이 군데군데 떨어져 나간 탓에 위로는 하늘이 그대로 보였으며, 마루도 푹 꺼져내려 흙바닥이 고스란히 드러났고, 기둥은 금세 동강이 날 것처럼 아슬아슬하기만 했다.

해랑은 마치 살아 있는 사람에게 하듯 그 불쌍한 정자를 향해 입을 열었다.

"그래도 전통적인 멋은 풍기고 있구나, 정자야. 하모, 누가 머라싸도 정자는 정자 아이가. 그러이 쪼꼼도 기가 죽지 말거라이, 정자야."

그녀의 눈길이 정자 앞쪽에 서 있는 고목으로 돌려졌다. 그 나무의 수령은 거의 정자와 맞먹을 듯싶었다. 비록 사람들이 잘 찾지 않는 정자지만 그래도 그 고목만은 끝까지 널 지켜주겠다는 듯 꿋꿋한 자태를 잃지 않고 있는 것처럼 비쳤다.

'또 연못도 한 개 있고…….'

비록 작지만 그 고목 옆에는 연못을 하나 파놓았다. 뿐만 아니라 그 연못 한가운데 역시 자그마하지만 섬까지 만들었다.

'내 연인戀人과 저런 데서 같이 살 수만 있다모…….'

그러나 그 꿈은 결코 이루어지지 못할 거라는 사실을 일깨워주기라도 하듯, 그때 해랑의 귀를 때리는 소리가 있었다.

"해랑아! 니 시방 머하고 있노, 쌔이 안 하고? 행사 망칠라꼬 멤뭇나?"

"아, 아이다. 하, 한다, 해."

과연 의암별제는 훌륭했다. 지난날 왜구가 물러가고 조정에서 명을 내려 의기사를 세워 해마다 봄과 가을에 논개 제사를 지내왔지만, 정 목사가 만든 그 의암별제는 잘 볼수록 특별한 제사가 아닐 수 없었다. 해랑이 보기에 이러했다.

초헌관과 아헌관, 종헌관, 당상집례에다 춤추는 12명, 노래하는 8명, 당상악공 5명, 당하악공 6명 외에도, 대축, 전사관, 찬자(동, 서창 2인), 알자, 사준, 봉작, 준작, 봉향, 봉로 등이 있다.

'이 으암벨재 가무는 훗날 훌륭한 교방문화로서 큰 팽가를 받을 거 겉다.'

해랑은 점점 잡념으로부터 벗어나 모든 것을 잊고 오로지 춤사위에만 빠져들었다. 그 순간에는 모든 게 사라졌다. 해랑 자신마저 없다.

음악이 그친다. 이제 아헌례다. 헌관이 절한다.

음악이 시작된다. 아헌악장을 계면삼창으로 부른다.

유월은 참으로 번성하고 싱그럽고 아름다웠다. 그렇지만 또 유월은 참 고요하고 슬프고 서러웠다. 그러한 가운데 울긋불긋 아름다운 기녀들 의상과 고운 자태는, 그 의암별제를 모시는 기녀들 숫자만큼의 논개가 환생한 느낌을 주었다.

기녀들의 춤과 노래는 그곳의 웅장한 나무기둥과 화려한 단청을 뽐내는 팔작지붕 누각과 아주 조화를 잘 이루어내었다. 예스러우면서도 또 새로운 무언가가 전해졌다. 의암별제 분위기는 경건하면서도 조금은 명절처럼 들떠 보였다.

맑고 맑은 남강 물아 임진년을 네 알리라
충신과 의로운 선비들이 몇몇이나 빠졌는고
아마도 여자 중 장부는 논낭자인가 하노라

예나 이제나 또 앞으로도 남강은 맑고 푸른 모습을 유지하리라. 춤추고 음악 그치니 종헌례를 행한다. 헌관이 절하고 우악조로 불리는 종헌악장.

해동국 삼천리에 허다한 바위로다
바람에 닳고 비에 씻기면 어느 돌이 안 변하리
그 가운데 의암은 만고에 변치 않으리라

춤추는 사람이 춤추고 음악을 멈춘다. 그러다 다시금 음악이 시작되고 노래하는 사람이 의암별곡을 처사가處士歌 곡조로 부른다.

'아아, 저 노래!'

이제까지보다 한층 길이가 긴 노래지만 해랑은 그것을 가슴팍 깊이 깊이 새긴다. 관기들 얼굴은 여전히 엄숙하면서 상기되어 있다. 기녀 신분으로 살아가면서 어느 뉘 논개를 부러워하지 않을 이가 있을까? 논개를 닮고 싶지 않은 기녀 있을까? 아주 어릴 적부터 논개를 마음 밑바닥에 꼭 품어왔던 해랑이 이날 별제에 남다른 감회를 갖는 건 지극히 당연했다.

노래는 하늘을 가리고 춤은 땅을 덮는다. 유월 대기 속으로 점차 퍼져 가는 향불 냄새는 저 임진년 화약인 양 코를 찌르고, 신성한 제물에는 파리 같은 미물도 감히 날아들지 못하는 듯하다.

제관으로 뽑힌 기녀들은 미리 익힌 제례의식 절차를 좇아 유감없이 잘도 그 빼어난 실력들을 발휘하였다. 정성 들여 제사 모시는 3백 명 기녀들 가슴 가슴마다에 충의忠義의 논개 혼백이 남강 물같이 흘러들었다. 천 년을 흐르고 또다시 만 년을 흐르고 또다시 억 년을 흐르고 흐를 천추의 넋이여.

성곽 동북쪽에 있는 저 대사지 연못에도 이 의암별제 가무 소리는 들리고 있겠지. 거기 연꽃은 미친 듯이 온몸을 흔들어대고 있지는 않을는지. 나무숲은 '우우' 하고 울부짖는 소리를 내지르며 한쪽으로 위태롭게 쏠리고 있지는 않을는지.

논개는 왜장을 끌어안고 장렬하게 죽었지만 이 해랑은 속절없이 당하기만 했었다. 지금 같으면 억호, 만호 두 점박이 형제를 두 팔로 각각 하나씩 껴안고 대사지 못물 속으로 풍덩 뛰어들 수 있으련만. 아, 그랬다면 세상 사람들은 이 해랑을 위해서도 이런 별제를 지내줄 것인가? 해랑별제를.

‘모돌띠리 씰데없는 생각 아이가. 돼도 안 하는 망상인 기라. 사람만 더 비참해지이 인자 고만하자.’

그 결심 끝을 물고 승냥이처럼 덤벼드는 자책감이었다.

‘그란데 와 내는 그날 그 일을 이리도 몬 잊는다 말고?’

살아 있다는 것의 이 지독한 형벌. 숨을 쉰다는 것이 독물을 들이켜는 것보다 더한 이 괴로움. 숨통을 막아오는 기억의 무게였다.

‘내 도로 논개맹캐 죽어삐다모, 이 고통 이 설움은 없을 끼라.’

노랫소리가 점박이 형제의 목소리같이 들린다. 춤이 점박이 형제의 행위같이 보인다. 그래. 미친 노래, 미친 춤이었다. 그날 대사지에서의 별제…….

‘저 대사지 연못에도 으애미(의암) 겉은 바구 한 개 더 맨들 수 없으까?’

의암이 강 언덕에 가서 붙으면 세상이 달라질 거라는 그 고을 사람들의 말을 떠올렸다,

‘그라모 내 인자라도 그눔들을 끌어안고 그 바구에서 뛰어내려 이 더럽고 구차시런 한 목숨 끊어삘 것을.’

이제 의암별제는 서서히 막바지를 향해 치닫고 있는데, 해랑 마음은 그저 대사지 속으로 한없는 자맥질만 계속하고 있다.

갈가리 찢겨 나가는 연꽃, 연꽃…….

음악이 연주된다. 제관을 비롯해 거기 있는 모든 기녀들이 다 함께 춤추기 시작한다. 그러자 세상은 기녀들 치맛자락에 두루마리 말리듯 둘둘 말리는 것 같다.

장엄하고도 유장한 기녀들 춤사위는 흡사 깊디깊은 한의 몸짓처럼도 느껴진다. 그런가 하면, 온갖 설움과 고통을 떨쳐버리기 위한 동작같이

비친다.

'한을 품고 죽어간 논개 넋을 기리는 벨재라서 더 이런 기분이 드는갑다.'

어느새 해랑의 몸은 흠뻑 땀으로 젖었다. 그러나 마음의 땀이 육신의 땀보다 더 많이 흘러내리는 듯하다.

사라져라, 눈물이여, 한숨이여. 없어져라, 해랑아.

이윽고 음악이 멎는다. 마침내 제기祭器를 거두기 시작한다. 헌관 이하 여러 많은 집사들이 일제히 절을 하고 물러난다.

제사는 다 끝났다. 남은 음식을 사람들에게 나눠주기 시작했다. 그렇지만 논개는 금방 돌아가지 않을 것 같다. 오랫동안, 아니 영원토록 거기에 머물고 싶어 할 성싶다. 해랑을 비롯한 3백 기녀들 하나하나의 손을 잡고 웃을 듯하다. 울 듯하다. 웃음과 울음은 다르지 않고 똑같은 것이니까.

'우짜모 논개도 우리하고 어울리갖고 한바탕 춤을 췄을 끼다. 우리하고 함께 노래도 안 불렀으까이.'

해랑은 어쩐지 그런 생각이 들었다. 백년도 그 형체를 유지하지 못할 육신. 영원히 살아 있을 영혼. 새로울 것도 없는 유치한 소리지만 죽는다는 건 아무것도 아니다. 그렇다면 산다는 건? 웃기는 일이다.

"해랑 언니! 증말 이뻤어예. 논개도 우리 해랑 언니 춤추시는 그 모습 보고 고마 반했을 끼라예."

아직까지도 상기된 빛을 감추지 못하고 효원이 말했다. 언제나 밝고 쾌활한 효원이 좋다. 좋은 줄을 알면서도 그 좋은 것을 따라서 하지 못하는 못난이. 그 해랑 눈에도 의암별제 제단이며 제관들 모습이 사라지지 않고 있다.

커다란 병풍이 산자락처럼 펼쳐지고 그 앞에 차려진 가지가지 제물들. 상 바로 앞에서 끝없이 피어오르는 푸른 향불 연기. 한참 잔잔하다가 갑자기 나부끼는 촛불.

초헌관과 아헌관과 종헌관의 엄숙한 모습, 무거운 듯 가벼운 그 몸놀림. 옥같이 낭랑한 목소리로 홀기를 읽어 내리던 당상집례, 당하집례.

저마다 제 역할을 실수 없이 행하던 경건하고 아름다운 모습의 대축, 전사관, 찬자, 알자, 사준, 봉작, 준작, 봉향, 봉로. 당상악공과 당하악공들. 노래하는 여덟 기녀, 춤추는 열두 기녀들.

그리고 그 사이사이를 천년 바람같이 날아다니던, 도도한 남강 물살처럼 흐르던, 영원한 꽃으로 피어나던, 논개의 넋…….

의암별제. 해랑은 다시 세상에 태어나는 느낌을 받았다. 논개가 그 별제를 통해 새롭게 다가오듯, 해랑 스스로도 그 별제를 통해 새사람이 되었으면 했다.

의암을 디뎠던 왜놈 장수의 그 더러운 발자국이 푸른 남강 물에 말끔히 씻기듯, 해랑 자신의 더럽혀진 몸도 그렇게 흔적 없이 씻기어졌으면 했다.

문득, 비화 언니가 보고 싶다. 그동안 의암별제 준비에 분주하여 비화가 콩나물국밥집을 냈다는 상촌나루터에 가보지 못했다. 이제는 짬을 내어 꼭 그곳을 찾아가 봐야겠다고 다짐해보는 해랑 귀에 남강 물소리가 유난히 크게 들렸다.

어쩐지 그 상촌나루터는 새로운 사건들을 많이 간직하고 있을 것만 같은 예감이 들었다.

## 웃음이 하 수상하니

그 의암별제가 모두 끝난 후에도, 그 고을 교방과 모든 사가私家는 여러 날 동안이나 달아올랐던 열기가 가시지 않았다.

그런 가운데 특히 억호와 분녀 부부는 또 다른 사건으로 말미암아 완전히 새로운 세상을 만난 사람들 같았다. 그런 보배덩이가 집 안으로 굴러들 줄이야.

세상에서 그 아이의 비밀을 아는 사람은 그들 부부와 몸종 설단뿐이다. 아, 또 한 사람 있을 것이다. 그 아기를 업둥이로 갖다놓은 그 누군가 말이다.

그밖에는 누구도 모를 것이다. 업둥이 자신마저도.

여하튼 간에 노상 기방을 들락거리던 억호가 이제 바깥출입은 거의 하지 않고 업둥이를 어르느라 하루해가 짧았다. 아들을 얻은 분녀는 새 서방까지 덤으로 얻은 듯하여 그냥 붕 날아갈 것 같은 기분이다.

얼마나 목을 빼고 기다리던 자식인가? 돌무더기 서낭당에 가서 치성드린 보람이 있다. 안방에서 흘러나오는 웃음소리는 그칠 줄 몰랐고, 종들도 덩달아 신바람 붙어 한 곳에 가만히 엉덩이를 붙이고 앉아 있지 못했다.

비복들 입장에서 볼 때 무엇보다도 분녀 패악이 죄다 사라진 게 얼마나 다행인지 모른다. 분녀는 걸핏하면 아무에게나, 특히 몸종들에게 화풀이를 해댔다. 제 서방 억호가 바람피우는 것도 자기가 자식 낳지 못하는 것도, 그 모두가 만만한 몸종들 잘못인 양 사납게 굴었다.

그러나 지금은 아니었다. 개과천선, 이제는 완전히 다른 사람처럼 되어 심지어는 종들 아비며 친정아비, 어미며 친정어미 생일이나 조부모 제삿날까지도 일일이 챙겨, 돈이며 곡식이며 옷감을 하사하기까지 했다.

그러다 보니, 어떤 종들은 없는 피붙이까지 가짜배기로 만들어서 하사품을 얻어내기까지 하였다. 그렇지만 그것을 알고서도 부러 모른 척 그냥 덮어두는, 속이 비봉산보다 높고 남강보다 깊은 상전들이란 소리도 집 안팎으로 나돌았다.

억호는 자신이 직접 아들 이름을 지었다는 사실이 그렇게 흡족하고 대견스러울 수 없는 모양이었다. 아버지 배봉 등쌀에 글방이라고 억지로 다녔지만 공부와는 아예 담을 쌓고 살았다. 그래 그 스스로도 무식한 인간이라는 강박감에 빠져서 언제나 마음에 켕기던 참이었는데, 어쩌다가 그리도 기막힌 발상을 해냈는지 참으로 자랑스러워 동네방네 대고 외치고 싶은 심정이었다.

"여보, 우리 아 이름을 머라꼬 지으모 좋으까예?"

작명作名하기 전, 분녀는 낮밤으로 그 생각에만 빠져 있는 듯했다.

"하모, 퍼뜩 지어야제."

억호도 아이 이름을 얼른 지어야 진정으로 내 새끼가 될 것 같은 기분이었다. 세상 모든 사물에게 이름이 그렇게 중요할 줄은 몰랐다.

"오데 작맹소 사람한테 가봐야 안 하까예?"

"작맹소?"

분녀는 아이 기저귀를 갈아 채우며 조급한 모습을 보였다.

"글씨, 우째 볼꼬?"

그러면서 아이 똥오줌을 조금도 더럽다 여기지 아니하고 척척 씻고 닦고 하는 분녀를 신기한 눈으로 한참 지켜보고 있던 억호가 혼잣말로 중얼거렸다.

"이름 짓는 사람한테 함 가본다?"

분녀는 더없이 자상해 보이는 손길로 아이 이부자리를 다독거려주었다.

"돈을 한거석 받는 작맹가한테 가보는 기 우떻까예?"

무슨 소리냔 듯 자기를 빤히 바라보는 남편에게 말했다.

"돈하고 잘하는 거하고는 서로 비등비등 안 하까예."

분녀 머리통에서 나온 요상한 계산법이었다. 부부일심동체, 억호도 그 산술算術에 적극 동의한다는 표정이었다.

"촌눔이 장에 가서 물건 살 줄 모리모 무조건 비싼 거 사라, 그런 이치로 말이제."

"하모요. 시상 모든 거는 다 돈이 기준 아인가베요."

"돈이 기준……."

억호 뇌까림에 분녀는 짐짓 지나가는 말투를 지어냈다.

"아버님한테서 배운 기라예."

억호는 염병에 걸려 죽은 장인을 떠올렸다.

"당신 아부지?"

"아니, 당신 아부지요."

억호는 코웃음을 쳤다.

"좋은 거 배왔다."

"사람은 우짜든지 배와야……."

그러던 차에 그 놀라운 발상이 이뤄진 것이다.

"아, 가마이 있어 봐라꼬."

"내가 가마떼기요, 가마이 있거로."

아이가 생기자 천군만마라도 얻은 양 지아비가 하는 말을 사사건건 물고 늘어지는 분녀다.

"이 아아가 업둥이제?"

"참 내. 내중에는 벨것도 다 묻네?"

"그라모……."

탐색하는 듯한 억호 말에, 분녀는 방바닥에 눕혔던 아이를 들어 올려 품에 꼭 안았다.

"와 그라요? 좋은 머시 생각난 기라요?"

잔뜩 기대에 찬 얼굴로 남편을 쳐다보았다.

"쉿!"

손가락을 입에 댔다가 뗀 억호는 한참 동안이나 마치 육갑 짚는 사람 같이 하더니 밑도 끝도 없이 한다는 소리가 이랬다.

"동업이, 동업이가 우떻소, 임자?"

분녀는 두꺼운 눈두덩에 덮인 눈을 멀뚱멀뚱했다.

"동업이요? 동업이, 동업이?"

그 말만 되뇌었다.

"그렇다 쿤께네? 우리 아 이름을 동업이로 해삐자꼬."

억호는 오른쪽 눈 밑에 박힌 크고 검은 점을 투박한 손등으로 쓱쓱 문질러가며 거의 반 강압조로 말했다.

"동업이로."

그렇게 곱씹던 분녀가 못 미더워하는 얼굴을 했다.

"와 각중애 그리 생각한 기요?"

억호는 있는 머리 없는 머리 다 짜내는 눈치더니 '하늘 천, 따 지'의 양반으로 놀았다.

"에, 그런께네 동녘 동東, 업 업業, 그리 쓰는 동업이."

아무래도 꼭 그 이름으로 해야겠다는 단호함을 드러내었다.

"이유나 압시더. 꼭 그 이름으로 해야 하는……."

"이유?"

"야."

"흠, 흠."

분녀는 아무리 급하기는 해도 그 귀한 자식이니만큼 신경을 써서 이름을 지어야지 대충 해서는 절대 안 된다는 강한 고집을 내보였다.

"이름하고 운맹하고는……."

억지 헛기침을 터뜨리며 듣고 있던 억호가 제 딴에는 무척 사려 깊은 사람처럼 해보이며 자못 진지하게 물었다.

"업둥이를 꺼꿀로 하모 우찌 되제?"

그러자 분녀가 깜짝 놀라면서 크게 탓하는 말투로 대뜸 이렇게 쏘아붙였다.

"시방 무신 소리 해쌌는 기요?"

"엉? 와?"

분녀는 당장이라도 갈라설 여자로 보였다.

"아, 우리 애기를 꺼꿀로 해요? 오데 아 줙일 일이 있소?"

"머? 무신 일?"

억호가 미치광이처럼 웃어 제쳤다.

"어이구, 요 무식한 마누래야."

분녀는 하얗게 눈을 흘겼다.

"누는 올매나 유식해서?"

"하기사 무식이나 유식이나 같은 식 자가 들어간께."

억호가 느끼기에 지금 아내는 아이 때문에 정신이 나가도 십 리는 더 나가 있었다. 그는 정상적이지 못한 사람과는 길게 이야기할 필요도 없다는 듯 침을 한 번 꿀꺽 삼키고 나서 단도직입적으로 내뱉었다.

"둥업이 아인가베? 둥업이."

"아, 그 말이었소?"

"그 말이고, 저 말이고."

"아, 사람이 말을 해도?"

분녀는 세상 통념상 이런저런 것 가릴 것 없는 남편 앞이지만 낯을 크게 붉혔다. 그녀는 그 소리가 떨어지기 무섭게 상대방 약점이라도 잡은 사람처럼 다짜고짜 물었다. 아무래도 그녀 판단에는 썩 내키지 않는 이름인 것이다.

"그라모 둥업이로 해야제 우째서 동업이요?"

억호는 노골적으로 핀잔을 주었다.

"이 지 혼자 최고 잘난 에펀네야! 둥 자가 한자가 오데 있노, 한자가?"

"우찌 없으까이. 찾아보모 있을 수도 있는데."

그러다가 분녀는 억호가 눈을 매섭게 떠 보이자 얼른 다른 소리로 돌아섰다.

"헤, 우쨌든지 간에 우리 혼래 치르고 나서, 당신 오늘 젤 유식한 소리하요잉. 각중애 와 이리 훌릉해 비이는공?"

억호는 분녀 코맹맹이 소리가 듣기 싫었다.

"펑비 불 끄는 소리 고마하고, 우떻소, 동업이가?"

아내를 상대로 담판을 내려고 했다.

"괘안은 거 겉네예."

분녀가 한발 물러나는데도 억호는 흡족하지 않은 모양이었다.

"그냥 괘안은 거 겉다꼬?"

"아, 아, 그기 아이고 에나 좋아예."

이러니저러니 힘들게 입방아 찧어봤자 썩은 고집만 부리는 꽉꽉 막힌 남편에게는 아무 소용도 없다는 걸 이미 체득한 분녀는 그렇게 찬성 의사를 표했다. 기실 까짓 이름이야 둥업이면 어떻고 동업이면 어떠랴. 똥업인들 대수겠는가.

"동업아. 동업아."

"니눔 이름이 동업이다, 아나?"

"까꿍! 까꿍!"

"우헤헤헤."

둘은 아기를 들여다보며 입귀가 있는 대로 다 찢어진다. 이름을 붙여놓고 보니 더 예뻐 보인다. 아니, 예상했던 대로 이제 비로소 명실상부한 우리 자식이 되었다는 안도감이 들었던 것이다.

임동업. 장차 이 임 씨 가문을 이끌어 갈 대들보이다.

용빼는 재주가 있다고 하더라도 그들은 모를 수밖에 없었다. 그 아이가 자기 가문과는 철천지원수인 호한 집안 사위 박재영의 자식이란 사실이었다.

아무튼 그렇게 억호와 분녀가 업둥이 동업에게 흠뻑 빠진 채로 시간이 바로 흘러가는지 거꾸로 흘러가는지 모르고 있을 때였다. 설단이 방문 바로 밖에서 배봉이 왔다는 사실을 고했다.

"아부지가?"

억호는 의외라는 눈으로 아내를 바라봤다.

"각중애 우짠 일이지예?"

분녀 얼굴에도 긴장하는 빛이 떠올랐다.

"그런께 말이제."

부부 눈이 동시에 아이를 향했다.

"해나?"

억호가 맏이여서 따로 살림나지 않고 한 집에서 같이 살고 있지만, 배봉이 직접 그들 거처를 찾은 것은 예전에는 거의 없었던 일이었다. 그리고 섭섭하다기보다도 그게 속이 편하기도 했었다. 때로는 차라리 의절義絶하고 싶은 사람이었다.

"쌔이 방문이나 열어보이소."

분녀는 퍽 달갑잖은 표정이었다.

"어른이 왔는데 퍼뜩 안 내다본다꼬, 또 무담시 생트집 잡을랑가도 모리는데."

어쨌든 그들은 부리나케 일어나 급히 방문을 열었고, 그러자 배봉이 산 같은 배부터 방 안으로 들여놓았다.

"아, 아버님…… 우찌 여꺼지?"

분녀는 안고 있던 동업을 서둘러 억호에게 넘겨주고 배봉을 상석으로 모셨다. 느릿느릿 자리에 내려놓는 배봉의 엉덩이가 갈수록 무거워 보였다.

"너거들도 앉거라. 그리 장승매이로 서 있지 말고."

그렇게 말하는 배봉의 눈길은 줄곧 동업에게만 가 있다. 그들이 마주 앉자 배봉은 곧 두 손으로 번갈아가며 숱도 많지 않은 턱수염을 여러 번 쓰다듬었다.

"너모 그리 딱딱한 얼골들 하지 마라. 내 딴 뜻이 있어 온 기 아이고, 우리 귀여븐 손주 한분 볼라꼬 왔는 기라."

흐뭇한 웃음을 짓는 배봉에게 분녀가 기쁜 중에도 황감하다는 듯 아양을 떨었다.

"그라모 아버님 방으로 아를 데불고 오라 그리 하맹(하명)하시모 되지, 우찌 아버님께서 심드시거로 직접 행차하싯심니꺼?"

"허허, 괘안타. 내 다리 심도 쪼매 올리고, 하여튼 갬사갬사 해서 이리 안 왔나? 사람이 나이 들었다꼬 한 자리에 가마이 앉아만 있으모 안 되는 기다."

배봉은 여전히 경계의 눈빛을 풀지 않고 있는 억호를 보았다.

"그보담도 애비야, 아 이리 한분 조 봐라."

"예, 아부지."

억호는 얼른 동업을 배봉 품에 안겨주었다.

"오데 함 보자, 내 손주 새끼. 얼럴럴."

그런데 배봉이 그러면서 동업 얼굴을 들여다보려고 할 때였다.

"으~앙!"

갑자기 아이가 누가 살을 꼬집기라도 한 듯 자지러지게 울기 시작했다. 아직 낯을 가릴 나이가 되려면 한참 멀었는데도 그랬다. 그것도 얼마 남지 않은 여름을 못내 아쉬워하는 듯 귀가 따갑도록 울어대는 매미 울음소리를 연상케 했다. 실제로 배봉의 거구에 안겨 있는 아이는 큰 고목에 붙어 있는 작은 매미처럼 보이기도 했다.

"아, 우짜노? 아버님, 죄, 죄송합니더."

분녀가 어쩔 줄 몰라 하자 배봉이 껄껄 웃었다.

"상관없다. 어, 고눔 울음소리 한분 우렁차다. 장군깜이다, 장군깜."

"장군깜예?"

그렇게 되뇌는 억호는 아버지 그 말뜻을 잘 안다. 장군. 바로 김호한을 염두에 두고 한 소리라는 것을. 호한이 문무를 겸비한 무관 출신이라는 사실에 언제나 잔뜩 주눅이 들고 기분이 나쁜 배봉이었던 것이다.

"헤……."

어쨌거나 억호 입귀가 벌어졌다. 아버지가 동업을 이렇게 좋아할 줄 몰랐다. 이제 상속 문제는 한시름 놓았구나 싶었다. 하도 성질이 괴팍하고 욕심이 목구멍까지 꽉 차 있는 아버지인지라 재산을 제대로 물려줄까 은근히 걱정되던 참이었다.

비록 딸이긴 하지만 동생 만호는 이미 자식을 봤는데, 명색 장남인 그 자신에게 핏줄이 없었던 게 항상 마음에 걸렸었다. 특히 만호 처 상녀가 아들이라도 하나 덜컥 먼저 낳게 되면 우리 가문 실권은 고스란히 만호에게 넘어갈 수도 있다는 생각에 얼마나 불안하고 초조했던가.

그런데 억호가 엄청난 유산을 헤아려보며 무지갯빛 꿈에 젖어 있을 그때다.

"며늘악아! 니도 에나 모질고 독하다. 무신 여자가 그렇노?"

문득 들려온 배봉의 그 말이 억호와 분녀 몸을 움찔하게 만들었다.

"무, 무신 말씀이신지?"

분녀 안색이 새파랗게 질렸다. 며느리 사랑 시아버지라는 말이 있긴 해도, 시아버지라는 사람이 원체 무섭고 독한 위인인지라 자나 깨나 가슴 조마조마한 분녀였다. 그런데 저런 소리를?

"아부지, 저 사람이 아부지께 무신 잘몬된 짓이라도 했십니꺼?"

억호 얼굴도 돌멩이같이 굳어 보였다. 오른쪽 눈 아래 박힌 검고 큰 점이 떨리는 듯했다. 아내를 꾸짖는다는 것은 곧 남편인 억호 자신에게 그러는 것과 진배없는 것이다.

"하모, 했제."

배봉이 서운함과 분노가 엇갈리는 표정으로 대답했다.

"그거도 크기 잘몬한 기라."

그 음성이 하도 매서워서일까? 아이가 울음을 뚝 그쳤다.

"……."

방안 가득 위험한 공기가 우우 밀려들었다.

"쪼꼼 잘몬한 기 아이고."

그렇게 되풀이하는 배봉 두 눈에 살기마저 감도는 듯했다.

"아, 아버님. 지는, 지는……."

분녀는 금방 숨넘어갈 여자 같았다. 배봉이 얼마나 독종인가를 누구보다 잘 알고 있는 분녀였다. 그래 지금 그녀 눈에는, 눈에 넣어도 아프지 않을 동업조차 제대로 들어오지 않았다. 대체 시아버지가 왜?

그런데 다음 순간이었다. 배봉이 홀연 미친 사람같이 웃음을 터뜨렸다. 그의 품에 안긴 동업이 놀라 다시 큰소리로 울기 시작했다.

"에잉, 이눔. 이리 간이 작아갖고 큰사람 되기는 글러뭇다."

"……."

배봉 그 말에 분녀 눈알이 휙 돌아갔다. 두려움 대신 증오의 빛이 엿보였다. 억호 또한 크게 볼멘소리로 말했다.

"저 사람이 아부지한테 머슬 크기 잘몬했는고, 그거나 쌔이 말씀을 해보이소."

평소 아버지 앞에서도 상한 감정을 그대로 드러내 보이는 후레아들이 억호였다. 그러자 배봉은 동업을 분녀에게 넘겨주며 오래 곱씹고 있었던 듯 이렇게 말했다.

"우리 집 장손 안 나온다꼬 내가 날마당 그리키 애태워싸도, 며눌아기가 암 말도 안 했다 아이가."

"그, 그거는……."

뭉뚝하고 숱도 많지 않은 분녀 눈썹이 파르르 흔들렸다. 그것도 흠 잡힐 일이라면 흠 잡힐 만하다는 자각이 일어서였다.

"그거는이고 저거는이고……."

배봉은 샐쭉한 얼굴로 구시렁거렸다.

"이 시애비한테 아를 뱄다꼬 먼첨 이약해주모 오데 덧나는감?"

그러던 배봉은 공격 화살을 억호에게로 돌렸다.

"억호 니도 내 서분한 기 쌔삣다 고마."

순간, 억호와 분녀 얼굴에서 핏기가 싹 가셨다. 혹시 무슨 눈치라도 챈 것은 아닐까? 친 핏줄 손자가 아니고 업둥이라면 배봉은 어떻게 바뀔지 알 수 없다. 당장 그 애를 집밖에 내치라고 노발대발할 수도 있다. 아니, 틀림없이 그렇게 할 성미다.

"으……."

분녀 입술이 새파래지고 팔다리가 경련을 일으켰다. 저 아이는 복덩이가 아니고 돌이킬 수 없는 엄청난 화근이 될 수도 있다.

"흐……."

억호도 방망이질하는 가슴을 가까스로 억누르다가 한 가지 큰 묘책이라도 얻은 낯빛이 되었다.

"그거는 아부지가 오해하신 깁니더."

오히려 자기가 서운하다는 기색을 지어 보였다.

"오해?"

배봉 눈썹이 꿈틀거렸다. 눈 위에 검은 벌레라도 붙은 것 같았다. 꼬장꼬장한 목소리로 물었다.

"니 오해라 캤나?"

억호는 서슴없이 말했다.

"하모예."

"……."

배봉은 이놈이 또 무슨 트집을 잡으려고 이러나 하는 표정이었다. 억호는 짐짓 화난다는 투로 말을 계속했다.

"오핸지 오해 아인지, 아부지도 한분 생각을 해보이소."

"머를 생각해 봐라 말이고?"

배봉이 또 따지려들자 열 받친 듯한 억호 목소리가 튀어나왔다.

"그래 정숙한 여인네가 아 뱄다꼬, 시방 내가 임신했소! 그리 사방팔방 막 외고 댕길 수 있겄어예?"

아버지 반응을 힐끗 보며 중얼거렸다.

"양반집 여자 채맨이 있지……."

그러나 배봉은 그 일과 양반 체면이 무슨 연관이 있냐는 아리송한 표정이었다.

"시방 그 말은?"

억호는 이제 변명을 넘어 숫제 나무라는 투였다. 갈수록 이야기가 엉뚱한 데로 흘렀다.

"그라고 아부지도 팽소 큰며누리한테 그만치 관심이 없었다쿠는 그런 소리 아입니꺼? 지 말이 오데 한군데라도 잘몬된 기 있어예?"

배봉은 잘 있다가 갑자기 무엇에 떠받친 형용이었다.

"과, 관심이 없어?"

억호는 더욱 투덜거리는 어조였다.

"시상에, 며누리가 임신을 해도 모리고……."

정말 아무것도 모르는 백치 같은 인상을 짓고 있던 배봉이 잠시 후에 눈을 가느다랗게 뜨며 물었다.

"그런께 시방 니 하는 이약을 요약해볼 거 겉으모, 니 각시가 부끄러버서 아 밴 사실을 기시고 있었다, 그런 기가?"

억호는 새치름한 얼굴을 했다.

"물을 필요도 없는 거를 와 묻심니꺼? 사람 실없어지고 입만 아푸거로."

"허어, 참."

배봉은 입맛을 다셨다. 분명히 잘못한 쪽은 아들 내외인데 얻어맞는 쪽은 그 자신이다 싶었던 것이다.

"그런 거 말고 또 머가 있것어예?"

억호 목소리는 자신감이 흘러넘치다 못해 당돌하게까지 들릴 판국이었다. 승기乘機를 잡았다 하면, 부모고 형제고 간에 함부로 깔아뭉개는 못된 습성이 그대로 드러나 보이는 순간이었다.

"부끄러버서 이약 몬 했다, 부끄러버서……."

마음에 잠깐 새겨보듯 하던 배봉은 그래도 뭔가 미심쩍은 게 있는지 이번에는 분녀를 향해 물었다.

"애비 말이 맞는 기가?"

"아, 맞는 기……."

분녀가 머뭇거리자 억호는 배봉 몰래 얼른 손가락으로 분녀 옆구리를 쿡 찔렀다.

"그, 그……."

분녀는 이마빼기에 솟는 식은땀을 감추듯 연신 닦으며 더듬더듬 답했다.

"마, 맞심니더. 그, 그래예. 아, 아버님."

"그으래애?"

배봉은 그래놓고는 잠시 말이 없다. 그 침묵이 억호와 분녀에게는 한층 더 부담스럽게 다가왔다. 사람은 자기 속내를 겉으로 드러내 보이지 않을 그때가 버겁고 무섭지, 입을 열면 그다지 두려울 것도 신경 쓸 것도 아니었다.

그런데 그들이 더더욱 기겁한 것은 배봉이 분녀에게서 동업을 빼앗다시피 채가며 이렇게 말한 때문이었다.

"오데 함 보자. 우리 손자가 눌로 닮았는고……."

"……."

억호와 분녀는 찍소리도 하지 못하고 숨죽인 채 배봉이 하는 짓을 지켜볼 수밖에 없었다. 배봉은 다시 입을 삐쭉삐쭉하며 울려는 아기를 눈앞에 바싹 들이대고 한참 들여다보더니 고개를 갸우뚱했다.

"아즉 에리서 그런 기가? 내는 하나도 모리것다. 누 닮았는고……."

기실 억호와 분녀, 박재영과 허나연은 아주 다른 용모와 체격이었다. 아무리 두 눈 닦고 봐도 비슷한 구석이라곤 없는 두 쌍이었다. 그러니 배봉 눈에 아이가 전혀 낯설게 보일 밖에. 또한 그건 누구에게도 마찬가지일 터였다.

"에나 이상타, 에나 이상해. 이리 다릴 수는 없을 낀데."

동업은 여자아이같이 이목구비가 오밀조밀하고 몸도 가녀린 편이었다. 연약한 몸은 제 아비 재영에게 이어받았고, 예쁘장하게 생긴 얼굴은 제 어미 나연을 따라갔다.

"에이, 생각해 볼라쿤께 쌩머리만 아푸다."

잠시 후 아기를 다시 분녀에게 넘기며 배봉이 아쉽다는 듯 또 '쩝' 입맛을 다셨다.

"도로 기집애로 태어났으모 좋을 뻔했다."

억호와 분녀가 동시에 반문했다.

"예? 아, 그기 무신?"

"기집애로예?"

그러자 배봉이 마음에 반도 차지 않는다는 투로 약간 퉁명스럽게 내뱉었다.

"사내 눔이 너모 약해빠짓다."

그 소리가 억호와 분녀 귀에는 이렇게 들렸다.

'암만캐도 니들이 논 자슥 아이다.'

그때다. 억호가 문득 중요한 사실을 하나 끄집어내듯 했다.

"아, 아부지! 방금 막 떠올랐는데예, 야는 지 할무이 닮은 깁니더."

"머라꼬?"

배봉 눈빛이 술 덜 깬 사람처럼 몽롱해지는가 했더니 홀연 음성이 싹 달라졌다.

"지 할무이?"

한 번 더 확인했다.

"지 할무이라모 죽은 니 옴마?"

분녀가 기회를 놓칠세라 얼른 끼어들었다. 평상시 순발력과는 한참 거리가 먼 그 여자가 그 순간에는 높은 나무에서 낮은 나무로 날아 뛰어다니는 날다람쥐의 친척 같았다.

"그렇심니더, 아버님예. 인자사 이해가 갑니더, 이해가 가예."

"……."

지금 이것들이 돌아가면서 뭐라고 주둥이를 놀리고 있노? 하는 표정을 짓는 배봉더러, 분녀는 제 아랫배와 아이를 번갈아 손짓해 보이며 말을 이었다.

"솔직히 요기 뱃속에서 열 달을 채우고 나온 지 자슥이지만도, 애비하고 지하고를 닮은 데가 없어서 에나 희한하고나 여깃지예."

그러고 나서 분녀는 확신에 찬 목소리로 말했다.

"그렇네예. 돌아가신 시어머님을 닮았을 끼라예."

"죽은 지 할무이를……."

죽은 본처 이야기가 나오자 배봉은 그만 무척 슬퍼지는 인상이었다. 금세 얼굴이 더없이 어둡고 침통해졌다. 그러잖아도 상처하고 얼마 있지 않아 새로 들여앉힌 운산녀가 늘 저 모양 저 꼴이라 조강지처 생각이 새록새록 솟는 이즈음이었다.

"어머이, 어머이……."

억호도 자기에게 각별한 정을 주던 생모가 그리워지는지 안색이 적잖게 착잡해 보였다. 그런 것에는 아무 상관없이 그저 다행이다 싶어지는 사람은 분녀였다. 그렇지만 심사가 편하지 못하기는 마찬가지였다.

'딴 사람은 몰라도 시부모하고 동서 내외한테는 사실대로 모돌띠리 털어놓을 걸 그랬나? 앞으로도 올매나 맴 졸임서 살아가야 될 낀고…….'

그러다가 분녀는 배봉 몰래 고개를 흔들었다.

'아이다. 해나 우리 동업이가 업둥이라쿠는 거를 알모 올타쿠나(옳다구나) 잘됐다 싶어서, 오만 가지 요 핑개 조 핑개 갖다 붙이서 내쫓을라쿨 끼라.'

불안감 뒤를 이어 적대감정이 솟았다.

'만호도 그렇지만도 상녀 욕심은 또 우떻노. 우쨌든 지들이 놓은 자슥이 재산 더 한거석 물려받거로 할라꼬 몬된 술수 다 부릴 것들 아인가베.'

분녀는 피가 배여 나올 정도로 입술을 깨물었다. 내 목에 시퍼런 칼이 들어온다 할지라도 동업에 대한 비밀을 절대로 누설해서는 안 된다고 천만 번 다짐했다. 동업이가 잘못되면 우리 부부는 끝장이다.

그때 들리는 배봉 말이 분녀 정신을 돌려놓았다.

"그라고 본께, 죽은 지 할매 똑 빼박은 거 겉기도 하다."

약간 부석부석해 보이는 얼굴로 길게 한숨을 내쉬었다.

"하기사 지 핏줄이 오데로 가겄노."

그러자 억호가 죽은 어미 다시 살아온 듯 기쁜 기색을 띠며 온 방이 울리도록 큰소리로 말했다.

"맞심니더! 판박이 아입니꺼, 판박이예!"

그러나 배봉은 더 이상 그런 데는 흥미를 잃었다는 듯 울상을 지으면서 말했다.

"죽은 사람만 섧다쿠디이, 생각하모 할수록 니들 옴마가 에나 안됐다 아이가. 이 시상에 나왔다가 호강 한분 몬 해 보고 안 있나."

그때다. 갑자기 동업이 까르르 소리를 내어 웃기 시작한 것은. 귀엽고 예쁜 웃음이었다. 비화 남편 박재영이 비화와의 혼인 날짜를 잡아놓고도, 둘이 더불어 놀아날 정도로 온통 마음을 빼앗겼던 바로 그 허나연의 웃음이었다.

비화와 혼례를 치른 후에도 재영이 함께 애정 도피 행각을 벌였던 허나연. 그런데 어린 동업이 나연의 그 웃음을 다시 웃고 있다. 동업 얼굴에는 나연 얼굴이 고스란히 남아 있고……. 자칫 훗날 그게 무슨 파장을 몰아올지 무섭고 소름끼칠 일이 아닐 수 없다.

"어, 아인데?"

느닷없는 배봉의 그 말에 억호 부부는 또 가슴이 철렁, 했다.

"예?"

배봉이 가만히 동업 얼굴을 들여다보면서 웃음소리를 듣고 있더니만 또다시 고개를 크게 갸우뚱거렸다.

"아인데? 지 할매가 저리 웃기는 안 했는데?"

억호와 분녀 눈이 배봉 모르게 마주쳤다. 배봉이 또다시 억호와 분녀 심장이 요동칠 소리를 꺼냈다.

"다시 본께 얼골도 지 할매 얼골 아인 기라."

"아부지예! 다시 한분 잘 보시소. 와 아이라예? 기지예."

억호는 거의 필사적인 모습을 보였다.

"어머이 판박이랑께예? 지 핏줄이 오데로……."

배봉이 힘겹게 자리에서 육중한 몸을 일으키며 말했다.

"우쨌든 잘 키우라이. 장차 우리 가문을 이끌고 나갈 대들보 아인가베."

그러자 그에 대한 화답이기라도 하듯, 또다시 동업이 까르르 웃는 소리를 냈다.

"예, 아버님. 싸래기눈 떨어지는 거만큼도 염려하지 마시소."

분녀는 이제 막 시아버지가 한 말에 얼굴이 활짝 피어나는 나팔꽃이 되었다.

"반다시 우리 임 씨 가문을 조선 최고 가문이 되거로 맹글 수 있는 훌륭한 자슥으로 키울 끼라예."

버선발로 방문턱을 넘으며 배봉은 점잖게 한마디 던졌다.

"아암, 그래야제. 흐음."

"조심해 가시소."

배봉을 배웅하고 다시 방으로 들어온 그들은 '후우' 안도의 긴 한숨을 내쉬었다. 둘 다 안색이 파리하고 등짝에 식은땀이 흥건했다.

"암만캐도 우리가 속 빤히 비치는 거짓말을 해쌌고 있는 거 겉소."

자신 없는 억호 말에 분녀는 낯을 붉히며 구박하듯 했다.

"시방 와서 그런 말씀하모 우짤라요?"

분녀는 제 스스로에게 다짐을 해 보이는 모습이었다.

"인자 빼도 박도 몬 하거로 돼삐릿는데……."

억호 입에서 마음을 고쳐먹는 소리가 나왔다.

"하기사! 요리라도 해야만 우리가 동업이를 데불고 있을 수 안 있것나. 만약에 그리 안 했다가는 말짱 도루묵인 기라."

분녀의 눈이 번득였다.

"설단이 고년 말고는 따로 아모도 아는 사람이 없은께네, 고년 주디이 단속 단디 시키고 우리만 입 꾹 다물고 시치미 뚝 떼모, 설마 무신 일이야 있것어예?"

"하모, 없제. 무신 일이 있으모 안 되제."

그들이 자기 이야기를 하든 말든 동업은 이제 쌔근쌔근 고른 숨을 내쉬면서 잠이 들었다. 작고 동그란 두 뺨이 홍조를 띠어 사과 알을 연상시켰다.

"시상에, 이리키 이쁜 지 자슥을 고마 넘의 집 대문간에 내삐리고 간 사람이 오데 사는 누꼬?"

둘 다 너무 궁금하다는 빛을 떨치지 못했다.

"그러키. 임자는 해나 오데 짐작 가는 데라도 있는 기라?"

서로 나누는 말투가 사뭇 흔들렸다.

"구신도 모릴 낀데 누가 알아예?"

그러던 분녀가 별안간 잔뜩 걱정스러운 얼굴로 변했다.

"설마 친부모가 각중애 우리 앞에 나타나갖고, 지들 자슥인께 도로 돌리 달라꼬는 안 하것지예?"

억호는 턱없는 소리라고 치부했다.

"그럴 사람들 겉으모 애당초부텀 이런 짓 안 했제, 했것나?"

그 정도 얘기로는 성이 차지 않는다는 기색이었다.

"그라고 만약에 그런 사람이 나타나모, 하늘도 땅도 모리거로 감쪽겉이 쥑이삐릴 끼라. 인자 됐제?"

그 말이 떨어지기가 무섭게 분녀가 서둘러 두 손바닥으로 동업의 양쪽 귀를 모두 막으며 나무랐다.

"아이구, 무서버라. 우리 동업이 듣는데 그런 소리 할라요?"

하지만 억호는 다시 한번 스스로에게 다짐받듯 했다.

"하여튼 내는 그 사람을 쥑이뻰다 말이다!"

분녀는 고개로 방문 쪽을 가리켰다.
"그리 이약하고 싶으모 밖에 나가서 혼자 하소."
억호는 눈에 불을 켰다.
"누는 하고 싶어서 하는 줄 아나?"
분녀는 공연히 배봉이 앉아 있던 자리를 째려보았다.
"그런께네 하지 맙시더."
"알것다."
그 대화를 마지막으로 두 사람은 다시 긴 침묵에 빠졌다. 아무튼 아기를 놓고 간 사람은 제 친자식이 이 집안 업둥이가 됐다는 사실을 잊지 않을 것이다. 그리하여 우선 당장은 아닐지라도 먼 훗날 갑자기 나타나 한바탕 소란을 일으키지 말란 법은 없으리라.
"만약에 안 있소."
한참 후, 억호가 걱정스레 물었다.
"우리 동업이가 다 큰 후에 친부모가 나타나모, 그때 동업이는 우리를 택하까, 아이모 지 친부모를 택하까?"
"그리 재수 옴 붙은 말씀 벌로 하실라요?"
분녀는 눈을 있는 대로 흘기고는 자신 있게 말했다.
"그런 일이사 천지개백을 해도 없것지만도, 혹 그런 일이 생긴다 쿠더라도 동업이는 우리를 택할 끼라요."
억호는 분녀의 그 믿음에 돌 하나를 더 얹어 놓았다.
"그런께 논 부모보담도 키운 부모에 대한 정이 더 두텁다, 그런 뜻인가베?"
분녀는 쐐기를 박았다.
"하모요. 예전부텀 그런 이약이 있기도 하고……."
억호 눈에 사물들이 고개를 모로 젓는 것 같았다.

"그거는 또 모리제."
"야?"
"시상 따라 변해쌌는 기 인심인께네."
분녀는 완전 삿대질하는 품새로 나왔다.
"보소! 보소!"
"와? 보고 안 있나."
"그라모 당신은 동업이가 우짜기를 바래는 기요?"
억호도 턱을 바짝 치켜들었다.
"내가 바래기는 머를 바래?"
"안 바래모요?"
한동안 바란다 안 바란다 하는 소리 끝에 억호가 제 깐에는 문자를 쓰려 했다.
"말이 그렇다 쿠는 기지, 오데 뜻이 그렇다 쿠는 기가?"
분녀는 나도 문자 한번 써보잔 투였다.
"자꾸 떨어진 데가 허방 된다 캤소."
"허, 이 에핀네가야? 선학산 공동묘지 가모, 말 몬 해서 죽은 구신 없다더이?"
"고만두입시더, 고만."
쥐가 다니는지 천장에서 찍찍거리는 소리가 들리는 것 같았다.
"내 말이 그 말이다 고마!"
벽에 붙은 액자 속의 모란꽃은 어쩐지 시들시들해 보였다.
"내 말이든 넘의 말이든."
이럴 때 억호가 단골로 들고 나오는 말은 정해져 있다.
"에핀네가 돼갖고 끝꺼지 남핀한테 또박또박 말대꾸할 끼가?"
그럴 때 또 분녀가 반기처럼 드는 말도 일정하다.

"더러버라, 더러버라. 우짜다가 남자로 태어났다꼬."

양부모 바싹바싹 애타는 심정을 아는지 모르는지 동업은 자면서 빙그레 미소까지 띠어 보인다. 어떻게 보면 그건 아무 염려 말라는 웃음 같기도 하고, 또 달리 보자면 은근히 비웃는 웃음 같기도 하다.

"그란데, 여보!"

갑자기 분녀 말투가 달라지자 억호도 마찬가지가 되었다.

"와 또?"

분녀는 안색도 바뀌면서 몸을 웅크렸다.

"동업이 웃는 거 자세히 본께 안 있소."

"……."

억호 얼굴의 점이 씰룩거렸다. 분녀는 안다. 그 점이야말로 남편의 속마음을 고스란히 드러내 보이는 무언의 표시라는 것을.

"우짠지 쪼매 으스스 하요."

정원수를 스치며 지나가는 바람소리가 사람 신경을 긁어놓았다.

"으스스?"

억호 표정도 변했다. 분녀는 질린 기색을 풀지 못했다.

"야."

"주디 갈아뻴 소리나 하고 자빠졌다!"

그렇게 아내에게 교양머리 하나 없는 소리를 내뱉고 나서, 그 기묘한 웃음을 머금은 동업 얼굴을 한참이나 들여다보고 있던 억호가 비장한 어조로 말했다.

"내사 우리 동업이가 업둥이라쿠는 기, 마, 그기 시상 천지에 알리지더라도 끝꺼지 키울 끼다."

분녀는 그저 고개만 끄덕인다. 억호는 단단히 뻗지르듯 했다.

"그라이 임자도 해나 딴 멤 무울 생각하모 안 되는 기라."

"알것어예."

다소곳하게 나오는 분녀가 오히려 더 위험해 보이는 억호였다.

"우짜든지 우리 두 사람 목심 걸고 동업이를 지키야 하요."

"야."

분녀는 이제 코를 훌쩍인다. 감격에 겨운 모습이다.

'와 또 무슨 일이 생길 거 겉은 상구 나쁜 기분이 드는 기고?'

나중에는 별별 상상까지 생겨났다.

까르르. 잠결에 또 내는 동업이 웃음소리였다.

– 백성 2부 5권에 계속

백성 4

초판 1쇄 인쇄일 • 2023년 10월 25일
초판 1쇄 발행일 • 2023년 10월 30일

지은이 • 김동민
펴낸이 • 임성규
펴낸곳 • 문이당

등록 • 1988. 11. 5. 제 1-832호
주소 • 서울시 성북구 동소문로 65-2 삼송빌딩 5층
전화 • 928-8741~3(영) 927-4990~2(편)
팩스 • 925-5406



전자우편 munidang88@naver.com

ISBN 978-89-7456-556-5 03810

값은 뒤표지에 표시되어 있습니다.